BASTEI LÜBBE

Jörg Kastner

Die Nebelkinder

BASTEI LÜBBE

BASTEI LÜBBE TASCHENBUCH
Band 20 455

1. Auflage: Januar 2003

Vollständige Taschenbuchausgabe

Bastei Lübbe Taschenbücher
ist ein Imprint der
Verlagsgruppe Lübbe

Titelillustration: Richard Hescox, Agentur Schlück
Umschlaggestaltung: Jan Kullowatz
Satz: Heinrich Fanslau, Communication/EDV, Düsseldorf
Druck und Verarbeitung:
Brodard & Taupin, La Flèche, Frankreich
Printed in France
ISBN 3-404-20455-7

Für meine Eltern
Wilhelm und Josefa Kastner
in Dankbarheit und Liebe

1

Die Nacht brachte Finsternis und mit ihr Nebel und mit ihm das Grauen über das Land am Mondsee. Zu Sankt Gereon im Jahre des Herrn 890 hatte die Sonne geschienen, aber sobald ihre Kraft nachließ, kündigte sich eine bitterkalte Nacht an. Rötlich glühend versank die Sonnenscheibe hinter den bewaldeten Höhenzügen im Westen, der graublauen Sichel des Sees entstiegen diesige Schwaden. Anfangs dünn, tastend und zitternd, dann aber rasch fester und stärker werdend, reckten sich die Nebelfinger in den blauschwarzen Dämmerhimmel. Als sie mit den dicht aufziehenden Wolken verschmolzen, wurde das Land am Fuß des mächtigen Schafbergs ganz von Dunkelheit und Nebel beherrscht.

Es war eine jener Nächte, in der die Nebelkinder aus den Erdspalten und Felsritzen stiegen, um die Höfe und Häuser der Menschen heimzusuchen. Die Wesen aus der Schattenwelt vergifteten die Brunnen, verdarben die Vorräte, schlachteten das Vieh und raubten die Neugeborenen. So raunte man es sich hinter vorgehaltener Hand zu. Die Menschen am Rande der Berge kannten diese Nächte und fürchteten sie wie das Jüngste Gericht. Bevor der letzte Sonnenstrahl erlosch, verrammelten sie Türen und Fenster, verriegelten die Ställe und deckten die Brunnen zu. Alle Eingänge wurden mit kreuzweise eingesteckten Eibenzweigen geschützt, was den Dämonen nach altem Glauben den Zutritt verwehrte. Beim flackernden Licht des offenen Herdfeuers saßen Männer, Frauen und Kinder beisammen und beteten zu Gott dem Allmächtigen um Schutz vor den Nebelkindern. In der Benediktinerabtei von Mondsee, deren feste Mauern und Türme am Nordufer des großen Gewässers emporragten, war alles anders. Licht und Gelächter drangen in die Nacht. Der Nebel, der wie ein riesiger Drache vor dem Kloster lauerte, hatte Mühe, mit seinem gierigen feuchten Maul jeden Lichtschein und jede laute Stimme zu verschlucken.

Während der vergangenen Tage hatten die Feld- und Waldarbeiter auf den wenigen unbefestigten Wegen mehrere große Reisegruppen gesichtet, die hinter dem Hauptportal des Klosters verschwanden. Edle Herren auf prachtvollen Rossen oder in quietschenden, schaukelnden Wagen, begleitet von Bewaffneten, Dienern und Packeseln. Die Neugier erwachte bei Mann und Frau, doch vergeblich rätselte man über den ungewöhnlichen Zustrom an hoch gestellten Fremden. Eisern beachteten die Mönche die neunte Stufe der Demut, die ihr Ordensstifter Benedikt von Nursia ihnen auferlegt hatte – das Schweigen. Nur so viel war gewiss: Der Mondsee war der Ort einer höchst bedeutsamen und ebenso geheimen Zusammenkunft. Die Dörfler und Bauern, die ängstlich in ihren verräucherten Stuben hockten, wussten nicht, dass heute mit Graf Chlodomer der letzte der wichtigen Gesandten eingetroffen war. Aus diesem Anlass fand im lang gestreckten Refektorium des Klosters ein großer Festschmaus statt. Mit lauter Musik, die nach allem anderen klang als nach dem feierlichen Choralgesang der Mönche. Mit so vielen Speisen, dass sich die Tischplatten bogen. Und mit den besten Weinen, die der Klosterkeller aufzubieten hatte: Rheinwein, gewürztem Burgunder, Aniswein, Apfelmost und reichlich süßem Met. Dazu gab es frisches Bier aus der klostereigenen Brauerei.

Zu den Aufträgern, die emsig zwischen Küche, Backstube, Brauerei, Weinkeller und Speisesaal hin und her liefen, gehörte ein schlanker Jüngling, der für seine fünfzehn Jahre recht klein geraten war. Er maß weniger als fünf Fuß und schien auch nicht mehr zu wachsen. »Albin der Kleine« wurde er deshalb von den anderen gehänselt. Auch »Albin der Zwerg«. Oder, wegen seiner etwas dunkleren Hautfarbe, »Albin der Finstere«, wenn sie ihn nicht gerade »Albin den Findling« nannten, was am häufigsten vorkam.

An diesem Abend aber blieb den Knechten und Mägden im Kloster nicht viel Zeit zum Spott. Zu groß war die Gästeschar, die sie bedienen mussten. Abt Manegold hatte sich strikt geweigert, Leute aus dem Dorf zur Verstärkung der Bediensteten in die Abtei zu holen. Das Geheimnis der Zusammenkunft sollte nicht nach draußen dringen. Allen Menschen im Kloster, ob Mönch oder Knecht, hatte Wenrich, der Vogt dieses Landstriches, strengstes Stillschweigen befohlen. Wer dagegen verstieß, machte sich des Hochverrats schuldig, und darauf stand der Tod.

Doch der Nebel schreckte weder vor Mauern noch vor Geheimnissen zurück. Längst hatte er seine milchigen Finger nach der Abtei ausgestreckt und mit dem Nebel kam der Verrat.

Davon ahnte Albin der Findling nichts, als er mit einem fröhlichen Pfeifen eine große Holzplatte mit Zwiebelkuchen auf seine Schulter lud und mit der freien Hand die Tür der Backstube aufstieß, vor ihm Kaninchenpasteten und hinter ihm Forellen in Teig. Schnellen Schrittes strebte er dem Refektorium zu, wo die Gäste in ihren prächtigen Gewändern saßen, für ihn eine fremde, unbekannte, aufregende Welt. Und noch aufregender fand er das Mädchen, das Graf Guntram mitgebracht hatte. Gerswind hieß es und war wunderhübsch. In ihr Antlitz schauen zu können war für Albin Grund genug zur Fröhlichkeit.

Bis ihn eine kräftige Hand an der Schulter fasste, begleitet von einer kratzigen Stimme: »Wohin so eilig, junger Albin? Glaubst du, die hohen Herren verhungern ohne deinen Zwiebelkuchen? Weißt du nicht, was die Sarazenen sagen: Die Eile kommt vom Teufel.«

Bruder Graman stand im Durchgang zum Siechenhaus und sah Albin mit ernster Miene an, die Stirn noch krauser, das graue Gesicht noch faltiger als sonst. Kein Wunder, dachte Albin insgeheim, dass man den Infirmarius, dem die Sorge für die Kranken oblag, allgemein Bruder Griesgram nannte. Dass ausgerechnet der als wunderlich verschriene Graman den kleinen Albin vor vielen Jahren im Wald gefunden hatte, trug nicht dazu bei, den über Albin ausgegossenen Hohn und Spott zu verringern.

»Wir haben wichtige Gäste, Nonus Graman. Der Abt hat befohlen, dass es ihnen an nichts mangelt. Sie sollen sich wohl fühlen in den Mauern von Mondsee.«

»Dominus Manegold und seine wichtigen Gäste täten besser daran, sich in ihren Zellen einzuschließen und für ihr Seelenheil zu beten als der Völlerei zu frönen – in einer Nacht wie dieser!«

Gramans Gesicht verfinsterte sich noch, mehr und zu der Sorge in seinen Zügen trat Angst. Albin konnte sich das nicht erklären. So sehr er es sonst schätzte, sich mit Graman zu unterhalten, heute Abend hatte er etwas anderes im Kopf: die schöne Gerswind. Deshalb lag kein wirkliches Interesse in Albins Worten, als er fragte: »Was ist mit dieser Nacht, Nonus?«

»Es ist Nacht, genügt das nicht? Die Nacht ist die Vernichterin von Sonne, Licht und Leben. Sie gebiert die Träume und den Trug, den Schlaf und den Tod.«

»Aber du sprachst von dieser Nacht, Nonus Graman, als sei sie etwas Besonderes.«

Der alte Benediktiner nickte. »Das ist sie auch, Albin. Es ist eine Unruhnacht, eine Nebelnacht. Wer zu sorglos ist in dieser Nacht, läuft Gefahr, den Nebelkindern zu begegnen, vom Elbenstrahl getroffen zu werden. Zu lange lebe ich schon hier am Mondsee, um es nicht zu spüren.«

Graman war einer der ältesten Mönche in der Abtei, das stimmte. Aber der Rest seiner Rede blieb für Albin im Schatten eines düsteren Geheimnisses verborgen.

Ehe der Findling nachfragen konnte, lächelte der Mönch verkrampft und sagte: »Vielleicht bin ich einfach nur zu alt, dass die Nacht mich ängstigt. Mag sein, sie erinnert mich an die ewige Nacht, die mir bevorsteht. Einen jungen Burschen wie dich sollte ich damit nicht betrüben. Geh nur, Albin, bedien die hohen Herren und erfreu dich an der Schönheit der edlen Gerswind.«

»Woher weißt du ...«

»Ich habe Augen im Kopf«, unterbrach Graman seinen Zögling. »Wäre ich jung wie du und hätte ich nicht die Gelübde abgelegt, würde ich auch an nichts anderes denken als an Graf Guntrams Tochter.«

Als Albin seinen Weg fortsetzte, hatte er Gramans düstere Worte schnell vergessen. Die Stimmung im

Refektorium wurde immer ausgelassener und stand im krassen Gegensatz zu dem stillen Mahl an anderen Tagen. Dann saßen die Mönche, der Ordensregel folgend, schweigend an den Tischen und nur die Stimme des Vorlesers, der aus den Evangelien vortrug, unterbrach die Stille. Heute aber schickte ein Flötenspieler, der zur Gesandtschaft von Hochburgund gehörte, eine lustige, schnelle Melodie durch den Saal. Und anders als in den Gängen und Arbeitsräumen, die von harzig stinkenden Kienspänen erhellt wurden, brannten im Speisesaal teure Talg- und Wachskerzen sowie auf Hochglanz polierte Lampen, in denen das Öl der Waldfrüchte für Licht und einen angenehmen Duft sorgte. Fleisch, sonst nur für die Kranken erlaubt, wurde den Schmausenden in Hülle und Fülle vorgesetzt, auch denjenigen unter den Benediktinern, die mit ihrem Abt an den Mahl teilnahmen.

Bruder Humbert, der Cellarius von Mondsee, führte die Aufsicht im Speisesaal. Nach einer tadelnden Bemerkung über Albins Verspätung befahl er die Zwiebelkuchen auf die letzte Tafel zu stellen, weit weg von Graf Guntram und seiner schönen Tochter. Während Albin den Befehl ausführte, warf er Gerswind ein paar scheue Blicke über die Schulter zu. Der Saal war voll mit Edlen aus fast allen wichtigen Nachbarländern des Ostfränkischen Reiches: Westfranken, Hochburgund, Arelat und Italien. Albin fiel auf, dass der Mährenkönig Swatopluk, immerhin Taufpate von König Arnulfs Sohn Zwentibold, nicht mit einer Gesandtschaft vertreten war.

Im Licht der Kerzen und Lampen leuchteten kostbare Kleider, wie Albin sie niemals zuvor gesehen hatte: Samt und Seide, Gold- und Silberstickereien im

Überfluss. Am stärksten aber strahlte für Albin das eher einfach gekleidete Mädchen mit den vollen Lippen, den hohen Wangenknochen, den haselnussbraunen Augen und den Locken gleicher Farbe, die das zarte Gesicht sanft umspielten. Gerswinds Schönheit benötigte keinen künstlichen Schmuck.

Täuschte er sich oder erwiderte sie seinen Blick? Aber wie konnte die Tochter eines Grafen jemanden wie ihn, einen Findling, überhaupt bemerken?

Um sich zu vergewissern, wollte Albin die Platte mit den Zwiebelkuchen absetzen. In diesem Augenblick schoss ein scharfer Schmerz durch seinen Kopf, wie ein Dolch, der durch den Nacken in seinen Schädel gerammt wurde. Blitze zuckten vor seinen Augen, ihm wurde schlecht, der ganze Saal schwankte und begann, sich zu drehen. In Wahrheit war es Albin, der den Halt verlor. Die Holzplatte krachte zu Boden und die Zwiebelkuchen purzelten wild durcheinander.

Der Schmerz verwandelte sich in Worte. Worte, die nicht an seine Ohren drangen. Es schien, als spreche sie ein Geist, der sich in Albins Kopf eingenistet hatte: *Der Tod ist nah. Gleich wirst du sterben, Graf! Wird ein hübscher Tanz werden …*

Die Worte wurden leiser, schwächer, verflüchtigten sich wie Nebelschwaden, die sich unter den Strahlen der Sonne auflösen. Albins Schwäche war vorbei, nicht aber seine Verwunderung. Bruder Humbert ließ ihm keine Zeit, über das seltsame Erlebnis nachzudenken.

Der Cellarius baute sich drohend vor Albin auf und donnerte: »Was ist in dich gefahren, du Tollpatsch? Es war ein Unglückstag, als Bruder Graman dich ins Kloster holte. Hast wohl nur Augen für die schöne

Gerswind, was? Die wird sich gerade für einen armen Knirps erwärmen. Sieh zu, dass du die Schweinerei schnell wegräumst!«

Unter anderen Umständen wäre Albin vor Scham im Boden versunken. Er hatte den Cellarius und sich selbst lächerlich gemacht, vor allen Gästen – auch vor Gerswind. Aber das unheimliche Erlebnis, die Stimme in seinem Kopf, beschäftigte ihn, während er niederkniete, um die Zwiebelkuchen aufzusammeln.

Jetzt, edler Herr, spüre die Macht der Nebelkinder!

Da war die Stimme wieder, diesmal von einem bloß leichten Schmerz begleitet. Albin verhielt kurz in seiner Arbeit, um den lautlosen Worten zu lauschen. Er nahm nur ein seltsames Gefühl wahr, eine Mischung aus Befriedigung und Neugier. Aber es waren nicht seine Empfindungen.

Einer der hohen Gäste zog die allgemeine Aufmerksamkeit auf sich. Graf Chlodomer, der westfränkische Gesandte, war abrupt von der Tafel aufgesprungen und begann einen wilden Tanz mit Bewegungen, die noch schneller waren als die Melodie des Flötenspielers. Der untersetzte Leib des Grafen zuckte in aberwitzigen Verrenkungen hin und her, zu denen seine in gold verzierten Schuhen steckenden Füße einen immer rascheren Takt stampften, als sei Chlodomer der Boden zu heiß. Die scharlachfarbene Hose und der blaue Rock des Grafen, beides mit breiten Goldborten versehen, verschwammen vor den Augen der verwirrten Menge zu bunten, glitzernden Flecken. Gerade hatten sich einige der Tafelnden entschlossen, Chlodomers Tanz mit anfeuernden Rufen zu unterstützen, da brach der Graf mit einer grotesken Drehung zusammen und fiel bäuchlings auf den Estrich. Ein krampfhaftes Zucken lief in mehreren Wellen durch seinen Leib, dann lag er vollkommen reglos da.

Empfiehl dich deinem Christengott, Graf Chlodomer! Einen guten Tänzer können die himmlischen Heerscharen bestimmt gebrauchen.

Es war ein höhnischer Gedanke, in dem tiefe Befriedigung mitschwang, Befriedigung über den Tod des Gesandten. Obschon Albin diese fremde Empfindung, wie die Gedanken und Gefühle zuvor, in seinem Kopf spürte, schien sie ihm aus einer bestimmten Richtung zu kommen: von links. Albins Kopf ruckte herum und seine Augen hefteten sich auf die beiden stämmigen Säulen, die vor dem Durchlass zum Kreuzgang standen.

Eine kleine Gestalt löste sich aus dem Schatten der Säulen und huschte davon, in den finsteren Kreuzgang. Nur für wenige Augenblicke nahm Albin den Unbekannten wahr. Er schien nicht größer als der Findling zu sein und trug ein dunkles Gewand. Albin hatte ihn nur von hinten gesehen, doch das feuerrote Haar erkannte er deutlich.

»Graf Chlodomer atmet nicht mehr!« – »Er ist tot!« – »Der Herr im Himmel, unser allmächtiger Schöpfer, hat König Odos Gesandten zu sich genommen!«

Entsetzte Schreie hallten durchs Refektorium, während die Menschen von den Bänken aufsprangen und sich um den Zusammengebrochenen versammelten. Albin war von Chlodomers Tod nicht überrascht. Die seltsamen, lautlosen Worte in seinem Kopf hatten es ihn bereits gesagt. Und der es vorher gewusst hatte, musste der Mörder des Westfranken sein.

»Dorthin ist er geflohen!«, stieß Albin laut hervor

und zeigte zu den Säulen. »Er ist hinaus in den Kreuzgang gelaufen!«

»Wer? Von wem sprichst du, Kerl?«, fragte ein sehniger Mann im violetten Samtrock. Es war Graf Guntram, der die geheime Versammlung in Mondsee auf König Arnulfs Geheiß einberufen hatte.

»Graf Chlodomers Mörder!«, stammelte Albin erregt. »Er hielt sich hinter den Säulen versteckt. Ich sah, wie er in den Kreuzgang lief.«

»Wer ist es?«

»Ich kenne ihn nicht. Ein sehr kleiner Mann mit rotem Haar.«

»Ihr habt es vernommen«, wandte sich Guntram an die umstehenden Edlen, Mönche und Knechte. Er zog ein prachtvolles Schwert aus der nicht minder wertvollen Scheide an seiner Seite; eine Waffe, die mehr für festliche Anlässe als zum Kämpfen geschmiedet war. »Schnappt euch Fackeln und dann hinaus! Ruft sämtliche Soldaten zu den Waffen! Sie sollen das Hauptportal und alle Nebentore gut bewachen.« Zu Albin rief er, bevor er in den Kreuzgang lief: »Komm mit, Bursche!«

Unter dem Dach des Kreuzgangs umfing sie Dunkelheit und der Nebel, der vom Innenhof durch die bogenförmigen Öffnungen hereinquoll. Herbeistürzende Fackelträger sorgten für flackerndes Licht. Graf Guntram sandte den größten Teil hinaus in den Hof, der mit seinen Blumenbeeten und den säuberlich gestutzten Obstbäumen tagsüber die Augen der frommen Brüder erfreute. Jetzt aber wirkte er unheimlich. Die Fackelfeuer tanzten im Nebel wie ruhelose Seelen.

»Vielleicht versteckt sich der feige Kerl zwischen den Bäumen«, knurrte Guntram.

Albin stand vollkommen still und schloss die Augen. Gleichwohl suchte er nach dem Mörder – in seinem Kopf. Er hatte keine Zeit, sich über die geheimnisvolle Fähigkeit zu ängstigen, die er eben erst an sich entdeckt hatte. Er musste sie benutzen, um den Rothaarigen aufzuspüren. Er lauschte nach fremden Gedanken. Vergebens. Aber dann spürte er etwas, ein unbestimmtes Gefühl von Sorge und Angst. Es kam nicht aus dem Hof, sondern aus dem Küchentrakt.

»Zur Küche!«, rief Albin. »Dort hält er sich versteckt.«

Guntram war ein geistesgewandter Mann. Ein anderer hätte Albin ausgefragt, wie er darauf komme. Der Graf wusste, dass dafür immer noch Zeit war. Er rief den anderen einfach zu, ihm und Albin zu folgen.

»Nun, Bursche?«, fragte Guntram, als sie im Gang zwischen Küche und Backstube standen. »Wo versteckt sich der Meuchler?«

Albin verharrte bereits, um sich ganz auf seine rätselhafte neue Fähigkeit zu konzentrieren. Er nahm es jetzt deutlicher wahr: Angst und Verwirrung. Irgendwie passte es nicht zu den Gedanken und Gefühlen, die er im Refektorium gespürt hatte. Aber er kannte seine Fähigkeit sein Gespür noch zu wenig, um das wirklich einschätzen zu können. Für jetzt musste genügen, dass er die Richtung wusste.

»Da unten!« Albin zeigte auf die Luke, die den Abstieg zum Weinkeller verschloss.

Bruder Humbert, der einen Schlüssel für die Luke besaß, wurde herbeigerufen. Während der Cellarius den Kellerzugang öffnete, kamen Albin Zweifel und er fragte: »Wenn der Zugang verschlossen ist, wie konnte der Mörder dann in den Keller fliehen?«

Guntram zuckte mit den Schultern. »Das wird er

uns schon erzählen, wenn wir ihn erst haben. Hauptsache, wir kriegen ihn!«

Über eine breite Stiege ging es in das von den rußenden Fackeln nur mäßig erhellte Kellergewölbe. Hier türmten sich die Fässer, doch sonst lag der Keller verlassen – scheinbar.

Woher kommen die Großwüchsigen so schnell? Ich sollte besser verschwinden. Muss das Loch hinter den Apfelweinfässern erreichen, ehe sie hier alles mit ihren Fackeln ausleuchten!

Kaum hatte Albin die Stimme in seinem Kopf gehört, rief er: »Zu den Apfelweinfässern!« Und er zeigte zu den bauchigen Fässern am hinteren Ende des Gewölbes.

Sofort stürzte Graf Guntram mit seiner Schar – Männer mit Schwertern, Speeren und Fackeln – in die bezeichnete Richtung. Das Licht fiel auf eine kleine Gestalt, die zu den Fässern lief und sich zwischen ihnen hindurchzwängen wollte.

»Packt den Winzling!«, befahl Guntram. »Er darf nicht entwischen!«

Ein Mönch und ein Bewaffneter stürzten sich auf den zwergenhaften Mann im dunklen Rock, der schon halb zwischen den Fässern verschwunden war, und zerrten ihn wieder hervor. Trotz seiner geringen Körpergröße war der Kleinwüchsige sehr stark. Sein Gestrampel trat eins der Fässer los. Es krachte zu Boden und zersplitterte in tausend Teile. Goldgelber Apfelwein umspülte die Füße der Männer.

Erst die Spitze von Guntrams Schwert an der Kehle des Kleinen beendete dessen verzweifelte Ausbruchsversuche. Das Gesicht des Gefangenen war fast so faltig wie das von Bruder Graman. Der Mann war weiß Gott nicht mehr jung und doch nicht größer als ein

Kind, kleiner noch als Albin. In dem Gürtel, der seine dunkle Kutte zusammenhielt, steckte ein leicht gekrümmter Dolch. Sonst schien er unbewaffnet.

Ungläubig starrte Albin den Unbekannten an. Über der krausen Stirn ringelte sich erdbraunes Haar in wirren Locken.

»Das ist er nicht!«, entfuhr es Albin. »Das ist nicht der, den ich im Refektorium gesehen habe. Der Meuchler hatte rotes Haar.«

»Nicht?«, fragte Guntram mit einem prüfenden Blick, der zwischen Albin und dem Gefangenen hin und her sprang. »Nun, wenn der da nicht Graf Chlodomers Mörder ist, dann ist er sein Spießgeselle. Warum sonst sollte er sich hier verstecken und vor uns zu fliehen versuchen?«

»Wir reden immer von Mord«, sagte Graf Arbo, der italienische Gesandte. »Vielleicht hat unser Herrgott Graf Chlodomer ohne fremdes Einwirken zu sich gerufen. Wer sagt, dass es Mord war?«

Guntram zeigte auf Albin. »Der Bursche hat es behauptet.«

»Und Albin hat Recht damit«, sagte eine raue Stimme in Albins Rücken. Bruder Graman trat vor. »Ich konnte für Graf Chlodomer leider nichts mehr tun. Der Irrsinn, der ihn tanzen ließ, raubte ihm erst den Verstand und dann das Leben.«

»Irrsinn?«, wiederholte Arbo. »Ich habe noch nie gehört, dass es als Mord bezeichnet wird, wenn jemand am Veitstanz stirbt.«

»Nicht Gott verwirrte Graf Chlodomers Geist, sondern dies hier. Ich fand es in seinem Nacken.«

Graman hielt mit spitzen Fingern einen winzigen – nur knapp fingerlangen – Pfeil hoch, dessen Ende er mit einem Tuch umwickelt hatte, um es nicht mit der ungeschützten Haut zu berühren. Die Spitze schimmerte im Fackellicht blutig rot.

Überraschte Ausrufe wurden laut und Graf Guntram fragte, was das für ein Pfeil sei.

»Ein Giftpfeil, mit einem Blasrohr ausgesandt«, erklärte Graman. »Das Gift treibt dem Getroffenen erst den Verstand und dann das Leben aus.«

»Wer benutzt solch eine heimtückische Waffe?«

»Die von seinem Volk, Graf Guntram.« Graman deutete mit der Pfeilspitze auf den Gefangenen. »Die Nebelkinder. Dieser Pfeil mit dem uns unbekannten Gift ist eine ihrer fürchterlichen Waffen. Man nennt ihn auch den Elbenstrahl.«

»Also ist er doch der Mörder!«, stellte Guntram fest und bohrte seine Schwertspitze fester in die Kehle des Kleinen, bis ein Blutstropfen austrat.

»Er oder einer von seinem Volk.« Graman nickte und fuhr mit einem schweren Seufzer fort: »Ich habe geahnt, dass diese Nacht nichts Gutes bringt. Laut zu feiern, während der Nebel aus dem Mondsee steigt, heißt die Nebelkinder herauszufordern.«

»Dein Gerede von den Nebelkindern wirst du mir noch erklären, Mönch«, sagte Guntram. »Erst mal müssen wir dafür sorgen, dass uns der Meuchler nicht entwischt. Bindet den Zwerg und schließt ihn krumm. Lasst ihn keinen Augenblick unbewacht!«

Ein Trupp Bewaffneter nahm den Gefangenen in die Mitte und führte ihn ab. Er sagte nichts und wehrte sich nicht. Seine Augen waren auf Albin gerichtet und im Kopf des Findlings nahmen stumme Worte Gestalt an: *Hilf mir, Albin! Ich bin unschuldig und du weißt es. Du musst mir beistehen! Wir sind vom gleichen Blut, vom gleichen Volk. Wir sind die Kinder des Nebels!*

2

Von Bewaffneten begleitet, mehr bewacht als beschützt, wurden Albin und sein Ziehvater zum Eingang des Refektoriums gebracht. Zwei Wachen aus Graf Guntrams Truppe standen mit aufgepflanzten Speeren vor der schweren Tür aus Eichenbohlen. Der rotgesichtige Anführer der Bewaffneten sagte Albin und Graman, sie sollten hier warten, da zurzeit der Gefangene verhört werde. Albin richtete seinen Blick auf die verschlossene Tür und sein Geist schien das dicke Holz mühelos zu durchwandern ...

Kein Flötenklang hallte mehr durch das Refektorium, kein Gelächter, kein ausgelassenes Geschwätz. Bis auf zwei Mönche, die hohen Gesandten, ein paar Bewaffnete und den Gefangenen war der Speisesaal leer. Auf den Tafeln standen noch überreichlich die Speisen und Getränke. Nur ein Tisch war hastig freigeräumt worden, um Platz zu schaffen für den toten Grafen Chlodomer.

»Nenn uns deinen Namen!«, herrschte Graf Guntram den Gefangenen zum wiederholten Mal an.

Doch der kleine Mann, mit festen Stricken gebunden, kauerte auf einer der hölzernen Bänke und starrte ins Leere, reglos wie eine Statue aus Stein. Nur sein Leib schien sich im Refektorium zu befinden, sein Geist dagegen schien weit entrückt zu sein.

»Der Zwerg ist so gesprächig wie ein Fisch«, sagte unwillig Graf Agilbert, der Gesandte König Rudolfs von Hochburgund.

Hauptmann Jodokus, der Anführer der westfränkischen Wachen, trat vor den Gefangenen und zog sein Schwert. »Der Fisch wird zappeln, wenn er am Haken hängt. Und wenn er um sein Leben fürchtet, wird er auch reden!«

Das Schwert schoss vor. Die Spitze bohrte sich in den Hals des kleinen Mannes. Blut trat aus und bildete ein kleines Rinnsal.

Graf Guntram riss den Waffenarm des Hauptmanns zurück. »Hör auf damit, Jodokus! Wenn du ihm den Hals durchschneidest, wird er gar nichts mehr sagen.«

»Das wäre nicht weniger als jetzt«, brummte Jodokus und richtete seinen finsteren Blick auf den Tisch mit dem Leichnam. »Vergiss nicht, dass dieser tote Leib dort mein Lehnsherr war, edler Guntram. Meinem Schwert obliegt die Rache!«

Guntram schüttelte den Kopf. »Hier herrscht mein König, Arnulf von Kärnten, nicht dein König Odo.«

In die hageren Züge des Hauptmanns trat ein verschlagener Ausdruck. »Wenn Odo hört, was hier vorgefallen ist, kann sich das schnell ändern. Graf Chlodomer war mit dem König blutsverwandt.«

Graf Guntram nickte kaum merklich. Er wusste das und die Tragweite war ihm klar. Dass ein Mann aus dem westfränkischen Königsgeschlecht hier, wo der ostfränkische König Arnulf allen Gesandten seinen Schutz versprochen hatte, einen gewaltsamen Tod gefunden hatte, konnte nur zu leicht zum Krieg zwischen den beiden mächtigen Frankenreichen führen. Die Grenzmarken würden brennen und dann ganze Landstriche von Franzien bis hin nach Sachsen. Und das alles wegen eines winzigen Pfeils!

»Lasst uns nicht streiten, meine edlen Herren«, erhob Abt Manegold seine volltönende Stimme. »Dass Graf Chlodomer hinter den Mauern dieser Abtei gemeuchelt wurde, ist schon schlimm genug. Wenn wir uns überwerfen, ist das weder hilfreich noch findet es Wohlgefallen in den Augen des Herrn.«

Er blickte nach oben und schlug mit der rechten Hand vor seiner Brust das Kreuz. Alle anderen, auch die Soldaten, taten es ihm nach. Nur der Gefangene regte sich nicht. Die blutende Halswunde schien ihn nicht zu kümmern.

Ursinus, der bärtige Dekan und Stellvertreter Manegolds, sagte: »Wenn der Gefangene jetzt nicht spricht, sollten wir es später versuchen. Er ist uns sicher. Hören wir uns einstweilen an, was Bruder Graman und sein Schützling zu sagen haben.«

»Ein guter Vorschlag«, fand Graf Guntram und befahl, den Zwerg abzuführen.

Noch bevor die Tür geöffnet wurde, wusste Albin, dass man ihn und Graman gleich hineinrufen würde. So wie er wusste, dass der Gefangene stumm geblieben war, allen Drohungen zum Trotz. Albin kannte nicht die Worte, die im Refektorium gesprochen wurden. Und doch hatte er das Gefühl, den Verlauf den Verhörs miterlebt zu haben.

»Gefühl« war die richtige Bezeichnung. Er hatte Anspannung gespürt, dann Furcht und Schmerz, als der Hauptmann das Schwert in die Kehle des Gefangenen bohrte. Es waren die Empfindungen und Gedanken des Gefangenen, die Albin auf unheimliche Weise miterlebte. Und jetzt spürte er auch seine Erleichterung über das vorläufige Ende des Verhörs.

Die Tür schwang auf. Klirrende Kettenhemden und eiserne Speerspitzen begleiteten den Gefangenen.

Seine Fesseln waren so eng, dass sie seinen ohnehin kurzen Beinen nur winzige, trippelnde Schritte erlaubten.

Sein Blick traf Albin und der Findling erschauerte. Denn zugleich waren wieder die lautlosen Worte in seinem Kopf: *Steh mir bei, Albin. Ich muss aus der Abtei fliehen, noch in dieser Nacht. Ich verlasse mich auf dich, Bruder!*

Der Gefangene verschwand mit seinen Wächtern hinter einer Biegung. Was blieb, war ein leichtes Brennen in Albins Kopf und die tiefe Verwirrung über die seltsame Botschaft.

»Komm schon, Albin, der Abt und die Grafen wollen uns anhören. Träumst du?«

Graman schob seinen Schützling vor sich her ins Refektorium. Hinter ihnen fiel die Tür mit schwerem Krachen zu. Im Speisesaal roch es noch nach der ausgelassenen Feier, die mit Chlodomers Tod ein so jähes Ende gefunden hatte. Bratenduft kitzelte Albins Nase, gepaart mit einem säuerlichen Gemenge aus Wein und Schweiß. Sein Blick streifte die Grafen, die Soldaten, den Abt und den Dekan, um schließlich bei der Leiche zu verweilen. Der Tote sah aus, als schliefe er nur. Man hatte seine Augen geschlossen und die Hände auf der Brust zum letzten Gebet gefaltet. In ihnen steckte ein kleines, silbernes Kruzifix.

»Wie ist Graf Chlodomer gestorben?« Graf Guntram hatte die Frage gestellt. Seine Augen hingen, wie die aller anderen, auf Albin. Fragende, neugierige, brennende Augen.

Verwirrt antwortete Albin: »Aber das weißt du doch, edler Graf. Du warst dabei, als Graf Chlodomer starb. Und Nonus Graman hat dir den todbringenden Pfeil gezeigt.«

König Arnulfs Gesandter ging zu dem Leichnam und drehte den Kopf des Toten zur Seite. Albin konnte nun Chlodomers Nacken sehen und die Wunde, die der Elbenstrahl geschlagen hatte. Eine etwa daumengroße Schwellung, in der Mitte violett, an den Rändern blassblau. Wie die Schwäre einer unbekannten Art von Aussatz.

»Ein giftiger Pfeil hat Graf Chlodomer den Tod gebracht, das wissen wir.« Guntrams Zeigefinger stieß in einer plötzlichen Bewegung auf Albin. »Du warst auch dabei, Albin. Und du hast mehr gesehen als alle anderen. Wir wussten kaum, was geschehen war, da hast du schon von Mord gesprochen, junger Albin. Was hast du gesehen? Was weißt du?«

Albin fühlte sich unwohl, mehr wie ein Angeklagter als ein Zeuge. Heiße Wellen liefen über seinen Körper, und kalter Schweiß bedeckte seine Haut. »Ich habe eine kleine Gestalt gesehen, einen rothaarigen Mann, der aus dem Refektorium floh. Das ist alles.«

Albin brachte es nicht über sich, von den Stimmen in seinem Kopf zu erzählen. Klang es nicht unglaublich? Wie sollte er Graf Guntram, Abt Manegold und den anderen etwas erklären, das er selbst nicht verstand? Und wenn er es tat, zog er dann nicht den Gefangenen noch tiefer in die Sache hinein? Einen Unschuldigen!

Er fragte sich, weshalb er den Fremden für unschuldig hielt. Gewiss, der Zwerg aus dem Weinkeller war nicht der Rothaarige, den er hier im Refektorium gesehen hatte. Aber konnte Guntram nicht Recht damit haben, den Gefangenen als Spießgesellen des Meuchlers zu bezeichnen?

Doch etwas tief in Albin, das er selbst nicht erklären konnte, sagte ihm, dass den Gefangenen keine

Schuld an Chlodomers Tod traf. Er spürte eine Art Verwandtschaft mit dem Unbekannten, der ihn Bruder nannte.

Hauptmann Jodokus stieß ein krächzendes, falsches Lachen aus. »Du willst uns an der Nase rumführen, Knabe! Niemand außer dir hat den angeblichen Meuchler gesehen. Er ist nicht mehr als ein Hirngespinst, eine Lüge, die du dir ausgedacht hast, um den Gefangenen zu schützen!«

Graman trat vor Albin, als wolle er seinen Zögling mit ganzem Leib schützen. »Du beschuldigst Albin zu Unrecht, Soldat. Ich kenne ihn seit langen Jahren und weiß von seiner Aufrichtigkeit. Hat er euch nicht in den Weinkeller geführt? Warum hätte er das tun sollen, wenn er mit dem Gefangenen im Bunde steht?«

»Ein berechtigter Einwand«, sagte Graf Thibaut aus Arelat. »Aber woher wusste dieser Knecht, dass der geheimnisvolle Rothaarige der Meuchler ist?«

»Weil der Rotschopf nach Graf Chlodomers Zusammenbruch floh«, erklärte Albin. »Das schien mir Beweis genug.«

Graf Agilbert stützte das Kinn auf die geballte Faust und sah Albin durchdringend an. »Du hast gute Antworten bereit, Jüngling. Auch auf die Frage, weshalb du uns in den Weinkeller geführt hast? Wieso wusstest du, dass der Zwerg sich dort versteckt?«

»Ja!«, schrie Jodokus und legte die Rechte auf den Schwertknauf. »Wie konntest du das wissen, Knabe?«

Schwindel ergriff Albin. Der ganze Saal wollte sich um ihn drehen. Er ballte die Hände zu Fäusten und bohrte die Fingernägel in sein Fleisch. Der scharfe Schmerz überlagerte das Schwindelgefühl, drängte es zurück. Fieberhaft suchte er nach einer Antwort und sagte schließlich: »Im Hof des Kreuzgangs glaubte ich, den Meuchler in Richtung Küche fliehen zu sehen. Als wir dort ankamen, war er verschwunden. Aber ich hörte Geräusche, die aus dem Weinkeller kamen. Ein leises Poltern.«

Einige der Männer nickten und Guntram meinte: »Das klingt einleuchtend. Ich sehe keinen Grund, Albin als mitschuldig anzusehen. Hören wir uns nun Bruder Graman an. Du kanntest den Elbenstrahl, Mönch, und deine Worte über die Nebelkinder haben mich neugierig gemacht. Erkläre dich!«

Graman berichtete von den Wesen, die in nebligen Nächten wie dieser die Welt der Menschen heimsuchten, um sich an deren Besitz und zuweilen auch an deren Leibern und Kindern schadlos zu halten.

Jodokus schlug mit der Faust auf einen Tisch, dass Becher und Pokale tanzten. »Das sind doch Ammenmärchen. Ich muss mich wundern, solch heidnisches Geschwätz ausgerechnet von einem Mönch, einem Bruder Christi, zu hören.«

»Niemand hält diese Erzählungen für heidnisches Geschwätz, nicht hier in Mondsee«, belehrte Ursinus den Hauptmann.

Graf Guntram blickte den Dekan überrascht an.

»Wieso nicht?«

»Es heißt, ohne die Nebelkinder wäre die Abtei niemals gegründet worden.«

»Ich dachte, Herzog Odilo habe vor hundertvierzig Jahren das Kloster gegründet«, sagte Guntram.

»Vor hundertzweiundvierzig Jahren, um genau zu sein.« Ursinus strich bedächtig durch seinen kräftigen Bart, wie um sich zu sammeln. »Das ist, was in den Chroniken steht. Doch dahinter steckt die Geschichte von den Nebelkindern. Bruder Graman kennt sich damit am besten aus. Er sammelt nicht nur heilende Kräuter, sondern auch die Geschichten, die man sich über das Nebelvolk erzählt.«

»Dann soll Bruder Graman uns von dem Geheimnis um die Gründung der Abtei berichten!«, verlangte Guntram.

Graman blickte nachdenklich zu den geschlossenen Fensterläden, hinter denen die Nacht lauerte – und der Nebel. Auf seinem Gesicht spiegelten sich Unsicherheit und Furcht. Schließlich holte er tief Luft und begann: »Anno 747 weilte Herzog Odilo in diesem Landstrich, um seiner Jagdleidenschaft zu frönen. Seine Späher hatten einen prächtigen Rothirsch ausgemacht, einen Zwanzigender von außergewöhnlicher Größe. Odilo verfolgte ihn den ganzen Tag über ohne Rücksicht auf sein Pferd und auf seine Begleiter, die immer weiter zurückfielen. Es dämmerte bereits, und Nebel zog über dem Land auf. Aber der Hirsch war in der Nähe und ließ sein herausforderndes Röhren erschallen. Der Herzog folgte dem Geräusch, obwohl er kaum noch die Hand vor den Augen sehen konnte. Das Gelände wurde felsig, und Odilos Pferd verlor mehrmals fast den Halt. Da begriff der Herzog, dass er sich zu weit vorgewagt hatte. Er hatte die Orientierung verloren. Nicht der Jäger hatte das Wild in die Falle gelockt, sondern es war umgekehrt gewesen. Odilo sandte ein Gebet zum Allmächtigen und bat den Herrn im Himmel um seine Führung. Wolken und Nebel rissen plötzlich auf, und der Herzog sah dicht unter sich das Wasser des Sees glänzen. Ein falscher Schritt und er wäre in die Tiefe gestürzt.«

»Na und?«, fragte Guntram enttäuscht. »Die Geschichte ist mir bekannt. Aus Dankbarkeit stiftete Herzog Odilo am Ort seiner Errettung die Abtei, in der wir uns befinden. Weil das Mondlicht Odilo vor dem Sturz in die Tiefe bewahrte, gab er dem Gewässer und der Abtei den Namen Mondsee.«

»Ja«, bekräftigte Abt Manegold. »Aber das ist nicht die ganze Geschichte. Berichte weiter, Bruder Graman!«

»Herzog Odilo konnte den See zwar sehen, aber nicht den Weg zurück. Er hatte sich verirrt. Auf einmal scheute sein Pferd. Aus dem Nebel war ein seltsames Wesen getreten, mit dem Aussehen eines erwachsenen Mannes, aber nur so groß wie ein Knabe. Ein Kind des Nebels, ein Elb. Sein Volk siedelte damals rund um den See. Der Elb bot Odilo an, ihn zurück zum Jagdlager zu führen. Als Gegenleistung erbat der Zwerg, dass die Menschen den See so rasch wie möglich verlassen sollten, damit die Nebelkinder in Ruhe und Ungestörtheit leben konnten. Odilo willigte ein. Kurz vor dem Lager verschwand sein Führer so plötzlich im Nebel, wie er aufgetaucht war. Und später, als er am warmen Feuer saß, Braten aß und Wein trank, hielt der Herzog den Elb für einen Spuk, einen Mahr, gesandt von der finsteren Nacht und der Überanstrengung seiner Sinne. Er vergaß sein Versprechen, und seine ganze Dankbarkeit für die Errettung galt dem himmlischen Vater, zu dessen Ehren er die Abtei von Mondsee gründete.«

»Damit holte er noch mehr Menschen ins Land, die das Elbenvolk vertrieben«, fügte Ursinus hinzu. »Er hatte sein Versprechen doppelt gebrochen, aber der Fluch der Nebelkinder ereilte ihn bald. Er starb zu Beginn des folgenden Jahres, als er gerade die Urkunde zur Stiftung der Abtei unterzeichnet hatte.«

»Mir war nicht bekannt, dass Herzog Odilo an einem Fluch gestorben ist«, äußerte Graf Agilbert seinen Unglauben. »Ich dachte, sein Herz sei alt und schwach gewesen, zermürbt vom langen Kampf gegen die Franken. Deshalb habe es aufgehört zu schlagen.«

»So schreiben es die Chronisten«, bestätigte Graman.

»Doch im Volk erzählt man sich, ein Elbenstrahl habe Odilos Blut vergiftet.«

»Dummes Geschwätz!«, stieß Agilbert laut hervor.

Graman blickte den stämmigen Hochburgunder düster an. »Hier in Mondsee glaubt man an den Fluch der Nebelkinder. Noch heute liegt er auf dem Ort, auf dem ganzen Land. Deshalb ziehen sich die Menschen in nebligen Nächten in ihre Häuser zurück und flehen Gottvater um Schutz an.«

»Oder auch ihre alten heidnischen Götter«, sagte Manegold mit deutlichem Widerwillen.

»Aber das alles ist doch bloß eine Legende!«, bellte Jodokus.

»Und Graf Chlodomers Tod?«, fragte Graman mit einem Blick auf den Leichnam. »Vergiss nicht den Elbenstrahl, Hauptmann. Und der Gefangene, wirkt er auf dich wie ein Mensch?«

In den kleinen Augen des Hauptmanns blitzte es auf. »Wenn er ein Elb ist, ein Nebelkind, dann ist er auch schuldig am Tod des Grafen. Dann hat er den Elbenstrahl gesandt!«

Zustimmendes Gemurmel erhob sich.

»Er oder ein anderer Elb«, fiel Guntram in das Gerede ein. »Das rothaarige Wesen, das Albin erspäht hat.«

»Und wo ist dieser rothaarige Elb?«, fragte Jodokus.

»Leider entkommen«, antwortete Guntram leise. »Meine Soldaten haben das Kloster und das Dorf durchsucht, ohne Erfolg.«

Jodokus reckte angriffslustig sein stoppeliges Kinn vor. »Dann sollten wir uns an den Gefangenen halten. Ob er der Meuchler ist oder nicht, er hat sich in die Abtei geschlichen. Den Grund dafür muss er uns verraten, und wenn nicht freiwillig, dann eben unter der Folter.«

Wieder erntete Jodokus die Zustimmung der Gesandten. Nur Guntram schwieg.

Nach einer Weile des Nachdenkens sagte der Graf: »So sei es. Sobald die Sonne Nacht und Nebel vertrieben hat, wird der Gefangene erneut befragt. Redet er nicht freiwillig, werden wir seine Zunge mit Gewalt lösen!«

Albin verließ das Refektorium zusammen mit seinem Ziehvater. Schweigsam durchwanderten sie die halbdunklen Gänge der Abtei. Albins Gedanken waren bei dem Gefangenen. Der Findling malte sich aus, wie es dem Fremden unter der Folter ergehen würde. Die Bilder, die vor Albins innerem Auge abrollten, waren alles andere als schön. Er war froh, als Gramans Worte ihn aus den düsteren Gedanken rissen. Sie standen an der Abzweigung, wo der eine Gang den Infirmarius zum Dormitorium der Mönche und der andere Albin zum Schlafsaal der Bediensteten führte.

»Versuche für den Rest der Nacht Schlaf zu finden, Albin.«

»Wirst du schlafen, Nonus?«

Graman lächelte matt. »Wohl kaum, du hast Recht. An diesem Abend geschah zu vieles, das meine Gedanken beschäftigt.«

»Meine auch. Eine Menge Fragen schwirren in meinem Kopf herum. Vielleicht kannst du mir einige davon beantworten, Nonus.«

Der alte Mönch legte den Kopf schief und sah seinen Schützling abwartend an.

»Ich bin dabei, vom Knaben zum Mann zu reifen«, sagte Albin. »Aber mein Körper will der eines Kindes bleiben.«

»Das stimmt nicht, du bist sehr kräftig für dein Alter.«

»Aber auch recht klein.«

Als Albin dies sagte, bemerkte er ein leichtes Zittern auf Gramans Zügen. Der Mönch bekam sich schnell wieder in die Gewalt und erwiderte: »Du kannst noch wachsen, Albin.«

»Vielleicht. Aber ich bin schon lange nicht mehr gewachsen. Warum nicht?«

Graman bemühte sich um Gelassenheit, aber es gelang ihm nicht ganz. »Woher soll ich das wissen?«, entgegnete er und seine unruhigen Finger gruben sich in die Falten seiner Kutte.

»Ich kenne meine Eltern nicht. Du hast mich gefunden, als ich noch sehr klein war, Nonus.«

»Und?«, fragte Graman, der unter Albins prüfendem Blick zusehends unruhiger wurde.

»Weißt du mehr als ich über meine Abstammung? Hängt sie zusammen mit ... den Nebelkindern?«

Graman wollte etwas erwidern, presste dann aber seine Lippen fest aufeinander, als wolle er sich selbst zum Schweigen zwingen. Er schwankte leicht, wie ein junger Baum im Wind. Die Lippen bebten, suchten nach passenden Werten. Seine Finger kratzten noch immer an der groben Wolle des Mönchsgewands.

»Weit fortgeschritten ist die Nacht, in wenigen Stunden läutet die Glocke zur Mette«, sagte er endlich und es klang zögerlich. »Unsere Gedanken sind aufgewühlt, unsere Geister ermüdet. Es ist nicht die Zeit, um über wichtige Dinge zu sprechen.«

»Wann ist die Zeit?«, fragte Albin drängend.

»Wenn wir ausgeruht sind. Morgen vielleicht. Und jetzt schlafe gut, mein Sohn. Der Herr sei mit dir.«

Albin nickte nur. Enttäuscht, von Graman nichts erfahren zu haben, blickte er ihm nach, als der Mönch zum Dormitorium ging. Den Oberkörper weit nach vorn gebeugt und mit schlurfenden Schritten wirkte Graman wie ein Greis, der die Last des hohen Alters auf den Schultern trug. Oder die des Wissens, das er vor Albin verbarg?

Albin ging in die andere Richtung, zum Schlafsaal der Bediensteten. Schon nach wenigen Schritten blieb er stehen. Er wusste, dass er viel zu aufgewühlt zum Schlafen war. Er würde sich nur unruhig auf seinem Lager hin und her wälzen. Aber noch etwas anderes ließ ihn umkehren: die Stimme in seinem Kopf. Der Hilferuf des Gefangenen.

Ja, komm zu mir, Albin. Rette mich, mein Bruder!

Albin erschrak. Der Gefangene konnte ihm nicht nur lautlose Botschaften zusenden, er las offenbar auch die Gedanken des Findlings.

Nicht immer, aber zur Zeit ist es hilfreich. Auch du wirst dich an die Gabe gewöhnen. Und nun beeil dich, bitte!

Die Stimme leitete ihn durch die düsteren Gänge. Zögernd ging Albin zum Küchentrakt, erfüllt von Furcht und Zweifeln. Wenn er dem Gefangenen half, war das nicht ein Verrat an den Mönchen, die ihn aufgenommen hatten? Ein Verrat an Graman. Und, vielleicht noch schlimmer, ein Verstoß gegen Graf Guntrams Befehle und damit Hochverrat. Doch Albins

Mitleid und sein Schuldgefühl überwogen. Er konnte es nicht ertragen, den Gefangenen unter der Folter zu wissen. Schon deshalb nicht, weil er selbst den Unbekannten in diese schreckliche Lage gebracht hatte. Und dann war da noch seine brennende Neugier, mehr zu erfahren über den seltsamen Zwerg, über die Nebelkinder – über sich selbst.

Das wirst du, Albin, du wirst die Wahrheit erfahren!, versprach das Flüstern in seinem Kopf. *Aber nur, wenn du mir beistehst!*

Der Küchentrakt lag verlassen vor Albin. Die rege Geschäftigkeit, die hier vor wenigen Stunden geherrscht hatte, war nur noch Erinnerung, hatte sich aufgelöst in den mitternächtlichen Schatten und im Nebel, der diesige Schwaden durch die Ritzen von Türen und Fensterläden sandte.

Du bist gleich da, Albin. Ich bin auf dem Hof, im Holzverschlag. Aber – sei vorsichtig, eine Wache steht vor der Tür. Du musst sie ausschalten, ohne dass sie dich erkennt.

Leise trat Albin an die Tür, die zum Küchenhof führte, zog sie einen winzigen Spalt auf und spähte hindurch. Er sah den Hühner- und den Kaninchenstall und dann auch den Brennholzverschlag, vor dem müde ein Soldat im Kettenhemd lehnte. Der Helm saß schief auf dem wuchtigen Schädel und der Speer schien dem Mann mehr als Stütze denn als Waffe zu dienen. Ein herzhaftes Gähnen unterstrich seine Müdigkeit. Gleichwohl war er ein robuster Kerl, ein erfahrener Soldat. Wie sollte Albin ihn überwinden?

Lass dir etwas einfallen, Bruder: Du bist schlau und stark, nutze deine Gaben und sieh zu, dass du den müden Krieger unschädlich machst!

Albins Augen hatten sich schnell an die neblige

Nacht gewöhnt; schon immer hatte er auch bei schlechtem Licht gut sehen können. Vor dem Verschlag waren armdicke Feuerholzscheite aufgestapelt, die man nach draußen geschafft hatte, um Platz für den Gefangenen zu bekommen. Ein schmaler Weg führte zum Schweinekoben hinter dem Verschlag.

Der Findling bückte sich und steckte eine Hand durch den Türspalt, bis er einen Stein ertastete. Es war nur ein kleiner Kiesel, aber ausreichend für seine Zwecke. Albin erhob sich und wartete, bis der Wächter in die andere Richtung sah. Schnell stieß er die Tür ein wenig weiter auf, schleuderte den Kieselstein im hohen Bogen und zog die Tür sofort wieder zu. Der Kiesel flog, wie geplant, über den Holzverschlag und fiel mit einem hellen Klackern gegen den Schweinekoben.

Das Geräusch schreckte den Wachtposten auf. Er sah sich suchend um, nahm den Speer stoßbereit in beide Hände und verschwand im Eingang zum Koben.

Augenblicklich lief Albin nach draußen und nahm einen der schweren Holzscheite vom Stapel. Als der Wächter aus dem Koben zurückkam, traf ihn das Holz im Nacken. Der Mann taumelte und sackte mit einer Drehung um sich selbst zu Boden. Der Helm rutschte von seinem Kopf und der Speer aus seinen Händen.

Albin beugte sich über ihn und stellte erleichtert fest, dass der Mann nur bewusstlos war; er würde mit einer dicken Beule und starken Kopfschmerzen erwachen. Hatte er Albin erkannt? Wohl kaum. Der Findling hatte sehr schnell gehandelt, geschützt durch Nacht und Nebel.

Er zog den Dolch des Soldaten aus der Lederscheide und entriegelte den Eingang zum Holzverschlag. Der zusammengeschnürte Zwerg kauerte zwischen den Holzstapeln und blickte ihn mit weit aufgerissenen Augen an.

»Komm schon, mein Junge, trödle nicht rum!«, stieß der Gefangene im Flüsterton hervor. »Je eher ich hier raus bin, desto besser.«

Es war das erste Mal, dass Albin seine richtige Stimme hörte. Sie hatte einen knarrenden, rostigen Klang, als sei sie das Sprechen nicht gewöhnt.

»Du könntest ruhig ein wenig freundlicher sein«, erwiderte Albin verärgert. »Schließlich bin ich gerade dabei, dir das Leben zu retten!«

»Zu gütig.« Der Zwerg setzte eine säuerliche Miene auf. »Besonders wenn man bedenkt, dass ich mich ohne dich gar nicht in dieser misslichen Lage befinden würde. Also mach und schneide mich endlich los!«

Die Dolchklinge schwebte schon über den Stricken, da hielt Albin inne. Tat er wirklich das Richtige?

»Aber natürlich«, antwortete der Gefangene auf seinen Gedanken. »Ich bin unschuldig, das weißt du!«

»Was hattest du im Weinkeller zu suchen?«

»Wein, was sonst. Man kann von euren Mönchen halten, was man will, aber sie haben den besten Weinkeller weit und breit. Deshalb habe ich einen Tunnel dorthin gegraben. Wo ich herkomme, ist guter Wein eine Seltenheit.«

»Und woher kommst du?«

»Aus den Bergen.« Der Zwerg sah in die Nacht hinaus. »Aus dem unwirtlichen Land, in das die Menschen unser Volk vertrieben haben, Albin.«

»Unser Volk?«, wiederholte der Findling.

»Du ahnst doch längst, dass du einer von uns bist. Ein Kind des Nebels, ein Elb!«

Albin stand starr und sah den Fremden an. Natürlich hatte Albin es geahnt, aber eine bloße Ahnung zu hegen und etwas in deutlichen Worten zu hören waren zwei verschiedene Dinge. Albins Gedanken überschlugen sich. Würde er jetzt endlich Auskunft über seine Abstammung erhalten?

»Ich bin ein Elb, kein Prophet«, murrte der Gefangene. »Wir haben nicht viel Zeit zum Reden. Und wenn du mich nicht endlich von den Fesseln befreist, die mir das Blut abschnüren, bin ich bald nur noch ein Haufen totes Fleisch!«

Albin schnitt die Fesseln durch und fragte: »Wie heißt du?«

»Man nennt mich Findig, und ich finde es nicht unpassend.«

»Erzähl mir mehr über dich und über ... unser Volk!« Findig rieb seine befreiten Glieder. »Ich würde ja gern bei einem guten Becher Apfelwein mit dir plaudern, Bruder, aber ich sollte besser verschwunden sein, wenn der Wachtposten wieder zu sich kommt.«

Albin nickte und seufzte: »Du hast Recht. Reden können wir später, wenn wir in Sicherheit sind.«

»Du irrst dich, ich geh allein. Du musst hier bleiben für den Fall, dass der Rotelb wieder in der Abtei auftaucht.«

»Wer?«

»Der Meuchler, den du gesehen hast. Es kann nur ein Rotelb gewesen sein. Einer von denen, die ihr eigenes Volk verraten und sich an die Menschen als Mörder verdingt haben.«

»Du meinst, er ist für den Mord angeheuert worden?«

»Aber natürlich«, sagte Findig verächtlich. »Ein Rotelb wird immer von anderen für seine Schandtaten bezahlt.«

»Seine Arbeit ist getan. Wieso sollte er ins Kloster zurückkommen?«

»Ich weiß es nicht. Tut er es nicht, kann deine Anwesenheit hier gleichwohl hilfreich sein. Vielleicht kannst du herausfinden, wer mit dem Rotelb im Bunde steht. Es muss etwas mit der Zusammenkunft der Grafen zu tun haben.«

»Warum ist das so wichtig?«

»Ein Elb hat einen hochstehenden Adligen ermordet, einen Verwandten des Westfrankenkönigs. Diese Tat fällt auf unser ganzes Volk zurück. Die Menschen machen keinen Unterschied zwischen Braun- und Schwarz-, Licht- und Rotelben. Für sie sind wir alle Nebelkinder, unheimlich und bedrohlich. Deshalb hassen und verfolgen sie uns. Der Mord an Graf Chlodomer könnte unser ganzes Volk in Gefahr bringen, Albin. In unseren Händen liegt es, die Gefahr abzuwenden. Deshalb musst du in Mondsee bleiben und Augen und Ohren offen halten.«

»Und du?«

»Ich werde in die Berge zurückkehren und versuchen, etwas über die Umtriebe dieses Rotelbs in Erfahrung zu bringen. Wir werden uns wiedersehen, vielleicht schon bald.«

Findig lief mit Albin zurück in den Küchentrakt, kniete sich vor die Luke zum Weinkeller und bat Albin um den Dolch.

»Willst du durch den Tunnel fliehen, den du gegraben hast?«, fragte Albin.

»Was sonst? Zum Weintrinken fehlt mir leider die Zeit. An den Toren und auf den Dächern stehen Graf

Guntrams Wächter. Schätze, der Graf wird auch den Tunnel bald verschütten lassen. Schade auch.«

»Wie konntest du allein einen so langen Tunnel graben, Findig?«

»Er ist nicht lang, nur ein kurzes Verbindungsstück zu den alten Römergängen unter dem Kloster. Weißt du nicht, dass die Abtei auf den Überresten alter Gebäude aus der Römerzeit steht?«

Mit geschickten Bewegungen sprengte Findig das Schloss auf. Er steckte den Dolch in seinen Gürtel und sah tief in Albins Augen. »Willst du mir helfen, Bruder, und damit deinem ganzen Volk?«

Albin zögerte, noch war Zeit zur Umkehr. Aber Graman verschwieg ihm etwas und Findig hatte ihm Aufklärung versprochen. Außerdem traute er Findig eher als allen Soldaten in der Abtei zu, Graf Chlodomers Mörder zu ergreifen. Albin verstand längst nicht alle Zusammenhänge, aber er spürte, dass die Aufklärung des Mordes wichtig war. Und deshalb sagte er schließlich: »Ja, ich stehe dir bei, Findig.«

»Gut. Hebe die Luke für mich an, und wenn ich unten bin, geh schlafen. Du musst von meiner Flucht ebenso überrascht erscheinen wie alle anderen.«

Albin hob die Luke ein Stück hoch und Findig stieg in die Dunkelheit hinab. Als er die Luke wieder schloss, spürte Albin einen Kloß in seiner Kehle. Plötzlich fühlte er sich unwohl. Falls er doch einen Fehler begangen hatte, war es jetzt zu spät, ihn zu berichtigen.

Er ging in den Schlafsaal und schlich sich möglichst leise zu seinem Lager. Aber er fand keinen Schlaf. Seine Gedanken kreisten um die Nebelkinder, um Findig und den Rotelb, um den toten Grafen Chlodomer und auch um die schöne Gerswind. Albin lag noch wach, als die Glocke zur Mette schlug und die Mönche zu noch nachtschlafender Stunde zum ersten Gebet des Tages rief.

3

Schlug die Glocke noch immer? Nein, schon wieder. Irgendwann war Albin doch in einen kurzen, unruhigen Schlaf gefallen. Aber die Glocke war nicht die Ursache für sein Erwachen. In das Läuten mischten sich laute Alarmschreie und die stampfenden Tritte von Soldatenstiefeln. Die Tür des Schlafsaals wurde aufgestoßen und schlug krachend gegen die Wand. Die Knechte der Abtei fuhren von ihren Strohsäcken hoch, murmelten, noch schlaftrunken, verhaltenen Protest und blinzelten verwirrt ins Licht der Fackeln, die von Soldatenhänden gehalten wurden. Das Eisen von Kettenhemden und Waffen klirrte laut, als die Kriegsmänner von Schlafstatt zu Schlafstatt schritten und die Fackeln so nahe an die Gesichter der Knechte hielten, als wollten sie die so jäh Erwachten versengen.

»Das ist der Kerl«, blies eine Soldatenstimme den strengen Geruch von Fisch und Zwiebeln in Albins Gesicht, und der grelle Fackelschein schmerzte in seinen Augen. Eine starke Hand umklammerte seine Schultern und schüttelte ihn durch. »Wach auf, Kleiner, Graf Guntram will dich sehen, auf der Stelle!«

»Bin schon wach«, brummte Albin und stützte sich auf einen Ellbogen. »Was gibts?«

»Frag nicht, komm mit!« Der Soldat umfasste noch immer Albins Schulter und wollte ihn mit Gewalt hochziehen.

»Ich komm ja schon«, maulte Albin. »Darf ich wenigstens meine Schuhe anziehen?«

»Wenns schnell geht.«

Albin wurde nicht länger von dem Fackellicht geblendet. Er fand seine abgewetzten Lederschuhe, schlüpfte mit den Füßen, die in derben Leinenstrümpfen steckten, hinein, und wickelte die Schnüre geschickt um seine Hosenbeine. Als er in Begleitung der Soldaten den Schlafraum verließ, verfolgten ihn die anderen Knechte mit neugierigen, erleichterten und auch zufriedenen Blicken. Manch einer glaubte wohl, dass der Findling etwas ausgefressen habe und jetzt seine gerechte Strafe erhielt. Vielleicht, dachte Albin, lagen sie da gar nicht so falsch.

Durch die Ritzen der geschlossenen Fensterläden drang noch kein Tageslicht. Die Glocke, deren voll tönende, durchdringende Stimme allmählich verhallte, hatte die Mönche zu den Laudes gerufen, den morgendlichen Lobgesängen, die mit dem Anbruch der Dämmerung enden würden. Albin bekam keinen der frommen Brüder zu Gesicht. Die Soldaten führten ihn schnurstracks zur offenen Kellerluke und stiegen mit ihm hinab in die Tiefe. Unten wurden sie von weiteren Bewaffneten erwartet, darunter Graf Guntram und einem edel gekleideten Herrn mit auffällig schmalem Gesicht: Wenrich, der Vogt von Mondsee. In seinen Händen lagen alle weltlichen Angelegenheiten, die das Kloster und die dazugehörigen Ländereien betrafen. Er hatte auf den Kirchengütern für Ordnung zu sorgen und in Streitfällen über die dort lebenden Menschen Gericht zu halten.

»Er ist hier durch«, sagte Guntram zu Albin.

»Wer?«, stammelte Albin hastig, als ihm einfiel, dass er sich ohne diese Frage verdächtig machte.

»Der Zwerg, den wir entdeckt haben. Er konnte aus dem Brennholzverschlag fliehen. Allerdings nicht ohne fremde Hilfe.«

»Und … wer hat ihm geholfen?«, fragte Albin vorsichtig, darauf bedacht, sich nicht durch ein falsches Wort zu verraten.

Guntram verzog das Gesicht zu einer säuerlichen Grimasse. »Wenn wir das nur wüssten!«

Wenrich trat Albin entgegen und musterte ihn streng. »Mag sein, es war dieser Rothaarige, den du im Refektorium gesehen haben willst, Knecht. Mag sein, er hielt sich noch auf dem Gelände der Abtei versteckt. Mag sein, er hat seinen Spießgesellen befreit und ist mit ihm zusammen entflohen.«

»Mag sein?«, wiederholte Albin. »Du bist nicht überzeugt, Vogt?«

»Nein, bin ich nicht«, sagte Wenrich scharf. »Bis jetzt bist du der Einzige, der den Rotschopf gesehen hat. Oder soll ich sagen, gesehen haben will?«

»Dein Eifer in Ehren, Vogt Wenrich, aber wir haben jetzt Wichtigeres zu tun«, mischte sich Guntram ein. »Ich habe den Burschen nicht holen lassen, um ihn mit Verdächtigungen zu überhäufen. Er soll uns helfen, den Entflohenen – oder vielleicht auch die Entflohenen – aufzuspüren.«

»Und wie soll ihm das gelingen, Graf?«

König Arnulfs Gesandter zeigte auf die Apfelweinfässer, zwischen denen ein dunkles Loch in der Kellerwand klaffte. »Dort ist der Zwerg durch. Die Wache wurde lange vor der Mette überfallen, was bedeutet, dass der Flüchtling die Abtei längst verlassen haben dürfte. Um ihn aufzuspüren, müssen wir wenigstens seinen Fluchtweg kennen. Das Loch ist zu eng für einen ausgewachsenen Mann. Aber du, Albin, müsstest hindurchpassen. Nimm eine Fackel mit. Wenn du aus dem unterirdischen Gang ins Freie trittst, werden meine Männer dein Licht erspähen.«

Ein eigenartiges Gefühl beschlich Albin, als er sich, eine Fackel in der Rechten, durch das Loch zwängte. Sollte er wirklich dabei helfen, den Elb aufzuspüren, den er eigenhändig befreit hatte? Aber wenn er sich weigerte, zog er das Misstrauen der hohen Herren auf sich. Es war seltsam, dass er Findig, den er erst seit kurzem kannte, so sehr vertraute. Seltsam, aber so war es nun einmal. Es war eine Sache des Gefühls, nicht der Überlegung. Vielleicht hatte Findig ihn angelogen und steckte mit Graf Chlodomers Mörder unter einer Decke, doch das glaubte Albin nicht. Vielmehr nahm er an, dass mit Findig zum ersten Mal in seinem Leben jemand aufrichtig zu ihm gewesen war. Aufrichtiger noch als Graman, der mehr über Albins Herkunft zu wissen schien, als er seinem Zögling anvertraut hatte.

Also kroch Albin Stück für Stück voran, bis seine Hände plötzlich den Halt verloren. Er rutschte nach vorn und die Fackel entglitt seiner Hand. Er sah sich schon, als Strafe für Findigs Befreiung, in den Schlund der Hölle stürzen. Aber er fiel nur ein kurzes Stück, dann lag er bäuchlings auf festem Boden, neben sich die Fackel, die seine Wange mit heißem Atem streifte. Er nahm sie wieder an sich und richtete sich langsam auf. Ja, er konnte tatsächlich aufrecht stehen!

Das enge Loch – der kurze Verbindungstunnel, den Findig gegraben hatte – war einem weitaus geräumigeren Gang gewichen. Das rötliche Fackellicht fiel auf gleichmäßig behauenen Stein an beiden Wänden. Vermutlich war es einer der Römergänge, von denen

Findig gesprochen hatte. Aber in welche Richtung sollte er jetzt gehen? Einen Ausgang suchen musste er, wollte er hier unten nicht verdursten und verhungern. Er hielt die Fackel dicht über den Boden und entdeckte endlich die Spuren kleiner Füße, deutlich sichtbar im Staub von Jahrhunderten. Findigs Spuren!

Er folgte ihnen, aber sehr langsam, um den Vorsprung des Geflohenen zu vergrößern. Er wollte aus dem unterirdischen Labyrinth heraus, doch hatte er nicht vor, Guntram und Wenrich dabei zu helfen, Findig aufzuspüren. Sorgsam achtete er auf den Boden, um die Spur des Elben nicht aus den Augen zu verlieren, aber auch um nicht zu stolpern. Denn an einigen Stellen waren die alten Mauern abgebröckelt und das lose Gestein bildete auf dem Estrich mehr oder minder große Aufhäufungen. Je länger er durch das Wirrsal der Gänge wanderte, desto stärker fror er. Die wärmende Sonne war seit langer Zeit von diesen Gängen ausgesperrt und die ewige Nacht, die hier unten herrschte, griff mit totenkalten Fingern nach Albin.

Zu der Kälte gesellte sich ein unheimliches Gefühl, eine eigenartige Erregung, wie eine Mischung aus Angst und neugieriger Erwartung. Irgendetwas sagte ihm, dass Graf Chlodomers Tod und die Begegnung mit Findig für Albin selbst von großer Bedeutung waren. Er ahnte, spürte, dass in nächster Zeit etwas Einschneidendes in seinem Leben geschehen würde. Es ängstige ihn, weil es mit Tod und Gefahr verbunden war und weil ein glücklicher Ausgang keineswegs gewiss schien. Aber gleichzeitig sah er der Zukunft erwartungsvoll entgegen, da er schon seit langem fühlte, dass er nicht für das Leben eines Knechts geschaffen war. Wäre nicht seine tiefe Zuneigung zu Graman gewesen und wäre Albin als leibeigener Knecht nicht an die Abtei am Mondsee gebunden gewesen, hätte er sich schon längst davongestohlen.

Als die Flamme der Fackel in einem starken Luftzug tanzte und zugleich vor Albin ein zarter hellroter Schimmer auftauchte, wusste er, dass vor ihm das Ende des Ganges lag. Er hockte sich auf einen losen Stein und blieb eine ganze Weile dort sitzen, um noch mehr Zeit für Findig herauszuschinden. Endlich trat er ins Freie und sog gierig die frische Morgenluft ein, die nach dem muffigen Dunst des unterirdischen Labyrinths wie ein Schluck köstlichen Weins nach einer langen Wanderung war.

Zu dieser frühen Stunde, bevor das Morgenlicht sich entfalten konnte, bestand die oberirdische Welt aus großen Flächen von Schwarz, Blau und ein wenig Rot. Das blasse Rot war die Vorhut der Sonne, die selbst noch hinter den Schattenrissen der Berge verborgen lag. Der Himmel über dem Mondseeland zeigte die verschiedensten Spielarten von Blau: hell und fast violett über den Berggipfeln, wo die zaghaften Sonnenstrahlen sich mehr und mehr vortasteten; düster, beinahe schwarz noch hoch oben, wo die zum Sterben verurteilte Nacht sich in großen Wolken festkrallte.

Albin stand auf einer Anhöhe im Westen der Abtei, eine gute Meile von ihr entfernt. Schwarzdorn- und Haselnusssträucher bedeckten den Hügel und verbargen das schräg ins Erdreich führende Loch, durch das er nach draußen gestiegen war. Ein idealer Einstieg zu Findigs Geheimgang und zugleich ein guter Punkt, um das Kloster zu beobachten. Die Abtei war zum morgendlichen Leben erwacht, wovon zahlreiche Lichter kündeten. Auch außerhalb der Klostermauern brannten Kienspäne, in den vereinzelten Hütten der Landpächter, in der zwischen Abtei und See liegenden Handwerkersiedlung und in den Fischerhütten, die das nördliche Ufer säumten.

Das Gebiet rund um die Abtei war nur ein kleiner Teil der klösterlichen Besitztümer. Zu ihnen gehörten etliche verstreut liegende Ländereien, manche davon weit hinter den Bergen, und all das wiederum frommte dem Bischof von Regensburg, dem das Kloster Mondsee zugeeignet war. In Regensburg residierte auch König Arnulf, wenn er sich nicht in seinen Pfalzen Forchheim und Frankfurt aufhielt. Aber für die einfachen Leute hier in den Bergen war nicht die weit entfernte Königsstadt Regensburg der Mittelpunkt ihrer Welt, sondern die Abtei. Sie bot mit ihren festen Mauern und den Soldaten des Vogts Schutz vor räuberischen Überfällen. Das von Graman geführte Siechenhaus war die letzte Hoffnung der Kranken. Die Vorräte in den Speicherhäusern sicherten in Zeiten der Not das Überleben des ganzen Landstriches. Vieles gaben die Mönche den Menschen, aber alles hatte seinen Preis: Abgaben, die ans Kloster zu leisten waren, und die Verpflichtung der häufig noch tief im alten Heidenglauben verwurzelten Menschen, nur noch dem Christengott zu huldigen und seine Gebote zu achten.

Während Albin die Fackel schwenkte, um Guntram und Wenrich mit ihren Männern ein Zeichen zu geben, glitt sein Blick über den Mondsee, eine trübe blaugraue Fläche, über dem dichte Nebelschwaden waberten. Weiter hinten, im Süden, schien sich der See im Nebel aufzulösen und der Nebel wiederum wollte mit den Umrissen der Berge verschmelzen. All das wirkte auf Albin wie ein Land, in dem die Menschen nichts verloren hatten. Die Berge erschienen ihm wie schlafende, versteinerte Riesen, die jeden Augenblick zu neuem Leben erwachen konnten. Der Mondsee und die vielen anderen Gewässer in den Ebenen zwischen den Höhenzügen waren vielleicht nichts anderes als Tränen, vergossen von den Steinriesen aus Schmerz über das Treiben der Menschen, die den Wald rodeten, ihr Vieh auf die grünen Wiesen trieben und den Seen die Fische raubten.

Seltsamerweise fühlte sich Albin in dieser zwischen Traum und Wirklichkeit schwankenden Morgenstunde den Bergen, Wäldern und Seen und ihren angestammten Bewohnern viel näher als den Menschen. Nicht nur in dieser Morgenstunde, wenn er ehrlich zu sich selbst war. Schon lange spürte er einen starken inneren Drang, die Abtei zu verlassen. Die Welt da draußen schien ihn zu rufen, mit einer Stimme, die stärker war als jedes Menschenwort, stärker noch als der mächtige Klang der bronzenen Kirchenglocke. Bislang hatte er dem Ruf widerstanden, hatte ihn ignoriert und als Traumgespinst abgetan. Doch mit den jüngsten Ereignissen hatte die unheimliche Stimme ein Gesicht bekommen, Findigs Gesicht. Und Albins innere Unsicherheit wich der Erkenntnis, dass es einen triftigen Grund für sein Verlangen gab, die Menschenwelt zu verlassen. Wenn Findig die Wahrheit sprach, und daran hegte er kaum Zweifel, gehörte Albin nicht in diese Welt. Das Land jenseits der Nebelschwaden war seine Heimat: das Land der Nebelkinder.

Lautes Hufgetrappel riss Albin aus seiner Versunkenheit. Guntram und Wenrich sprengten mit einer Schar Berittener herbei, die sich rund um Albin versammelte. Der heiße Atem der Pferde verdichtete sich in der frischen Morgenluft zu weißen Wölkchen. Ein paar Reiter hielten Fackeln in den Händen, und das Licht spiegelte sich auf dem Metall von Waffen und Rüstungen.

Wenrich lenkte seine tiefschwarze Stute dicht an Albin heran und beugte sich im Sattel vor. Mit grimmigem Gesicht starrte er den Findling an. »Wir glaubten dich schon verschollen. Was, zum Teufel, hast du da unten getrieben?«

Albin deutete auf die versteckte Erdhöhle. »Da ist ein wahres Labyrinth, Herr. Wie eine unterirdische Stadt. Wohl noch aus den alten Tagen der Römer. Ich musste den richtigen Weg erst suchen.«

»So? Und woher weißt du, dass du ihn gefunden hast?«

»Einen anderen Ausgang konnte ich nicht entdecken. Außerdem fand ich frische Fußspuren, denen ich folgte.«

Wenrich stieß ein ungehaltenes Schnauben aus, drehte sich dabei im Sattel und ließ seinen Blick über die gesamte Anhöhe schweifen. »Und wohin hat sich der Zwerg verkrümelt?«

»Das weiß ich nicht, Herr.«

Graf Guntram, der sich ebenfalls das Gelände angesehen hatte, richtete sich im Sattel seines Braunschecken auf und sagte laut: »Zurück zur Abtei wird er kaum gegangen sein. Auch ist nicht anzunehmen, dass er Helfer im Dorf hat. Er wird in die Berge geflohen sein. Schlecht nur, dass es hier mehr Berge gibt, als man zählen kann.«

Guntram hatte kaum ausgesprochen, da ertönte Hundegebell und Wenrichs Gesicht hellte sich auf.

»Gleich sind wir schlauer«, rief der Vogt freudig aus.

»Das sind Bardo und Egolf, nach denen ich schicken ließ. Sie werden uns den Weg weisen. Verlass dich darauf, Graf Guntram!«

Ein einzelner Reiter, ein wahrer Klotz von einem Mann, trieb seinen stämmigen Braunen die Anhöhe herauf. Es war Volko, der Hauptmann des Vogts. Zwei Hunde, so groß wie Kälber, waren mit Leinen an seinem Sattel befestigt. Es waren sehnige, kräftige Tiere mit spitzen, wolfsähnlichen Köpfen. In beiden Hunden schien mehr als ein Schuss Wolfsblut zu fließen. Sie hatten beide graues Fell, das sich am Kopf verfärbte, bei einem sehr hell, bei dem anderen Tier dunkel, fast schwarz.

»Warum hat es so lange gedauert, Volko?«, fuhr Wenrich den muskelbepackten Reiter an. »Hast du unterwegs bei deiner Liebsten an die Tür geklopft?«

Der Vogt achtete nicht auf Volkos gestammelte Entschuldigung. Geschmeidig glitt er aus dem Sattel und ließ sich vor den Hunden auf die Knie nieder. Die großen Tiere leckten an seinen ausgestreckten Händen wie kleine Welpen, die nach der Muttermilch gierten. » Ja, so ists schön, meine braven Jäger. Fein, Bardo, und auch du, Egolf. Ihr werdet mich nicht enttäuschen, das weiß ich.«

Nachdem er die Hunde gestreichelt und liebkost hatte wie sein eigen Fleisch und Blut, zog er einen Dolch mit leicht gekrümmter Klinge aus dem Gürtel. Es war Findigs Waffe, die Wenrich jetzt von den Hunden beschnuppern ließ.

»Findet den Giftzwerg, dem diese Klinge gehört, meine beiden Lieblinge. Findet ihn und ihr werdet das saftigste, blutigste Stück Fleisch bekommen, das ihr jemals zwischen euren Zähnen hattet. Los!«

Er gab Volko ein Zeichen, und der löste die Leinen

von den breiten Lederhalsbändern. Die Nasen dicht am Boden liefen der hellköpfige Bardo und der schwarzköpfige Egolf durchs Gebüsch. Eine unsichtbare Hand schien sie zum Erdloch zu leiten.

»Ja, dort ist der Zwerg herausgekommen«, rief Wenrich, der ihnen gefolgt war. »Aber wohin ist er gelaufen?«

Als hätten die Hunde ihn verstanden, wandten sie sich von der Höhle ab und liefen unter lautem Gebell in südlicher Richtung über den Hügel.

Ein zufriedenes Lächeln zog sich von einem Ohr des Vogts zum anderen. »Das wärs, sie haben die Witterung aufgenommen. Jetzt werden sie uns zu dem flüchtigen Zwerg führen. Bardo und Egolf sind die besten Hunde im ganzen Land. Ich selbst habe sie aufgezogen und abgerichtet. Also vorwärts!«

Er schwang sich aufs Pferd und galoppierte den Hunden nach, gefolgt von den übrigen Reitern.

Guntram hielt sein Tier neben Albin an und streckte eine Hand zu ihm herunter. »Steig hinter mir auf, Bursche.«

Albin war überrascht. »Herr, du willst mich mitnehmen?«

»Bisher hast du deine Sache recht gut gemacht, scheinst mir ein Spürhund in Menschengestalt zu sein. Vielleicht brauchen wir dich noch. Willst du nicht sehen, ob die Jagd erfolgreich ist?«

»Doch«, antwortete Albin. Er meinte es ehrlich, hoffte allerdings auf einen anderen Ausgang der Hetze als Guntram und Wenrich.

Mit Guntrams Hilfe sprang er auf die Kruppe des Braunschecken. Der Graf trieb das Tier an und Albin wäre fast augenblicklich wieder hinuntergefallen. Er konnte sich gerade noch an Guntrams Leib festhalten. Als der Graf Albins erschrockenen, etwas zu festen Griff spürte, stieß er ein kurzes, trockenes Lachen aus.

Sein Pferd war ungewöhnlich groß und, wie sich jetzt zeigte, auch schnell. Die Hufe, unter denen das Erdreich aufspritzte, trommelten in rascher, gleichmäßiger Reihenfolge auf den Boden und Albin glaubte fast zu fliegen. Nach kurzer Zeit holten sie den etwa zwanzigköpfigen Reitertrupp ein und überholten ihn sogar. Bald nahmen Guntram und Albin neben Wenrich die Spitze ein. Albins zusätzliches Gewicht schien dem Pferd des Grafen nicht das Geringste auszumachen. Ein verächtliches Zucken glitt über Wenrichs Gesicht, als er Albin bemerkte. Der Vogt von Mondsee schien nichts davon zu halten, dass ein hoher Herr einen Knecht zu sich aufs Ross nahm.

Die Hunde, immer ein gutes Stück voraus, folgten der Fährte in südlicher Richtung, weg vom Mondsee. Das Gelände stieg erst sanft, dann steiler an. Die Sonne, die eine Bergkuppe nach der anderen erklomm, warf ihr heller und schärfer werdendes Licht auf die steilen Felswände der Drachenwand, die am westlichen Ufer in den Himmel wuchs. Das riesige Felsmassiv hatte seinen Namen nicht von ungefähr. Es sah aus wie ein Drache, der sich zum Schlafen niedergelegt hatte. Die Reiter hielten von vorn auf die rechte Flanke des Untiers zu. Albin erkannte den klobigen Drachenschädel, den höckerartig erhobenen Rücken und zwei nach hinten ausgestreckte Beine an der Seite des massigen Drachenleibes. Die Bäume, die sich auf dem Gebirgskamm in langer Reihe hinzogen, verstärkten den Eindruck eines Ungeheuers noch. Sie wirkten wie spitze Schuppen auf dem Rücken des schlafenden Drachen.

»Der Drache hat den Zwerg verschluckt und jetzt auch die Hunde!«, rief jemand hinter ihnen. Es war Volko, der an Wenrichs Seite ritt und seinem Herrn einen besorgten Blick zuwarf. »Vielleicht stimmen die alten Geschichten, die man sich erzählt, Vogt, und dieser Berg ist wahrhaftig eine schlafende Bestie, die sich jederzeit zu neuem Leben erheben kann.«

»Abergläubisches Heidengeschwätz!«, fuhr Wenrich seinen Hauptmann an. »Achte lieber auf Bardo und Egolf! Sie sind dort vorn zwischen den Sträuchern verschwunden.«

Die Schwarzbeersträucher raschelten und die Hunde kamen wieder zum Vorschein. Sie kehrten auf dem Weg zurück, den sie eben beschritten hatten, und liefen auf den angehaltenen Reitertrupp zu. Bardo hielt etwas zwischen seinen Zähnen: ein Stück Stoff, das Egolf ihm streitig zu machen versuchte. Wieder und wieder schnappte das schwarzköpfige Tier danach und bekam endlich einen Zipfel zu fassen. Der Stoff spannte sich zwischen den Hunden und riss.

Jeder der beiden hatte jetzt seinen eigenen Fetzen und hätte damit zufrieden sein können. Doch Bardo, offenbar zornig über den Verlust der halben Beute, ließ auch den ihm verbliebenen Rest fallen und griff den Gefährten an, der sich knurrend und beißend verteidigte. Von einem Augenblick auf den nächsten waren die Hunde in einen heftigen Kampf verstrickt und schienen alles andere vergessen zu haben. Selbst die lauten Rufe ihres wütenden Herrn blieben unbeachtet. Von gleicher Größe und gleicher Stärke, gelang es weder Bardo noch Egolf, die Oberhand zu gewinnen. Sie bluteten bereits aus mehreren Wunden und immer wieder schnappten die geröteten Fänge nach dem Leib des Gegners.

»Was haben die beiden bloß?«, schnaubte Wenrich und sah Volko an. »Glotz nicht so blöde, Mann, bring sie endlich auseinander!«

»Ja, Herr!«

Volko drückte die Hacken in die Flanken seines Braunen und ritt auf die beiden tobenden Hunde zu. Der wilde Kampf erschreckte das Pferd. Es scheute und stieg auf die Hinterbeine. Der Reiter verlor den Halt. Vergebens ruderte er Hilfe suchend mit den Armen in der Luft. Er fiel auf den Boden, wo er rücklings aufschlug. Der Braune ergriff die Flucht, und einer von Wenrichs Männern ritt ihm nach.

Der Gestürzte stöhnte laut, schaffte es aber nicht, sich aufzurichten. Als er es zum zweiten Mal versuchte, fielen ihn die Hunde an. Der Zwist untereinander schien vergessen. Die rasenden Bestien hatten Volko zur gemeinsamen Beute erkoren.

Wenrich sah dem grausigen Schauspiel ungerührt zu. Mit keinem Wort versuchte er seine Tiere von Volko abzuhalten. Albin hatte den Eindruck, dass die Hunde ihm wichtiger waren als der hilflos am Boden liegende Mensch. Der Vogt schien froh darüber zu sein, dass Bardo und Egolf sich nicht mehr gegenseitig bekämpften.

Guntram gab seinen Leuten einen Wink. »Helft dem Mann!«

Vier Reiter sprengten nach vorn und versuchten die Hunde durch Schläge mit stumpfen Speerenden und flachen Schwertklingen von Volko wegzutreiben. Die beiden wütenden Tiere nahmen das kaum zur Kenntnis. Ihr ganzes Streben schien darauf ausgerichtet, Volko, der schon aus mehreren Bisswunden blutete, zu töten.

»Erledigt diese tollwütigen Köter!«, rief Guntram.

Seine Männer stießen mit den Speeren zu, bis die Hunde reglos in ihrem eigenen Blut lagen. Guntrams Leute kümmerten sich um Volko und lehnten ihn mit dem Rücken gegen einen mannshohen Felsen. Verstört blickte er auf die Hunde, die fast sein Ende gewesen wären.

Wenrich stieg aus dem Sattel und ging zu seinen Hunden. Er sah auf sie hinab, dann wandte er sich mit wutverzerrtem Gesicht zu Guntram um. »Deine Männer haben sie getötet. Sie haben Bardo und Egolf einfach abgestochen!«

»Sie haben getan, was du deinen Männern hättest befehlen sollen«, erwiderte Guntram ungerührt.

»Die Hunde waren weitaus wertvoller als ein Mann. Du wirst mir für ihren Tod einen hohen Preis zahlen müssen, Guntram!«

»Gar nichts werde ich!« Guntrams Stimme gewann an Schärfe. »Niemand wird mich dafür zur Rechenschaft ziehen, dass ich einen Menschen vor zwei tollwütigen Hunden gerettet habe. Vergiss nicht, Wenrich, dass du mit dem Gesandten des Königs sprichst!«

Kurze Zeit hielt der Vogt dem Blick des Grafen stand. Dann senkte Wenrich das Haupt und murmelte: »Du hast Recht, Graf Guntram, ich war vermessen. Verzeih meine Erregung, aber die Hunde haben mir wirklich viel bedeutet.«

Albin, der vom Pferd gestiegen war, blickte in Wenrichs Gesicht. Es wollte so gar nicht zu seinen Worten passen. Die verhärteten Züge kündeten von nur mühsam unterdrücktem Zorn, die flatternden Augenlider von heftiger Erregung. Albin bezweifelte, dass der Vogt es mit seiner Entschuldigung ehrlich meinte. Graf Guntram schien sich durch den Tod der Hunde einen erbitterten Feind geschaffen zu haben.

Als Albin die Kadaver aus der Nähe betrachtete, bemerkte er den Schaum, der von den Mäulern troff. Waren die Tiere wirklich von der Tollwut gepackt worden? Das erschien ihm wenig wahrscheinlich, da beide Hunde fast im selben Augenblick der Raserei anheim gefallen waren. Und zwar in dem Augenblick, als sie sich um den Fetzen Stoff zankten. Das zerrissene Beutestück lag zwischen den toten Hunden und dem Schwarzbeergebüsch. Albin ging in die Knie und betrachtete die beiden Stoffstreifen.

»Was hast du entdeckt?«, fragte Guntram, der ebenfalls abgestiegen und neben ihn getreten war.

»Der Farbe nach könnte der Stoff vom Rock des Zwergs stammen.«

»Wahrscheinlich ist es so«, nickte Guntram.

»Da ist noch etwas, ein feines Pulver. Du siehst die hellen Körner, wenn du dir den Stoff aus der Nähe betrachtest, Herr. Aber sei vorsichtig, komm dem Pulver nicht zu nahe.«

Guntram beugte sich vor. »Du hast Recht, Bursche. Und du meinst, das Pulver könnte für die Raserei der Tiere verantwortlich sein?«

»Irgendetwas muss sie um den Verstand gebracht haben. Warum nicht dieses Pulver?« Albin ging zu den Büschen und ließ seinen Blick schweifen. »Im Gebüsch ist noch mehr davon verstreut!«

Auch wenn er Findig die Flucht ermöglichen wollte, fühlte Albin sich verpflichtet, seine Begleiter auf das Pulver hinzuweisen. Er wollte nicht, dass Menschen einen ähnlich schrecklichen Tod fanden wie die Hunde.

»Der Zwerg muss das Pulver dort ausgelegt haben«, meinte der Graf. »Ein gerissener Wicht, ganz ohne Frage. Er hat damit gerechnet, dass wir ihn mit Hunden hetzen, und hat hier seine böse Falle aufgestellt. Damit ist er uns wahrhaftig entwischt. Ohne die Hunde ist es aussichtslos, seiner Spur noch weiter zu folgen. Bleibt nur noch eins zu klären: Dieses Pulver, was für ein Teufelszeug ist das nur?«

»Es ist Elbenstaub«, lautete die Antwort.

Graman gab sie zwei Stunden später, als er Volkos Wunden versorgt hatte. Nach dem Tod der Hunde hatte Graf Guntram die Suche abgebrochen, und sie hatten den Verwundeten zurück zum Kloster gebracht. Jetzt lag er im großen Saal des Siechenhauses, wo an die zwanzig Betten in zwei langen Reihen standen, die meisten leer. Nur am anderen Ende des Saales lag schon seit vielen Tagen der altersschwache Bruder Ambrosius, zum Leben zu entkräftet und doch noch nicht zum Sterben bereit, und murmelte eine unverständliche Litanei vor sich hin. Die hölzernen Fensterläden waren sämtlich bis auf einen kleinen Spalt geschlossen. Die Sonne, die draußen endgültig über die Nacht gesiegt hatte, konnte durch diese Spalte nur vereinzelte Lichtfinger in den Krankensaal strecken, was für ein eigentümliches Muster aus hellen Streifen und dunklen Flächen sorgte.

Einer der Lichtstrahlen fiel auf Volkos schweißbedecktes Gesicht. Er lag mit geschlossenen Augen auf dem Strohsack und atmete schwer von dem Schlaftrunk, den Graman ihm vor dem Reinigen und Verbinden der Bisswunden verabreicht hatte. Laut Gramans Auskunft waren die Wunden nur oberflächlich, und der Sturz vom Pferd hatte Volko bloß einige Prellungen und Hautabschürfungen zugefügt. In ein oder zwei Tagen würde der Hauptmann wieder auf den Beinen sein.

Der Infirmarius stand mit Guntram, Vogt Wenrich und Albin in der Nähe des Krankenlagers, als er einen der Stoffstreifen betrachtete, an denen noch das helle Pulver hing. Guntram hatte den Stoff, ohne ihn anzufassen, mit Hilfe eines Astes in einen Lederbeutel geschoben. Im Siechenhaus öffnete Graman den Beutel und betrachtete den Fund, wobei er ebenfalls vermied, das Pulver zu berühren. Er hielt sogar die Luft an und atmete erst, nachdem er den Lederbeutel wieder zugeschnürt hatte.

»Ganz eindeutig Elbenstaub«, wiederholte er. »Ich habe schon viel von dem Pulver gehört, es aber noch nie in den Händen gehalten.«

Wenrich starrte ihn zweifelnd an. »Woher willst du dann wissen, was es ist, Mönch?«

Graman lächelte nachsichtig. »Ich sagte doch, ich habe schon viel davon gehört, Vogt. Was ich über die Wirkung dieses Pulvers vernahm, lässt nur den Schluss zu, dass es sich um Elbenstaub handelt. Die Elben verfügen über verschiedene Sorten jenes Pulvers, die wiederum verschiedene Wirkungen entfalten. Allen gemein ist, dass sie die Sinne desjenigen, der es berührt oder gar einatmet, verwirren.« Er hielt den Lederbeutel hoch. »Diese Sorte des Pulvers löst offenbar einen augenblicklichen Anfall von Raserei aus, Tollwut in seiner übelsten Form. Wir können Gott dem Allmächtigen danken, dass kein Mensch das Zeug eingeatmet hat.«

»Danken?«, kreischte Wenrich erbost und schlug wütend mit der geballten Rechten in die linke Hand, was ein lautes Klatschen erzeugte. »Ich habe die wertvollsten Hunde verloren, die jemals ein Mensch besessen hat! Soll ich dafür dankbar sein?«

Der Infirmarius zeigte zum Krankenlager. »Aber

dafür kannst du dankbar sein, Vogt. Du hättest auch deinen Hauptmann verlieren können.«

Der verächtliche Ausdruck, den Albin bereits kannte, glitt über Wenrichs Gesicht, als der Vogt antwortete: »Der Tausch wäre mir recht gewesen, hätte ich dafür noch die Hunde.«

»Hüte deine Zunge, Vogt!«, sagte Graman streng. »Du versündigst dich mit solcher Rede.«

Wenrich maß den Mönch mit einem langen Blick. »Ich bin mir nicht sicher, wer von uns beiden größeren Grund zur Beichte hat.«

»Was willst du damit sagen?«, fragte Graman verunsichert.

»Du kennst dich mit dem bösen Zauber der Elben so gut aus, als würdest du ihn selbst ausüben. Wie sonst hättest du von der Wirkung des Elbenstaubs wissen können?«

»Du selbst, Vogt, sowie Graf Guntram und der junge Albin hier, ihr drei habt mir die Wirkung doch beschrieben.«

»Aber du kanntest das Pulver schon. Woher?«

Der Schatten plötzlicher Angst zog über Gramans Gesicht. »Es ist meine Aufgabe, mich mit allen Giften vertraut zu machen. Nur auf diese Weise kann ich den Menschen helfen.«

»Sieh zu, dass du nicht zu vertraut mit den heidnischen Künsten dieses Zwergengezüchts wirst!«, sagte Wenrich in einem Tonfall, der scharf wie ein Schwert klang. »Schon mancher fromme Mann ist dem bösen Zauber verfallen. Ich werde dafür sorgen, dass diese mörderischen Zwerge mitsamt ihren Helfern ausgelöscht werden.«

Guntram wandte sich an den Vogt. »Von welchen Helfern sprichst du?«

»Graf Chlodomers Mörder muss Helfer hier im Kloster gehabt haben. Wie sollte er von dem Treffen gewusst haben, wie hereingekommen sein? Dieses Zwergenvolk ist eine Ausgeburt des Teufels, und wer mit ihm im Bunde steht, ist ein Handlanger Satans!«

Während Wenrich das sagte, blickte er abwechselnd Graman und Albin an.

Wenrichs strenger Blick verfolgte Albin den ganzen Tag lang, während der Findling über die Acker schritt und das Saatkorn ausstreute. Die Zeit für die Herbstaussaat war gekommen und Albins Gruppe aus Knechten und Mägden wurde auf die Gerstenfelder geschickt. Nicht die kleinste Wolke verhüllte das Antlitz der Sonne und den Feldarbeitern rann der Schweiß von Gesichtern und Leibern, dass die Kleider bald an der Haut klebten. Dankbar nahmen sie den Wasserschlauch, der ab und an von einem pausbäckigen Knaben gebracht wurde, und gönnten sich eine kurze Erfrischung. Obwohl von der Sonne erwärmt und abgestanden schmeckend, tat das Wasser den ausgedörrten Mündern und den trockenen Kehlen wohl. Nur Albin sehnte sich nicht nach der Erfrischung. Er dachte weder an Hitze noch an Durst. Sein Leib schritt über die Äcker und mit der immer gleichen Bewegung streute er die Gerste in die Furchen, aber sein Geist weilte woanders. Er war so tief in Gedanken versunken, dass er den Wasserträger einmal glatt über den Haufen rannte, wobei ein Teil der Schlauchfüllung im Boden versickerte.

Die seltsamen Ereignisse der letzten Nacht und des heutigen Morgens beschäftigten Albin. Immer wieder dachte er an den Vogt und an dessen Worte, die wie eine Warnung geklungen hatten. Unversöhnliche

Rachsucht hatte darin mitgeschwungen und der Blick seiner Augen war stählern gewesen. Wenrich schien kein Schwert zu benötigen, allein mit diesem Blick konnte er einen Mann durchbohren. Je länger Albin daran dachte, desto mehr ließ es ihn erschauern. Warum hatte der Vogt ihn und Graman derart angestarrt? War es ein allgemeines Misstrauen gewesen – oder mehr?

Als die Glocke der Abtei zur Vesper läutete, war dies zugleich das Zeichen, die Feldarbeit zu beenden. Mit durstigen Kehlen und knurrenden Mägen kehrten Knechte und Mägde in ihre Unterkünfte zurück, um sich für den kommenden Arbeitstag zu stärken. Albin aber steuerte auf kürzestem Weg das Siechenhaus an, das in einer abgelegenen Ecke der Klosteranlage stand. Er hatte eine Menge Fragen und Graman hatte ihm gestern Antworten in Aussicht gestellt.

Albin hoffte, seinen Ziehvater trotz des Vespergeläuts hier zu finden. Es war gut möglich, dass Graman, wie so oft, den Abendgottesdienst schwänzte; als Infirmarius genoss er große Freiheiten. Im Krankensaal traf Albin aber nur auf Gramans Gehilfen, den Novizen Goswin, der den alten Ambrosius mit einem Brei fütterte. Von Goswin erfuhr der Findling, dass Graman schon vor einiger Zeit in den Kräutergarten gegangen war.

Dort entdeckte Albin die Umrisse des Gesuchten hinter einem mannshohen Zaun, um dessen einzelne Pfähle sich grüne Pflanzen mit roten Beeren rankten. Beim Nähertreten bemerkte er, dass der Mönch nicht allein war. Er sprach mit jemandem, der neben ihm kauerte. Neugierig umrundete Albin den kurzen Zaun, der einzig zu dem Zweck errichtet war, den Pflanzenranken einen Halt zu geben. Abrupt blieb er stehen. Neben Graman hockte kein Er, sondern eine Sie.

Graman und Gerswind, die seine Schritte gehört hatten, blickten ihm entgegen. Im rötlichen Licht der allmählich hinter den Bergen versinkenden Sonne wirkte Graf Guntrams Tochter fast noch schöner als gestern Abend im Refektorium. Der unstete Schein von Lampen und Kerzen ließ sich nicht mit dem gleichmäßigen Leuchten des Himmelsgestirns vergleichen. Die ebenmäßigen, wohl geformten Züge des Mädchens wurden von keinem Schatten befleckt. Die Augen wirkten heller als gestern und leuchteten wie aus Bernstein geformt. Die Lippen, rot wie die Beeren von Gramans heilenden Pflanzen, verzogen sich zu einem spöttischen Lächeln.

»Du stehst da wie ein am Boden festgewachsenes Erdmännlein«, kicherte Gerswind. »Bist du vielleicht ein Elb? Man sagt doch, die Elben erstarren zu Stein, wenn ein Mensch sie erblickt. Die richtige Färbung hast du jedenfalls, wie aus Lehm geschaffen.«

Ihre scherzhafte Frage ließ Graman besorgt dreinblicken, was aber nur Albin bemerkte. Er löste sich aus seiner Erstarrung und sah auf seine Hände. Dreck und der Schweiß der Tagesarbeit hatten seine Haut mit einer bräunlichen Kruste überzogen. Im Gesicht musste er nicht viel anders aussehen. Er hatte es so eilig gehabt, Graman aufzusuchen, dass er nicht daran gedacht hatte, sich zu waschen.

Scham erfüllte ihn, als er in das saubere Antlitz Gerswinds blickte. Natürlich war die Tochter des ostfränkischen Gesandten für ihn unerreichbar. Genauso gut hätte er versuchen können, König Arnulf die Krone streitig zu machen. Trotzdem hätte er sich gewünscht, einen guten Eindruck auf Gerswind zu machen, ihr wenigstens sauber gegenüberzutreten. Auch wenn er arm war und nur geflickte Kleidung trug, zur Reinlichkeit hatte Graman ihn erzogen.

Als sein zerknirschter Blick für einen weiteren Heiterkeitsausbruch des Mädchens sorgte, verwandelte seine Scham sich in Wut. Er vergaß ihre hohe Stellung und dachte nur noch daran, dass sie kein Recht besaß, sich derart über ihn lustig zu machen. Trotzig blickte er in Gerswinds Augen. »Ich war auf dem Feld, um das Winterkorn auszustreuen. Die Luft war heiß und das Erdreich staubig. Der Schmutz ist der Gefährte harter Arbeit. Davon kannst du natürlich nichts wissen, edle Herrin.« Er legte seiner Stimme einen spöttischen Ton bei, besonders als er Gerswind »edle Herrin« nannte.

Sie erhob sich und stampfte mit dem Fuß auf. Das Beben ihrer Lippen verriet ihren Zorn, und Albin fand, dass selbst dieser Ausdruck auf ihrem Gesicht Gerswinds Schönheit keinen Abbruch tat. Doch statt der erwarteten Zurechtweisung erfolgte ein heftiges Lachen.

»Diesmal lache ich nicht über dich, sondern über mich«, sagte sie schließlich und zeigte an ihrem Kleid hinab. »Schau nur, jetzt habe auch ich mich beschmutzt.« Ihr helles Gewand war an den Knien mit den Ranken in Berührung gekommen und wies grüne Streifen auf. »Mein Schmutz rührt aus Unachtsamkeit, deiner aus harter Arbeit. Ich hatte kein Recht, mich über dich lustig zu machen. Verzeih mir bitte!«

»Du brauchst mich nicht um Verzeihung zu bitten«, erwiderte Albin, dessen Wut sich gelegt hatte. »Du bist die Tochter des Grafen Guntram.«

»Ich heiße Gerswind«, erklärte sie, was er längst wusste. »Und du?«

»Albin.«

»Ein schöner Name.«

»Das ist Gerswind auch«, sagte Albin, jetzt ein wenig verlegen.

Sie lächelte. »Danke. Mein Name ist nicht besser als deiner, so wie ich nicht besser bin als du. Ich hatte das Glück, als Tochter eines hohen Herrn geboren zu werden. Vielleicht bist du nicht weniger glücklich als Sohn eines Bauern oder Tischlers oder was dein Vater sein mag.«

»Ich kenne meine Eltern nicht.«

»Nicht?«, fragte sie überrascht. »Aber wie ...«

Albin zeigte auf den Mönch. »Nonus Graman fand mich im Wald, ausgesetzt.«

»Oh«, stieß Gerswind verwirrt hervor. Sie schien nicht recht zu wissen, was sie darauf erwidern sollte. Zwei kräftige Männer, die schnellen Schrittes in den Kräutergarten traten, enthoben sie einer Antwort. Albin hatte sie schon in Graf Guntrams Gefolge bemerkt. Beide hatten rötlich blondes Haar, das lang auf ihre Schultern fiel, und Bärte gleicher Farbe. Jeder hatte nicht nur Dolch und Schwert am Gürtel hängen, sondern auch eine Axt mit leicht gebogenem Stiel und prächtig verzierter Stahlklinge. Die Klingenzier beider Äxte war gleich, zeigte auf jeder Seite einen Adler mit ausgebreiteten Schwingen. Fast so gleich wie die Adler wirkten die Gesichtszüge der Krieger, obwohl der eine groß und sehnig, der andere aber gedrungen und massig war. Seltsam war auch die Narbe, die jeder auf der linken Wange aufwies, so groß, dass fast sämtliches Fleisch dieser Gesichtshälfte verbrannt zu sein schien. Selbst der Bart wuchs dort nicht mehr. Beide Narben ähnelten in der Form einem Vogelkopf.

Schnell hatte sich in der Abtei verbreitet, dass

die beiden ungewöhnlichen Gestalten Nordmänner waren. Die Angehörigen dieses gefürchteten, als beutelustig und grausam berüchtigten Volkes machten seit vielen Generationen die Küsten unsicher und befuhren auf ihren Raubzügen mit den scheinbar unbesiegbaren Drachenschiffen sogar die Flüsse bis tief ins Landesinnere. Könige und Kirchenfürsten wirkten machtlos gegen die Kriegslust der Fremden aus dem Norden, die man auch Wikinger nannte. Abteien und Städte wurden niedergebrannt und geplündert oder sie wurden kampflos aufgegeben, sobald die Segel der Drachenschiffe am Horizont auftauchten. In allen Königreichen betete man inbrünstig: »Vor dem Zorn der Nordmänner verschone uns, Herr!«

Manchmal gelang es, die Angreifer durch die Übergabe hoher Geldsummen vom Schlimmsten abzuhalten, was aber die Gier der wilden Räuber letztlich nur noch stärker anheizte. Erst als Arnulf von Kärnten vor drei Jahren König des Ostfränkischen und Odo ungefähr zur selben Zeit Herrscher des Westfränkischen Reiches geworden waren, hatten die Nordmänner in ihnen Gegner gefunden, die sich nicht der Gewalt beugten. Wie man sich erzählte, hatte Graf Guntram für König Arnulf mehrere Siege über die Feinde erstritten. Um so seltsamer war es aus Albins Sicht, dass zwei bewaffnete Nordmänner zu Guntrams Gefolge gehörten.

Gerswind stieß einen missmutigen Seufzer aus. »Das sind Arne und Arwed. Nach Graf Chlodomers Tod hat Vater, besorgt um mein Wohlergehen, sie zu meinen Aufpassern bestimmt. Sie machen ihre Sache gut, schade auch. Ich dachte, ich hätte sie abgeschüttelt.«

Die Nordmänner blieben vor ihnen stehen. Albin

kam sich angesichts der kräftigen Krieger geradezu mickrig vor. Schon Gerswind war etwas größer als er, aber selbst der kleinere Nordmann überragte das Mädchen um zwei Haupteslängen.

»Du solltest dich nicht vor uns verstecken, Herrin«, sagte der größere Nordmann vorwurfsvoll. Seine Stimme klang rau und die fremde Mundart war für Albin nur schwer zu verstehen. »Wie sollen wir dich beschützen?«

»Keine Sorge, Arne, ich war nicht in Gefahr. Ich habe mir nur von Nonus Graman die Heilkräfte seiner Kräuter erklären lassen. Wir müssen meinem Vater ja nichts davon erzählen, nicht wahr?« Ein betörendes Lächeln, mehr das einer erwachsenen Frau als eines Mädchens, umspielte ihre Lippen.

»Graf Guntram hat uns aufgetragen, ihm alles Auffällige zu melden«, versetzte Arne ungerührt. »Er erwartet dich zum Abendmahl, Herrin.«

»Jaja, ich komme schon.«

Graman sagte: »Vielleicht ist es wirklich besser, du bleibst unter dem Schutz deiner Wachen, bis Graf Chlodomers Tod geklärt ist. Was nutzen die besten Wächter, wenn sie einem nicht zur Seite stehen?«

»Arne und Arwed müssen nicht an meiner Seite stehen, um mich zu schützen. Auch auf die Ferne sind ihre Waffen tödlich.« Gerswind wandte sich an die Nordmänner. »Zeigt, dass ich nicht geprahlt habe!«

Die Krieger aus dem fernen Norden verständigten sich mit schnellen Blicken. Dann wirbelte Arne herum, zog die Axt aus dem Gürtel und warf sie durch die Luft. Das alles geschah so schnell, dass Albins Augen dem kaum folgen konnten. Fünfzig Fuß entfernt wuchsen einige Holundersträucher. Ein Strauch überragte die anderen um mehr als Armlänge und lief in einer doppelten, an eine Gabel erinnernden Spitze aus. Die Axt schlug eine Hälfte der Doppelspitze ab, machte in der Luft kehrt und kam mit einem pfeifenden Geräusch zurückgeflogen. Ein schneller, geschickter Griff Arnes und schon steckte die Waffe wieder in seinem Gürtel. Augenblicklich zückte Arwed die Axt, auch die zweite Spitze des Holunderstrauchs wurde abgetrennt und wiederum kehrte die Waffe zu ihrem Besitzer zurück.

Gerswind nickte den beiden anerkennend zu und sagte zu Graman: »Du siehst, Nonus, dass ich keinen Grund zur Furcht habe. Hab Dank für deine erklärenden Worte und verzeih, dass Arne und Arwed deinen Holunder ein wenig zurechtgestutzt haben.«

Bevor sie ihren Beschützern zum Gästehaus folgte, bedachte sie Albin mit einem Lächeln, das wie eine feurige Klinge tief in sein Herz fuhr. Ein warmes, aufmunterndes Lächeln, das er niemals vergessen würde.

»Ein aufgewecktes Mädchen ist diese Gerswind«, sagte Graman zu Albin, als sie beide am Essenstisch saßen. »Und sie versteht es, mit ihren Blicken und ihrem Lächeln die Herzen der Männer zu gewinnen. Aber auch wenn sie unsereins als ihresgleichen behandelt, solltest du dich hüten, allzu offenherzig zu ihr zu sein. Wer sein Herz auf der Zunge trägt, bietet es leichtfertig und ungeschützt dem Unverstand oder gar der Böswilligkeit dar.«

Draußen hatte die Dämmerung eingesetzt und Graman hatte die Läden geschlossen, um die Nachtkälte auszusperren. Nur eine flackernde Talgkerze erhellte den kleinen Raum, der in einem Anbau des Siechenhauses lag. Er grenzte an eine größere Küche, in der

Graman seine Kräuter zu verarbeiten pflegte. Der Infirmarius hatte Brot, Käse, Wurst und Ziegenmilch aufgetischt, während Albin sich mit Wasser aus einem Holzzuber wusch. Dankbar hatte er die Einladung des Mönchs zum gemeinsamen Abendmahl angenommen, in der Hoffnung, endlich Antworten auf seine vielen Fragen zu erhalten. Dass Graman ihm jetzt Vorwürfe machte, verwirrte ihn.

»Du kennst die Menschen wohl weitaus besser, Nonus Graman, aber mir erschien Gerswind weder unverständig noch böswillig.«

»Die Menschen verstellen sich zuweilen, was uns verborgen bleibt, solange wir ihre Beweggründe nicht kennen. Aber auch wenn Graf Guntrams Tochter es ehrlich meint, wissen wir nicht, was ihr Vater von einem Knecht hält, der zu ihr spricht wie zu seinesgleichen. Guntram und Gerswind leben in einer anderen Welt als wir, Albin. Und besonders dir könnte die Macht des Grafen gefährlich werden, gerade jetzt.«

Hastig, als hätte er zu viel gesagt, griff Graman nach dem schmucklosen Zinnbecher und trank von der Milch.

»Du meinst, weil ich anders bin als alle hier in der Abtei? Weil ich ein ... ein Nebelkind, ein Elb bin?«

Graman umklammerte den Becher mit beiden Händen wie ein Ertrinkender den rettenden Ast, dessen Festigkeit allein über Leben oder Tod entschied. Nicht nur die flackernde Kerzenflamme war für die zuckenden Schatten verantwortlich, die Albin über das Gesicht seines Gegenübers ziehen sah.

Albin überlegte, ob er Graman reinen Wein einschenken sollte, was seine Begegnung mit Findig betraf. Aber der Mönch selbst hatte ihn eben erst vor zu großer Offenherzigkeit gewarnt. Gewiss, Graman hatte sich stets um ihn gekümmert, fast wie um einen Sohn, falls ein Benediktiner das nachempfinden konnte. Gleichwohl wäre Graman verpflichtet gewesen, Abt Manegold über Albins Tat zu berichten.

Deshalb erwähnte er Findig nicht und sagte: »Früher hast du dich um mich gekümmert, wenn ich krank war, Nonus, hast mich gepflegt und auch gewaschen. Du musst wissen, wie meine Füße aussehen. Lange Zeit glaubte ich, diese Füße wären der Grund für meine Aussetzung gewesen, weil meine menschlichen Eltern mich für eine Missgeburt hielten. Aber waren meine Eltern wirklich Menschen? Sagt man nicht, die Füße der Nebelkinder gleichen denen der Vögel?«

»Ich weiß nicht, wer deine Eltern sind«, sagte Graman leise.

»Aber du weißt, ob sie Menschen waren. Oder?«

»Vermutlich waren sie es nicht. Die Moosliese sagte mir, sie habe dich westlich der Drachenwand gefunden, dort, wo das Reich der Nebelkinder beginnt.«

»Westlich der Drachenwand«, wiederholte Albin und dachte daran, dass Findigs Spur sich vor dem Berg verloren hatte.

»Ja, als die Moosliese noch lebte, ging sie oft über den Berg. Dorthin, wo die Elben leben.«

»Wer ist das, die Moosliese?«

»Eine alte Frau, die noch um vieles mehr von den heilenden Kräften der Moose und Kräuter verstand als ich. Was nicht wundernimmt, wo sie ihr geheimes Wissen doch von den Nebelkindern hatte. Hin und wieder traf ich mich mit ihr, um im Austausch gegen Most, Käse und Wurst unbekannte Kräuter und Rezepte zu erhalten.«

»Und diese Moosliese traf sich auch mit den Nebelkindern?«

»Ja, Albin. Die Elben sind sehr erfindungsreich, aber so einiges benötigen sie doch aus der Menschenwelt oder sie begehren es zumindest. Die Moosliese ließ ihnen diese Dinge zukommen, im Tausch gegen das Kräuterwissen. Vor fast fünfzehn Jahren, als Erchanfried noch Abt von Mondsee war, hatte die Moosliese ihr Lager wieder einmal jenseits der Drachenwand aufgeschlagen. Zumeist brauchte sie nicht lange zu warten, bis die Elben bei ihr vorstellig wurden. Die Nebelkinder schienen es zu spüren, wenn die Moosliese zu ihnen kam. Nach der ersten Nacht wurde sie durch lautes Geschrei geweckt. Im Eingang der Höhle, in der sie übernachtet hatte, lag ein kleines Kind, mit ein paar Tüchern umwickelt und in einen Korb gelegt wie damals Moses, den man im Schilf des Nilufers fand. Und noch etwas lag in dem Korb: ein kleiner Beutel mit Edelsteinen. Die Moosliese nahm Kind und Edelsteine und kam damit zu mir. Ich ließ ihr die Hälfte der Steine als Dank für ihre Ehrlichkeit. Die andere Hälfte gab ich der Abtei als Entgelt für deine Verköstigung und Erziehung. Wer auch immer den Korb vor die Höhle gestellt hat, so ungefähr muss er es sich gedacht haben.«

»Dann weiß niemand, wer meine Eltern sind, nicht einmal der Moosliese war es bekannt«, sagte Albin, der Gramans Erzählung gebannt gelauscht hatte.

»Aber wenn meine Eltern Elben sind, weshalb setzten sie mich aus?«

Graman seufzte schwer. »Das weiß Gott allein.«

»Und warum hast du immer erzählt, du selbst hättest mich nahe der Abtei im Wald gefunden, Nonus?«

»Für mich warst und bist du ein menschliches Wesen, ob deine Füße nun denen der Vögel gleichen oder nicht. Aber nicht alle denken so. Die meisten Menschen fürchten, was sie nicht kennen und nicht verstehen. Die Nebelkinder sind für sie Dämonen. Nur als Kind von Menschen war deine Sicherheit gewährleistet. Sogar meinen Abt habe ich deshalb über deine Herkunft belogen.« Graman blickte zur Decke. »Herr, du weißt, dass ich aus gutem Grunde sündigte.«

Beide schwiegen lange. Der Mönch verstand, dass sein Schützling Zeit benötigte, um sich zu besinnen. Albin hatte stets gespürt, dass er anders war als alle anderen hier am Mondsee. Seit seinem Gespräch mit Findig kannte er den Grund. Und doch, es jetzt noch einmal von Graman bestätigt zu bekommen war wie ein Schlag vor den Kopf. Nun war er endgültig sicher, vom Volk der Nebelkinder abzustammen.

Endlich sah Albin den Mönch an und fragte: »Was soll ich jetzt tun, Nonus? Wo ist mein Platz? Hier? Oder jenseits der Drachenwand?«

»Ich habe oft darüber nachgedacht, weil ich ahnte, dass du mir diese Frage eines Tages stellen würdest. Doch ich fand keine Antwort darauf. Es ist wohl so, dass nur du selbst sie geben kannst. Nutze deinen klugen Verstand und denke sorgfältig darüber nach. Und wisse, Albin: Wie auch immer du dich entscheiden magst, mein Segen ist mit dir!«

4

Die folgenden Tage waren für Albin eine Zeit quälender Ungewissheit. In seinem Kopf jagten die Gedanken nur so hin und her, ohne dass er zu einer klaren Entscheidung gelangte. Was er von Graman über seine Herkunft wusste, war erbärmlich wenig. Findig, der ihm vielleicht mehr hätte sagen können, war verschollen, vermutlich irgendwo jenseits der Drachenwand. Ihn zu suchen wäre ein aussichtsloses Unterfangen gewesen. Albin wusste kaum etwas über das Land der Nebelkinder – seine Heimat. In der unendlichen Welt der Berge, Wälder und Seen konnte Findig überall und nirgends stecken. Nein, Albin musste in der Abtei ausharren und auf Findigs Rückkehr warten. Der Elb hatte versprochen, dass sie sich wiedersehen würden. Und Albin hatte zugesagt, Augen und Ohren offen zu halten, um mehr über den Mord an Graf Chlodomer herauszufinden.

In dieser Sache war ihm kein Erfolg beschieden. Tagsüber, wenn die Gesandten sich zu Beratungen trafen, war er auf den Feldern, um das Winterkorn auszusäen. Ihm bot sich keine Gelegenheit, die hohen Herren auszuspähen. Er kannte nicht einmal den Grund der geheimen Zusammenkunft. Graman und die anderen Mönche ließen sich nichts entlocken, wussten vielleicht auch nichts. Gut möglich, dass bei einer so wichtigen Konferenz nur Abt Manegold und Dekan Ursinus eingeweiht waren. Auch auf Gerswind traf Albin nicht. Er sah sie nur aus der

Ferne und immer waren die beiden Nordmänner bei ihr.

Graf Chlodomer wurde auf dem Kirchhof der Abtei feierlich beigesetzt. Volko, dem es zusehends besser ging, verließ das Siechenhaus nach einigen Tagen. An jenem Morgen reiste die italienische Gesandtschaft ab, tags darauf die Gesandten Hochburgunds und Arelats.

Zwei Tage später rüsteten auch die Westfranken zum Aufbruch. Albin wollte gerade mit den anderen Feldarbeitern das Kloster verlassen, da sah er die Wagen anrollen. Als Hauptmann Jodokus an Guntram und Gerswind vorbeiritt, die zur Verabschiedung erschienen waren, zügelte der Hauptmann seinen Falben und rief mit weithin hallender Stimme: »Ich werde König Odo berichten, was sich hier zugetragen hat. Er wird nicht erfreut über den Tod seines Verwandten sein. Und deine wilden Geschichten von Elben oder Nebelkindern, Graf Guntram, wird er kaum für voll nehmen.«

»Du hast den Gefangenen selbst gesehen, Hauptmann«, erwiderte der ostfränkische Gesandte.

»Ich habe einen kleinen Mann gesehen, der über Nacht verschwunden ist. Na und, was beweist das? Eine bessere Täuschungsmaßnahme, um den wahren Schuldigen zu verbergen, lässt sich kaum denken.«

»Ich werde die Sache aufklären«, versprach Guntram.

»Dann beeil dich damit, bevor Odo den Preis für das vergossene Blut verlangt!«

Mit dieser Warnung verabschiedete sich Jodokus von dem Ostfranken. Der Hauptmann hieb seinem Pferd die Sporen in die Flanken und ritt aus dem Kloster. Guntram sah ihm und den Seinen mit düsterer Miene nach und auch die langsam aufsteigende Morgensonne konnte nicht die Schatten vom Gesicht des Grafen vertreiben.

Am nächsten Morgen hatte Albin mit den anderen Feldarbeitern gerade das Haupttor der Abtei durchschritten, da kam der Novize Goswin ihnen mit hochgerafter Kutte hinterhergelaufen und rief immer wieder Albins Namen. Als er den stehen gebliebenen Findling erreichte, war Goswin ganz außer Atem und japste wie ein an Land geworfener Fisch.

»Gut, dass ich dich noch erwische«, keuchte er, während er, vornüber geneigt und die Hände auf die Knie gestützt, vor Albin stand. »Du sollst dich auf der Stelle bei Nonus Candidus melden.«

Candidus war der Hospitarius der Abtei. Ihm oblag die Sorge für das Wohlergehen der Gäste.

»Was will er von mir?«, fragte Albin, der sich keinen Grund für diese Aufforderung vorstellen konnte.

»Hat er mir nicht gesagt. Komm schon, Albin. Er wartet beim Gästehaus auf dich.«

Verwirrt folgte Albin dem Novizen zurück zur Abtei. Vor dem Gästehaus waren ein paar ostfränkische Knechte damit beschäftigt, einen vierrädrigen, mit einer Plane überspannten Wagen zu beladen. Der Anblick versetzte Albin einen Stich. Wollte auch Graf Guntram mit seiner Gesandtschaft abreisen? Das bedeutete, dass der Graf die Klärung von Chlodomers Tod aufgegeben hatte – und dass Albin Gerswind nicht wiedersehen würde.

Bei näherem Hinsehen stellte er erleichtert fest, dass nur dieser eine Wagen beladen wurde. Die anderen Wagen und Karren der Gesandtschaft standen im

Schuppen des Gästehauses und die Tiere im angrenzenden Stall.

Candidus, der mit seinem kleinen, rundlichen Leib aussah wie ein rollendes Fass, kam Albin entgegen und rief: »Na endlich bist du da, Knabe! Hast du dich auch ordentlich gewaschen? Gut. Die holde Gerswind soll keinen Grund zur Klage haben.«

»Gerswind?«, murmelte Albin. »Ich verstehe nicht...«

»Ich auch nicht«, sagte der Hospitarius. »Sie hat doch genug Knechte und Mägde in ihrem Gefolge. Mag jemand anderer wissen, weshalb sie auf deiner Begleitung bestanden hat.«

»Wohin soll ich sie begleiten?«

»Zur alten Fischerinsel. Der Aufenthalt hier bei uns wird ihr langsam eintönig, hat sie gesagt. Deshalb unternimmt sie heute einen Ausflug zur Fischerinsel. Sieh, da kommt sie schon!«

Begleitet von den beiden Nordmännern trat Gerswind aus dem Gästehaus. Sie trug ein braunes Kleid aus samtig schimmerndem Leder, das farblich zu ihrem Haar und ihren Augen passte. Stickerei aus grünen Perlen zierte das Gewand, ohne dass es überladen wirkte. Ein breitkrempiger Hut aus geflochtenem Stroh schützte ihr Gesicht vor der Sonne. Ihr Blick glitt kurz über die Versammelten, ohne dass sie Albin zu bemerken schien. Der größere Nordmann, Arne, half ihr auf den Wagen, wo sie neben dem Fahrer Platz nahm. Kurz darauf setzte sich der kleine Zug in Bewegung.

Die Spitze bildeten drei bewaffnete Reiter. Dann kam der von zwei kräftigen Pferden gezogene Wagen, flankiert von den berittenen Nordmännern. Hinter dem Wagen trottete Albin mit einem halben Dutzend

Knechte und Mägde her. Zwei weitere bewaffnete Reiter bildeten den Schluss.

Nach dem Verlassen des Klosters hielt der vorderste Reiter seinen Rappen an und wartete, bis Albin zu ihm aufgeschlossen hatte. Der große Soldat, dessen Mund unter einem mächtigen Schnauzbart fast gänzlich verborgen war, beugte sich vor und rief: »Du bist Albin?«

Der Findling blieb stehen. »Ja, Herr.«

»Ich bin Hauptmann Grimald. Graf Guntram hat mir den Schutz dieses Zugs überantwortet. Kennst du den Weg zur Fischerinsel?«

Albin nickte. »Er ist nicht zu verfehlen, immer am Ostufer des Sees entlang.«

Ohne sich für die Auskunft zu bedanken, riss Grimald sein Tier herum und galoppierte zurück zur Spitze der kleinen Karawane, die nur langsam vorankam. Gerswind hatte es nicht eilig und genoss die Fahrt. Aufmerksam sah sie sich um, betrachtete zur Rechten den See und zur Linken den Mondseeberg, über den die Sonne allmählich ihren glühenden Ball schob. Die das Land erwärmenden Sonnenstrahlen machten besonders den Bediensteten zu schaffen, die zu Fuß gehen mussten. Bald waren sie froh darüber, dass ihr Zug keine Hast an den Tag legte. Die alte Fischerinsel kam zwei Stunden vor Mittag in Sicht. Man brauchte kein Boot, um sie zu betreten. Es war nur eine Halbinsel, die ihren mit Buschwerk und Bäumen bewachsenen Landfinger ein gutes Stück weit in den See streckte.

Vorsichtig rumpelte der Wagen über den hügeligen Boden. Gerswind ließ ihn anhalten und wollte absteigen, um nicht zu sehr durchgeschüttelt zu werden. Als Albin das sah, sprang er rasch vor und reichte ihr die Hand.

»Danke, Albin«, sagte sie lächelnd, als sie vor ihm stand. Mit ihrem Strohhut überragte sie ihn noch mehr. »Wo liegt das alte Fischerdorf, das es hier geben soll?«

Albin zeigte zur Inselspitze, einem vorgelagerten Hügel, der durch einen dünnen Landstreifen mit dem Rest der Halbinsel verbunden war. »Da, aber es sind nur verfallene Hütten.«

»Ich möchte es trotzdem sehen. Führst du mich hin, während die Mahlzeit vorbereitet wird?«

Er tat nichts lieber als das und freute sich schon, mit Gerswind allein zu sein. Aber leider stiegen die beiden Nordmänner von den Pferden und folgten ihnen.

Die verlassenen Holzhütten standen krumm und schief auf den Pfählen, die sie vor dem Wasser schützen sollten. Die Fäulnis nagte an den Pfählen. Einige waren eingeknickt und manche Hütte hing zur Hälfte im Wasser. Lange vorbei war die Zeit, als die Fischer vom Mondsee hier ihre Netze geflickt und die Boote zur Ausfahrt vorbereitet hatten. Irgendwann würde der beständig an den Bauten leckende See auch die letzte Hütte verschluckt haben. Es war ein trauriger Anblick. Das Fischerdorf lag in einem beständigen Schatten, als verhüllte die Sonne ihr Antlitz vor dem Verfall. Aber es waren die Wolken, die sich immer stärker vor die Sonne schoben. Seltsame Wolken, wie Nebel, der aus dem See stieg.

»Bietet der Mondsee keine guten Fischgründe?«, fragte Gerswind.

»O doch, hier gibt es Forellen, Hechte, Rotaugen und andere Fische mehr in großer Zahl.«

»Warum haben die Fischer das Dorf dann aufgegeben?«

»Aus Angst vor den Nebelkindern.«

Ihre Augen weiteten sich. »Du meinst die Elben, die angeblich Graf Chlodomer getötet haben?«

»Ja, Herrin.«

»Sag einfach Gerswind. Ich dachte, der Name gefällt dir, Albin. Was genau hat die Fischer verscheucht?«

»Vielleicht nur ihre Angst, ich weiß es nicht. Es geschah lange vor meiner Zeit. Man munkelt, die Nebelkinder hätten die Fischerinsel so oft überfallen, dass die Fischer schließlich aus lauter Angst diesen Ort aufgaben. Jetzt siedeln sie nahe der Abtei, wo der Vogt und seine Soldaten sie beschützen.«

»Überfälle? Was wollten die Nebelkinder hier?«

»Ich kenne nur die Geschichten, die man sich erzählt. Es heißt, die Nebelkinder raubten neugeborene Kinder oder auch Jungfrauen, um ...« Er stockte.

Gerswind grinste. »Ich verstehe schon.«

Ihr Gesicht wurde wieder ernst, als sie über die faulenden Hütten und den immer stärker von Nebel bedeckten See blickte. Ja, es schien wirklich Nebel zu sein, stellte Albin mit leichter Besorgnis fest.

»Erst seit wenigen Tagen bin ich in diesem eigentümlichen Land und doch sehe ich vieles anders als bisher«, sagte Gerswind. »Dieser See und die Berge ringsum – es ist, als würden sie eine eigene Sprache sprechen, eine, die keine Worte benötigt. Hätte mir in Regensburg jemand gesagt, ich würde an Elben und ihre magischen Fähigkeiten glauben, hätte ich laut gelacht. Aber hier scheint alles anders. Und schließlich scheinen Graf Chlodomers Tod und der entflohene Zwerg zu beweisen, dass es die Nebelkinder gibt. Wie steht es mit dir, Albin, glaubst du an die Elben?«

»Ich ... bin mir nicht sicher«, sagte er zögernd.

Es widerstrebte ihm, Gerswind anzulügen. Andererseits konnte er ihr nicht verraten, was Findig ihm erzählt hatte. Sie durfte nicht einmal wissen, dass der Elb mit ihm gesprochen hatte. Und er dachte an die Warnung Gramans, der ihn vor zu großer Offenherzigkeit gegenüber der schönen Grafentochter gewarnt hatte.

»Du bist dir nicht sicher? Aber Albin, du hast doch meinen Vater zu dem Zwerg im Weinkeller geführt!«

»Vielleicht war es ein Elb, vielleicht aber auch nur ein kleinwüchsiger Mann.«

»Hältst du ihn nicht für Graf Chlodomers Mörder?«

Albin zuckte nur mit den Schultern.

»Meinem Vater käme es sehr gelegen, wenn es diese Nebelkinder wirklich gäbe«, fuhr Gerswind vor. »Und wenn er sie für den Mord verantwortlich machen könnte.«

»Warum?«

»Durch Chlodomers Tod ist die Konferenz gescheitert. Mehr noch, was zu einem Bündnis der Königreiche führen sollte, bedroht jetzt den Frieden zwischen den beiden großen Reichen der West- und Ostfranken.«

»Das verstehe ich nicht«, gestand Albin. »Aber ich weiß auch nichts über diese Konferenz.«

»Ist auch alles sehr geheim. Aber ich halte dich nicht für einen Spion. Oder bist du einer, Albin?«

Der prüfende Blick, mit dem sie ihn bedachte, war nicht ernst gemeint. Albin bemerkte, wie ein kaum unterdrücktes Schmunzeln kleine Grübchen in ihren Mundwinkeln hervorrief.

Er sah sie verschwörerisch an und raunte: »Ich bin der durchtriebenste Spion im ganzen Land. Alles ist so geheim, dass selbst ich es nicht weiß.«

Gerswind lachte und Albin fiel in ihr Lachen ein.

»Es geht um Swatopluk, den Herrn des Großmährischen Reiches, das im Osten an das unsere grenzt«, erklärte sie. »Er hat König Arnulf den Lehnseid verweigert. Arnulf befürchtet, dass die mährischen Horden das Reich überfallen. Er hat meinen Vater zum Mondsee gesandt, um hier im Geheimen mit den anderen Königreichen einen Beistandspakt gegen Swatopluk zu schließen. Und wenn sie schon nicht ihre Waffenhilfe zusagen, dann sollten sie zumindest zusichern, dass sie Arnulf nicht in den Rücken fallen. Aber nach Chlodomers Tod haben sich die anderen Gesandten standhaft geweigert, unserem König irgendwelche Zusicherungen zu geben. Westfranken ist neben unserem das größte Reich, und falls es zum Krieg zwischen beiden kommt, will niemand zwischen den Fronten stehen. Sämtliche Gesandtschaften haben die Abtei verlassen ohne einen Vertrag zu unterzeichnen.«

»Weshalb sollte der Westfrankenkönig unseren Herrscher für den Mord verantwortlich machen?«

»Weil Arnulf allen Gesandten seinen Schutz zugesagt hat. Auch wenn Odo nicht glaubt, dass wir Ostfranken für die Tat verantwortlich sind, könnte er die Gelegenheit nutzen, um einen Krieg vom Zaun zu brechen. Die Bedrohung Ostfrankens durch Swatopluk könnte ihn ermuntern, sich auf die Seite des Mährenkönigs zu stellen.«

»Das klingt reichlich verfahren«, meinte Albin.

»Ist es auch. Mein Vater will den Mondsee nicht verlassen, bevor er den wahren Mörder gefunden hat.«

Fast wäre ein freudiges Strahlen über Albins Gesicht geglitten, er konnte sich gerade noch zusammennehmen. Je länger Graf Guntram nach dein Mörder forschte, desto länger würde auch Gerswind bleiben. Eine Aussicht, die Albins Herz froh machte. Dann aber schämte er sich. Wenn Findig Recht hatte, sollte auch Albin bemüht sein, dem Mörder auf die Spur zu kommen. Nur so konnte das Elbenvolk vor Schaden bewahrt werden.

Nach kurzem Überlegen sagte er zu Gerswind: »Nach allem, was du erzählt hast, hätte Swatopluk ein großes Interesse, die anderen Königreiche zu entzweien. Um so leichteres Spiel hätte er dann mit den Ostfranken.«

»Das hat mein Vater sich auch überlegt. Aber du hast einen Zwerg aus dem Refektorium flüchten sehen und einen Zwerg fand man im Weinkeller. Wie passt das zusammen?«

»Selbst wenn ein Elb oder Zwerg den Mord ausgeführt hat, könnte jemand anderer der Auftraggeber sein.«

Gerswind nickte anerkennend. »Albin, du bist klüger als so mancher königliche Gesandte. Vielleicht sollte ich meinem Vater empfehlen, dich als Ratgeber einzustellen.«

Was Gerswind scherzhaft dahersagte, hätte Albin sehr gefallen, hätte es doch bedeutet, immer in Gerswinds Nähe zu sein. Aber er wusste, dass es nichts mehr war als eine Träumerei.

»Ich habe Hunger«, sagte Gerswind unvermittelt. »Lass uns sehen, wie weit die anderen mit dem Essen sind. Um den Mörder kümmern sich mein Vater, Abt Manegold und Vogt Wenrich.«

»Dem Vogt geht es mehr um seine toten Hunde als um Graf Chlodomer.«

»Du scheinst keine hohe Meinung von ihm zu haben.«

»Ich kenne ihn noch nicht lange«, erwiderte Albin ausweichend. »Er kam erst im letzten Jahr zu uns, zusammen mit Abt Manegold, als der vorige Abt, Hitto, gestorben war.«

»Ach, die beiden sind nicht von hier?«

»Die Abtei untersteht dem Bischof von Regensburg und er bestimmt, wer am Mondsee Abt und wer Vogt wird.«

Zumindest mit Wenrich hatte der Bischof keine gute Hand gehabt, dachte er. Manegold war zwar kein so herzlicher Mann wie sein Vorgänger Hitto, aber er bemühte sich, zu Mönchen und Knechten gerecht zu sein.

Vielerlei kalte Speisen breiteten sich auf mehreren Decken aus: Fleisch- und Fischpasteten, in Scheiben geschnittener Ziegenbraten, gebratene Enten und Hammelkeulen. Dazwischen lagen mehrere prall gefüllte Weinschläuche. Gerswind lud alle, Wachen und Bedienstete, ein, das Mahl mit ihr zu teilen. Nur die beiden Nordmänner setzten sich nicht zu den anderen. Sie nahmen sich Hammelkeulen und Pasteten, blieben aber am Rande der kleinen Gesellschaft stehen und beobachteten unablässig die Fischerinsel.

Für kurze Zeit waren die Grenzen zwischen Herrin und Beherrschten aufgehoben. Albin, der neben Gerswind saß, schoss die Frage durch den Kopf, ob dies auf Dauer ein wünschenswerter Zustand sein mochte. Aber das war natürlich Unsinn. Niemals würde ein Knecht wie Albin mit einer edlen Dame wie Gerswind auf gleicher Stufe stehen. Einem wie ihm blieb nur, von Gerswind zu träumen.

Nach dem Mahl bat Gerswind ihn, sie noch einmal zum Fischerdorf zu begleiten.

Zweifelnd blickte Albin auf den See hinaus. »Es zieht sich zu. Nebel und Wolken scheinen sich gegen die Sonne verschworen zu haben. Vielleicht sollten wir besser zur Abtei zurückkehren.«

Gerswind zog die Brauen hoch. »Hat mein Vater etwa auch dich zu meinem Aufpasser bestellt?«

»Nein, aber ich sorge mich um dich.«

»Na, dann begleite mich!«

Sagte sie, sprang auf und lief zur Inselspitze. Albin eilte ihr nach und ihm folgten Arne und Arwed. Die Waffen der Nordmänner verursachten beim schnellen Laufen ein klapperndes Geräusch. Zwischen den Hütten war es noch düsterer als vorhin.

»Hier ist es richtig unheimlich«, stellte Gerswind fest, aber es schien ihr zu gefallen. Sie zeigte auf einen alten, brüchigen Steg von etwa dreißig Fuß Länge. »Lass und dort hinausgehen, da sind wir ungestört.«

»Ungestört?« Albin blickte über die Schulter zu den beiden Nordmännern, die dicht hinter ihnen standen. »Wie du meinst.«

Gerswind drehte sich zu ihren Beschützern um und sagte lächelnd: »Ihr braucht uns nicht auf den Steg zu folgen. Wir können euch ja nicht davonfliegen.«

Die Nordmänner blieben vor dem Steg stehen. Ihre Blicke aber folgten Albin und Gerswind, die vorsichtig über das brüchige Holz gingen.

»Zwei schräge Vögel sind das«, sagte Albin und zeigte mit dem Daumen nach hinten, als er und Gerswind sich am Ende des Stegs auf die Bohlen hockten. »Warum stellt dein Vater ausgerechnet Nordmänner zu deiner Bewachung ab? Traut er ihnen mehr als seinen eigenen Soldaten?«

»Den beiden schon. Sie sind hervorragende Krieger, wie du neulich im Kräutergarten gesehen hast.

Arne und Arwed haben meinem Vater bedingungslose Treue geschworen.«

»Und ich dachte, die Nordmänner hätten jedem Christenmenschen den Tod geschworen.«

»Nur jedem Christenmenschen, der sich nicht von ihnen ausrauben lässt«, meinte Gerswind augenzwinkernd. »Auch Arne und Arwed haben gegen uns gekämpft. Mein Vater hat im Auftrag des Königs einen Feldzug gegen die Wikinger geführt, die an unserer Küste gelandet sind. Eine ihrer Siedlungen, in der auch Frauen und Kinder lebten, wurde von den Soldaten meines Vaters eingekreist. Die Krieger wurden gefangen, aber die anderen ließ Vater ziehen, auch den alten Vater der beiden Brüder, den Fürsten jenes Stammes. Aus Dankbarkeit schworen Arne und Arwed meinem Vater ewige Treue.«

»Brüder sind sie also, deshalb die Ähnlichkeit. Bis hin zu den seltsamen Narben.«

»Die hat Vater ihnen eingebrannt. Es ist der Rabenkopf, sein Wappentier.«

»Ein harter Mann, dein Vater.«

Gerswind versteifte sich. »Wer gegen die Wikinger kämpft, muss hart sein. Mein Vater besonders. Vor fünf Jahren wurde meine Mutter bei einem Wikingerüberfall getötet. Es heißt, die Nordmänner hätten ihr vorher Gewalt angetan.«

Albin wollte ihr sagen, dass es ihm wegen ihrer Mutter Leid tat, aber er kam nicht dazu. Ein scharfer Schmerz durchzog seinen Kopf und er hörte undeutliche Stimmen. So wie an jenem Abend, als Graf Chlodomer starb. Es waren nur Bruchstücke, die ihm rätselhaft blieben: ... *Schutz im Nebel* ... *Inselspitze* ... *bald erreicht* ... *ein leichter Fang* ...

Gerswind hatte eine Hand ins Wasser gestreckt und

spritzte ihn voll. »Schön kühl, nicht?«, jauchzte sie und bückte sich, um ihren Rock zu raffen und ihre Lederschuhe auszuziehen. Sie tauchte die nackten Füße ins Wasser, schlenkerte heftig und jauchzte abermals. »Hui, ist das frisch. Komm, Albin, mach mit!«

Er sah auf seine Füße und dachte daran, was Gerswind zu dem Anblick sagen mochte.

»Was ist, worauf wartest du?«, fragte sie.

»Ich will mich nicht verkühlen.«

»Nicht verkühlen, nur abkühlen«, lachte sie. »Bist du wasserscheu?«

Er antwortete nicht. Die Stimmen in seinem Kopf waren wieder da, lauter, aber auch schmerzhafter.

Vielleicht rührte der Schmerz daher, dass es mehrere Stimmen waren: *Einfacher hätte es nicht sein können ... Tochter des Grafen ... wie ein Hase, der darauf wartet, vom Fuchs geschnappt zu werden ... auf dem Steg ...*

Auf dem Steg? Erschrocken blickte Albin das Mädchen an – die Tochter des Grafen! Plötzlich wusste er, was die Stimmen bedeuteten: Sie kamen, um Gerswind zu holen.

»Was hast du?«, fragte Gerswind. »Dein Gesicht ist so bleich wie ein Topf Milch. Ist dir nicht wohl?«

Die Antwort blieb ihm im Hals stecken, als er sah, was sich vor dem Steg aus dem Nebel schob: erst zwei, dann drei Boote. Schmale Einbäume mit kleinwüchsigen, aber kriegerisch wirkenden Insassen. Vier oder fünf von ihnen hockten in jedem Boot und trieben es durch kräftige Paddelbewegungen über den See. In dem Nebel wirkte es, als flögen die Boote über der Wasseroberfläche dahin.

Die Nebelkinder!

Ein Schauer lief über Albins Rücken, als er die Wahrheit erfasste. In den Booten saßen Elben. Und sie hatten es auf Gerswind abgesehen. Die Nebelkinder erschienen ihm seltsam verschwommen, wie geisterhafte Wesen aus einer fremden Welt. So, als hätten sich ihre grauen Leiber aus Nebelschwaden zusammengesetzt und wollten jeden Augenblick wieder mit dem Nebel zerfließen. Deshalb bemerkte er sie erst spät. Und Gerswind, die ihn anstarrte, hatte sie noch gar nicht gesehen.

»Warum siehst du so entsetzt drein, Albin?«, rief sie besorgt aus. »So antworte doch!«

Er schluckte den dicken Kloß, der seine Kehle verstopfte, hinunter und brachte trotzdem nur ein einziges gekrächztes Wort hervor: »Dort!« Er zeigte mit ausgestrecktem, zitterndem Arm über Gerswinds Kopf hinweg auf den See.

Zögernd drehte Gerswind ihren Kopf herum. Sie konnte nur noch einen unterdrückten Schrei ausstoßen, dann hatte das vorderste Boot sie erreicht. Ein Elb beugte sich vor und zog an ihren nackten Füßen. Sie fiel ins Wasser, wurde von weiteren Elbenhänden gepackt und ins heftig schwankende Boot gezerrt.

Als er Gerswind in höchster Gefahr sah, fiel die Erstarrung von Albin ab. Er wollte ins Wasser springen und versuchen, sie aus dem Einbaum zu holen.

Das wirst du nicht tun!, zuckte es wie ein jäher Blitzschlag durch seinen Kopf. Als hätte jemand seinen Gedanken gelesen und ihm geantwortet, ohne den Mund zu bewegen, ohne die Stimme zu benutzen. Der Befehl in seinem Kopf schien von einer unsichtbaren Faust begleitet zu werden, die Albin festhielt. Seine Füße versagten ihm den Dienst.

Er blickte in das Gesicht eines Elben. Ein strenges, entschlossenes Gesicht mit tief liegenden, großen Augen. Augen, die Albins Blick erwiderten, ihn in ihren Bann zogen und auf diese Weise die Wirkung des lautlosen Befehls noch verstärkten. Unter einer dunklen Mütze quollen Strähnen feuerroten Haares hervor. Albin wusste nicht, ob dies der Mörder Graf Chlodomers war, den er nur von hinten gesehen hatte. Aber er ahnte, dass der rothaarige Elb in dem Boot etwas mit dem Tod des Grafen zu tun hatte. Es war keine Erkenntnis des Verstands, sondern des Gefühls. Und das sagte ihm: Sein Gegenüber mit den auf teuflische Weise willenlos machenden Augen gehörte zu den Rotelben, von denen Findig ihm erzählt hatte.

Albin schloss die Augen, weil er glaubte, nur so den fremden Bann abschütteln zu können. Und es gelang. Er rannte los, um am Ende des Stegs ins Wasser zu springen. Da schlug etwas heftig gegen seine Stirn und warf ihn zurück. Er verlor das Gleichgewicht und fiel auf die alten Holzbohlen.

Dummer Kerl!, war die Stimme – es musste die des Rotelben sein – wieder in seinem Kopf. *Du allein kannst uns nichts anhaben. Sei froh, dass dir dein Leben bleibt!*

Den pochenden Schmerz, der seinen Schädel erfüllte, niederkämpfend, hob Albin den Kopf und blickte auf den See. Der Rotelb hielt ein Paddel wie eine Keule in Händen. Damit hatte er Albin niedergestreckt. Die anderen Nebelkinder in dem Boot benutzten ihre Paddel in der vorgesehenen Weise und der Einbaum glitt vom Steg weg, zurück in den Nebel. Die beiden anderen Boote machten ebenfalls kehrt. Gerswind lag zusammengekauert zwischen den Elben und rührte sich nicht. Was hatten die verfluchten Zwerge mit ihr gemacht?

Ein Gefühl der Befriedigung senkte sich auf Albin.

Es war nicht seine Empfindung. Er spürte fremde Gefühle, hörte fremde Gedanken: *Der Plan war gut und der Streich war leicht! Die törichten Wachen schlagen sich den Bauch voll, während das Mädchen allein mit diesem Jungen am See sitzt.*

Ein Schatten fiel kurzzeitig auf Albin, als eine große Gestalt über ihn hinwegsprang. Es war Arne, der größere der beiden Nordmänner. Für einen Augenblick flog er durch die Luft, bevor er ins Wasser klatschte, direkt neben dem letzten der drei Elbenboote. Er schlug gegen den Einbaum, der dadurch kenterte. Auch Arwed war über den Steg gehastet und sprang ins Wasser, wo er und sein Bruder sich mit den Elben aus dem umgestürzten Boot herumbalgten.

Was die Nordmänner den Nebelkindern an Körpergröße und Kraft voraushatten, machten die fünf Elben durch ihre Überzahl und eine unglaubliche Gewandtheit wett. Immer wieder entschlüpften sie den muskulösen Armen der bärtigen Krieger, tauchten unter ihnen weg und schossen im Rücken der Wikinger aus dem Wasser, um sie mit Keulen oder Dolchen zu attackieren.

Eine Klinge bohrte sich in Arweds Hals. Seine Bewegungen erlahmten und er sackte kraftlos zusammen. Wutschnaubend warf sich der Bruder des Verwundeten mit erhobener Axt auf den Elb, der den blutigen Dolch in der Rechten hielt. Der Hieb spaltete den Elbenschädel und rundum färbte sich das aufgewühlte Wasser rot. Ehe Arne seinem reglos im See treibenden Bruder zu Hilfe eilen konnte, fielen die übrigen vier Nebelkinder über ihn her.

Vom Auftauchen der drei Boote an war alles mit solcher Schnelligkeit vonstatten gegangen, dass Albin Mühe gehabt hatte, dem Geschehen zu folgen. Die schmerzhaften Nachwirkungen des Schlags, den der Rotelb ihm versetzt hatte, übten eine betäubende Wirkung auf ihn aus. Er fühlte sich unendlich schwer und müde, sehnte sich nach Ruhe. Trotzdem stemmte er sich hoch und wankte zum Ende des Stegs, wo er sich ins Wasser fallen ließ. Der verletzte Arwed brauchte dringend Hilfe. Albin war ein guter Schwimmer, hatte sich von klein auf darin geübt. Trotz seines schmerzenden Kopfes wollte er dem Nordmann beistehen.

Im See löste sich die lähmende Schwere von seinen Gliedern. Das kalte Wasser weckte seine Lebensgeister. Die Bewegungen fielen ihm leichter und er hielt mit kräftigen Schwimmzügen auf Arwed zu, während rechts von ihm Arne mit den Nebelkindern rang. Aber bevor er den Verwundeten erreichte, verschwand dieser im See.

Albin hielt die Luft an und tauchte Arwed hinterher. Schließlich ertasteten seine Hände das Gewand des Nordmannes und krallten sich darin fest. An Land hätte er den schweren Klotz von einem Mann kaum von der Stelle bewegt, aber im Wasser war es leichter. Langsam, Stück für Stück, zog Albin ihn nach oben. Er musste sich beeilen: Seine Luft wurde knapp, ein starkes Stechen erfüllte seine Lungen.

Er glaubte schon, die Lungen würden platzen, als sein Kopf endlich aus dem Wasser stieß. Gierig schnappte er nach Luft, ein wenig zu hastig. Er schluckte Wasser, das er hustend und prustend wieder hervorwürgte. Mit den Füßen wie eine Ente paddelnd, hielt er Arweds Schultern und Kopf sorgsam über Wasser.

»Hierher!«, hörte er einen lauten Ruf. »Komm mit dem Nordmann zum Steg!«

Dort stand Grimald mit den anderen Wachen. Mit

besorgten Mienen sahen die Soldaten auf den See hinaus.

Rückwärts schwamm Albin in ihre Richtung, die Schwimmbewegungen nur mit den Beinen ausführend. Die Arme hatte er um den schweren Nordmann geschlungen, den er mühsam mit sich zog. Albins Kräfte ließen nach. Seine Muskeln schmerzten, als wollten sie zerreißen. Mehrmals wäre Arwed ihm um ein Haar weggesackt. Kurz vor dem Steg klatschte etwas neben Albin ins Wasser. Ein Seil. Er führte es unter Arweds Schultern durch und die Soldaten zogen den Reglosen das letzte Stück zum Steg, wo sie ihn mit Albins Hilfe auf die Bohlen hievten. Dann halfen sie auch dem Findling aus dem Wasser.

Erschöpft sank Albin neben dem Nordmann nieder und schloss die Augen. Von dem Gefühl getrieben, unendlich viel Luft zu brauchen, atmete er in schnellen, gierigen Zügen. Sein Brustkorb hob und senkte, hob und senkte sich. Er war vollkommen ausgelaugt, wozu sich ein Übelkeit verursachendes Pochen in seinem Kopf gesellte. Der bis jetzt verdrängte Schmerz kehrte mit Gewalt zurück. Sein Schädel wollte zerspringen und sein mit zu viel unfreiwillig geschlucktem Wasser gefüllter Magen drehte sich um. Er kroch zum Rand des Stegs und erbrach sich.

Danach fühlte er sich etwas wohler, auch wenn der Kopfschmerz blieb. Er konnte wieder klar denken und sah sich nach Arwed um. Der Krieger aus dem fernen Norden lag noch genauso reglos da. Aus der Stichwunde am Hals sickerte Blut. Arweds Kopf war zur Seite gerollt, seine Augen blickten starr in weite Ferne.

»Was ist mit ihm?«, fragte Albin.

»Arwed ist zu seinen Ahnen gegangen. Mit ihnen

sitzt er in der großen Halle von Odins Palast, trinkt und isst mit den Göttern und übt sich an ihrer Seite täglich im Kampf gegen die Wesen der Finsternis. Ehrenhaft starb er in Erfüllung des Schwurs, den er Graf Guntram geleistet hat. Ich aber habe versagt und die Götter verhüllen ihr Antlitz vor meinem Angesicht.«

Arne, der die Worte voller Inbrunst hervorgebracht hatte, war auf den Steg geklettert, ohne dass Albin es bemerkt hatte. Der überlebende Nordmann kauerte sich neben seinen toten Bruder und betrachtete ihn mit Blicken, die fast neidisch wirkten. Er schien sich zu wünschen, an Arweds Stelle zu sein.

Der hoch gewachsene Krieger befand sich in einem fürchterlichen Zustand. Er blutete aus zahlreichen Wunden an Haupt und Körper. Das nasse Haar klebte in dicken, langen Strähnen an seinem Kopf. Die große Narbe auf der linken Wange war jetzt besonders gut zu sehen. Der Rabenkopf blickte den Toten an. Arne schien nicht minder erschöpft als Albin. Auch der Nordmann atmete in einem schnellen Rhythmus und mit jedem tiefen Atemzug plusterte sich der eingebrannte Rabe auf.

Die ganze Anstrengung, Arweds Leben zu retten – vergeblich! Albin fühlte sich noch kraftloser. Am liebsten hätte er sich auf dem Steg zusammengerollt, hätte die Augen fest geschlossen und sich in tiefen Schlaf geflüchtet. Aber die Sorge um Gerswind verdrängte Schmerz, Erschöpfung und Enttäuschung.

Auf dem See trieb verlassen der umgestürzte Einbaum. Über dem leise plätschernden Wasser dampfte die Nebelsuppe, man konnte kaum fünfzig Fuß weit blicken. Von Gerswind und den anderen Booten war nichts zu sehen und nichts zu hören. Es war, als hätte es die Rotelben und ihr Opfer niemals gegeben.

»Ich konnte ihr nicht mehr helfen«, sagte Arne, als Albin sich nach Gerswind erkundigte. Er zeigte auf den gekenterten Einbaum. »Die Krieger aus dem Boot waren klein an Gestalt, aber groß an Kraft und Gewandtheit. Wie Lokis Dämonen fielen sie über mich her, und ich hatte Mühe, mich meiner Haut zu wehren. Jeden Einzelnen von ihnen habe ich erschlagen, aber der Kampf dauerte zu lang. Der Nebel hat die anderen Boote längst verschluckt. Und Grimald mit seinen Männern kam zu spät!« Als Arne den letzten Satz aussprach, blickte er den Anführer der Wachen vorwurfsvoll an.

Der stampfte mit dem Stiefel auf das alte Holz und knurrte: »Du und dein Bruder, ihr hattet die Bewachung unserer Herrin übernommen. Wir kamen herbei, sobald wir den Kampflärm hörten. Schließlich waren wir nicht hier, als die ... die Nebelkinder angriffen.«

»Eben«, sagte Arne grimmig. »Ihr wart nicht hier!«

»Streiten hilft uns nicht weiter«, mischte sich Albin ein, der voller Sorge um Gerswind in den dichten Nebel starrte. »Wir müssen etwas unternehmen, um Gerswind zu helfen!«

»Ich habe schon einen Reiter zur Abtei gesandt«, erklärte Grimald. »Bald wird Graf Guntram jeden verfügbaren Mann ausschicken, um die Ufer des Sees nach seiner Tochter abzusuchen.«

»Dein Bote erreicht die Abtei viel zu spät«, brummte Arne. »Wir wissen nicht, wohin diese Zwergenkrieger verschwunden sind. Vielleicht sind sie ganz in der Nähe der Fischerinsel an Land gegangen und haben sich längst in die Berge geflüchtet. Was auch immer sie sind, dumm sind sie nicht.«

Albin schloss die Augen und versuchte, die Stimmen der beiden Streithähne zu verdrängen. Er konzentrierte sich auf etwas anderes: auf die lautlosen Stimmen, die er vor dem Überfall gehört hatte. Sie hatten ihn, wenn auch zu spät, gewarnt. Vielleicht konnten sie ihm jetzt helfen, Gerswind aufzuspüren. Doch diesmal, als er es so sehr ersehnte, vernahm er nichts. Vielleicht waren die Nebelkinder schon zu weit entfernt. Oder raubte ihm der Schmerz, der in seinem Kopf hämmerte und bohrte, die ungewöhnliche Fähigkeit, die er erst vor kurzem entdeckt hatte?

Als er die Augen enttäuscht wieder öffnete, sah er etwas auf dem Wasser treiben. Ein heller runder Fleck, der auf den Wellen tanzte. Es war Gerswinds Sonnenhut, der in Richtung Steg gespült wurde. Albin beugte sich weit vor und fischte ihn aus dem Wasser. Mehr war ihm von dem Mädchen, für das sein Herz so heftig schlug, nicht geblieben.

5

»Das also ist alles, was ihr mir von meiner Tochter zurückbringt...«

Graf Guntram sprach leise, mit brüchiger Stimme. Der im Krieg gegen die Nordmänner gestählte und das Befehlen gewohnte Edelmann wirkte zutiefst erschüttert. Jedem, der ihn in diesem Augenblick sah, war klar, wie viel ihm die Tochter bedeutete. Er drehte den vom Wasser verformten Strohhut in seinen knochigen Händen, immer und immer wieder, als sei der Hut ein Rad, mit dem er die Zeit zurückdrehen und das Schreckliche, das sich auf der alten Fischerinsel ereignet hatte, ungeschehen machen konnte.

Der Sonnenball war hinter den Bergen versunken und die langen Schatten der Abtei standen im Begriff, sich zum Abenddunkel zu vereinen. Nach und nach kehrten die berittenen Trupps zurück, die das Seeufer nach den Entführern und ihrem Opfer abgesucht hatten. Bis jetzt hatte niemand eine Spur entdeckt, noch nicht einmal die Einbäume hatte man gefunden. Eben war Guntram an der Spitze einer zehnköpfigen Schar durchs Haupttor der Abtei geritten. Kaum war er aus dem Sattel gerutscht, da stand auch schon der zutiefst zerknirschte Grimald vor ihm, um über die Ereignisse auf der Fischerinsel zu berichten. Der Graf, zu dem sich der Abt und der Dekan gesellt hatten, hatte nach Albin schicken lassen, der im Gegensatz zu Grimald alles mit angesehen hatte. Albin hatte erzählt, was er erlebt hatte, doch die Stimmen in seinem

Kopf verschwiegen. Er wusste, dass dies etwas war, das die anderen ihm nicht abnehmen würden. Zum Schluss hatte er Guntram den Hut überreicht.

Um Guntram, Manegold, Ursinus, Grimald und Albin scharten sich die Soldaten des Grafen, einige noch zu Pferd, die anderen abgesessen. Ihre von Schweiß und Staub verklebten, von der langen Suche müden Gesichter waren abwartend auf ihren Herrn gerichtet. Hinter den Pferden, die erschöpft ihre Köpfe hängen ließen, waren Mönche, Knechte und Mägde zusammengeströmt. Die Nachricht von Gerswinds Verschleppung hatte sich wie ein Lauffeuer in der Abtei verbreitet und die Menschen zerredeten sich die Köpfe über den unerhörten Vorfall. Jetzt aber sprach niemand. Man hörte nur das gelegentliche Wiehern eines Pferdes, unruhiges Hufgeklapper und das leise Klirren eines Panzerhemdes, wenn sich einer der Soldaten bewegte.

Plötzlich ertönten laute Rufe am Haupttor, vermischt mit dem schnellen Hufschlag mehrerer Pferde. Vogt Wenrich auf seinem Rappen führte den heimkehrenden Trupp an. Wären ein paar der gaffenden Knechte nicht beiseite gesprungen, wären sie unter die Hufe der Pferde gekommen. Der Vogt zügelte sein Tier dicht vor Guntram, stieg aber nicht ab.

»Nichts, Graf«, meldete er düster. »Wir sind das Ufer der ganzen Drachenwand entlang abgeritten, bis hin zum Pass. Aber wir haben weder deine Tochter noch ihre Entführer gefunden. Bestimmt hätten wir mehr Erfolg gehabt, hätten Bardo und Egolf uns bei der Suche helfen können.«

Guntram, der bislang auf den Hut in seinen Händen gestarrt hatte, sah auf den Rappen des Vogts und sagte mit leiser, doch bedrohlich klingender Stimme: »Wer spricht mit mir? Ein Pferd?«

Der Vogt errötete. Mit vor Ärger mahlenden Kiefern stieg er aus dem Sattel, begleitet vom Kichern einiger Soldaten.

Erst als Wenrich vor ihm stand, richtete der Graf das Wort an ihn: »Ich weiß deine Mühen und die deiner Männer zu schätzen, Vogt. Leider war bislang jede Suche vergeblich. Du warst meine letzte Hoffnung. Deine tollwütigen Hunde aber hätten womöglich meine Tochter zerfleischt.«

Wenrich verbiss sich eine Erwiderung und fragte nur: »Was genau ist am See vorgefallen?«

Guntram wies auf Albin. »Der Knecht hier, Albin, war dabei. Er wird es dir berichten.«

Also erzählte Albin noch einmal, was sich ereignet hatte.

Wenrich lauschte ihm aufmerksam und rief dann: »Hast du die unseligen Zwerge gepachtet, Bursche?«

Zögernd entgegnete Albin: »Ich weiß nicht, was du meinst, Herr.« Er spürte die Gefahr, die von Wenrich ausging. Wollte der Vogt seine Wut über die abermalige Demütigung durch Graf Guntram an dem Findling auslassen?

»Immer dann, wenn diese Nebelkinder ihr undurchsichtiges Spiel treiben, bist du in der Nähe«, sagte der Vogt vorwurfsvoll. »Du warst im Refektorium, als Graf Chlodomer dem tödlichen Wahn verfiel. Du willst als Einziger in der ganzen Abtei den angeblichen Mörder gar mit eigenen Augen gesehen haben. Dann führst du uns aber nicht zu ihm, sondern zu einem wirren Alten, der den Weinkeller plündert. Und heute bist du als Einziger bei Graf Guntrams Tochter, als sie verschwindet!«

»Nicht allein, Herr«, verteidigte sich Albin. »Auch die beiden Nordmänner standen am Steg.«

Wenrich stieß ein höhnisches Grunzen aus, »Und? Der eine ist tot, der andere liegt mit argen Verletzungen im Siechenhaus. Du aber wirkst frisch wie ein Frühlingsmorgen, Außerdem warst du, wie du selbst erzählt hast, allein mit Gerswind auf dem Steg. Warum hast du sie nicht festgehalten, als die Nebelkinder mit ihren Booten kamen?«

Den Vorwurf hatte sich Albin selbst schon gemacht. Die Antwort trug nicht zur Beruhigung seines schlechten Gewissens bei: »Es ging alles rasend schnell. Ich war verwirrt und erschrocken. Der Nebel über dem See verbarg die Elben bis zum letzten Augenblick. Ehe ich etwas unternehmen konnte, hatten sie Gerswind schon ins Boot gezerrt.«

»Hier am Nordufer war es heute kaum neblig«, erwiderte Wenrich. »Und auch an der Drachenwand hatten wir weithin gute Sicht.«

»Aber über der alten Fischerinsel zog plötzlich dichter Nebel auf«, beharrte Albin.

»Das stimmt«, stand Grimald ihm bei, »Doch schon, als wir nach dem Überfall die Insel verließen, klarte der Himmel wieder auf. Es war, als hätten die Zwerge den Nebel zu Hilfe gerufen, um ihre Untat zu verdecken.«

Wenrich sah den Hauptmann mit hoch gezogenen Brauen an. »Du hast sie also auch gesehen, diese Zwerge?«

Grimald wich dem Blick aus und schlug die Augen nieder. »Nein, Herr, ich war weiter hinten auf der Insel und eilte mit meinen Männern herbei, als Kampflärm uns alarmierte, Aber wir sahen nichts mehr von Gerswind und ihren Entführern.«

»Dann haben wir für das, was angeblich auf der Insel geschehen ist, nur das Wort dieses Knechts«, schlussfolgerte der Vogt und starrte wieder Albin an. Misstrauen und Geringschätzung sprachen aus seinem Blick.

»Und das von Arne, denke ich«, sagte Guntram.

»Dieser heidnische Krieger?« Wenrich sah den Grafen zweifelnd an. »Hat er die Aussage des Knechts bestätigt?«

»Ich habe noch nicht mit Arne gesprochen. Aber holen wir es nach.«

Während die Soldaten ihre Pferde zu den Ställen führten, um sie abzusatteln, abzureiben und mit Futter und Wasser zu versorgen, gingen Guntram, Wenrich, Manegold, Ursinus und Albin zum Siechenhaus. Graman empfing sie am Eingang und führte sie zu Arnes Lager. Der verletzte Nordmann lag unter einer schweren Wolldecke und blickte ihnen besorgt entgegen. Kopf und Schultern waren mit dicken Verbänden umwickelt. Der unter der Decke verborgene Rest seines mächtigen Leibes musste ähnlich aussehen. Als Arne den Kopf bewegte, um seine Besucher besser sehen zu können, bemerkte Albin dunkle Flecke in dem langen Haar des Kriegers: verkrustetes Blut.

»Er ist von kräftigem Wuchs und robuster Gesundheit und wird sich in einigen Tagen von dem Schwersten erholt haben«, erklärte Graman. »Ein Schwächerer als er allerdings müsste jetzt mit dem Tode ringen.«

»Dann kann er ja wohl sprechen«, meinte Wenrich.

Graman bejahte es.

Der Vogt drängte sich ans Krankenlager und blickte ohne jedes Mitgefühl auf den Verwundeten. »Berichte uns, Mann aus dem Norden, hast du diese Nebelzwerge auch gesehen?«

Arne wechselte einen Blick mit Guntram, und erst als dieser nickte, antwortete der Krieger: »Ich sah sie und kämpfte gegen sie. Fünf von ihnen erschlug ich, aber es war vergeblich. Sie nahmen die Herrin mit sich und mein Bruder sank in die Arme der Totenfrauen.«

»Bist du sicher, dass es Zwerge waren?«, forschte der Vogt nach.

»Sieh meine Wunden an«, antwortete Arne. »Glaubst du, ich habe den Kampf geträumt?«

»Und er?« Wenrich bedachte Albin mit einem kurzen Blick, bevor er sich wieder dem Nordmann zuwandte.

»Hat er auch gekämpft?«

»Er tat alles, um Arwed zu retten. Und nie werde ich ihm das vergessen!«

Dankbar ruhten Arnes Augen auf Albin, und ein warmes Kribbeln durchströmte den Findling. Er fühlte wieder Zuversicht, nachdem er sich schon als Opfer des Vogts auf dem Richtblock des Henkers gesehen hatte. Die Furcht um sein Leben war um so schlimmer gewesen, da er im Falle seines Todes nichts mehr für Gerswind hätte tun können.

Jetzt ging es ihm schon besser, besonders, als Graman eine Hand auf seine Schulter legte und sagte: »Auch ich verbürge mich für Albin. Ich war nicht auf der Fischerinsel, als die Nebelkinder kamen, aber ich kenne Albin sein ganzes Leben lang. Er hat immer treu zu den Geboten des Herrn gestanden und sich nie gegen Gott den Allmächtigen versündigt.«

Guntram erhob seine Stimme: »Ich sehe keinen Anlass, den Knecht weiter zu verdächtigen. Er ist in den See gesprungen und hat sein Leben gewagt, während meine Soldaten sich den Bauch voll schlugen. Ich fürchte, heute können wir die Angelegenheit nicht weiter klären. Bleibt nur die Hoffnung, dass unsere morgige Suche erfolgreich ist.«

Manegold nickte. »Ich werde unseren gnädigen Gott um Beistand bitten und eine Messe für das Wohlergehen deiner Tochter lesen, Graf.«

Gott erhörte den Abt nicht. An jedem der folgenden Tage verließen sämtliche Soldaten, die nicht zum Schutz des Kloster benötigt wurden, die Abtei bei Morgengrauen und kehrten erst in der Abenddämmerung zurück. Sie suchten die Seeufer ab und drangen immer weiter in die Berge vor, ohne die geringste Spur von Gerswind und ihren Entführern zu finden. Der Nebel, der die Elben an der alten Fischerinsel ausgespien hatte, schien sich zusammen mit ihnen und Gerswind aufgelöst zu haben. Jeden Abend, wenn Albin von der Feldarbeit zurückkehrte, begegnete er den heimkommenden Reitern und ihre enttäuschten Gesichter sagten ihm alles.

Albin befand sich in einem seltsamen Zustand. Nachts schlief er wenig und tagsüber fühlte er sich wie in dicke Decken gehüllt. Was rings um ihn geschah, sah und hörte er kaum. Wie ein Schlafwandler ging er über die Felder und streute das Winterkorn aus. Seine Gedanken kreisten um Gerswind und darum, was er zu ihrer Rettung unternehmen konnte. Verzweifelt wartete er darauf, dass Findig endlich zur Abtei zurückkehrte. Er wusste vielleicht, wohin die Rotelben ihr Opfer verschleppt hatten. Albin hoffte, dass Findig nicht den Soldaten in die Falle ging. Sie bewachten im Weinkeller das Schlupfloch zum Geheimgang und hatten sich auch im Buschwerk auf der Anhöhe verborgen, wo der Eingang des Ganges lag. Vergeblich hatte er über eine Möglichkeit nachgedacht, Findig vor der Falle zu warnen.

Fast unerträglich wurden das Bangen und Grübeln, wenn seine Gedanken um das kreisten, was die Rotelben Gerswind antun mochten. Und er wusste nicht, ob er die Worte, die Graman zu ihm gesprochen hatte, als Beruhigung empfinden sollte: »Das Mädchen ist den Elben nicht wichtig, der Vater aber umso mehr. Er hängt offenbar sehr an seiner Tochter, vielleicht weil sie sein einziges Kind ist und weil er seine Frau verloren hat. Gerswind ist die beste Waffe gegen Graf Guntram. Fragt sich nur, wie die Nebelkinder sie einsetzen wollen.«

Am vierten Tag nach Gerswinds Verschleppung sollte Albin es erfahren.

Wieder streute er mit anderen Knechten und Mägden das Saatkorn aus und wieder war er in Gedanken ganz bei Gerswind. So kam es, dass er vor lauter Achtlosigkeit mit dem linken Fuß in einer Furche hängen blieb und unglücklich stürzte. Erst beim Aufstehen bemerkte er, dass er sich den Fuß verdreht hatte. Jedes Auftreten sandte hundert schmerzhafte Nadelstiche durch seinen Unterschenkel.

Der Aufseher, ein rotbäckiger Barschalk namens Barthel, kam zu ihm gelaufen und warf einen zweifelnden Blick in den bewölkten Mittagshimmel. »Junge, was machst du für Ärger! Ich würde dich von zwei Männern zur Abtei tragen lassen, aber es sieht verdammt nach Regen aus. Wir müssen sehen, dass wir unser Korn in die Erde kriegen. Schon du wirst uns bei der Arbeit fehlen. Meinst du, du schaffst es allein, wenn du dich auf einen Stock stützt? Ist wohl kaum weiter als zwei Meilen.«

»Wird schon gehen«, meinte Albin. »Mich treibt ja keiner.«

»Gut«, lächelte Barthel erleichtert. »Lass dir vom Infirmarius helfen und ruh dich dann für den Rest des Tages aus.«

Albin brach von einer Buche einen Ast, auf dessen Gabel er sich gut stützen konnte, nachdem er das Holz auf die richtige Länge gebracht hatte. So humpelte er zur Abtei, wo er sich über die Soldaten wunderte, die im Schatten der Stallungen saßen und einen Weinschlauch kreisen ließen. Er entdeckte Grimald in ihrer Mitte und trat auf ihn zu.

»Was tut ihr hier?«, fragte Albin.

»Wein trinken, das siehst du doch«, erwiderte der ostfränkische Hauptmann mit weinschwerem Zungenschlag. »Graf Guntram hat ein paar Schläuche spendiert als Belohnung dafür, dass wir die letzten Tage bis zum Umfallen im Sattel gesessen und nach seiner Tochter gesucht haben.«

»Und heute? Geht ihr heute nicht auf die Suche?«

Grimald grinste breit. »Wie denn, wenn wir hier sitzen?«

Neue Hoffnung stieg in Albin auf und er rief: »Ihr habt sie gefunden! Gerswind ist wieder da!«

Der Hauptmann trank einen Schluck, wischte mit dem Handrücken über seine feuchten Lippen und rülpste: »Ist das Erste, was ich höre.«

»Ihr ... ihr habt sie nicht gefunden?«

»Nein«, beschied Grimald, des Gesprächs allmählich überdrüssig, knapp.

»Gerswind ist nicht zur Abtei zurückgekehrt?«

»Die Sonne hat Gerswind nicht über die Gipfel getragen, und der Wind hat sie nicht aus dem See gefischt.« Grimalds Bemerkung entlockte den angeheiterten Soldaten ein meckerndes Gelächter.

»Ich versteh das alles nicht«, murmelte Albin. »Warum sucht ihr Gerswind nicht weiter, wenn sie noch verschwunden ist?« Die eben aufgekeimte Hoffnung wich einer eiskalten Hand, die nach seinem Herzen griff. Gleichzeitig wurde sein Kehle trocken wie ein Weinkrug zur Fastenzeit. »Ist ... ist sie etwa ...«

»Tot?« Grimald zuckte mit den Schultern. »Da niemand weiß, wo Gerswind steckt, weiß auch niemand, ob sie noch am Leben ist.«

»Aber weshalb sucht ihr dann nicht weiter?«

»Weil der Graf heute Morgen, als wir gerade die Pferde sattelten, die Suche für beendet erklärt hat.«

»Der Graf?«, staunte Albin. »Warum?«

»Frag doch ihn, vielleicht sagt er's dir.«

Grimald hob erneut den Weinschlauch an die Lippen und trank in tiefen Zügen. Als Albin sich nach Guntram erkundigte, zeigte der Hauptmann mit dem Daumen der linken Hand über die Schulter zum Gästehaus. Dort kreuzten zwei Wachen vor dem Eingang ihre Speere und verstellten Albin den Weg.

»Lasst mich durch!«, verlangte er. »Ich muss mit Graf Guntram sprechen.«

»Du?« Die Wachen musterten ihn wie einen Bettler, der verlangt hatte, zu einem König vorgelassen zu werden. »Was kannst du schon von ihm wollen?«

»Ich muss mit ihm über Gerswind sprechen.«

»Wer bist du denn überhaupt?«

Albin nannte seinen Namen. »Ich war auf der Fischerinsel, als Gerswind geraubt wurde.«

Endlich ging einer der Soldaten ins Haus und kehrte kurz darauf mit der Mitteilung zurück: »Der Graf will dich sehen. Folge mir!«

Guntram erwartete ihn in einem der Zimmer, die hochrangigen Besuchern der Abtei vorbehalten blieben. Brokatbesetzte Wandteppiche sowie Gold- und Silberbeschläge schmückten den Raum. Der Graf saß mit weit von sich gestreckten Beinen in einem niedrigen Stuhl und hielt einen rubinverzierten Weinpokal aus glänzendem Silber in der Hand. Er dankte der Wache und wies sie an, auf dem Gang zu warten. Als Guntram den Pokal zum Mund führte, dachte Albin, dass er und seine Männer wohl etwas zu feiern hätten.

Nur sah der Gesandte ganz und gar nicht so aus wie jemand, dem nach Feiern zumute war. Sein Gesicht war eingefallen, dunkle Ringe saßen unter den Augen. Die nach unten gekrümmten Mundwinkel drückten Kummer aus. Nein, Graf Guntram feierte nicht, er ertränkte seine Sorgen.

»Was willst du?«, fragte er. »Du glotzt mich an wie den Leibhaftigen.«

»Herr, warum hast du die Suche nach Gerswind eingestellt?«

Die müden Augen des Grafen weiteten sich. »Glaubst du, wir finden sie noch? Wenn die Nebelkinder sie verschleppt haben, sind sie längst über alle Berge, und das kann man wörtlich nehmen. Oder aber Gerswind hat das Ufer niemals erreicht. Der See ist tief, hat man mir gesagt, sehr tief an manchen Stellen. Wäre sie noch irgendwo im Bereich der Abtei, hätten wir sie bereits entdeckt.«

»Auch wenn die Hoffnung gering ist, musst du sie weiter suchen lassen, Herr. Das ist unsere einzige Aussicht, sie zu finden.«

Unwillig runzelte der Graf die Stirn. »Bursche, willst du mich belehren?«

»Aber … sie ist doch deine Tochter, Herr!«

»Meine Tochter, ja …« Guntram sprach leise und schloss die Augen, als müsse er sich die Verwandtschaft mit der Verschleppten erst vergegenwärtigen. Die Finger seiner rechten Hand lösten sich langsam von dem Pokal und das Gefäß fiel zu Boden. Der rote Inhalt tränkte den hellen Teppich aus Schafwolle. Reglos saß der Edelmann da, als habe der Wein ihn mit Schlaf benebelt. Aber als er die Augen wieder öffnete, wirkte sein Blick fest, nicht unstet und verschleiert wie der eines Berauschten. »Gerswind ist meine Tochter, doch das ändert nichts. Die Suche ist für meine Männer anstrengend und sie führt zu nichts. Wenn ich nach Regensburg zurückkehre, werde ich zwei Tote beklagen. Mein Herz wird um Gerswind weinen, mein Verstand aber wird sich wegen Chlodomer sorgen.«

»Bist du bei der Suche nach dem Mörder kein Stück vorangekommen, Herr?«

»Gibt es denn einen Mörder?«, entgegnete der Gesandte zu Albins Überraschung. »Vielleicht war es ein Unglück, ist Chlodomer von ganz allein dem Wahnsinn verfallen.«

»Das kannst du nicht ernst meinen!«, entfuhr es Albin. »Du hast doch auch den Pfeil gesehen, den Elbenstrahl, den Graman bei Chlodomers Leiche gefunden hat!«

»Dann war der Mörder ein Elb. Und? Soll ich die Berge abtragen und den See entwässern auf der Suche nach diesen seltsamen Wesen? Wir können nur hoffen, dass König Odo uns keine zu große Schuld zuweist. Ich weiß nicht, was ich hier noch tun soll. In wenigen Tagen, sobald unsere Pferde sich von der anstrengenden Suche erholt haben, reisen wir ab.«

Albin wollte seinen Ohren nicht trauen. Graf Guntram schien wie verwandelt. Nichts erinnerte an den zupackenden, durch nichts zu erschütternden Mann, der er noch vor wenigen Tagen gewesen war. Als hätte ihn ein Elbenzauber, ein von den Nebelkindern gesandter Fluch, um den Verstand gebracht. Auf der Suche nach der Erklärung für sein seltsames Verhalten kamen Albin Gramans Worte in den Sinn: »Gerswind ist die beste Waffe gegen Graf Guntram. Fragt sich nur, wie die Nebelkinder sie einsetzen wollen.« Auf einmal wusste Albin, wie die Rotelben ihre Waffe eingesetzt hatten.

»Du hast Nachricht bekommen, nicht wahr, Herr?«, fragte er mit einer Stimme, die sich vor Aufregung überschlug. »Du weißt, dass Gerswind noch lebt! So ist es doch? Sag es mir bitte, Herr! Nur für sie tust du das alles, damit die Nebelkinder sie am Leben lassen und ...«

Ein harter Fausthieb gegen den Kopf streckte Albin zu Boden. Er schlug mit dem Gesicht auf und ein stechender Schmerz durchzuckte seine Nase. Die vom Schlag des Rotelben herrührenden Kopfschmerzen, die in den letzten Tagen allmählich nachgelassen hatten, kehrten blitzartig zurück. Guntram war aufgesprungen wie ein von der Sehne gelassener Pfeil. Albin hatte den Hieb kaum kommen sehen und war nicht in der Lage gewesen, ihm auszuweichen. Jetzt stand Guntram breitbeinig über ihm, die Hände zu Fäusten geballt, und seine Augen funkelten zornig.

»Du redest zu viel, Narr! Und du steckst deine Nase in Dinge, die dich nichts angehen. Auf der Fischerinsel hättest du dich um Gerswind kümmern sollen. Aber da hast du zugesehen, wie sie geraubt wurde.

Jetzt liegt ihr Schicksal nicht mehr in deinen Händen.«

Am Boden kniend, hob Albin den Kopf und blickte zu Guntram auf. Seine Nase war verstopft, er musste durch den Mund atmen. Ein herbsüßlicher Geschmack machte sich darin breit: Blut, das aus seiner Nase rann.

»Aber ich will doch nur wissen, wie es Gerswind geht«, sagte er und verzog das Gesicht, weil der Schmerz in seinem Kopf wütete wie eine ganze Horde wilder Nordmänner.

»Du bist wirklich ein Narr, begreifst gar nichts!«, stieß Guntram hervor, wütend und zugleich enttäuscht. »Deine Rede ist gefährlicher als ein Elbenstrahl. Ich werde dafür sorgen, dass dein loses Mundwerk nicht noch mehr Gift verspritzt.« Er rief die Wache herein und befahl: »Sperrt den Kerl ein und bewacht ihn gut! Er war bei Gerswind, als sie verschwand, und steht im Verdacht, sie im See ertränkt zu haben.«

Albin als Gerswinds Mörder – Graf Guntram konnte das nicht wirklich glauben! Zu dieser Erkenntnis gelangte Albin, als er in der Dunkelheit seines Gefängnisses vor sich hin brütete. Sie hatten ihn in einen fensterlosen Verschlag hinter dem Kornspeicher gesperrt und ein Bewaffneter hielt davor Wache. Der Gefangene hockte auf dem nackten Boden und hatte den Hinterkopf gegen die dicke Bretterwand gelehnt. Je weniger er den Kopf bewegte, desto schwächer war der Schmerz und desto klarer wurden seine Gedanken. Und je länger er nachdachte, desto mehr verstand er Guntrams Beweggründe.

Der Graf hatte Recht, Albin war wirklich ein Narr

gewesen. Wenn Albins Vermutung stimmte und Guntram von den Rotelben mit dem Leben seiner Tochter erpresst wurde, durfte der Graf das nicht an die große Glocke hängen. Nicht weil er Albin für einen Mörder hielt, hatte Guntram ihn einsperren lassen. Er wollte den Findling mundtot machen und verhindern, dass er Gerswinds Rettung gefährdete. Hatte Guntram es nicht selbst gesagt, als er meinte, Albins Rede sei gefährlicher als ein Elbenstrahl?

Gerade als Albin zu dieser Erkenntnis gelangt war, schreckte ihn das rostige Schaben des Riegels auf, der seinen Kerker verschloss. Mit einem lang gezogenen Quietschen sprang die Tür ein Stück auf und Tageslicht vertrieb die Dunkelheit aus dem Verschlag. »Ich lasse die Tür einen Spalt aufstehen, damit du Licht hast«, sagte der Wachtposten. »Und damit ich schneller reinkommen kann, falls der Gefangene Ärger macht.«

»Danke, mein Sohn. Aber es wird keinen Ärger geben.« Der das sagte, war Graman. Mir sorgenvoller Miene trat er ein und stellte einen Korb vor Albin ab. »Essen, Milch und Medizin«, verkündete er laut und fügte leiser hinzu: »Du hättest erst zu mir kommen sollen, bevor du dich mit dem Grafen anlegst!«

»Du hast Recht, Nonus«, gab Albin kleinlaut zu.

Hungrig biss er in ein Stück Ziegenkäse, aber selbst die Kaubewegungen reizten seinen Kopfschmerz. Graman verabreichte ihm einen bitter schmeckenden Kräutertrunk, der seine Schmerzen betäuben sollte. Der Trunk wirkte schnell, führte aber auch dazu, dass Albin sich träge und schläfrig fühlte. Mit einer Salbe stillte Graman das Nasenbluten, dann nahm er sich den verstauchten Fuß vor.

Vorsichtig zog der Infirmarius Albins Schuh und

Strumpf aus. Trotz seiner Müdigkeit bemerkte Albin, wie der Mönch beim Anblick seines nackten Fußes kurz erstarrte. Schon lange hatte Graman das nicht mehr gesehen. Rasch bekam er sich wieder in die Gewalt, ertastete die Stellen am Fußgelenk, die den Schmerz verursachten, und rieb sie dick mit einer gelben Paste ein. Die Berührungen schmerzten so stark, dass Albin mehrmals aufstöhnte.

Vielleicht war es dieses Stöhnen, das die Schrittgeräusche überlagerte. Albin und Graman wurden von dem plötzlichen Eintreten Wenrichs vollkommen überrascht. Zugleich zog die Wache die Tür weit auf, sodass der Verschlag im hellen Licht lag.

Angewidert starrte der Vogt auf Albins entblößten Fuß und sagte: »So sieht kein Mensch aus. Was bist du, ein Dämon? Ah, ich ahne es, du gehörst zu den Nebelkindern! Nicht von ungefähr sagt man, sie hätten die Leiber von Knaben und die Füße von Raben. Ich kam sofort, als ich von deiner Festnahme hörte. Guntram hat richtig gehandelt. Er hätte schon viel eher auf mich hören sollen. Ich hatte dich gleich im Verdacht, schuld an Gerswinds Verschleppung und an Graf Chlodomers Ermordung zu sein, du Missgeburt!

6

Wenige Stunden später führten zwei von Wenrichs Bewaffneten Albin, dem sie die Hände auf den Rücken gebunden hatten, zum Refektorium. Da er sich nirgends stützen konnte, brachte sein verstauchter Fuß ihn mehrfach zu Fall. Die Soldaten lachten höhnisch und schlugen mit den stumpfen Enden ihrer Speere auf ihn ein. »Auf die Füße, Mördergezücht! Sonst machen wir dir Beine, indem wir deine Sohlen mit heißem Eisen brennen!«

Im Refektorium saßen auf einer Bank hinter einem langen Tisch Wenrich, Manegold, Ursinus und Guntram. Sie blickten ihm mit ernsten Mienen entgegen. Albin war augenblicklich klar, dass sie über ihn Gericht halten wollten. Rechts und links von ihm saßen weitere Männer mit dem Gesicht zu ihm: viele Mönche, auch Graman, die Hauptleute Grimald und Volko sowie einige Barschalke, darunter der stets rotwangige Barthel.

»Dieses Gericht wird über dein Schicksal entscheiden, Knecht Albin«, verkündete Wenrich mit feierlichem Tonfall. »Als von König Arnulf berufener Vogt von Mondsee stehe ich dem Gericht vor und ich leite die Untersuchung. Die Anklage lautet auf Mord und Verschleppung. Opfer der Verschleppung ist Gerswind, die Tochter des Grafen Guntram. Opfer des Mordes ist Graf Chlodomer, der Gesandte des westfränkischen Königs Odo, wodurch die Anklage auf einen Fall von Hochverrat ausgedehnt wird. Zudem wirst du verbotenen heidnischen Zaubers bezichtigt, weil du durch deine verruchten Elbenkünste den Grafen ermordet und meine Hunde getötet hast. Wie äußerst du dich dazu?«

»Ich bin in allen Punkten unschuldig«, sagte Albin gefasst, nicht sonderlich laut, aber doch deutlich vernehmbar.

Wenrichs Faust fuhr krachend auf den Tisch. »Du machst es dir zu einfach! Halte dir vor Augen, dass auf Hochverrat und heidnischen Zauber der Tod steht!«

»Das ändert nichts an meiner Unschuld, Herr.«

»Tut es nicht?«, fragte der Vogt lauernd. »Du bestreitest also, ein Wesen des Teufels zu sein, eine heidnische Missgeburt der Sorte, die man Nebelkinder nennt?«

Bei der Erwähnung der Nebelkinder ging ein Raunen durch die Zuhörer. Die Mönche bekreuzigten sich, und die Barschalke dachten an manch nebligen Abend, an dem sie ihre Hütten verbarrikadiert und ihre vor Angst zitternden Frauen und Kinder beruhigt hatten, obwohl ihnen selbst die Angst vor den unheimlichen Wesen in den Knochen steckte. Allein der Verdacht, dass Albin ein Kind des Nebels sei, genügte vielen, ihm jede Schandtat zuzutrauen.

»Er schweigt, weil er weiß, dass Leugnen zwecklos ist«, fuhr Wenrich fort. »Denn er trägt die Zeichen seiner unheiligen Abkunft an sich. Los, Männer, entblößt seine Füße!«

Der Ruf galt seinen Soldaten, die sich augenblicklich über Albin hermachten, um ihm Schuhe und Strümpfe auszuziehen. Die Beherrschung, die Albin mühsam bewahrt hatte, fiel von ihm ab. Sein Herz raste und das Blut pochte in seinem Kopf. Kein klarer

Gedanke wollte ihm mehr kommen. Nur eins stand für ihn fest: Wenn die Menge seine nackten Füße sah, war das Urteil gefällt, sein Schicksal besiegelt. Er wehrte sich nach Leibeskräften und konnte sich einige Male dem Zugriff der Soldaten entziehen. Dann aber hatten sie ihn fest im Griff und befolgten Wenrichs Befehl. Sobald sie ihm Schuhe und Strümpfe mehr von den Füßen gerissen als ausgezogen hatten, hoben sie Albin hoch und trugen ihn im Saal herum, zeigten ihn vor wie ein erlegtes Stück Wild. Und fast jeder, der seine Füße sah, stöhnte auf und schlug hastig das Kreuz vor seiner Brust. Graman aber saß vollkommen starr und blickte mit Tränen in den Augen auf das, was er schon kannte.

An den Unterschenkeln wurden Albins Beine außergewöhnlich dünn, wie bei einem kleinen Kind, dafür waren sie sehr sehnig. Auch die Füße waren unnatürlich schmal, was sie noch länger wirken ließ, als sie es ohnehin waren. Jeder Fuß hatte nur vier Zehen, die von gleicher Länge waren und etwas voneinander abstanden. Die Zehennägel bildeten lange, leicht gebogene Krallen, was den vogelartigen Eindruck noch verstärkte. Ledrige braune Haut überzog Unterschenkel und Füße.

»Der Leib eines Knaben und die Füße eines Raben!«, rief Wenrich den alten Spruch durch den Saal. »Seht ihn nur an und ihr werdet erkennen, dass die Missgeburt ein Kind des Nebels ist! Wer will jetzt noch an seiner Schuld zweifeln?«

Zustimmende Rufe wurden laut, während die Wachen Albin wieder auf die – nackten – Füße stellten. Er blickte zu Boden und wäre am liebsten darin versunken. Teils aus Scham, weil er anders war als alle anderen, teils aber auch, weil sein Tod jetzt so gut wie beschlossen war. Wäre Gerswind auch tot gewesen, hätte er sich vielleicht in sein Schicksal ergeben. Aber das fast sichere Wissen, dass sie noch lebte, machte es für ihn unerträglich, dass er sie niemals wiedersehen sollte.

Triumphierend blickte Wenrich in die Runde. »Ich glaube, wir sind einer Meinung, was den Vogelfüßigen angeht. Dennoch, weil es hier um Leben oder Tod geht, wiederhole ich noch einmal: Wer zweifelt angesichts dieser Missbildung an Albins Schuld?«

»Ich!«, kam es mit tiefem Klang und fremdartigem Zungenschlag von der großen Doppelflügeltür, durch die man Albin hereingeführt hatte. Ein Flügel war aufgestoßen worden, und in der Tür stand der mit etlichen Verbänden umwickelte Nordmann, gestützt auf Goswin. Arne löste sich von dem Novizen und kam mit wackligen Schritten in den Saal. »Ich war dabei, als Albin sich in den See stürzte, um meinen Bruder zu retten, den zuvor ein Nebelkind angegriffen hatte.« Er zeigte auf Grimald. »Der Hauptmann und seine Leute können es bezeugen.«

Grimald nickte zögernd. »Es ist wahr, ich sah es mit eigenen Augen. Albin wagte sein Leben für den Bruder des Wikingers.«

Wenrich sprang auf und rief noch lauter als zuvor: »Ein Heide steht einem Heiden bei. Was ist das für ein Beweis? Wollen wir unsere christlichen Gesetze vergessen, sobald ein Ungläubiger versucht, das Leben eines anderen Ungläubigen zu retten?«

»Darum geht es nicht«, sagte Guntram, der sich ebenfalls erhoben hatte. »Was am See geschah, sollte Gegenstand dieser Untersuchung sein. Nicht, wie viele Zehen einer am Fuß hat!«

»Aber Graf, du selbst hast den Zwerg doch einsperren lassen«, sagte der überraschte Vogt. »Du hast ihn bezichtigt, an der Verschleppung, womöglich an der Ermordung deiner Tochter schuld zu sein.«

Guntrams Antwort verblüffte Wenrich und alle Anwesenden noch mehr: »Ich tat es aus Zorn auf Albin, weil er mich reizte. Aber ich habe keinen Augenblick daran geglaubt. Ich ziehe meine Anschuldigung zurück. Der Gefangene soll sofort freigelassen werden!«

»Das anzuordnen bist du nicht befugt!«, bellte Wenrich.

»Ich bin König Arnulfs Gesandter.«

»Und ich bin der Vogt dieses Landes. Mir obliegt die Rechtsprechung am Mondsee und niemandem sonst. Ist die Anklage einmal erhoben, so liegt alles in meinen Händen.«

Guntram schwieg und ließ sich langsam zurück auf die Bank sinken. Er wusste, dass Wenrich Recht hatte. Und als Gesandter des Königs konnte Guntram nicht das königliche Recht brechen.

»Im Gegensatz zu Graf Guntram halte ich den Angeklagten nicht für unschuldig«, setzte der Vogt seine hasserfüllte Tirade fort. »Warum sollte sich ein Kind des Nebels bei uns in der Abtei einschmuggeln? Doch nur, weil diese Kreatur Böses im Sinn hat!«

»Von Einschmuggeln kann keine Rede sein«, widersprach Graman, den es nicht länger auf seinem Platz hielt. Er trat in die Mitte des Saals und stellte sich neben seinen Zögling. »Ich fand Albin, als er noch kein Jahr alt war, und brachte ihn her. Er wurde getauft und im christlichen Glauben erzogen. Viele von uns leiden an krankhaften Geschwüren oder Missbildungen, aber das macht sie nicht zu schlechteren Christenmenschen. Ich schäme mich für vieles, was hier gesagt wurde. Und ich schäme mich für mich selbst, weil erst dieser heidnische Krieger mir zeigen musste, was rechtes Denken und rechter Mut ist.« Bei den letzten Worten zeigte er auf Arne, der, noch schwach auf den Beinen, zurückgetreten war und sich gegen eine Wand lehnte.

Als Graman Beifall erhielt, rief Wenrich durch den Saal: »Du hast den Knaben gefunden und nicht bemerkt, dass er Teufelsklauen hat statt Füße?«

»Ich sah damals, dass er nur vier Zehen an jedem Fuß hat. Aber ich erblickte darin keinen Grund, ihn für schlecht zu halten oder ihn gar sterben zu lassen.« Graman trat zu den Mönchen und sah sie beschwörend an. »Brüder, die älteren unter euch kennen Albin sein ganzes Leben lang. Hattet ihr jemals Grund, euch über ihn zu beschweren oder ihn für einen schlechten Christen zu halten?«

»Nein, niemals!« – »Bruder Graman spricht wahr.« – »Beurteilen wir Albin nach seinen Taten, nicht nach seinen Füßen!«

Jetzt erhob sich Abt Manegold, nachdem er sich kurz mit dem Dekan beraten hatte: »Ich will Vogt Wenrich nicht in seine Angelegenheiten reden, aber da Albin als Knecht in der Abtei gedient hat, geht die Sache auch mich etwas an. Darum hört meinen Vorschlag. Wir sollten morgen nach dem Mittagsmahl wieder hier zusammenkommen, um die Verhandlung fortzusetzen. Bis dahin sollte Zeit sein, Zeugen für mögliche Schandtaten des Angeklagten beizubringen. Der Austausch von Reden bringt uns nicht weiter, Beweise müssen auf den Tisch. Was sagst du zu meinem Vorschlag, Vogt?«

Wenrich, der einsah, dass er nicht weiterkam, schien fast dankbar. Mit einem Lächeln sagte er: »Abt Manegold spricht mit der Weisheit, die seinem Amt zukommt. Ich bin einverstanden. Bis morgen Mittag bleibt Albin ein Gefangener. Dann wird über sein Schicksal entschieden!«

Der fingerbreite Spalt am unteren Ende der Tür, durch den ein winziger Lichtschimmer in den Verschlag gedrungen war, war längst dunkel geworden, als Albin Schritte, Stimmen und dann das Schaben des Riegels vernahm. Er spürte Durst und Hunger und nahm an, dass man ihm endlich Milch und Käse oder wenigstens Wasser und etwas Brot bringen würde. Und er hoffte, man würde zum Essen seine Armfesseln lösen. Die rauen Hanfstricke schnitten schmerzhaft ins Fleisch, als wollten sie seine auf den Rücken gebundenen Glieder abtrennen.

Eine schemenhafte Gestalt betrat den Verschlag und die Wache draußen schlug die Tür sofort wieder zu. Instinktiv zog der auf dem Boden hockende Gefangene die Beine an und versuchte, die Füße unter seinen Knien zu verbergen. Wann immer er in seinem Leben Gefahr gelaufen war, mit nackten Füßen angetroffen zu werden, hatte er ähnlich gehandelt. Er war auf diese Bewegung abgerichtet wie ein Tanzbär auf die Befehle seines Herrn. Ohne die Bedeutung seiner Vogelfüße zu kennen, hatte Albin immer gewusst, dass ihr Anblick ihm nur Ärger einbringen würde. Graman hatte ihm von klein auf eingeschärft, niemandem seine bloßen Füße zu zeigen. Jetzt aber wusste wohl jedermann in der Abtei von seinen Teufelsklauen. Die Erkenntnis war bitter, und er stellte den Versuch ein, seine Füße zu verstecken.

Der Besucher trug eine mit Harz getränkte und mit Werg umwickelte Fackel, die er dicht vor Albins Gesicht hielt. Von der unerwarteten Helligkeit geblendet kniff Albin die Augen zu. Die Hitze schien ihm so nah, dass sie ihn jeden Augenblick versengen konnte. Er rutschte rückwärts in eine Ecke des Verschlags, bis es nicht mehr weiterging. Als er die Augen wieder aufschlug, füllten sie sich wegen des beißenden Fackelrauchs mit Tränen. Durch den dichten Schleier sah er den aufrecht vor ihm stehenden Mann nur undeutlich. Er wollte die Tränen wegwischen, aber seine gefesselten Arme ließen das nicht zu. Die Armbewegung verendete in einem kläglichen Schulterzucken.

»Hier hilft dir kein Elbenzauber, Kind des Nebels«, sagte eine schneidende Stimme.

Albin erkannte sie sofort und wünschte sich, sie niemals gehört zu haben. Die Tränenschleier lösten sich zum Teil auf und die Augen sahen endlich, was die Ohren bereits erkannt hatten. Vor Albin stand Wenrich. Mit einer Mischung aus Hass und Befriedigung sah der Vogt auf ihn herab und ein böses Lächeln glitt über Wenrichs Gesicht, das im Halbdunkel des Verschlags noch schmaler wirkte als gewöhnlich. Die Finsternis schien an ihm zu nagen und sein Antlitz verschlingen zu wollen.

»Ich sehe Furcht in deinen Augen, Rabenfuß. Schön, deshalb hin ich gekommen. Glaub nicht, dass der Nordmann, der Pfaffe Graman und Graf Guntram dich retten können. Ich habe die Verhandlung nur vertagt, um Manegold nicht zu vergrämen. An deinem Schicksal wird es nichts ändern. Vielleicht ist es ganz gut so. Hätte ich dir schon heute den Kopf abschlagen lassen, wäre es reichlich schnell gegangen, zu schnell!« Die zu Schlitzen zusammengezogenen Augen des Vogts verfolgten aufmerksam jede Regung Albins. Jedes ängstliche Zucken in Albins Gesicht, jedes unruhige Zwinkern seiner Augen schien wie ein

Schluck, den Wenrich aus einem tiefen Becher nahm, um seinen unerklärlichen Hass zu stillen.

»Bist du nur gekommen, um mich zu quälen?«, fragte Albin. »Wenn du mich für einen Verräter und Mörder hältst, willst du dann nicht von mir wissen, wohin Gerswind gebracht wurde und weshalb Chlodomer sterben musste?«

»Beides sind Guntrams Sorgen, nicht meine«, erwiderte Wenrich kalt. »Soll er sich um sein Tochterherz die Augen ausweinen und für Chlodomers Tod vor König Arnulf zu Kreuze kriechen! Er hats nicht anders verdient. Was er mit meinen Hunden getan hat, war nicht recht.«

»Deine Hunde?«, stieß Albin ungläubig hervor. »Deine Hunde sind dir wertvoller als Menschenleben ... als Gerswind?«

»Hundertmal wertvoller!«

»Warum? Warum verachtest du die Menschen so?«

»Das fragst ausgerechnet du, eine Kreatur des Bösen?« Wenrich spie ihn an, und der Auswurf traf Albin mitten ins Gesicht. »Geschöpfe wie du sind es doch, die Unglück und Leid über die Menschen bringen. Und Qualen ...« Die Stimme des Vogts erbebte und versagte den Dienst. Die rechte Hand mit der Fackel zitterte heftig und die linke schloss und öffnete sich in schneller Folge wie von einem Krampf befallen.

»Ich habe nie einem Menschen Leid zugefügt, nicht mit Absicht«, sagte Albin leise. »Und ich wüsste nicht, was ich dir getan haben könnte, Herr.«

»Nicht du, aber andere, die ebenso verflucht sind, so verwachsen und dem Bösen ergeben!« Wenrich hatte ihn angeschrien. Jetzt fuhr der Vogt mit ruhigerer Stimme fort: »Vor drei Jahren hatte ich Weib und

Kinder, eine Tochter, damals etwas jünger als Gerswind heute, und zwei Söhne, einer noch klein, der andere fast so alt wie du. Im Winter zog ein schlimmes Fieber durchs Land, das weder Arm noch Reich verschonte. In mancher Hütte und auf manch großem Hof blieb nicht ein einziger Mensch am Leben. Auch meine Gemahlin und meine Kinder wurden von der Plage ergriffen. Ich selbst blieb verschont, weil ich im Auftrag des Königs unterwegs war. Als ich heimkehrte, fand ich die Meinen mit dem Tode ringend vor und kein Medicus wusste Rat. Eine seltsame Gauklertruppe zog durch Regensburg, Zwerge und Verwachsene, die man zu anderer Zeit höchst misstrauisch beäugt hätte. Damals aber war das Fieber alles, an das die Menschen denken konnten. Ein buckliger Gnom sprach mich auf der Straße an und bot mir einen Heiltrank gegen einen Beutel Silber. In meiner Verzweiflung ließ ich mich auf den Handel ein, eilte nach Hause und flößte den Meinen den Trank ein.«

Obwohl seine Lippen sich weiter bewegten, brachte Wenrich kein weiteres Wort hervor. Die Erinnerung übermannte ihn, schnürte ihm die Kehle zu. Er taumelte nach hinten, lehnte sich mit dem Rücken gegen eine Wand und rang keuchend um Atem. Dicke Schweißtropfen glitzerten im Fackelschein auf seiner Stirn. Es war, als erlebte er alles noch einmal.

»Was geschah dann?«, fragte Albin. Er wollte endlich wissen, was Wenrich dazu antrieb, ihn zu töten.

»Mein Weib, die Kinder ... sie erbrachen sich und wanden sich in fürchterlichen Krämpfen, die ganze Nacht hindurch. Es war grässlich anzusehen und doch konnte ich den Blick nicht abwenden. Das Schlimmste aber war, dass ich nicht helfen konnte. Der eilends herbeigeholte Medicus meinte nur, es seien Todeskrämpfe. Er hatte Ähnliches schon mehrmals in dieser Nacht gesehen, immer bei Kranken, die den Heiltrunk der Gaukler eingenommen hatten. Was soll ich noch sagen? Am Morgen waren sie alle tot, meine geliebte Agnes und die Kinder. Alle!«

»Vielleicht lag es gar nicht an dem Trank«, meinte Albin.

»Das haben die Gaukler auch gesagt, als ich ihr Lager mit meinen Soldaten umstellte. Das vom Fieber verdorbene Wasser sei schuld am vielfachen Tod, wollten sie mir einreden. Aber ich habe ihnen nicht geglaubt. In dem Feuer, das ich an ihre Zelte und Wagen legen ließ, verbrannten alle diese elenden Geschöpfe.«

»Und noch heute tötest du andere, um durch ihren Schmerz deinen eigenen zu betäuben«, erkannte Albin. »Nicht ich bin vom Bösen besessen, Vogt, sondern du!«

»Du spottest über mich, Zwerg?« Wenrichs Augen glühten fast stärker als das Fackellicht. Er stieß sich von der Wand ab und trat auf Albin zu. »Ich werde dir den Spott austreiben. Du wirst die Nacht in Qualen verbringen, wirst leiden, wie die Meinen gelitten haben!«

Er führte die Fackel so nah an Albins Gesicht entlang, dass die Flamme nach der Haut leckte. Unerträgliche Hitze umhüllte den Findling. Erst als ihm vom strengen Geruch versengten Fleisches fast schlecht wurde, erkannte er, dass es sein eigenes Fleisch war.

Wenrich starrte ihn zufrieden an. »Das war erst der Anfang, Teufelsbalg. Kein Glied von dir soll noch heil sein, wenn der Hahn kräht!«

Wieder schwang der Vogt die Fackel und Albin las

in der verzerrten Fratze seines Gegenübers den Wunsch, ihm Qualen zu bereiten. Für Wenrich schien es keinen anderen Weg zu geben, sein eigenes Leid wenigstens für Augenblicke zu vergessen. Albin wusste, dass es schmerzhaft werden würde. Aber so schmerzhaft, das hatte er sich nicht vorgestellt!

Ihm war, als würde seine linke Wange von der Flamme aufgefressen. Ein Feuerdämon mit tausend spitzen Zähnen hatte sich in seinem Gesicht festgebissen und wollte nicht eher loslassen, bis er sich zur anderen Seite durchgefressen hatte. Albin sehnte ein Ende der Tortur herbei, eine Ohnmacht, aber der rasende, feurige, durchdringende Schmerz hielt seine Sinne wach.

Dann handelte er ohne zu überlegen, aus reinem Selbsterhaltungstrieb. Mit angezogenen Beinen hatte er sich so weit, wie es irgend ging, in die Ecke zurückgezogen, um Wenrichs gefräßiger Flamme auszuweichen. Jetzt, wo er sich nicht mehr weiter zurückziehen konnte und wo der Schmerz ihm den Verstand zu rauben drohte, rammte er ruckartig beide Füße vor, direkt in den Bauch des Vogts.

Der stieß mit einem pfeifenden Geräusch die Luft aus und knickte zusammen wie ein umgebrochener Strohhalm. Er fiel vor Albin auf den Boden und begrub die Fackel unter sich. Ein Schmerzensschrei gellte in Albins Ohren. Wenrich warf sich auf dem Estrich herum, als habe ihn, wie vor Tagen Graf Chlodomer, ein tödlicher Wahnsinn gepackt. Dabei schlug er die Hände vors Gesicht und ließ in einem fort ein lautes Stöhnen hören.

Die alarmierte Wache riss die Tür auf und trat mit gezücktem Schwert ein. Als der Soldat seinen Herrn sich so kläglich am Boden wälzen sah, wollte er sich mit zum Hieb erhobenem Schwert auf Albin stürzen. Ein zweiter Mann betrat den Verschlag und hielt den Schwertarm des Wachtpostens von hinten fest.

»Was soll das?«, zischte der Soldat. »Lass mich gefälligst los, Mönch!«

»Nicht, wenn du dich an dem Gefangenen vergreifen willst.«

»Der Lump hat Vogt Wenrich angegriffen.«

»Sieht mir eher so aus, als hätte Albin sich nur verteidigt. Oder glaubst du, ein halber Knabe, dessen Hände auf den Rücken gebunden sind, greift grundlos einen kriegserfahrenen Mann wie Wenrich an?«

Dem Soldaten kamen Zweifel, und er brummte etwas Unverständliches.

Der Mönch, niemand anderer als Graman, wollte das Schwanken der Wache ausnutzen und fuhr rasch fort: »Wenn mich nicht alles täuscht, hat der Vogt sich an dem Gefangenen vergriffen. Abt Manegold und König Arnulfs Gesandter werden darüber gar nicht erfreut sein. Die Verhandlung gegen Albin soll morgen weitergehen. Wenn du den Knaben tötest, wirst du dich vor dem Abt und vor Graf Guntram verantworten müssen!«

»Ich will nur meinem Herrn beistehen, dem Vogt«, sagte der Soldat lahm.

Wenrich kniete zwischen ihnen und Albin. Er hatte die Hände vom Gesicht genommen und sie vor Schmerz und Zorn zu zuckenden Fäusten geballt. Die auf dem Boden liegende Fackel brannte noch und beleuchtete sein Gesicht. Ein Streifen verbrannten Fleisches zog sich wie ein dunkler Bart von der einen Wange übers Kinn bis zur anderen Wange.

Bei dem Anblick fragte sich Albin, wie er selbst aussehen mochte. Seine linke Gesichtshälfte schmerzte höllisch. Er wollte vorsichtig nach seiner Wunde tasten, und wieder behinderten ihn die Fesseln.

Wenrichs aufgerissene Augen fixierten den Wächter. »Der Rabenfuß hat mich verbrannt. Worauf wartest du noch, Mann, schlag endlich zu!«

»Tu es nicht!«, warnte Graman den Soldaten, dessen rechten Unterarm er noch immer festhielt. »Sonst sorge ich dafür, dass es morgen ein doppeltes Gerichtsverfahren gibt, gegen dich und den Vogt. Und rate mal, wen die härtere Strafe treffen wird!«

Der Blick des Soldaten flog von Graman zu Wenrich und zurück. Die Falten auf seiner Stirn verrieten sein krampfhaftes Nachdenken. Wenrich würde ihn sicher schelten, wenn er seinen Befehl nicht ausführte. Andererseits, das war selbst dem einfachen Verstand des Wächters klar, würde Wenrich vor Gericht mit einer Verwarnung davonkommen, mit einem Strafgeld allenfalls. Er aber, nur ein einfacher – Soldat ohne Einfluss, würde vielleicht mit dem Leben büßen, wenn das Gericht auf Mord erkannte. Also wählte er das kleinere Übel und steckte das Schwert wieder in die lederumspannte Scheide an seiner linken Hüfte.

»Feige Ratte!«, rief Wenrich. »Das wirst du mir büßen.«

Graman, der den Arm des Soldaten losgelassen hatte, sagte zu ihm: »Hilf dem Vogt zum Siechenhaus. Ich kümmere mich um seine Wunde, sobald ich den Gefangenen versorgt habe.«

»Zuerst willst du dieser teufelsfüßigen Missgeburt helfen?«, fragte Wenrich empört.

Graman sah ihn ruhig an und sagte einfach nur: »Ja.«

Der Soldat wollte seinem Herrn aufhelfen, aber der stieß ihn von sich. »Ich kann allein aufstehen und auch allein zum Siechenhaus gehen. Bleib du hier und gib auf den Gefangenen Acht. Wenn er entkommt, ist dein Kopf mein Ersatz!«

Ohne sich noch einmal umzudrehen, verließ Wenrich den Verschlag. Der Soldat folgte ihm und nahm vor der Tür Aufstellung.

Graman stellte seinen Korb neben Albin ab und hob die Fackel vom Boden auf. Er steckte sie so zwischen die Ritzen der Bretterwände, dass ihr Schein den Verschlag ausleuchtete. Erschrecken trat auf sein Gesicht, als er die Brandwunde seines Schützlings deutlich sehen konnte.

»Dem Herrn sei Dank, ich habe für dein Gesicht eine heilende Salbe aus Johanniskraut und Kohlblättern«, murmelte er und nahm eine Holzdose aus dem Korb. »Ein Rezept der Elben?«, fragte Albin.

Graman nickte. »Vieles, was wir über die heilende Kraft der Kräuter wissen, stammt von ihnen.«

Nur ganz sachte strich er beim Auftragen der Salbe über Albins Haut, aber für den Findling war jede Berührung wie ein Peitschenschlag. Unwillkürlich wollte er den Kopf wegziehen, doch Graman hielt Albins Haupt mit der anderen Hand fest. Der Schmerz trieb Albin erneut Tränen in die Augen und der Infirmarius trocknete sie mit einem Zipfel seiner Kutte. Dann rieb er Albins verstauchten Fuß abermals mit der gelben Paste ein und wickelte einen Leinenverband um die geschwollene Stelle. Graman hatte Milch, Käse und eine Fleischpastete in seinem Korb, doch der Wachtposten weigerte sich, Albins Fesseln für die Mahlzeit zu lösen. Also fütterte der Infirmarius seinen Schützling.

»Danke, Nonus«, sagte Albin, während er herzhaft ein Stück der Pastete zerkaute. »Du wagst viel für mich und schaffst dir sicher mehr Feinde als Freunde.«

Gramans Blick verdüsterte sich. »Die Gefahr, in der du schwebst, ist um ein Vielfaches größer, mein Sohn. Was ich für dich tue, ist eines Christenmenschen Pflicht. Liebe deinen Nächsten, sagt der Herr, und du bedeutest mir mehr als mein Nächster. Doch Dank schuldest du mir nicht, im Gegenteil, ich zögerte zu lange und fasste erst Mut, als der heidnische Nordmann für dich eintrat.«

Albin bemerkte Gramans große Scham und suchte nach tröstenden Worten. Schließlich sagte er: »Es ist keine Schande, Nonus, vor Wenrichs überschäumendem Zorn zurückzuweichen.«

Der Mönch stieß einen schweren Seufzer aus. »Ich habe gesehen, dass er voller Hass ist, aber warum?«

Albin berichtete ihm von dem Fieber, dem Wenrichs Weib und Kinder zum Opfer gefallen waren.

»Jetzt verstehe ich seinen tiefen Hass«, meinte Graman. »Billigen kann ich ihn nicht. Aber eins scheint sicher: Was vorhin hier geschehen ist, wird seinen Zorn noch steigern. Ich hege wenig Zweifel, dass Wenrich morgen genügend Zeugen beibringt, um deine Verurteilung wegen heidnischer Zauberei herbeizuführen.«

»Aber wie? Ich habe nichts Derartiges getan!«

»Der Vogt hat Geld und Macht. Wer nicht für ein paar Silberpfennige für ihn aussagt, wird es aus Angst vor Strafe tun.«

Der Soldat steckte seinen behelmten Kopf durch den offenen Türspalt. »Was quasselt ihr miteinander? Wenn der Gefangene mit dem Essen fertig ist, solltest du dich besser um die Wunden des Vogts kümmern, Mönch!«

»Nur gemach«, entgegnete Graman. »Ich gehe gleich zum Siechenhaus. Vorher lass mich noch die Arme des Gefangenen massieren. Die Stricke sitzen so fest, dass ihm sonst die Glieder absterben.«

»Meinetwegen, aber mach schnell!«, brummte der Wächter und zog seinen Kopf zurück.

Während Graman Albins Arme rieb, brachte er seinen Mund ans rechte Ohr des Findlings und flüsterte: »Ich kann deine Fesseln nicht lösen. Möglich, dass der Wächter sie nach meinem Weggang überprüft. Doch du musst aus der Abtei verschwinden, noch heute Nacht. Vielleicht ist dir das hier nützlich.« Der Mönch ließ etwas in Albins Hände gleiten: ein hölzerner Griff, darunter eine beidseitig geschärfte Klinge – ein Dolch! »Versteck ihn gut«, fuhr Graman im Flüsterton fort. »Was auch immer du tun musst, um dich zu befreien, denke dabei an die Gebote des Herrn!«

Albin nickte, legte den Dolch hinter sich auf den Boden und setzte sich auf die Waffe, um sie vor dem Wächter zu verbergen.

Graman erhob sich und packte seine Sachen in den Korb. Bevor er den Verschlag verließ, sagte er: »Der Herr sei mit dir! Meine Gebete sind es auf jeden Fall.« Albin wollte ihm einen Dank nachrufen, aber der Mönch war schon in der Dunkelheit verschwunden. Die Fackel hatte er mitgenommen, damit Albin bei seinem Befreiungsversuch nicht gesehen werden konnte.

Der Wächter kam herein, fluchte über die Finsternis und tastete nach Albins Fesseln.

»Ah, sie sitzen noch stramm, na fein«, murmelte er.

»Ich hatte schon befürchtet, der mitleidige Pfaffe hätte die Stricke gelockert.«

Zufrieden ging er nach draußen, schloss die Tür und schob den Riegel vor.

7

Wiederum mussten Stunden vergangen sein und schon vor langer Zeit hatte die Glocke zur Mette geläutet, als das schabende Geräusch des Riegels erneut an Albins Ohren drang. Er hatte nicht geschlafen und nicht gedöst, war hellwach. Und das war ihm nicht schwer gefallen. Die Sorge um sein Leben und der brennende Schmerz auf seiner Wange, der von Gramans Salbe nur unzureichend gelindert wurde, hatten seine Lebensgeister frisch gehalten. Die ganze Zeit hatte er auf diesen Augenblick gewartet: der Moment, der über Leben oder Tod entschied!

Seine Rechte schloss sich fest um den Dolchgriff. Weiterhin hielt er beide Hände hinter seinem Rücken, damit niemand bemerkte, dass er seine Fesseln längst durchgeschnitten hatte. Er kauerte in einer Ecke wie in sein Schicksal ergeben. In Wahrheit aber waren seine Muskeln und Sehnen zum Zerreißen gespannt. Nur wenn er schnell handelte und die Wache überrumpelte, konnte er die Freiheit gewinnen. Schon schwang die Tür auf und eine schemenhafte Gestalt schob sich vor das matte Licht der Gestirne.

Nachdem er sich von den Fesseln befreit hatte, hatte Albin zunächst versucht, mit Hilfe des Dolches ein Loch zu graben, durch das er aus dem Verschlag kriechen konnte. Aber der Boden hatte sich als viel zu fest erwiesen. Er war auf die Idee verfallen, zwei

Bretter aus der Wand zu lösen. Doch als er den Dolch an der Wand ansetzte, bemerkte er schnell, dass dieses Unterfangen nicht ohne gehörigen Lärm vonstatten gehen würde. Also hatte er auch den Plan begraben und sich in Geduld geübt, auf diesen Augenblick gewartet. Was immer der Wächter von ihm wollte, der Soldat sollte sein blaues Wunder erleben!

Das hat er schon, dieser Dummkopf! War eingedöst und atmete seelenruhig den Schlafstaub ein. Jetzt schläft er richtig und wird nicht vor Mittag erwachen.

Da war sie wieder, die Stimme in Albins Kopf! Er zuckte zusammen, überrascht, verwirrt. Gleichzeitig beobachtete er den Schemen, der seltsam klein wirkte. »Wir Elben sind nun mal nicht die Größten«, sagte, diesmal halblaut, eine knarrende Stimme. »Was durchaus seine Vorteile hat. Zum Beispiel, wenn man ungesehen in diese Abtei hinein- und wieder herauskommen will.«

»Findig!«, stieß Albin im Flüsterton hervor, als er die Stimme erkannte. »Mit dir hatte ich nicht mehr gerechnet.«

»Sieht ganz so aus, als hätte ich mich gerade zur rechten Zeit entschieden, nach dir zu sehen, mein Junge. Hast dich ja in eine schöne Klemme gebracht. Nur mit deinem Messerchen wärst du wohl kaum aus der Abtei entkommen.«

»Woher weißt du ...«

»Als ich eintrat, kreisten deine Gedanken um das Messer wie die meinen zuweilen um den Wein. Außerdem kann ich sehen, dass du nicht gerade mit einem Schwert bewaffnet bist. Das wäre doch ein bisschen zu lang, um es hinter dem Rücken versteckt zu halten.«

»Sehen, in dieser Dunkelheit?«

»In den Höhlen der Schwarzelben ists oft nicht viel heller. Aber jetzt komm endlich! Zum Schwatzen ist später noch Zeit.«

Albin erhob sich und folgte dem Elb nach draußen. Der Wächter hockte mit vorgeneigtem Haupt auf einer Kiste, den Rücken an eine Wand des Verschlags gelehnt, und schnarchte selig vor sich hin. Findig schob die Tür zu und legte den Riegel vor.

»Komm schon«, sagte er leise und huschte im Schutze der Nacht, die ihren dunklen Mantel bald lüften würde, um das große Viereck des Kornspeichers. Er war flink wie ein Wiesel. Albin mit seinem verstauchten Fuß konnte kaum Schritt halten.

Sei froh, dass du noch Schmerz empfinden kannst!, hörte er Findigs lautlose Stimme in seinem Kopf. *Hätte Wenrich dich zum Richtblock schleifen lassen, sähe das anders aus.*

Der Elb hockte hinter Stapeln aus Kisten und Säcken unter einem Vordach und winkte Albin zu sich. Der Findling empfand es als Wohltat, sich neben ihn zu setzen und nicht länger den verstauchten Fuß belasten zu müssen, der in kurzen, regelmäßigen Abständen heiße Schmerzwellen durchs ganze Bein sandte.

»Und jetzt?«, keuchte er. »Aus dem Verschlag bin ich raus, aus der Abtei nicht.«

»Nur Geduld, zaubern kann ich nicht«, erwiderte Findig und klang etwas verstimmt. »Du solltest mir dankbar sein für das, was ich für dich getan habe.«

»Wenn ich mich recht erinnere, habe ich dasselbe auch für dich getan.«

»Aber du warst es mir schuldig, weil du mich in die missliche Lage gebracht hattest«, sagte Findig, offenbar zum Streit aufgelegt.

»Und ohne deinen Rat, in der Abtei zu bleiben, wäre ich nicht in dieser misslichen Lage, Findig.«

»Ich dachte, die Tochter des Grafen hätte dir das Bleiben leicht gemacht.«

»Gerswind? Sie ist nicht mehr hier. Sie ist ...«

»Von den Rotelben verschleppt, jaja, ich weiß«, unterbrach ihn Findig. »Diese Rotschöpfe werden immer gefährlicher. Wird Zeit, dass ihre Herzen Bekanntschaft mit einer scharfen Klinge schließen.«

»Du weißt von Gerswind? Wo ist sie?«

»Vermutlich bei den Schwarzelben. Nach allem, was ich in Erfahrung bringen konnte, hat ein Trupp Rotelben bei König Amon Unterschlupf gefunden. Möchte wissen, was der Schwarzelbenkönig zusammen mit den Roten ausheckt.«

»Was weißt du noch über Gerswind? Geht es ihr gut?«

»Keine Ahnung«, antwortete Findig und legte den Kopf schief. »Horch, die Glocke!«

Vom Kirchturm, den sie von ihrem Versteck aus nicht sehen konnten, erscholl der Ruf zum Morgenlob. Albin stellte sich vor, wie die Mönche im Dormitorium sich aus ihren Decken schälten, manche schon andächtig, andere noch schlaftrunken oder den Glockenhall gar insgeheim verfluchend. In langer Reihe wankten sie durch den überdachten Gang vom Schlafsaal in die Kirche, um ihre Lobgesänge zu verrichten. Wenn das letzte Lied verklungen war, würden die ersten zaghaften Lichtfinger über die Mauern streichen und das ganze Kloster würde zum Leben erwachen.

So ist es, war Findig in seinen Gedanken. *Dann werden die Tore geöffnet, der Weg in die Freiheit. Bis dahin bezähme deine Ungeduld und alle Fragen, die dir auf dem Herzen liegen, junger Albin!*

Albin tat es dem älteren Elb nach und verbarg sich hinter Kisten und Säcken, um auf das Hereinbrechen der Morgendämmerung zu warten. Er konnte nur hoffen, dass seine Flucht aus dem Verschlag nicht vorher entdeckt wurde. Sonst würde es bestimmt nicht gelingen, die Abtei unbehelligt zu verlassen.

Allmählich wurde es heller und sie hörten die verschlafenen Stimmen von Knechten und Mägden, die zu einem Tag voller Arbeit aufbrachen. Albins Herz schlug schneller, als er Waffen klirren und den harten Tritt von Soldatenstiefeln hörte. Aber es waren bloß die regulären Wachtposten, die Ablösung für die Nachtwachen an den Toren. Ein erschreckender Gedanke durchfuhr Albin: Was würde geschehen, wenn auch der Wächter vor dem Verschlag abgelöst wurde?

Vertrau auf unser Glück und habe Geduld!

Irgendwann fuhr ein zweirädriger Karren um den Kornspeicher. Der Fahrer hielt das von einem hellbraunen Klepper gezogene Gefährt ganz in der Nähe ihres Verstecks an, stieg vom Bock und sah sich suchend um. Albin erkannte ihn, es war Barthel. Unvermutet sprang Findig hinter einem Kistenstapel hervor und winkte dem Barschalk.

Barthel kam eilig zu ihnen und sagte leise: »Hier steckt ihr also. Kommt schnell auf den Wagen! Niemand ist in der Nähe, die Gelegenheit ist günstig.« Findig zog den verwirrten Albin mit sich. Sie kletterten auf die leere Ladefläche, wo Barthel eine Lederplane über sie zog. Das also war ihr Weg in die Freiheit. Aber Barthel traf keine Anstalten, den Wagen aus der Abtei zu bringen. Mehrmals ging er zum Kornspeicher und lud einen Sack um den anderen rings um die beiden Elben. Erfüllt von Furcht und Unruhe lauschte Albin angespannt seinen Schritten.

»So, das ist genug«, keuchte Barthel schließlich und hob die Plane an, um sie auch über die Kornsäcke zu ziehen. »Betet, dass der Herr mit uns ist!«, zischte er den beiden zu, bevor er auf den Bock kletterte und sein Pferd antrieb.

Albin fragte sich unwillkürlich, ob ein Elb zum Herrn Jesus betete.

Nein, unser Glaube ist ein anderer. Wir verehren die Götter, die aus den Bergen, den Wäldern und den Seen zu uns sprechen.

Der Wagen ruckelte über die Höfe der Abtei. Laut hörte Albin das Knarren der Räder. Ein Hahn krähte irgendwo und weit entfernt schrammte klirrend ein Schleifstein an der Klinge einer Sense oder einer Axt entlang.

»Zügle das Pferd, Kerl, was hast du geladen?«

Der barsche Ruf war kaum verhallt, als der Karren mit einem solch heftigen Ruck anhielt, dass Albin kurz fürchtete, mitsamt den Säcken von der Pritsche zu rutschen.

»Winterkorn für die Aussaat«, sagte Barthel. »Lass mich durch, wenn du nächstes Jahr genug Brot haben willst!«

»Fleisch und guter Wein sind mir lieber«, erwiderte der Wachtposten und ließ ein meckerndes Gelächter folgen. »Los denn, Bauer, geh an dein Tagwerk!«

Barthel schnalzte mit der Zunge, der Wagen fuhr an, und das Tor musste hinter ihnen liegen. Albin wäre am liebsten unter der Plane hervorgeklettert und hätte sich mit eigenen Augen davon überzeugt. War es wirklich so leicht, aus der Abtei zu entkommen?

Aus den Klostermauern sind wir heraus, aber Wenrichs Arm reicht weit. Freu dich nicht zu früh, Albin!

Für eine kleine Ewigkeit hörte er nichts anderes als das Klappern der Hufe, hin und wieder ein Schnauben des Zugpferds, das Knarren des Holzes und das einlullende Geräusch, das die sich drehenden Räder verursachten. Die Anspannung, die Albin die ganze Nacht wach gehalten hatte, fiel von ihm ab. Der Schmerz in Gesicht und Fuß schien nicht mehr so schlimm. Müdigkeit stieg in ihm auf, füllte ihn bis in die Finger- und Zehenspitzen aus und ließ seinen Verstand in einen verschwommenen Dämmerzustand hinübergleiten. Vielleicht wäre er ganz eingeschlafen, hätte nicht der über Stock und Stein holpernde Wagen ihn beständig durchgeschüttelt. Als der Karren schließlich anhielt, war es Albin gar nicht recht, bedeutete es doch, dass er aus dem dumpfen Dahindämmern in die weit weniger sorglose Wirklichkeit zurückkehren musste.

Barthel zog die Plane über ihnen weg und Albins erster Eindruck war ein alles beherrschendes blasses Rot. Es war das Morgenlicht, das die Landschaft am Mondsee in seinen unwirklichen Schimmer tauchte. Er und Findig stiegen von der Pritsche. Beim Auftreten fuhr ein heftiges Stechen durch Albins linken Unterschenkel. Die Welt der Schmerzen und Gefahren hatte ihn wieder.

»Hier trennen sich unsere Wege«, verkündete der Barschalk. »Ich muss weiter Richtung Irrsee und das Korn auf die Felder dort bringen. Wohin euer Weg führt, geht mich nichts an. Ich wills auch gar nicht wissen. Aber ich wünsche euch Glück. Was bei der Verhandlung gestern geschehen ist, kann ich nicht gutheißen.«

»Hast du uns deshalb geholfen?«, fragte Albin.

»Nein, deshalb«, sagte Findig und zog ein Tonfläschchen unter seiner Kutte hervor, das er Barthel reichte. »Genug für Herbst und Winter«, versicherte er dem Barschalk. »Du weißt, nur alle drei Tage ein paar Tropfen!«

Barthel nickte und errötete, was bei seiner Gesichtsfarbe nicht einfach war. Er steckte das Fläschchen in eine Ledertasche an seiner Seite und nahm ein Päckchen heraus, das er Findig reichte. »Für euch, Brot und Wurst, damit euer ärgster Hunger gestillt ist. Und glaubt mir, ich wünsche euch wirklich Glück!«

»Schon gut«, grinste Findig und schlug das Tuch auseinander, um den Inhalt zu begutachten. Seine spitze Nase stieß fast in die gebogene Wurst. »Ah, Wurst von der Schweineleber, die liebe ich. Eins muss man euch Menschen lassen, vom Wein und vom Essen versteht ihr was!«

»Ich werde das Lob meinem Weib ausrichten«, versprach Barthel und stieg auf seinen Karren. Er lächelte ihnen noch einmal zu und fuhr weiter in Richtung Irrsee, der, von zwei lang gestreckten Gebirgszügen eingerahmt, im Norden der Abtei lag.

Albin schaute sich um. Das Kloster befand sich eineinhalb Meilen von ihrem Standort entfernt. Der Mondsee war eine lang hingestreckte Fläche aus dunklem Violett, die sich irgendwo zwischen den Bergriesen verlor.

»Barthel weiß, dass wir Elben sind«, wunderte er sich. »Na, sicher doch«, meinte Findig, während er das Tuch wieder um Brot und Wurst schlug. »Sonst hätte er nicht den Elbentrank von mir erbeten. Schon seit vier Jahren nimmt er ihn zu sich und seitdem hat sein Weib schon drei Kinder zur Welt gebracht. Vorher wollte es damit nicht so recht klappen. Übrigens bin ich auch mit Barthels Hilfe gestern Abend ins Kloster gelangt.«

Albin starrte dem Karren nach, der gerade hinter einer Baumgruppe verschwand. »Gibt es viele wie ihn? Ich meine Menschen, die von euch ... von uns wissen und uns helfen?«

»Einige. Manche helfen uns aus gutem Willen, andere, weil sie unsere Heilmittel oder unsere Schmiedearbeiten erbitten. Früher gab es mehr Menschen wie Barthel, denen wir vertrauen konnten, jedenfalls bis zu einem gewissen Grad. Aber Zwietracht, Neid und Hass entfremden Menschen und Elben immer mehr. Und weil wir zahlenmäßig gering sind, müssen wir uns weiter und weiter in die Berge zurückziehen. Die Rotelben tun ein Übriges, uns bei den Menschen in Verruf zu bringen. Beeilen wir uns, damit wir ihre Pläne durchkreuzen! Und damit wir unsere Haut vor den Verfolgern retten. Lange kanns nicht mehr dauern, bis deine Flucht entdeckt wird.«

Das Päckchen mit Brot und Wurst an sich gedrückt, lief Findig auf eine Senke zwischen zwei Hügeln zu. Sie führte nach Südwesten, wieder näher an den Mondsee heran. Albin ahnte, wohin Findig wollte: zur Drachenwand, hinter der das Land der Nebelkinder begann. Barthels Weg hatte sie von ihrem Ziel weggeführt. Aber hätte er seinen Karren in eine andere Richtung gelenkt, hätte er Verdacht erregt. Findig blieb stehen und rief Albin zu, er möge endlich kommen.

Albin sah sich ein letztes Mal nach der Abtei um, bevor er in die buschbewachsene Senke eintauchte. Ihm war seltsam zumute. Auch wenn er hinter den Klostermauern die Todesstrafe zu befürchten hatte, fiel ihm der Abschied nicht leicht. Sein ganzes Leben hatte er in der Abtei verbracht. Die paar Wanderungen, die er mit Graman unternommen und die ihn in abgelegene Dörfer und Gehöfte geführt hatten, waren ihm damals wie Ausflüge in eine andere Welt erschienen. Doch das war ein trügerischer Eindruck. Seine Welt war immer klein gewesen, wie klein, das begann er jetzt zu erahnen, als er im Begriff stand, das unbekannte Land der Nebelkinder aufzusuchen. Er hatte am Mondsee sein Auskommen gehabt. Was die Zukunft für ihn bereithielt, wusste er nicht. Aber er wusste, dass er Findig folgen musste, wollte er nicht ganz ohne Hilfe dastehen. Und Hilfe konnte er gebrauchen, wenn er Gerswind retten wollte.

Undeutlich trug der Morgenwind den fernen Glockenruf zur Terz an Albins Ohren. Die Mönche im Kloster strömten jetzt in die Kirche, um die dritte Stunde des jungen Tages zu feiern. Und die Arbeiter auf den Feldern gönnten sich eine kurze Rast, einen Schluck Wasser und ein Stück Brot. Bis gestern hatte auch Albin sein Leben nach dem Läuten der großen Kirchenglocke ausgerichtet, aber das Gestern schien ihm unendlich weit entfernt, wie ein anderes Leben.

Das Blut in seinen Ohren pochte und verdrängte zusammen mit seinem keuchenden Atem fast den schwachen Glockenhall. Findig war flink und unermüdlich – und Albin mit seinem schlimmen Fuß am Ende seiner Kräfte. Noch ein Schritt und noch einer, dann ging es nicht mehr, der Fuß versagte den Dienst. Wie ein gefällter Baum schlug Albin ins hohe Gras, das feucht war vom Morgentau. Er empfand den kühlen Tau in seinem Gesicht, auf seiner Stirn und besonders auf der brennenden Wange als sehr angenehm. Das

Stechen im Fuß ließ etwas nach, sobald er ihn nicht mehr belastete. Albin schloss die Augen und wünschte sich, jetzt tief und fest zu schlafen.

»Hast du meinen Schlafstaub eingeatmet oder was?« Findig rüttelte unsanft an seiner Schulter. »Los, auf die Beine, Junge! Hast ja nicht mehr Puste als ein Greis.«

Mühsam hob Albin seinen Kopf, der sich unendlich schwer anfühlte, und bedachte den anderen mit einem gequälten Blick. »Wäre der verfluchte Fuß nicht, wäre ich dir längst davongerannt!«

Findig erwiderte den Blick hart und ohne Mitleid. »Jammern und Heulen sind des Versagens Säulen. Gerswind hat sich da einen schönen Helden ausgesucht, der beim kleinsten Schmerz schlapp macht.« Verächtlich spie er vor Albin aus.

Wütend stemmte sich Albin hoch, kam wankend auf die Füße und stolperte ein paar Schritte voran. Aber der lädierte Fuß wollte ihm nicht länger gehorchen, und abermals fiel er ins Gras.

»Ich sehe ein, du brauchst eine Rast«, knurrte Findig. »Stütz dich auf mich. In der Nähe gibt es eine Quelle, dort können wir ausruhen.«

Albin kannte den Ort, den man am Mondsee die Drachenquelle nannte. Sie lag am Fuß der Drachenwand. Klares Wasser sprudelte aus dem Berg und sammelte sich in einer kleinen, nicht mehr als fünfzig Fuß durchmessenden Mulde. Erschöpft sank Albin am Rande des Teiches auf die Knie, um sein Gesicht zu benetzen. Als er seine Hände ins Wasser tauchen wollte, hielt er inne. Ein Schreck erregendes Antlitz starrte ihm aus dem Wasser entgegen und nur langsam begriff er, dass es sein eigenes Gesicht war. Wenrichs Fackel hatte die Haut der linken Wange geschwärzt, ähnlich dem Gesicht des Vogts, nur dass dessen Brandwunde noch größer war.

»Der Hass kennt keine Unterschiede«, sagte Findig, der wieder seine Gedanken gelesen haben musste. »Er verbrennt den, der gehasst wird, ebenso wie den, der hasst. Wer in der Kraft des Hasses auch nur irgendetwas Nützliches erspähen will, sollte durch diese Erkenntnis eines Besseren belehrt werden. Denke immer daran, Albin, wenn du dein Spiegelbild siehst. Dann hatte die letzte Nacht für dich auch ihr Gutes.«

Albin war zu entkräftet, um Findigs Gedankengang zu folgen. Er nickte trotzdem und tauchte sein Gesicht ins Wasser, als könnte er durch das Zerstören seines Spiegelbilds auch die Brandwunde wegzaubern. Das Quellwasser war noch kühler und erfrischender als der Tau. Mehrmals tauchte Albin seinen Kopf ein, trank und erfrischte sich zugleich. Er spürte, wie neue Kraft in seinen ermüdeten Leib strömte.

Als er genug hatte, war Findig verschwunden. Nur Barthels Päckchen lag an der Stelle, wo der Elb eben noch gestanden hatte. Mehrmals rief Albin Findigs Namen, ohne eine Antwort zu erhalten. Er blickte über die leicht geschwungenen Hügel, die sich im Osten bis zum Mondsee hinzogen, dann auf den Wald in der entgegengesetzten Richtung. Nichts. Seine Augen suchten die bemoosten Felsen am Beginn der Drachenwand ab, ebenfalls ohne Erfolg. Selbst in den grauen, wolkenverhangenen Himmel sah Albin, als könnte Findig dort Zuflucht gefunden haben. Wer konnte schon sagen, über welche Kräfte der geheimnisvolle Elb verfügte? Mit leichtem Schaudern erinnerte sich Albin an die alte Legende, der zu

Folge die Nebelkinder sich unsichtbar machen konnten.

Während er noch überlegte, wo er den Verschwundenen suchen sollte, meldete sich sein hungriger Magen mit einem geräuschvollen Knurren. Bislang hatte die Erschöpfung den Hunger verdrängt. Jetzt aber war Albin froh über Barthels Gabe. Er schlug das Tuch auf, zog Gramans Dolch aus seinem Gürtel und schnitt sich große Stücke von Brot und Wurst ab.

»Lass mir was übrig!«, rief Findig, der aus dem Waldzwielicht trat und auf die Quelle zuhielt.

Er trug ein Bündel Kräuter bei sich, das er gegen Albins verstauchten Fuß presste. Wieder und wieder rieb er die Kräuter gegen den Fuß, ohne auf Albins Protest zu achten. Der Findling hatte das Gefühl, der Schmerz würde ihn umbringen.

»Beiß die Zähne zusammen, es lohnt sich«, forderte Findig. »Der Saft der Kräuter wird die Schmerzempfindlichkeit deines Fußes herabsetzen.«

Als er endlich fertig war, zückte auch Findig einen Dolch, um sich ein wenig Brot und ein großes Stück Wurst abzuschneiden. Unter lautem Schmatzen kaute er genüsslich.

»Hoffentlich wirkt der Saft deiner Kräuter bald«, sagte Albin. »Ich möchte schnell weiterkommen, um Gerswind beizustehen. Wenn ich auch hoffe, dass sie ohne meine Hilfe freikommt. Ich habe den Verdacht, dass ihr Vater ein Abkommen mit den Rotelben getroffen hat. Guntram hat die Suche nach den Nebelkindern eingestellt, im Austausch gegen seine Tochter, wie ich vermute.«

»Gut möglich«, erwiderte Findig und schob ein weiteres Stück Wurst in seinen unablässig kauenden

Mund. »Fraglich ist nur, ob es dem Grafen und seiner Tochter jetzt noch etwas nützt.«

»Wie meinst du das?«, fragte Albin alarmiert.

»Sobald er deine Flucht bemerkt, wird Wenrich nach dir suchen. Die Rotelben könnten glauben, dass die Suche ihnen gilt.«

Was Findig so leichthin verkündete, war für Albin eine bittere Erkenntnis. Findig hatte zweifellos Recht, durch seine Flucht vergrößerte Albin die Gefahr, in der Gerswind schwebte. Ein erschreckender Gedanke. Er schämte sich, dass er nicht von selbst darauf gekommen war.

»Ich muss zurück!«, stieß er erregt aus. »Ich werde mich stellen.«

Findig sah ihn prüfend an. »Um Gerswind zu beschützen?«

»Natürlich.«

»Du musst das Menschenkind wirklich sehr lieb haben.«

»Es mag dumm sein, aber ich kanns nicht ändern«, sagte Albin forsch, weil er glaubte, in Findigs Worten einen unterschwelligen Vorwurf gehört zu haben. »Und ich werde alles tun, um Gerswind zu helfen.«

»Auch wenn es dich den Kopf kostet?«

»Auch dann!«

»Du magst vor Liebe blind sein, aber ein Feigling bist du nicht«, stellte Findig fest. »Trotzdem darfst du nicht zur Abtei zurück.«

»Warum nicht?«

»Wenn du Barthel und Graman verrätst, könnten die beiden leicht dein Schicksal teilen. Willst du für ihren Tod verantwortlich sein? Und wenn du mich verrätst, könnte Wenrich nach mir suchen. Dann wäre dein ganzes schönes Selbstopfer sinnlos.«

»Ich werde niemanden verraten.«

»Wenrich wird dir kaum abnehmen, dass du ohne fremde Hilfe geflohen bist. Du hast seinen Hass bereits am eigenen Leib erfahren. Bist du sicher, dass du seiner Folter widerstehen könntest?«

Albin zögerte mit der Antwort und sagte dann ehrlich: »Nein, das bin ich nicht.«

»Dann überleg gut, ob dein Opfer sinnvoll wäre. Und bedenke: Solange du in Freiheit bist, kannst du dich für Gerswind einsetzen. Aber als Gefangener sind dir die Hände gebunden, in jeder Hinsicht.«

Findigs Worte waren klug gewählt. Albin wunderte sich über den Elb, der ihn mal grob und dann wieder ungewöhnlich einfühlsam erschien.

»Auch einem Toren gelingt es, andere zu verwundern«, kicherte Findig.

Albin wollte sich darüber beschweren, dass der Elb ständig in seinen Gedanken las, aber hektisches Glockengeläut kam dazwischen.

»Es ist noch zu früh für das Mittagsläuten«, rief Albin erstaunt hervor, während er dem fernen Klang lauschte. »Und die Glockenschläge folgen einander viel zu rasch.«

»Die Glocke schlägt Alarm«, sagte Findig ruhig. »Mich wundert nur, dass deine Flucht nicht eher entdeckt wurde. Wenrich hatte es wohl nicht eilig, dir ein Frühmahl zukommen zu lassen.« Er stieß einen Seufzer aus und schlug Brot und Wurst wieder in das Tuch ein. »Damit ist dir die Entscheidung abgenommen. Wir müssen weiter, sofort!«

»Ich könnte mich immer noch stellen.«

»Entscheide dich, rasch!«, drängte Findig. »Bevor die Glocke zu schlagen aufhört, bin ich von hier verschwunden. Die Drachenquelle ist zu bekannt, um nicht von einem Verfolgertrupp aufgesucht zu werden.«

Die Gedanken flogen in Albins Kopf hin und her. Die Sorge um Graman, Barthel und Findig wurde von der Angst um Gerswind überlagert. Letztlich kam er nicht umhin, Findig zuzustimmen: Nur wenn Albin frei war, konnte er etwas für die Geliebte tun.

»Fein, dass du es einsiehst«, sagte Findig mit deutlicher Erleichterung. »Also los!«

Aber Albins Fuß schmerzte noch zu stark. Schon nach wenigen Schritten stürzte er und rief: »Lauf allein weiter, Findig. Nur ohne mich kannst du entkommen!«

Der sah ihn empört an: »Soll man mich künftig Findig den Treulosen nennen? Nichts da! Ich werde dich tragen.«

»Du bist verrückt!«, entfuhr es Albin. »Du bist nicht größer als ich, eher kleiner.«

»Ich bin kleiner als du und ich mag verrückt sein, aber trotzdem werde ich dich tragen.«

Findig sagte das ruhig und bestimmt, und dann nahm er Albin huckepack. Der Elb musste über ungewöhnliche Kräfte verfügen. Ohne zu rasten trug er Albin an den östlichen Ausläufern der Drachenwand entlang.

Die Kräfte schlummern auch in dir, Albin. Ich werde dich lehren, sie zu wecken.

Die Klosterglocke war verstummt. Vielleicht war die Abtei jetzt auch zu weit entfernt, um das Läuten noch zu hören. Der Himmel hatte sich zugezogen. Bald drang kein einziger Sonnenstrahl mehr zu ihnen durch. Wie eine dichte dunkelgraue Decke hingen die Wolken zwischen den Bergen. Leichter Regen setzte ein und wurde schnell stärker. Im glitschig gewordenen Gras rutschte Findig zweimal aus, und jedes Mal überschlug sich Albin fast. Aber sie setzten ihren Weg unbeirrt fort – bis das schnelle Trommeln von Pferdehufen Findigs rasselnden Atem und das Prasseln des Regens übertönte.

Findig blieb stehen, setzte Albin ab und keuchte: »Sie haben uns! Kein Wunder, im nassen Gras sieht man unsere Spur besonders deutlich.«

»Vielleicht ist der Verfolgertrupp nur zufällig in unsere Nähe gekommen«, wollte Albin sich und ihm Mut machen.

Findig schüttelte den Kopf. »Ich spüre die Jagdlust der Reiter, die sich ihrer Beute sicher wähnen. Sind ihre Gedanken nicht auch in deinem Kopf, Albin?«

Albin schloss die Augen und konzentrierte sich. Ja, da war etwas. Nur ein fernes Summen wie von einem Bienenschwarm. Er nahm keine konkreten Gedanken wahr, doch er glaubte, fremde Erregung, Jagdeifer und Blutgier zu spüren. Es war erschreckend und faszinierend zugleich.

Findig zog ihn mit sich und stützte ihn, bis sie drei große Eichen erreichten. Einer der Bäume war besonders alt und hoch, erschien selbst im Angesicht der Drachenwand riesenhaft.

»Klettere da hinauf, so weit wie möglich, Albin! Und verbirg dich gut vor Wenrichs Reitern. Ich werde sie auf eine falsche Spur locken.«

Zweifelnd sah Albin am Eichestamm hoch und dachte an seinen verstauchten Fuß. »Ob ich das schaffe?«

»Du kannst klettern wie ein Eichhörnchen. Versuch es nur!«

Findig hatte Recht. Der Kräutersaft wirkte inzwischen und nahm Albin einen Teil der Schmerzen. Die

Nacktheit seiner Füße erwies sich jetzt als Vorteil. Die langen, gebogenen Zehennägel fanden am Stamm schnell festen Halt und Albin schob sich höher und höher. Endlich im Geäst, ging das Klettern noch leichter.

Weiter!, vernahm er Findigs lautlosen Ruf und dann huschte der Elb auch schon in südlicher Richtung davon.

Das Hufgeklapper wurde schnell lauter. Pferdegewieher und menschliche Stimmen gesellten sich dazu. Albin kletterte höher und war froh, dass die Eichen ihr in herbstlichen Farben leuchtendes Blattwerk noch nicht abgeworfen hatten. Es gab ihm guten Schutz. Gut genug, hoffte er.

Fünf Reiter sprengten heran, angeführt von dem bulligen Volko. Aus der geringen Anzahl der Verfolger schloss Albin, dass Wenrich mehrere Trupps ausgesandt hatte, um die Spur des Entflohenen zu finden. Vielleicht hatte Findig Recht und Volkos Trupp war gezielt zur Drachenquelle geritten. Dort hatten sie es leicht gehabt, die Spur der Elben aufzunehmen.

Ausgerechnet unter den drei Eichen hielten sie ihre Pferde an. Ein Soldat saß ab, untersuchte den Boden und sagte: »Hier hat er sich länger aufgehalten.«

»Er oder sie?«, fragte Volko mürrisch.

»Ich weiß es nicht. Mal sieht es aus wie die Spur eines Einzelnen, mal wie die mehrerer.«

»Und wohin führt sie?«, fragte der Hauptmann, dessen stämmiger Grauschimmel ungeduldig mit den Hufen scharrte.

Der andere Soldat beäugte sorgfältig das Gras und blickte nach Osten. »Sieht so aus, als ginge die Spur weiter am Berg entlang. Aber sie ist viel schwächer als eben noch.«

»Hm«, brummte Volko und sah an den Eichen hinauf. Albin hielt den Atem an und drückte sich so eng wie nur möglich an den rissigen Baumstamm. Wenn Volko ihn jetzt entdeckte, war alle Mühe vergeblich gewesen. Albin hätte nicht einmal fliehen können. Sein Versteck war zugleich eine Falle.

»Da!«, stieß einer der Reiter aus. »Da hinten am Waldrand ist einer!«

Eine halbe Meile entfernt säumte ein größeres Waldstück den Fuß der Drachenwand. Eine kleine Gestalt, Findig, rannte am Waldrand entlang. Erst dachte Albin, sein Gefährte sei von allen guten Geistern verlassen. Dann begriff er, dass Findig die Reiter absichtlich auf sich aufmerksam machte, um sie von Albin abzulenken.

»Ich kann nicht erkennen, ob es dieser Albin ist«, rief Volko. »Aber wer es auch ist, wir schnappen ihn uns!«

Vier Reiter jagten im dichten Pulk dem Waldstück entgegen. Der fünfte, der abgesessen war, um die Spuren zu untersuchen, folgte ihnen in einigem Abstand. Gebannt verfolgte Albin das Geschehen. Sein erhöhtes Versteck verschaffte ihm eine gute Sicht. Obwohl er Findig nicht aus den Augen ließ, war der Elb plötzlich verschwunden. Als könnte er sich tatsächlich unsichtbar machen. Die Reiter zügelten ihre Pferde und sahen sich verwundert um. Volko rief einen knappen Befehl. Die Männer teilten sich auf und verschwanden zwischen den Bäumen.

Als der Nachzügler den Waldrand erreichte, löste sich eine Gestalt aus dem weit verzweigten Geäst einer Buche. Es war Findig, der geradewegs auf den Reiter sprang. Sie rangen kurz miteinander, und der Soldat fiel aus dem Sattel. Findig hatte einige Mühe, den grobknochigen Braunen, der scheute und seinen Unmut durch lautes Wiehern bekundete, in seine Gewalt zu bekommen. Vielleicht war Findig das Reiten nicht gewohnt oder das Tier mochte keine Elben. Als es dem kleinen Mann endlich gehorchte, brachen Volko und ein anderer Soldat aus dem Wald hervor, vermutlich vom Pferdegewieher angelockt. Findig galoppierte am Waldrand entlang, dicht gefolgt von den beiden Häschern. Der um sein Tier gebrachte Reiter blieb reglos am Boden liegen. Bald tauchten Findig und seine Verfolger ins Walddunkel ein und verschwanden aus Albins Blickfeld.

»Schläfst du da oben, Albin?«, fragte eine Stimme im Flüsterton.

Albin hatte nicht geschlafen. Trotzdem erschreckte die Stimme ihn so, dass er fast von seinem Ast gefallen wäre.

Am Fuß der Eiche stand Findig und sah zu ihm herauf. »Komm herunter, wir müssen uns verziehen. Wenn die Dummköpfe merken, dass ich sie an der Nase herumgeführt habe, sind wir hier nicht länger sicher.«

Albin kletterte nach unten und fragte: »Wie hast du sie abgeschüttelt?«

»Ich ritt eine Weile durch den Wald, dann schickte ich das Pferd allein weiter. Um es zur Eile zu bewegen, habe ich eine Dornenranke unter den Sattel geklemmt. Der Braune stob davon, wie von Dämonen gehetzt. Volko und die anderen brausten hinterdrein. Der Soldat, den ich ins Reich der Träume geschickt habe, schläft noch. Bevor er erwacht, sollten wir verschwunden sein.«

»Machen wir uns doch einfach unsichtbar«, schlug Albin vor.

Findig sah ihn zweifelnd an. »Bist du krank?«

»Du hast dich in Luft aufgelöst, bevor du dich in der Buche versteckt hast, Findig. Ich habe es genau gesehen.«

»Wenn ich für dich unsichtbar war, kannst du mich kaum genau gesehen haben«, wandte Findig ein. »Und du konntest mich nicht sehen, weil ich schnell war und deine Augen täuschte wie auch zum Glück die Augen der Reiter.«

»Aber wie?«

Findig hielt seinen ausgestreckten Zeigefinger hoch. »Pack meinen Finger, wenn ich ihn bewege.«

Die Hand mit dem ausgestreckten Finger ruckte nach links und Albin griff schnell zu. Anschließend flog der Finger nach rechts und wieder gelang es dem Findling, ihn festzuhalten. Dann aber drückte die Fingerspitze plötzlich hart gegen seine Nasenwurzel. Albin hatte nur einen Schatten heranfliegen sehen, viel zu schnell, um rechtzeitig zuzupacken.

»Bewegungen zur Seite nimmt das Auge gut wahr«, erklärte Findig. »Nicht aber Bewegungen, die geradewegs von ihm weg oder darauf zuführen. Je schneller diese Bewegungen, desto schlechter kann das Auge ihnen folgen. Ich huschte rasch in gerader Linie vor den Reitern davon und drückte mich hinter den Stamm der Buche. Deshalb konnten sie mich nicht mehr sehen.«

Albin war ein wenig enttäuscht. »Ich dachte, es sei ein besonderer Zauber.«

»Vieles, was die Menschen für einen Zauber der Nebelkinder halten, ist ganz einfach zu erklären.« Ein Lächeln huschte über Findigs Züge. »Jedoch verfügt unser Volk auch über einige bemerkenswerte Fähigkeiten. Wenn wir in Sicherheit sind, werde ich dir mehr darüber erzählen.«

»Und wohin bringen wir uns in Sicherheit?«

»Erst mal zurück zur Drachenquelle. Wenn ich dich stütze, müsstest du es schaffen. Wir folgen dem Weg der Reiter in umgekehrter Richtung. Die Pferde haben das Gras niedergetrampelt, was unsere Fährte verbirgt. Außerdem werden die Soldaten nicht glauben, dass wir denselben Weg zurück nehmen.«

»Aber für uns ist das ein Umweg, oder?«

»Das ist es«, bestätigte Findig. »Und genau deshalb werden unsere Verfolger nicht damit rechnen. Besser auf einem Umweg in Sicherheit als auf dem kürzesten Weg zum Richtblock!«

8

Etwas riss Albin aus dem unruhigen Schlaf. War es sein wilder Traum von dämonenköpfigen Reitern, die auf feuerspeienden Pferden Jagd auf ihn machten? Auch jetzt, wo er wach zu sein meinte, hörte er ihren Hufschlag, das Wiehern der Tiere, raue Stimmen, das Klirren von Rüstungen und Waffen. Um ihn herum war Finsternis und ein fremdartiger, strenger Stallgeruch. Als er sich aufrichtete, raschelte das Stroh, das sein Nachtlager bildete.

Die Erinnerung kehrte zurück und drängte sich vor die erschreckenden Traumbilder. An der Drachenquelle hatten er und Findig sich noch einmal erfrischt, um dann die nördlichen Ausläufer der Drachenwand so weit zu umrunden, bis sie zu einem Pass gelangten. An der Westseite einer lang gestreckten Hochebene waren sie nach Süden gewandert, den ganzen Tag über. Irgendwann ließ der Schmerz in Albins Fuß nach, sei es durch Abstumpfung, sei es, dass Findigs Kräuter besser halfen als erwartet. Albin empfand es als Erleichterung, endlich ohne Findigs Hilfe marschieren zu können. Findigs Plan schien aufzugehen, von ihren Verfolgern war nichts zu sehen und zu hören. Die beiden Wanderer hielten sich dicht am Berg, fernab der vereinzelten Höfe und der Melder, auf denen die Menschen arbeiteten. Nur Tiere begegneten ihnen, Hirsche und Rehe im Wald, weiter oben in den Hügeln Gämsen und Steinböcke.

Die Abenddämmerung hatte ihnen endlich den

Blick auf den Fuschlsee gewährt, an dessen südöstlichem Ende das Fuschldorf lag. Sie hatten sich in den Hügeln versteckt, bis die Nacht sich über das bergige Land senkte. Erst als die Menschen längst von den Feldern und Weiden heimgekehrt und in den Häusern zum Abendmahl versammelt waren, wagten Findig und Albin sich aus ihrem Versteck. Zielstrebig steuerte Findig einen kleinen Hof am Ostrand der Siedlung an. Sie verbargen sich hinter einem Grubenhaus und schon nach kurzer Zeit trat ein buckliger Mann aus dem lang gestreckten Haupthaus und sah sich suchend um. Findig winkte ihm und der Mann kam zu ihnen hinter das Grubenhaus. Albin hegte wenig Zweifel, dass sein Begleiter dem Buckligen einen lautlosen Ruf gesandt hatte.

Der Mann hieß Hadwig und war der Herr dieses Hofes. Er und Findig schienen sich gut zu kennen. Nur ein paar erklärende Worte des Elben und Hadwig brachte sie in ihr Versteck, einen abgelegenen Stall am Rande des Gehöftes. Kurz darauf erschien er noch einmal, um sie mit Birnenmost, Schafskäse, Brot und einem Topf Brei zu versorgen. Albin und Findig hatten sich die Bäuche voll geschlagen und sich dann schlafen gelegt, um ausgeruht zu sein für den nächsten, gewiss anstrengenden Tag.

Jetzt aber war es noch tiefe Nacht. Albin erblickte den mit Sternen gesprenkelten schwarzen Himmel, weil das Stalltor offen stand, obwohl Hadwig es doch fest verschlossen hatte. Durch das offene Tor hörte der Findling die hektischen Geräusche von Pferden und Reitern. Obwohl er sie nicht sehen konnte, wusste er sofort, dass es Wenrichs Männer waren.

»Ihr müsst fort, auf der Stelle!«, drang ein verängstigtes Wispern durch den Stall und Hadwigs verwachsene Gestalt zeichnete sich undeutlich gegen den Nachthimmel ab. »Die Männer des Vogts sind im Dorf und durchsuchen jeden Hof, jeden Haus und jeden Stall. Beeilt euch, bald sind sie hier!«

»Sind schlauer, als ich dachte, die Burschen«, brummte Findig.

Er dankte dem Bauern für seine Gastfreundschaft und schon huschten die beiden Gejagten zwischen den dunklen Umrissen der Vorrats- und Arbeitshütten hindurch. Hinter dem Hof erstreckte sich eine Wiese, dann kam ein Buschstreifen und schließlich dichter Wald. Sie waren in Sicherheit, zumindest vorläufig, zogen sich aber noch weiter in den Wald zurück, bis sie zu einer kleinen Lichtung gelangten, die ringsum so dicht von teilweise miteinander verwachsenen Buchen umgeben war, dass es wie ein Schutzwall wirkte.

»Der Buchenhort«, sagte Findig zufrieden. »Nur wenige kennen diesen Ort. Ich denke, hier können wir den Rest der Nacht ungestört verbringen.«

Sie scharrten Laub zusammen, das ihnen als Schlafstätte und als Decke diente. Albin fror und hätte am liebsten ein Feuer entzündet. Aber selbst wenn ihnen das gelungen wäre, hätte es unweigerlich ihr Versteck verraten. So musste die dünne Schicht Laub genügen, um den kalten Nachtwind abzuhalten, der mit einem hellen Pfeifen durch den Baumwall fuhr. Die Erschöpfung der langen Flucht ließ Albin unverhofft rasch einschlafen und wieder träumte er.

Die Bäume erwachten zum Leben. Mond und Sterne leuchteten hell genug, um alles deutlich zu sehen. Die Baumwurzeln formten sich zu Beinen, die Äste zu Armen. Das Erdreich brach auf und mit mächtigen Schritten rückten die Buchen auf ihn zu. Die Äste schlugen nach ihm wie Peitschen und in den Baumstämmen taten sich gierige Münder auf, die ihn verschlingen wollten. Schrille Schreie, nie gehörte Laute des Hasses und der Mordlust, drangen aus diesen Mäulern und ließen sein Blut gefrieren. Am liebsten hätte er seine Ohren mit Erde verstopft, um die gellenden Schreie nicht länger ertragen zu müssen.

Furcht packte Albin. Er wollte aufspringen und weglaufen, aber da wickelte sich ein langer Ast um seinen Fuß und hielt ihn fest. Er stürzte und schlug hart mit dem Kopf auf. Als der Schmerz ihn durchfuhr, wusste er, dass er nicht länger schlief. Er war tatsächlich aufgesprungen, um vor den Buchen zu fliehen – vor den Buchen, die sich drohend um ihn zusammenrotteten, um ihn zu zerreißen, zu zertrampeln, zu zerquetschen. Zwischen ihren Stämmen war kaum noch eine Lücke zu erkennen. Dieser Ort, der Buchenhort, musste verhext sein!

Er richtete sich auf den Knien auf, spie nach Erde und Verwesung schmeckendes Laub aus und blickte sich panisch um. Wo steckte Findig? Die Lagerstätte des Elben war leer, nur zerwühltes Laub. Er musste die Gefahr erkannt haben und war geflohen, ohne Albin zu warnen. Seine eigene Haut war ihm wichtiger gewesen, diesem feigen Verräter!

Die zu missgestalteten Riesen verformten Buchen waren jetzt so nah, dass Albin nichts anderes mehr sah als ihre raue, schorfige Haut. Astarme umschlangen mit schmerzhaftem Griff seine Hand- und Fußgelenke und zerrten an ihnen, wollten den Findling in Stücke reißen.

Er hätte aufgeben, die Augen schließen und den nahen Tod, der das Ende von Schmerz und Schrecken verhieß, herbeisehnen können. Aber das wollte er nicht. Sollten all die Mühen – Wenrichs Quälereien, die Flucht aus der Abtei und der lange Marsch entlang der Drachenwand – vergeblich gewesen sein? Sollte er an diesem einsamen, grauenhaften Ort sterben ohne zu wissen, was mit Gerswind geschah, ohne ihr beistehen zu können? Alles in ihm sträubte sich gegen solch ein Ende. Aus weit aufgerissenen Augen starrte er die Baumriesen an und sagte sich immer wieder, dass nicht wahr sein konnte, was er hier erlebte. Es waren doch nur Bäume, keine Ungeheuer!

Von einem Augenblick zum anderen ließ der Schmerz nach. Die schrillen Schreie waren verstummt und er hörte nur noch den hellen Singsang des Windes. Er lag in einem unordentlichen Laubhaufen und konnte alle Glieder frei bewegen. Die Buchen standen an ihren ursprünglichen Plätzen, die Wurzeln fest im Erdreich verankert, und wiegten ihre Äste sanft im Wind. Er spürte den Schmerz in seinen überanstrengten Muskeln, konnte aber keine Verletzungen an seinen Gelenken feststellen, sah nicht einmal die Striemen, die der starke Druck der Äste hinterlassen haben musste.

Zwischen den Bäumen bewegte sich etwas, eine kleine Gestalt. Findig löste sich aus dem Schatten der Buchen und kam lächelnd auf ihn zu. Albin spürte die Zufriedenheit des anderen, die ihm unerklärlich war.

»Gut gemacht, mein Junge«, sagte Findig im väterlichen Tonfall und strich über Albins Kopf. »Aber fast wärst du auf die Baumriesen reingefallen, nicht?«

»Reingefallen?«, wiederholte Albin wie geistesabwesend. Und dann durchzuckte ihn der Blitz der Erkenntnis. »Du hast es getan!«, schrie er und sprang auf.

Er stürzte sich auf Findig und riss ihn zu Boden. Dort rangen sie kurz miteinander, bis Findig auf Albin saß und einen Dolch gegen seine Kehle drückte. Mit seiner ungeheuren Stärke hielt der ältere Elb den jüngeren unter sich fest.

»Schluss mit dem Aufruhr!«, befahl Findig. »Ich bin nicht dein Feind.«

»Nicht?«, keuchte Albin. »Und das mit den Bäumen, was war das? Ist das deine Art, einem Freund die Nacht zu versüßen? Ich bin ziemlich hart auf den Kopf gefallen.«

»Zum Glück nicht im übertragenen Sinne«, grinste Findig. »Sonst hättest du die Baumprobe nicht bestanden.«

»Eine Probe also. Und was wolltest du damit feststellen, Findig? Ob ich mich von den blöden Bäumen zerreißen lasse?«

»Dein großer Kampfgeist erfreut mich, aber noch mehr kam es mir auf deine Fähigkeit an, den Bann meiner Gedanken zu durchbrechen.«

»Deine Gedanken waren in meinem Kopf und haben mir den Albtraum mit den Baumriesen geschickt«, begriff Albin.

»Sieh mich nicht an wie ein Ungeheuer! Es ist eine Gabe, über die wir Elben verfügen. Viele beherrschen sie nur in Ansätzen, bei mir ist sie besonders ausgeprägt. Und bei dir sind auch gute Anlagen vorhanden, sonst hättest du mein Trugbild nicht durchbrechen können. Ohne Gaben wie diese könnten wir nicht in einer Welt überleben, die von den Großwüchsigen immer mehr zu der ihren gemacht wird.« Findig ließ von Albin ab und steckte den Dolch zurück in die Scheide. »Und jetzt sollten wir schlafen, vor uns liegt ein langer Weg.«

Findig rüttelte Albin früh wach. Mit leerem Magen wanderten sie den Bergen im Süden entgegen, deren schneeglänzende Gipfel bis ans Ende der Welt zu reichen schienen. Der Fuschlsee und Hadwigs Siedlung blieben hinter ihnen zurück und sie begegneten keinem einzigen Menschen. Still gingen sie nebeneinander her, jeder in seine Gedanken vertieft. Albin grübelte, welche Beweggründe Findig antrieben. Er glaubte nicht länger, dass sein Begleiter am Abend von Graf Chlodomers Tod zufällig im Weinkeller der Abtei gewesen war. Nein, der Weindurst hatte Findig gewiss nicht ins Kloster verschlagen. Es musste einen Zusammenhang geben zwischen Findigs Anwesenheit und der Tat des Rotelben.

»Die gibt es auch«, riss Findigs Stimme ihn aus den Gedanken.

Einmal mehr wurde Albin bewusst, dass er seine Gedanken in der Gegenwart anderer Elben zügeln musste. Mehr noch, er musste einen Weg finden, sie zu verbergen.

»Das werde ich dich lehren«, versprach Findig. »Und auch, wie man fremde Gedanken wahrnimmt. Klug bist du ja, wie deine Schlussfolgerung über meine Anwesenheit im Kloster beweist.«

»Wusstest du, was die Rotelben vorhatten?«

»Leider nicht«, seufzte Findig tief bekümmert. »Sonst hätte ich versucht, es zu verhindern. Mir war nur zu Ohren gekommen, dass im Kloster eine geheime Konferenz abgehalten werden sollte und dass einige Rotelben bei dieser Gelegenheit etwas im Schilde führten. Was, das wollte ich gerade herausfinden.«

»Im Weinkeller?«

»Wirklich nicht das schlechteste Versteck. Außerdem wusste ich nicht, dass schon ein Rotelb in der

Abtei war. Er verstand es außerordentlich gut, seine Gedanken zu ummauern. Ich dachte, wenn ich schon warten muss, bis sich etwas Wichtiges ereignet, könnte ich die Zeit am besten zwischen den Weinfässern verbringen.«

Albin war verwirrt. Die Sauflust schien Findig doch ärger zu schaffen machen, als er eben noch geglaubt hatte.

»Keine Beleidigungen, bitte!«, schnarrte der ältere Elb. »Sagen nicht die Großwüchsigen, dass im Wein die Wahrheit liege?«

»Zumindest offenbart er die Wahrheit darüber, ob jemand sich selbst in der Gewalt hat«, entgegnete Albin.

Findig blieb stehen und maß ihn mit einem achtungsvollen Blick. Dann blitzte es in seinen Augen auf und er rief: »Bist wohl ein Philosoph, dass du solche neunmalklugen Gedanken wälzt. Nun gut, wollen mal sehen, ob du auch so schnell lernst, wie du kluge Ratschläge verteilst. Nutzen wir den weiteren Weg, um dich darin zu üben, deine Gedanken zu beherrschen!«

Während sie ihren Weg fortsetzten, erklärte Findig ihm, dass er es eben durchaus ernst gemeint hatte, als er vom Ummauern der Gedanken sprach. »Wenn du im Land der Nebelkinder bist, musst du lernen, auf zwei Ebenen zugleich zu denken. Die einen Gedanken, nennen wir sie die Mauer, muss das, was dich eigentlich bewegt, vor den anderen verbergen wie die Haut, die das Innere des Leibes umschließt.«

»Aber wie?«, fragte Albin.

»Denk an etwas, das dich stark beschäftigt, das dir keine Ruhe lässt, worüber du aber deine alltäglichen Gedanken nicht vernachlässigst.«

»Wie ein Ziel, das man anstrebt, von dem man aber weiß, dass man es nie erreichen wird?«

Findig stieß einen anerkennenden Pfiff aus. »Du hast es begriffen.«

Dann müsste ich an Gerswind denken, schoss es Albin unwillkürlich durch den Kopf. Sie, die so wunderschön ist und doch unerreichbar für einen wie mich – einen Elb!

»Meinetwegen denk an die Grafentochter«, sagte Findig. »Aber nicht so sehr, dass dir kein Raum mehr bleibt für andere Gedanken.«

Albin versuchte es. Er stellte sich Gerswinds Gesicht vor, das wie ein unsichtbares Bildnis vor ihm schwebte. Gleichzeitig versuchte er einen anderen Gedanken darunter zu verbergen, nämlich den, Findig unerwartet von der Seite anzuspringen und zu Boden zu werfen. Als er diesen Gedanken in die Tat umsetzen wollte, brachte sich Findig mit einem flinken Sprung in Sicherheit und Albin fiel ins hohe Gras.

Findig blickte auf ihn herab. »Das war ein guter Versuch, aber nicht gut genug. Du warst so erpicht, nicht an deinen plötzlichen Angriff zu denken, dass du erst recht dran gedacht hast. Gerswinds Bild – ich dachte schon, du hättest nichts anderes mehr im Kopf – verblasste dagegen. Übe dich weiter darin und du wirst es schaffen, Albin!«

Wie Recht er hatte, bekam Findig am Nachmittag zu spüren. Sie hatten einen Teich entdeckt, an dem sie ihren Durst löschten. Während Findig noch trank, schlich sich Albin von hinten an ihn heran und stieß ihn kopfüber ins Wasser.

Findig wälzte sich in dem flachen Gewässer herum, strampelte mit Armen und Beinen und schrie, als würde er aufgespießt werden: »Hilfe, Hilfe! Wasser, nein! Ich ertrinke! Hilf mir doch!«

Schließlich stieg Albin in den Teich und zog Findig an Land, wo der pitschnasse Elb sich schüttelte und Wasser ausspuckte. Nur langsam beruhigte sich sein hektischer Atem, als müsse Findig erst richtig begreifen, dass er noch einmal mit dem Leben davongekommen war.

»Bei allen guten Geistern«, stieß er hervor, »du hast mir das Leben gerettet, Albin!«

»Wohl kaum. Das Wasser ist so flach, dass selbst du darin stehen kannst.«

»Wirklich?«

»Sieh doch auf den Grund, man kann ihn deutlich erkennen.«

»Stimmt. Aber als ich plötzlich im Wasser lag, habe ich vor lauter Panik nicht daran gedacht.«

Albin legte den Kopf schief und grinste ihn an. »Du kannst wohl nicht schwimmen, Findig?«

»Und dir haben die Mönche als Kind die Klugheit wohl mit Löffeln eingeflößt, wie?«, schnarrte Findig. »Na und, man kann nicht alles können. Fische können nicht fliegen, Steine nicht singen und ich kann nicht schwimmen. Störts dich?«

»Nein, eher dich, wenn ich dich so ansehe.«

Findig schüttelte sich, und Tropfen flogen nach allen Seiten. »Ist halt ein gemeines Zeug, dieses Wasser. Ich trink es deshalb auch nur, wenn ich keinen Wein bekommen kann.«

»Das erklärt so manches.«

Findig bedachte ihn mit einem strafenden Blick. »Erklär du mir lieber, wie ich plötzlich in den neunmal verfluchten Teich gefallen bin. Eben hockte ich noch sicher am Ufer und dann ... Es war wie ein Schlag in den Rücken.«

»Mein Schlag«, sagte Albin. »Ich habe dir den Stoß versetzt.«

»Du? Aber du hast doch die ganze Zeit auf dem Baumstamm da gesessen und an deine geliebte Gerswind gedacht, die ...« Findig schlug mit der flachen Hand gegen seine Stirn. »Jetzt begreife ich! Du hast es geschafft, du hast deine Absichten hinter Gerswinds Bild verborgen. Gut, sehr gut! Ich glaube, in dir schlummern die Fähigkeiten, die ich erhoffte.«

»Warum?«, fragte Albin.

»Was warum?«, entgegnete Findig.

Albin hatte den Eindruck, sein Gegenüber stelle sich absichtlich dumm. »Was ist so besonders an mir, dass du dich mit mir abmühst? Es gibt doch noch viele andere Elben.«

»Jeder ist anders, aber keiner ist wie du.«

»Und wie bin ich?«

»Anders.«

Albin zog einen Flunsch, als er einsah, dass er Findig nichts entlocken konnte.

»Die Zeit für Antworten ist noch nicht gekommen«, erklärte Findig. »Die Zeit fürs Essen um so mehr. Mein Magen knurrt schon seit Stunden wie ein Bär, der aus dem Winterschlaf geschreckt wurde. Fang uns doch ein paar Fische aus dem Teich. Wir sind weit genug von allen Großwüchsigen entfernt, um ein Feuer zu entfachen.«

»Fische fangen? Wir haben weder eine Angel noch ein Netz.«

»Aber Hände.«

Findig machte es ihm vor. Er hockte sich ans Ufer und wartete geduldig, bis der Schatten eines Fisches in seine Nähe kam. Beide Hände schossen so schnell ins Wasser, dass Albin der Bewegung kaum folgen konnte, und zogen einen fetten Fisch heraus, den Findig hinter sich aufs Ufer warf.

Zufrieden betrachtete Findig seinen zappelnden Fang. »Ein Rotauge, nicht schlecht. Hat zwar ein bisschen viele Gräten, schmeckt aber ganz lecker. Und jetzt mach du weiter, ich suche Feuerholz.«

Erst nach einer ganzen Anzahl gescheiterter Versuche gelang es Albin, eine hellglänzende Brachse zu erwischen. Als er seine Beute an Land warf, bemerkte er, dass Findig hinter ihm stand und ihn genau beobachtete. Auch dies schien eine Probe zu sein, eine Prüfung seiner Geschicklichkeit.

Kluger Bursche, wirklich, huschte durch Albins Kopf ein Gedanke, der nicht sein eigener war.

9

Zwei erschöpfte Elben stapften am Nachmittag des folgenden Tages durchs Gebirge. Das Gelände war steil und unwegsam. Immer wieder löste sich unter ihren Füßen Geröll und brachte sie ins Stolpern. Albin verlor mehr als einmal den Boden unter den Füßen. Findig hingegen schien daran gewöhnt, aber auch er keuchte und wischte sich mehrmals den Schweiß von der Stirn.

»Führt kein anderer Weg zu den Nebelkindern?«, ächzte Albin, als er abermals hinschlug.

»Doch.« Findig setzte ein schiefes Grinsen auf. »Den hier nehme ich nur, wenn Vogt Wenrich mich mit seiner Meute jagt.«

Albin stieß einen leisen Fluch aus, erhob sich und folgte dem Gefährten, der seinen Marsch nicht unterbrochen hatte. Ein kalter Wind zog durch die Berge, Albin schwitzte und fror zugleich. Das leckere Mahl aus gebratenem Fisch war längst Vergangenheit, Hunger wühlte in seinem Magen. Sein linker Fuß hatte wieder leicht zu schmerzen begonnen und er befürchtete, dass es schlimmer werden konnte. Gab es überhaupt ein Land der Nebelkinder? Oder war dieser Findig ein Verrückter, der seinen Spaß daran hatte, Albin in die Irre zu führen?

Findig hatte seinen zweifelnden Blick bemerkt. »Frag ruhig, wenn du etwas wissen willst. Ich gebe mir keine Mühe mehr, deine Gedanken zu lesen. Du hast schnell gelernt, sie gut zu blockieren. Ich möchte auch mal an was anderes denken als an deine Gerswind.«

Albin verkniff sich die Frage, die seinen Begleiter sicher beleidigt hätte. Findig hatte sich wirklich Mühe mit ihm gegeben. Es stimmte, Albin konnte seine Gedanken blockieren und er konnte andere Gedanken – Findigs Gedanken – lesen, soweit der es ihm erlaubte. Ansonsten stieß er bei Findig auf eine Blockademauer im besten Sinne des Wortes: Felsen, die der Elb in seinem Kopf errichtet hatte, um seine wahren Gedanken abzuschirmen.

Irgendwann ließ die Steigung nach, schließlich auch das Geröll. Gab es anfangs nur vereinzelt Bäume, so schlossen sie sich bald zu einem Wald zusammen. Der weiche Belag aus Laub und Moos tat Albins nackten Füßen gut. Jedenfalls, solange er gehen konnte. Denn plötzlich verlor er den Boden unter den Füßen. Wie von einem Riesen gepackt wurde er in die Luft geworfen. Dort blieb er hängen, zehn Fuß über dem Erdreich, gefangen in einem Netz, das an einer wuchtigen Eiche befestigt war. Findig hing an einer anderen Eiche, etwa fünfzehn Fuß entfernt. Die Netze waren unter dem Laub verborgen gewesen. Die beiden Wanderer mussten einen verstecken Mechanismus ausgelöst haben, der die Falle zuschnappen ließ. Als Albin versuchte die Orientierung zurückzuerlangen und dazu die Finger in den Maschen des Netzes verkrallte, bimmelten Glocken, die am oberen Netzrand befestigt waren. Obwohl die Glocken klein waren, besaß ihr Gebimmel einen durchdringenden Klang.

»Mach nicht so viel Lärm, du verrätst uns noch!«, herrschte Findig ihn an. »Vermeide jede überflüssige Bewegung. Zieh deinen Dolch und versuch ein Loch ins Netz zu schneiden, ehe sie hier sind!«

»Wer denn?«

»Die Mischler, bei allen Waldgeistern! Ich hatte sie ganz woanders vermutet.«

»Die Mischler? Wer ist das?«

»Frag lieber, was sie sind, nämlich höchst gefährlich. Also rede nicht so viel, fang lieber an zu säbeln!«

Findig schien wirklich beunruhigt zu sein. Wie ein Besessener schnitt er an dem Netz herum, konnte es aber nicht vermeiden, dass die Glocken mit jeder Bewegung bimmelten. Wenn Findig sich fürchtete, mussten diese geheimnisvollen Mischler wirklich unangenehm sein. Also tat Albin es seinem Gefährten nach und durchschnitt eine Netzmasche nach der anderen. Da die Netze aus einem sehr festen Strick geknotet waren, war es eine mühevolle, langwierige Arbeit. Findig schaffte es als Erster. Das Loch in seinem Netz war groß genug, dass er sich hindurchzwängen konnte. Federnd kam er auf dem Boden auf, wankte nur kurz und stand dann aufrecht da – eingekreist von zwölf oder fünfzehn merkwürdigen Gestalten.

Einige waren Menschen, andere unzweifelhaft Elben. Doch befanden sich unter den Fremden auch welche, die Albin weder dem einen noch dem anderen Volk zuordnen konnte. Ihre Größe lag irgendwo dazwischen.

Einer der Mischler, wie Findig sie genannt hatte, war so groß wie ein durchschnittlicher Mensch, aber seine nackten vierzehigen Füße waren die eines Elben. Er hatte bis auf die Schultern fallendes Haar und ein längliches Pferdegesicht. Die ziemlich weit voneinander abstehenden Augen erhöhten den Eindruck eines Pferdes noch. Diese Augen, die unter buschigen schwarzen Brauen saßen, huschten unablässig hin und her, als wollten sie sich nichts entgehen lassen.

Findig drehte sich zu ihm um und sagte, ein gezwungenes Lächeln aufsetzend: »Ich grüße dich, Waldo. Unsere letzte Begegnung liegt einige Zeit zurück.«

Waldo bleckte die Zähne, die, spitz zugefeilt, weniger an ein Pferd als an ein Raubtier erinnerten. »Deine Freude über unser Treffen scheint sich in Grenzen zu halten, Findig.«

Der Elb wies auf das zerschnittene Netz, das unnütz über ihm baumelte. »Ich mag es halt nicht, wenn ich durch die Luft gewirbelt werde wie ein Blatt im Herbstwind. Da krieg ich immer ein ganz flaues Gefühl im Magen.«

»Und ich krieg ein flaues Gefühl, wenn ich unsere zerschnittenen Netze sehe«, sagte Waldo ohne jede Spur von Humor. »Sie wieder zusammenzuflicken kostet viel Zeit und Mühe. Dafür musst du bezahlen, Findig!«

»Bei dir und deinesgleichen muss man immer bezahlen, egal was man tut oder lässt.« Warnend hob Findig die Hand mit dem Dolch. »Ich denke, da ihr uns mit euren Fallen ordentlich durchgerüttelt habt, sind wir für diesmal quitt.«

»Du denkst zu viel, Findig, manchmal ist es besser, zu handeln.«

Waldo hatte noch nicht ganz ausgesprochen, da stürzte sich die Hälfte seiner Schar schon auf den Elb. Alle waren bewaffnet und sie hatten ihr Opfer rasch überwältigt. Findig lag auf dem Rücken und war seines Dolches beraubt. Ein einäugiger Koloss hockte auf ihm und hielt ihn allein durch sein Gewicht am

Boden. Neben Findigs Kopf stand ein kleinwüchsiges Wesen, ein Elb, und drückte einen Speer mit gezackter Klinge gegen den Hals des Wehrlosen.

Hatte Findig ihnen wirklich nicht entkommen können? Albin glaubte vielmehr, sein Begleiter hatte keinen Fluchtversuch unternommen, um ihn nicht allein bei diesen eigentümlichen Gestalten zurückzulassen.

Waldo sah verächtlich auf den Überwältigten hinab. »Das wars für dich, Findig. Ivos Gewicht allein reicht aus, um dich wie eine lästige Mücke zu zerquetschen. Jetzt wirst du jeden Preis zahlen, den ich fordere, und wenn es dein Leben ist.«

Der Pferdegesichtige gab seinen Leuten einen Wink. Ein barfüßiger Elb kletterte flink auf die Eiche, an der Albin hing, und ließ das Netz hinunter. Albin wurde nur daraus befreit, um sofort mit Stricken gebunden zu werden. Genauso erging es Findig. An Holzstangen befestigt, die ein paar Mischler auf Waldos Befehl hin schulterten, wurden die beiden Gefährten wie erlegtes Wild durch den Wald getragen.

Als er sich von der Überraschung erholt hatte, dachte Albin darüber nach, weshalb diese Mischler sich in der Sprache der Menschen unterhielten.

In Findigs Gedanken las er die Antwort: *Fast alle Nebelkinder sind in dieser Sprache geübt, weil es in einer von Großwüchsigen beherrschten Welt nützlich, zuweilen sogar überlebenswichtig ist. Erst recht gilt das für die Mischler, die zum Teil selbst Menschen oder menschlicher Abstammung sind und die mit den Großwücbsigen umfangreichen Handel treiben.*

Nach einem halbstündigen Marsch lichtete sich der Wald und gab den Eingang zu einem versteckten Talkessel frei. Der enge Weg führte zwischen hohen, zerklüfteten Felsen hindurch, auf denen sich weitere bewaffnete Mischler zeigten. Waldo gab ihnen Handzeichen, die sie erwiderten. Albins Vermutung, dass die Bewaffneten die Wächter des Mischlerlagers waren, bestätigte sich bald. Die Schlucht erweiterte sich und bot Platz für etliche aus Lehm, Geäst und Gras erbaute Hütten, die oben abgerundet waren. Ein paar Ziegen, Schafe und Kühe liefen zwischen den Hütten oder in kleinen Gattern umher. Kessel hingen über großen Feuern. Frauen jedweder Größe und Gestalt bereiteten angesichts der nahen Dämmerung das Abendmahl. Kinder umlungerten ihre Mütter oder tollten umher. Ob Mann, Frau oder Kind, die Mischler boten einen absonderlichen Anblick: Verdreckt, oft nur spärlich bekleidet, wirkten sie wie halbe Tiere. Wesen, die an keinen anderen Ort gehörten als in diese abgelegene Wildnis.

Kinder und Frauen liefen dem anrückenden Trupp unter lautem Gejohle entgegen. »Die Jäger kehren zurück!« – »Sie haben Beute gemacht!« – »Fleisch, frisches Fleisch fürs Abendmahl!«

Als die Schreihälse den Jagdtrupp umringt hatten, zeigten sie beim Anblick der beiden Gefangenen lange Gesichter. Sie hatten sich bei dem Gedanken an frisches Fleisch wohl eher ein paar Rehe oder Gämsen vorgestellt. Ihrem Unmut machten sie Luft, indem sie auf Albin und Findig einschlugen und sie anspuckten. Die Stangen mit den Gefangenen wurden auf je zwei in den Boden gerammte Astgabeln gelegt und der Fleischberg namens Ivo hockte sich davor auf den Boden, während Waldo sich mit den anderen Jägern zurückzog. Ein paar neugierige Frauen und Kinder blieben ein paar Schritte vor Ivo stehen und überschütteten die Gefesselten mit höhnischen Rufen, mit Schimpfwörtern und Flüchen.

»Jetzt verstehe ich, weshalb du nicht versessen darauf warst, diesen Mischlern zu begegnen«, sagte Albin leise zu dem neben ihm hängenden Findig. »Da ist mir fast die Gesellschaft von Wenrichs Kriegern angenehmer. Was ist das für ein garstiges Volk?«

»Kein eigenes Volk, sondern der Abschaum zweier Völker.« Findigs angewiderter Gesichtsausdruck zeigte deutlich, was er von den Mischlern hielt. »An den fehlenden Augen, Nasen oder Ohren bei vielen Großwüchsigen erkennst du, dass verurteilte Rechtsbrecher hier ihre Zuflucht gefunden haben. Sie haben sich mit Ausgestoßenen der verschiedenen Elbenstämme vermischt, daher ihr Name. Mancher Elb nahm sich ein Menschenweib zur Frau und umgekehrt. Waldo, ihr Anführer, ist das Ergebnis einer solchen Verbindung. Hätte ich gewusst, dass sie hier ihr Lager aufgeschlagen haben, wäre ich vorsichtiger gewesen.«

»Du und dieser Waldo, ihr scheint euch nicht zu mögen.«

»Eine nette Untertreibung.« Findig spie in hohem Bogen aus. »Die Mischler werden von unserem Volk und von den Großwüchsigen geduldet, weil sie in Zeiten, in denen beide Völker sich mehr und mehr voneinander abgrenzen, eine wichtige Brücke zwischen ihnen schlagen. Der Handel zwischen uns und den Menschen wird oft über die Mischler abgewickelt. Die großen Mischler können mit den Menschen, die kleinen mit den Elben handeln, ohne aufzufallen. Ich habe Durin davor bewahrt, bei einem dieser Geschäfte von Waldo um einen Teil seines Gewinns betrogen zu werden. Das hat Waldo mir nie verziehen.«

»Wer ist Durin?«

»Der König der Braunelben. In sein Reich wollte ich dich führen.«

»Die Aussichten stehen nicht gut«, befand Albin. »Was wird Waldo mit uns machen?«

»Frag mich was Leichteres, Albin. Auch wenn Waldo nur ein halber Elb ist, versteht er es meisterhaft, seine Gedanken zu blockieren. Was man zum Beispiel von diesem Ivo gar nicht sagen kann. Die große Schüssel Fleischsuppe, an die er unentwegt denkt, lässt auch meinen Magen knurren. Aber vielleicht liegt gerade darin eine Möglichkeit!«

»In der Fleischsuppe?«

»Nein, in der geistigen Beschränktheit dieses wandelnden Fleischbergs. Still jetzt, Waldo kommt!«

Der Anführer der Mischler näherte sich in Begleitung einiger Krieger. Das schiefe Grinsen in dem Pferdegesicht verhieß nichts Gutes. »Wir haben beratschlagt und sind zu einer Entscheidung gelangt. Als Strafe dafür, dass ihr unsere Netze zerstört und uns um unseren Braten zum Abendmahl gebracht habt, sollt ihr für uns arbeiten, und zwar so lange, wie wir es verlangen.«

»Du willst uns zu Sklaven machen?«, rief Findig voller Empörung.

Waldo sah ihm offen ins Gesicht. »Wenn du es so nennen willst.«

»Wie du meinst«, brummte Findig und gab sich auf einmal gleichgültig. »Ist dein Pech, Waldo.«

Ein fragender Ausdruck trat in das Pferdegesicht. »Was soll das heißen?«

»Ach nichts, schon gut.«

Waldo trat auf Findig zu und zog ihn an den Haaren, bis der Elb vor Schmerz aufstöhnte. »Rede schon!

Sonst lass ich dir jedes Haar einzeln ausreißen, danach die Zähne, dann die Augen.«

»Na gut, wenn du so versessen darauf bist. Dieser Junge hier und ich waren auf dem Weg zu König Durin. Die Botschaft, die wir für ihn haben, wird auch dich interessieren, Waldo.«

»Weiter!«, forderte der Mischler.

Findig bedachte Albin mit einem bedeutungsvollen Blick. »Der Junge hat in der Abtei am Mondsee als Knecht gearbeitet, ohne dass die dummen Pfaffen bemerkten, dass er ein Kind des Nebels ist. Dabei hat er herausgefunden, dass die Mönche einen wertvollen Schatz aus Gold, Silber und Edelsteinen hüten. Wenn du uns freilässt, wird Durin, sobald er sich den Schatz geholt hat, dich sicher an der Beute beteiligen.«

»Deshalb also wart ihr zu den Braunelben unterwegs«, überlegte Waldo laut. »Ich habe mich schon gewundert, was ihr hier sucht.«

»Jetzt weißt du es«, sagte Findig. »Den geraden Weg konnten wir nicht nehmen, weil der Vogt nach meinem entsprungenen Freund sucht.«

»Mag sein, mag sein«, knurrte Waldo. »Was aber ist, wenn du mich reinlegen willst, Findig?«

»Wie könnte ich das?«, stieß Findig im Unschuldston hervor.

»Vielleicht gibt es gar keinen Schatz und du willst nur deine Haut retten. Und wenn es den Schatz gibt, wer garantiert mir, dass Durin mir etwas abgibt? Er ist in letzter Zeit nicht gut auf mich zu sprechen, woran du nicht unschuldig bist!«

»Du kennst meinen Einfluss auf den König, Waldo. Ich verspreche dir, ein gutes Wort für dich einzulegen.«

Waldo zog sich mit seinen Begleitern ein Stück

zurück und beriet sich mit ihnen. Dann traten sie wieder näher und Waldo sagte: »Also gut, es ist einen Versuch wert. Den Jungen behalten wir als Geisel, damit du nicht dein Wort brichst. Du bist frei, Findig. Ivo wird dich zu Durin begleiten, nur zu deinem Schutz natürlich, damit dir unterwegs nichts zustößt.«

»Dieser Schwächling von einem Fettkloß?« Findig kicherte. »Wozu soll der mir nütze sein?«

»Dieser Schwächling, wie du ihn nennst, kann dich am ausgestreckten Arm verhungern lassen«, stellte Waldo fest.

»Der doch nicht«, beharrte Findig. »Wenn er einen größeren Stein als ich heben kann, soll er mich begleiten. Schafft ers nicht, gehe ich allein.«

Ein belustigtes Funkeln trat in Waldos Augen. »Eine kleine Kraftprobe vor dem Abendmahl, warum nicht? Es gibt sicher viel zu lachen – wenn du dich lächerlich machst, Findig.«

Kurz darauf war Findig von seinen Fesseln befreit und stand neben Ivo vor einer ganzen Reihe unterschiedlich großer Steine, die eilends zusammengetragen oder, wenn sie größer waren, herbeigerollt worden waren. Der kleinste hatte die Größe eines Rinderschädels, der größte die eines kleinen Kalbes. Nur wenige Frauen waren bei den Feuern geblieben. Alle anderen Mischler, es mochten mehr als hundert sein, bildeten einen großen Kreis um Findig und Ivo. Albin, der noch an der Stange hing, musste den Kopf weit nach hinten drehen, um die Kraftprobe zu beobachten. Vergebens versuchte er zu erraten, was Findig vorhatte. Denn dass er stärker war als Ivo, konnte Findig selbst nicht glauben.

»Also, noch einmal zur Klarheit: Hebe ich den größeren Stein höher als Ivo, gehe ich ohne einen plumpen Aufpasser zu König Durin.«

»So sei es!«, bestätigte Waldo laut.

»Dann fangen wir mal an«, meinte Findig leichthin, trat zu dem kleinsten Stein und hob ihn bis über seinen Kopf. Achtlos ließ er ihn wieder zu Boden fallen. Gelächter brandete auf. »Der fängt ja klein an!« – »Was Größeres kann der ja nicht heben!« – »Das überbietet Ivo mit einer Hand!« – »Mit zwei Fingern!«

Ivo nickte lächelnd in die Runde, um sich für den Beifall zu bedanken. Findig streifte er nur kurz mit einem mitleidigen Blick. Achtlos ging der Koloss an den nächstgrößeren Steinen vorbei, die ganze Reihe entlang, bis er vor dem größten stehen blieb. Er wollte Findig nicht nur schlagen, er wollte allen zeigen, dass niemand es an Körperkraft mit ihm aufnehmen konnte. Als er tief Luft holte, wölbte sich sein ohnehin beeindruckender Brustkorb noch weiter vor und wollte den schmutzigen Kittel, den Ivo trug, fast sprengen.

Der Bulle in Menschengestalt bückte sich und streckte die Arme nach dem Steinbrocken aus. Noch bevor er den Stein berührte, zuckte er zurück. Er riss sein eines Auge auf und starrte den Stein ungläubig, ja erschrocken an. Mit einer fahrigen Bewegung wischte er über das Auge, wie um ein verstörendes Bild beiseite zu drängen.

Ein Aufstöhnen ging durch die Menge. Die Mischler drängten sich vor und versuchten vergebens festzustellen, was Ivo derart verunsichert hatte. Fürchtete er sich plötzlich vor dem eigenen Mut? Rufe wurden laut, einige anfeuernd, andere verhöhnend. Ivo hörte sie, setzte ein grimmiges Gesicht auf und trat einen Schritt vor, um endlich den Stein zu packen und hochzuheben. Aber wieder schaffte er es nicht, sprang er zurück wie von einem unsichtbaren Pferdehuf getroffen.

»Grässlich, wie grässlich!«, stieß er hervor und deutete auf den Stein. »Das ... das kann ich nicht anfassen.«

»Wenn er dir zu schwer ist, nimm einen anderen!«, herrschte Waldo ihn an. »Sie alle sind größer als das Steinchen, das Findig hochgehoben hat.«

»Größer, ja«, brummte Ivo und sein Blick glitt an der Steinreihe entlang. Wieder trat Entsetzen in seine Züge. »Nein, nein, sie alle sind verwunschen! Die Steine sind verhext!«

Und plötzlich sah Albin, was der Mischler meinte. Dort lagen keine Steine, sondern lebendige Wesen. Knäuel von zuckenden, zischenden Schlangen, die ihre hässlichen Köpfe mit den weit aufgerissenen Mäulern nach allen Seiten ausstreckten, bereit, jederzeit zuzubeißen. Lange, gebogene Zähne wurden vorgereckt und spitze Zungen stießen in schneller Folge aus den glitschigen Schlünden. Auch Albin hätte sich gescheut, die garstigen Schlangen zu berühren.

Die Mischler bedrängten den Einäugigen, endlich einen Stein, irgendeinen, hochzuheben. Aber Ivo trat immer weiter zurück, bis die lebendige Mauer der anderen ihn auffing, und stammelte: »Die Schlangen! Sie zucken, sie beißen! Nein, nicht mich!« Er ließ sich zu Boden fallen und drückte beide Hände vors Gesicht, um den grässlichen Anblick nicht länger ertragen zu müssen.

Findig wandte sich Waldo zu und fragte: »Nun, wer hat gesiegt?«

»Was heißt gesiegt?«, schrie Waldo. »Du hast

irgendeinen Elbenzauber benutzt. Anders ist das nicht zu erklären.«

»Jeder kämpft mit seinen Mitteln«, erklärte Findig. »Oder hast du geglaubt, ich lasse mich auf einen Kampf ein, den ich verliere? Was ist jetzt, stehst du zu deinem Wort oder nicht, Waldo?«

Waldo war so erregt, dass er mit den spitzen Zähnen in seine Unterlippe biss. Ein paar Blutstropfen traten aus und rannen über sein Kinn. »Also gut, geh allein zu Durin«, stieß er mit bebender Stimme hervor. »Aber beeil dich. Wenn du in fünf Tagen nicht zurück bist, stecke ich deinen Freund, den Elbenburschen, mit Ivo in ein Erdloch und warte, bis nur einer lebend rauskommt!«

In einem Erdloch steckte Albin schon eine Stunde später. Nachdem Findig sich davongemacht hatte, ohne seinen Begleiter noch eines Blickes zu würdigen, hatten die Mischler ihn endlich von der Stange befreit. Dabei hatte er unentwegt auf die Steine gestarrt, die wieder bloße Steine gewesen waren. Von Schlangen keine Spur. Findig mit seinen unglaublichen Geisteskräften musste den Spuk in Ivos Gedanken ausgelöst haben. Ähnlich dem Zauber, oder wie auch immer man es nennen wollte, den Findig mit den Bäumen im Buchenhort veranstaltet hatte. Albin hatte die Schlangen wohl deshalb sehen können, weil er sehr empfänglich für Findigs Gedanken war.

Unter starker Bewachung hatte Albin eine wenig schmackhafte Suppe zu sich genommen. Er hatte lieber nicht gefragt, was die Mischlerweiber alles in die Kessel geworfen hatten. Wahrscheinlich hätte er sowieso keine Antwort erhalten, und wenn, dann Worte, die vor Hass und Spott troffen. Anschließend hatten die Mischler ihn in dieses düstere Loch gesperrt, in das sie zwei Holzpflöcke eingerammt hatten. Seine Hände waren an den einen, die Füße an den anderen Pflock gefesselt. Ein kleines Holzgatter vor dem Eingang schirmte ihn von der Außenwelt ab. Er war allein mit seinen Gedanken, die um sein künftiges Schicksal kreisten und um die Frage, ob Findig ihn im Stich gelassen hatte.

Erst glaubte er fest, Findig würde zurückkehren, um ihm zu helfen. Aber je länger er in dem Loch lag, desto größer wurden seine Zweifel. Was wusste er schon von dem Elb? Nicht viel, so gut wie nichts. Und was konnte Findig an Albin liegen? Auch nicht viel, kaum mehr als nichts. Wenn Findig ins Mischlerlager zurückkehrte, musste er mit dem Schlimmsten rechnen, schienen er und Waldo sich doch spinnefeind zu sein. Da war es nur klug von Findig, wenn er sich nicht weiter um den Gefährten kümmerte. Albin konnte es ihm nicht einmal verübeln.

Von draußen drang eine eigenartige Musik an seine Ohren, gespielt von Flöten und dumpfen Trommeln, eine Melodie, wie er sie noch nie gehört hatte. Er vernahm lachende, grölende Stimmen. Erst nach und nach kehrte Ruhe im Lager ein.

Viele Stunden waren vergangen, seit man ihn hier eingesperrt hatte. Als schließlich das Gatter am Eingang weggeschoben wurde, schöpfte er neue Hoffnung. Also kam Findig doch, um ihn zu befreien!

Zwei Elben mit Fackeln betraten die kleine Höhle, gefolgt von Waldo, und Albins neu entflammte Hoffnung erlosch. Waldo ließ sich neben Albin auf die Knie nieder.

Als der Mischler zu sprechen begann, umwehte der durchdringende Geruch von Beerenmost den Gefangenen.

»Ziemlich unbequem, so die Nacht zu verbringen, wie? Man kann sich nicht auf die Seite drehen und sich noch nicht mal jucken, wenns einen kratzt. Wenn du willst, befreie ich dich von deinen Fesseln, Junge.«

»Ja, bitte.«

»Nicht ganz so schnell, du musst schon was dafür tun. Verrat mir, wo die Pfaffen ihren Schatz versteckt haben!«

»In der Abtei.«

»Und wo genau?«

»Kennst du dich in der Abtei aus?«, fragte Albin.

»Nein«, grunzte Waldo und ließ einen gewaltigen Rülpser folgen. »Wieso?«

»Dann kann ich es dir nicht beschreiben. Dort gibt es viele ähnliche Gänge. Ich müsste dich schon hinführen.«

»Das würdest du tun?«

»Ja«, sagte Albin, der darin das einzige Mittel sah, seine Fesseln loszuwerden. Darüber, wie er den Mischlern entkommen würde, musste er erst noch nachdenken.

»Warum willst du uns helfen?«, fragte Waldo. »Du könntest doch warten, bis Findig zurückkommt.«

»Und wenn er nicht zurückkommt?«

»Aber er braucht dich, um Durin den Weg zum Schatz zu zeigen.«

»Findig hat sich des Öfteren heimlich ins Kloster geschlichen. Vielleicht glaubt er, den Schatz auch ohne meine Hilfe zu finden.«

»Dieser Schuft, dieser Betrüger!«, schimpfte Waldo. »Deshalb war er so schnell bereit, ohne dich abzuziehen. Er benötigt deine Hilfe gar nicht!«

»Wir können ihm und Durin zuvorkommen«, sagte Albin.

»Ja, das können und das werden wir.«

»Dann lass mich losschneiden!«

Ein wölfischer Ausdruck schlich sich auf Waldos Antlitz. »Morgen, mein Freund, morgen. Diese Nacht in Fesseln soll dir klarmachen, dass mit uns nicht zu spaßen ist.«

Die Mischler verließen das Erdloch und das Gatter wurde wieder vor den Eingang geschoben.

Irgendwann schlief Albin wider Erwarten ein und im Schlaf suchte ihn ein Dämon heim. Er drückte ihm die Luft ab und wollte, dass Albin erstickte. Gefesselt, wie er war, konnte der Findling sich nicht gegen den Nachtdämon wehren.

Hör schon auf, den Kopf von einer Seite zur anderen zu werfen! Ich lasse deinen Mund erst los, wenn du still liegst und nicht rumschreist wie ein Neugeborenes.

Das war Findig! Albin erkannte die Stimme in seinem Kopf, obwohl ihr der Klang laut gesprochener Worte fehlte. Er wollte Findig sagen, dass er nicht schreien würde, aber wegen der Hand auf seinem Mund brachte er nur ein undeutliches Gemurmel zustande.

Schon gut. Ich glaube, du bist jetzt wach und vernünftig.

Findig nahm die Hand von seinem Mund und Albin japste nach Luft wie ein Ertrinkender. Gleichzeitig spürte er ein Zerren an seinen Fesseln, bis die Stricke endlich gelöst waren. Findig hatte sie durchgeschnitten.

»Woher hast du den Dolch?«, fragte Albin leise.

»Von dem Wächter, der vor diesem Loch gesessen

und gedöst hat. Ich musste ihn mit einem Schlafzauber belegen, wie Waldo es wohl nennen würde. Wird langsam zur Gewohnheit, dich aus lästiger Lage zu befreien.«

»Zuerst musste ich dich befreien, Findig.«

»Fängst du schon wieder an?«, schnaubte Findig. »Streiten wir uns später. Solange die Nacht über den Bergen liegt und die Mischler ihren Mostrausch ausschlafen, sollten wir zusehen, dass wir hier wegkommen.«

Albin folgte ihm nach draußen, wo der Wachtposten, ein Elbenmischling, zusammengesunken vor dem Eingang hockte.

Findig schob das Gatter vor und winkte Albin. *Folge mir! Ich habe einen Weg ausgekundschaftet, der an den Wachen vorbei aus diesem Tal führt. Allerdings ist es nicht ganz einfach, schon gar nicht bei Dunkelheit. Wir müssen ein wenig klettern.*

Was Findig als »ein wenig klettern« bezeichnete, empfand Albin als höchst anstrengend, besonders wenn man seit langer Zeit nichts als eine wässrige Suppe im Magen hatte. Seine Elbenfüße halfen ihm dabei, die steilen Felsen zu erklimmen. Mit den kräftigen Zehen fand er auch in kleinen Ritzen festen Halt. Findig hatte ebenfalls seine Füße entblößt, um leichter voranzukommen. Endlich hatten sie den steilsten Teil hinter sich und legten auf einem kleinen Felsvorsprung eine kurze Rast ein.

»Danke für die Hilfe, Findig, du hast mich beschämt«, sagte Albin und berichtete ihm von dem Abkommen, das er mit Waldo getroffen hatte. »Ich hätte mehr Vertrauen zu dir haben sollen.«

»Hättest du. Ich bin der Letzte, der dich im Stich lassen würde, mein Junge. Aber du hast in deiner schwierigen Lage richtig gehandelt. Die Hilfe, die man durch eigenen Mut und eigene Schläue erlangt, ist noch immer die sicherste.«

Albin wollte Findig fragen, weshalb der Elb so fest zu ihm hielt. Als Albin sich auf dem Felsvorsprung herumdrehte, um den anderen anzusehen, stieß sein rechter Fuß gegen ein paar Steinbrocken, die in die Tiefe fielen. Sie rissen weitere lose Steine mit sich. Das Klacken der fallenden Steine hallte von den Wänden der Schlucht wider, und die Stille der Nacht schien den Lärm noch zu verstärken. Unten im Lager erschollen fragende, rufende Stimmen.

»Bei allen Felsgeistern, jetzt wirds nicht mehr lange dauern, bis deine Flucht entdeckt ist«, fluchte Findig. »Nichts wie weg von hier!«

Sie kletterten, liefen und stolperten ohne Unterlass. Irgendwann ließen sie die Mischlerschlucht hinter sich und eilten weiter durchs Gebirge. Albin hatte vollkommen die Orientierung verloren und hoffte inständig, dass Findig wusste, welchen Weg sie einschlugen. Einmal hörten sie hinter sich Stimmen und sahen schwachen Feuerschein. Doch als der Morgen graute, schienen sie ihre Verfolger abgeschüttelt zu haben.

Im hellen Licht der Mittagssonne erkannten sie ihren Irrtum. Sie überquerten gerade eine schräg ansteigende Bergwiese, deren höchster Bewuchs kniehohe Sträucher waren. Daher konnten sie sich vor den Mischlern, die plötzlich in großer Zahl am unteren Rand der Wiese erschienen, nicht verstecken. Waldo selbst führte die Verfolger an. Beim Anblick der Flüchtenden stieß er einen gellenden Schrei aus und stürmte voran, die anderen hinterdrein.

Albin hatte schon seit Stunden gegen die Schmerzen in seinem verstauchten Fuß angekämpft. Er konnte kaum noch auftreten. Findig stützte ihn, aber sie kamen einfach zu langsam vorwärts. Die Felsen, zwischen denen sie sich hätten verstecken können, waren noch zweihundert Fuß entfernt, als die Mischler sie einkreisten. Die beiden Gefährten blieben stehen, es gab keinen Ausweg mehr.

Waldo trat langsam näher, in der rechten Hand einen Speer, den er zum Wurf erhob. Er entblößte seine spitz gefeilten Zähne. »Einen von euch werde ich jetzt töten, als Warnung für den anderen. Ich weiß nur noch nicht, wer der Unglückliche ist. Da ihr beide den Weg zum Schatz kennt, ist es wohl gleich.«

Findig zwang sich zu einem gleichmütigen Lächeln. »Es gibt gar keinen Schatz, Waldo.«

Der Anführer der Mischler legte die Stirn in Falten. »Lüg nicht, du selbst hast mir von dem Schatz erzählt!«

»Nur damit du mich gehen lässt. Deshalb habe ich die Geschichte mit dem Schatz erfunden.«

»Du kannst mich nicht reinlegen, Findig. Auch das Bürschchen neben dir kennt den Schatz.«

»Albin hat dich ebenso angeflunkert wie ich.«

Den Speer noch immer zum Wurf erhoben, überlegte Waldo hin und her. Die Muskeln in seinem Gesicht arbeiteten angestrengt. Schließlich sagte er laut: »Wenn es keinen Schatz gibt, töte ich einen von euch als Strafe dafür, dass ihr mich angelogen habt. Der andere führt mich dann zum Schatz.«

»Aber den gibt es nicht!«, schrie Findig und betonte dabei jede Silbe.

Waldo grinste böse. »Das werden wir dann sehen.«

Hufgetrappel mischte sich in seine Worte. Die Geräusche kamen aus den Felsen hinter Albin und Findig. Aber Pferde hier oben in den unwirtlichen Bergen?

Verwirrt blickte Albin über die Schulter und auch alle anderen starrten auf die Felsen. Hinter denen kam ein Trupp von zehn Reitern hervor. Die gehörnten Reittiere waren keine Pferde, sondern Gämsen, und auf ihnen saßen kleine Gestalten, unzweifelhaft Elben. Sie trugen Wämser, Hosen und Kappen aus hellbraunem Leder. Jeder hatte ein kurzes Schwert und eine Schleuder am Gürtel. Mit weiten Sprüngen kamen die Gämsen aus den Felsen und die Reiter drängten sich zwischen die Mischler.

»Die Berggeister sind mit uns!«, raunte Findig zu Albin. »Das sind König Durins Gardereiter.«

»Das ist doch Waldo mit seinen Mischlern«, rief ein Elbenreiter mit einem spitzen schwarzen Kinnbart. »Was geht hier vor?«

Waldo sah den Reiter an und knurrte: »Die beiden sind unsere Gefangenen. Sie sind uns entflohen. Du störst uns dabei, sie wieder einzufangen, Gordo.«

»Ich störe euch?«, fragte der Reiter in gespieltem Erstaunen. »Ich dachte eigentlich, ihr stört mich, Waldo. Weißt du nicht, dass ihr euch auf König Durins Gebiet befindet?«

»Wir gehen ja schon, jetzt, wo wir die Gefangenen wiederhaben.«

Waldo gab seinen Leuten einen Wink, Albin und Findig abzuführen.

»Nicht so schnell«, fuhr Gordos schneidende Stimme dazwischen. »Den Jüngling kenne ich nicht, aber der andere ist doch Findig. Weißt du nicht, dass er König Durins Schutz genießt, Waldo?«

Der Mischler knirschte mit den Zähnen. »Na gut, dann begnüge ich mich mit dem Jungen.«

»Das wirst du nicht«, warf Findig ein und wandte sich an Gordo. »Dieser Junge hat eine wichtige Botschaft für König Durin, aber Waldo wollte uns daran hindern, sie zu überbringen.«

Waldos Augen quollen fast über und er kreischte: »Also gibts den Schatz doch!«

»Ich verstehe nicht alles, was hier gesagt wird«, meinte Gordo. »Aber eins ist klar: Du bist hier fehl am Platz, Waldo. Wenn der Junge Findigs Schutz genießt, steht er auch unter König Durins Schutz.«

»Ich habe fast dreimal so viele Männer bei mir wie du, Gordo«, versuchte Waldo es im drohenden Tonfall.

Wie zufällig legte Gordo die Hand auf seinen Schwertgriff. »Mag sein, ihr könnt uns alle töten. Aber vorher töten wir die meisten von euch und zuallererst dich, Waldo!«

Waldo sagte kein einziges Wort mehr, aber sein Blick sprach Bände: Er schien Gordo und seinen Reitern die Pest an den Hals zu wünschen. Die Mischler machten kehrt und gingen über die Bergwiese zurück, bis die Felsen sie verschluckten.

»Rattenpack!«, zischte Gordo. »Am liebsten hätte ich diesem Kerl seine Reißzähne einzeln gezogen.«

»Warum hast du nicht, Gordo?«, fragte Findig.

»Die Geschäfte der Mischler sind zuweilen recht nützlich, und unser König kann trotz Waldos Betrügereien nicht darauf verzichten.« Der spitzbärtige Elb hatte bislang auf die Felsen gestarrt, hinter denen die Mischler verschwunden waren. Jetzt sah er Findig an und fragte: »Wollt ihr wirklich zu Durin?«

»Das wollen wir. Wenn auch aus anderen Gründen, als Waldo glaubt.«

Gordo winkte zwei seiner Reiter herbei und sagte den beiden Gefährten, sie sollten hinter den Gardisten aufsteigen. »Ich geleite euch besser zum König. Diesem Waldo ist nicht zu trauen. Haltet euch gut fest, Gämsen sind sehr sprunghafte Tiere.«

Er hatte Recht, der Ritt auf einer Gämse war wirklich nicht einfach, zumindest nicht für einen ungeübten Reiter wie Albin. Trotz ihrer kurzen Beine bewegten sich die muskulösen Tiere im Gebirge nicht nur sicher, sondern auch äußerst flink. Auf den kleinsten Felsvorsprüngen fanden sie Halt, Spalten im Gestein überwanden sie mit weiten Sätzen, sogar steil bergauf sprangen sie. Albin wurde aufgrund des schnellen Auf und Ab übel; sein Magen stand kurz davor, sich umzudrehen. Er klammerte sich an den Gardisten vor ihm und hoffte inständig, nicht in eine der tiefen Felsklüfte zu stürzen, über die ihre Reittiere wie Vögel hinwegflogen. Auf die Umgebung achtete er kaum, Hügel und Täler wechselten sich ab. Nur am Stand der Sonne, die zur Rechten langsam sank, erkannte er, dass ihr Weg nach Süden führte, den höheren Bergen entgegen.

In einer Schlucht, in deren Mitte eine unterirdische Quelle einen Teich speiste, rasteten sie. Die Gämsen weideten Gräser und Sträucher ab. Die Reiter holten aus ihren Satteltaschen Brot und Beutel mit einer Mischung aus getrocknetem Fleisch, Wurzeln und Beeren, die sie mit Albin und Findig teilten. Albins Hunger war so groß, dass er sich durch den ungewöhnlichen, etwas ranzigen Geschmack nicht davon abhalten ließ, mehrere Hände voll der Elbennahrung zu essen.

Am frühen Abend glaubte Albin, sie hätten ihr Ziel endlich erreicht. Hinter einem bewaldeten Hügel stieg eine schwarzgraue Rauchfahne in den Himmel. Aber es war nur ein vereinzeltes Anwesen, eine große Schmiede, die von mehreren Elben betrieben wurde. Findig erklärte ihm, dass die Schmiedekunst der Nebelkinder bei den Menschen gerühmt wurde. Niemand konnte so harten Stahl schmieden wie die Elben, von denen die besten Klingen und Rüstungen stammten. Die Schmiedeerzeugnisse waren wichtige Tauschobjekte beim Handel mit den Menschen.

»Und um die Waffen und Rüstungen zu den Menschen zu bringen, brauchen die Elben die Mischler«, sagte Albin.

Findig nickte.

Die Elben aus der Schmiede tischten ein warmes Essen auf, eine Wurzelsuppe und gebratenes Wildbret. Ihre Gäste übernachteten in einer Scheune und setzten mit den ersten Sonnenstrahlen ihren Weg fort, der sie tiefer und tiefer ins Reich der Nebelkinder führte.

10

Der Mittag, die Zeit der höchsten Sonne, war gekommen, aber vor den Gämsenreitern wurde es immer dunkler. Zu allen Seiten hoch aufragende Gipfel hielten das Licht fern. Dieser Landstrich war ebenso düster wie unwirtlich. Bäume, Sträucher und Gräser konnten hier nicht überleben. Überall wucherte nacktes, schroffes Felsgestein. Kümmerliches blaues Moos, das aus den Ritzen wuchs, verstärkte den kahlen, leblosen Eindruck eher noch. Albin fror und drückte seine nackten Füße an den warmen Bauch der Gämse.

Unermüdlich klapperten die Hufe der Tiere über das Gestein. Gordo und seine Gardisten hielten geradewegs auf eine zerklüftete Felswand zu, die so hoch und steil anstieg, dass selbst die geschicktesten Gämsen sie nicht erklimmen konnten. Dort musste ihr Weg unweigerlich zu Ende sein. Vergebens hielt Albin Ausschau nach dem Reich der Braunelben, die Ödnis ringsum konnte es nicht sein. Vor der Steilwand hielten die Reiter ihre Tiere an und stiegen aus den Sätteln.

»Nur zu Fuß können wir die Nebelwand durchqueren«, sagte Gordo und schritt, seine Gämse am Zügel haltend, voran.

Jetzt, wo sie so dicht vor der Wand standen, sah Albin den schmalen Spalt, durch den Gordo ging. Diesem Spalt folgte ein weiterer und noch einer. Die engen Lücken im Fels waren versetzt angeordnet, sodass sie einem unwissenden Betrachter auch aus kurzer Entfernung nicht auffielen. Durch diese Spalten durchquerten die zwölf Elben die Felswand, die Albin eben noch unüberwindlich erschienen war. Es war so dunkel, dass er nicht mehr sah als die undeutlichen Umrisse des vor ihm gehenden Gardisten mit seiner Gämse. Irgendwann verbreiterten sich die Felsspalten. Es wurde etwas heller, doch die Sicht klarte nicht auf. Anschwellende Wärme und Feuchtigkeit ließen die Luft drückend werden. An seinen Fußsohlen spürte Albin die Hitze, die fast mit jedem Schritt anstieg. Er schwitzte und das Atmen fiel ihm schwer.

»Heißes Wasser in der Erde lässt den Nebel aufsteigen«, erklärte Findig, der ein kurzes Stück hinter ihm ging. »An vielen Stellen tritt es offen zutage, wird aber vom dichten Nebel verhüllt. Wer nicht weiß, wohin er seine Schritte lenken muss, fällt in das Erdwasser und verkocht.«

Zum Glück kannte sich Gordo gut aus. Ohne auch nur einmal zu zögern führte er die Gruppe durch die Nebelwand, die sich allmählich lichtete. Albin sah vor sich etwas, das ihn an die verschwommenen Umrisse eines Torbogens erinnerte. Beim Näherkommen erkannte er, dass sich tatsächlich ein großes, von der Natur geschaffenes Tor im Fels auftat, und dahinter lag sattes Grün. Die Felswand mit der Toröffnung bildete die Grenze des Nebels.

Einer nach dem anderen schritten die Elben hindurch und atmeten begierig die klare Luft, eine Wohltat nach dein schwülen Dunst der heißen Dämpfe. Ein lang gestrecktes, vielfach gewundenes Tal lag friedlich zwischen hohen Bergen. Die Elben bestiegen wieder ihre Gämsen und ritten durch einen Wald, dem Acker- und Weideland folgten. Ein schmaler Fluss, der rechts aus den Bergen kam, schlängelte sich träge in der Mitte des Tals dahin und schien ausreichend Wasser für die Gehöfte an seinen Ufern zu liefern. Die überwiegend aus Holz erbauten Gebäude waren kleiner als menschliche Behausungen und schienen mit dem Erdreich verwachsen. Die Ränder der Dächer reichten oft bis zum Boden und manchmal hätte Albin nicht sagen können, wo dieser aufhörte und wo die von Elbenhand erbaute Behausung ihren Anfang nahm. Dies also war das Land der Nebelkinder!

Je weiter sie ins Tal eindrangen, desto dichter wurde die Besiedlung, und schließlich fügte sich Hütte an Hütte, Stall an Stall. Albin sah Handwerker vor ihren Häusern oder hinter offenen Toren bei der Arbeit: Gerber, Sattler, Seilmacher, Tischler, Töpfer und auffallend viele Schmiede. Die Gämsenreiter überquerten eine Holzbrücke, die das Ende der Ansiedlung markierte, und umrundeten einen Bergvorsprung. Was Albin dahinter erspähte, ließ ihn in sprachlosem Staunen erstarren.

Auf den ersten Blick sah das, was den hintersten Talabschnitt einnahm, wie ein Wald aus. Vielleicht war es auch einmal ein Wald gewesen, doch jetzt diente es Elben als Behausung. Hunderte von Bäumen, unsagbar alt und mächtig und hoch, waren ineinander verwachsen, miteinander verschränkt. Ähnlich wie bei den Hütten, die mit der Erde verbunden schienen, konnte Albin auch hier nicht sagen, wo ein Baum aufhörte und wo der nächste begann. Viele Bäume waren krumm und schief gewachsen. Sie neigten ihre Kronen zur Seite. Die Äste waren stark wie junge Baumstämme, und aus ihnen sprossen, sah man näher hin, wahrhaftig weitere Äste und Verästelungen. Das Ganze war eine Festung, eine Burg aus Holz, aus Bäumen, die auf mehr oder minder natürliche Weise zusammengewachsen waren. Es gab sogar Wachtürme: besonders hohe Bäume, auf denen Elben standen und die nahenden Reiter beobachteten.

Ein breiter Wassergraben umgab das seltsame Gebilde, und Gordos Trupp ritt über eine heruntergelassene Zugbrücke. Die Reiter gelangten auf einen großen, lichtdurchfluteten Burghof. Der Wall aus Bäumen wies zahlreiche Lücken auf, die den Strahlen der Sonne Durchlass boten. Die Gardisten stiegen ab und streckten ihre verkrampften Glieder. Auch Albin war froh, dass ihr Ritt endlich ein Ende gefunden hatte. Er war das Reiten nicht gewohnt und hatte bestimmt mehr wundgeriebene Stellen am Leib als Finger an beiden Händen.

Gordo kam herbei und sagte zu Findig: »Ich werde dich und deinen Begleiter sofort zu König Durin bringen. Eure Botschaft scheint wichtig zu sein. Und was Waldo und sein Gesindel so treiben, wird unseren Herrscher auch interessieren.«

Während seine Männer die Gämsen versorgten, betrat Gordo mit Albin und Findig das Innere der Burg. Staunend betrachtete Albin die zahlreichen Wandteppiche und die Verzierungen aus Gold, Silber und Edelsteinen. Solche Pracht hatte er bisher nur in der Klosterkirche gesehen. Und wenn er ehrlich war, war das hier weit beeindruckender. Wandte er den Blick von den Kostbarkeiten ab und sah die Wände, den Boden und die Decke an, wurde nur zu deutlich, dass dies kein Bauwerk aus Menschenhand war. Es gab kaum gerade, glatte Flächen. Alles bog und wölbte sich, überlagerte sich, schien gar zu leben, als gingen er und seine Begleiter durch den Leib eines riesigen Tieres.

In einem sechseckigen Saal, in dem sich mehrere

Elben aufhielten, blieben Findig und Albin zurück. Gordo schritt durch eine von vier Elbensoldaten bewachte Tür, um seinem König Meldung zu erstatten. Die anderen Elben, die silberdurchwirkte Gewänder trugen, warfen den beiden abgerissenen Neuankömmlingen neugierige Blicke zu.

»Bleib ganz ruhig«, sagte Findig leise zu Albin. »Und besinn dich auf deine Stärke!«

Der zweite Satz schien keinen Sinn zu ergeben. Aber bald sollte Albin erfahren, was sein Gefährte gemeint hatte.

Gordo kehrte schon nach kurzer Zeit zurück und erklärte, dass König Durin sie zu sprechen wünsche. Hinter der bewachten Tür lag ein weiterer Raum, viel größer als der vorherige, aber unbewohnt, wie es Albin schien. Die einzigen sichtbaren Lebewesen waren grün umrankte Bäume, die aus dem Boden wuchsen und ihre Kronen der Sonne entgegenreckten. Ja, die Sonne schien tatsächlich herein, denn der Saal hatte kein Dach. Es war ein kleiner Wald inmitten der Burg. Gordo schritt zwischen den Bäumen hindurch. Albin und Findig folgten ihm und vernahmen ein wütendes Fauchen, das aus dem Halbdunkel vor ihnen drang. Das Geräusch wiederholte sich und wurde lauter, je näher sie ihm kamen. Es stammte von zwei spitzohrigen Raubkatzen, Luchsen, die auf einem breiten, starken Ast saßen. Die fast rehgroßen Tiere entblößten ihre Fangzähne und schienen bereit zum Angriff auf ihre Beute, die in den unteren Ästen desselben Baums saß.

Die drei Elben blieben stehen und betrachteten die seltsame Szene. Als das dritte Wesen, das nur undeutlich zu sehen war, höher kletterte und die beiden Luchse zurückzuckten, erkannte Albin seinen Irrtum:

Die Raubkatzen waren die Beute, nicht die Jäger. Sie fauchten aus Erregung und Angst und zogen sich immer weiter auf dem Ast zurück. Was für ein Wesen mochte das sein, das gleich zwei der großen Katzen in Furcht versetzte?

Der Kletterer war deutlich zu sehen, als er sich auf der Höhe der Luchse aus dem Laubwerk schälte. Er war ein Nebelkind, wie seine geringe Größe und die nackten Vogelfüße, deren lange Zehen sich um die Äste krümmten, bewiesen. Die Luchse hätten einen ausgewachsenen, starken Menschen töten können, einen viel kleineren Elb erst recht, doch ihn schien das nicht zu kümmern. Er trug Hosen aus dunklem Wildleder und ein ärmelfreies Wams aus demselben Material. Bei jeder Bewegung spannten sich die beachtlichen Muskeln seiner nackten Arme. Ansonsten war er von eher schlanker, sehniger Gestalt. Mit Sicherheit war er nicht mehr jung, was tiefe Linien in seinem lederhäutigen Gesicht verrieten. Doch wirkte er seltsam alterslos, als hielt eine innere Kraft jede Anfechtung der Zeit von ihm fern.

Unwillkürlich bewunderte Albin den Mut des Elben. Er wagte, sich nicht nur so nahe an zwei Tiere heran, von denen ein einzelnes schon eine tödliche Gefahr bedeutete, er nahm dieses Unterfangen auch noch gänzlich unbewaffnet auf sich. Nicht einmal ein Dolch hing an seinem Gürtel. Das minderte nicht den Respekt, den die Luchse ihm entgegenbrachten. Im Gegenteil, jetzt, wo der Elb sich auf ihren Ast zu schieben begann, brach ihre Furcht vollends hervor. Die schmalen Luchsaugen hielten dem zwingenden Blick des Nebelkinds nur kurz stand. Unter lautem Geschrei gaben die Raubtiere ihren Posten auf, sprangen ins Astwerk des nächsten Baums und kletterten an dessen Stamm zu Boden, um sich mit weiten Sätzen tiefer in den Wald zu flüchten.

Ihr Bezwinger begann, schallend zu lachen, der ganze Ast wippte bei seinem Heiterkeitsausbruch. Albin befürchtete, der Unbekannte könnte jeden Augenblick abstürzen. Dann aber machte der Elb es den Luchsen nach. Flink sprang er von Ast zu Ast, bis er binnen kürzester Zeit mit einem letzten Sprung vor den drei anderen auf dem Boden landete. Keinen Augenblick verlor er das Gleichgewicht. Leichtfüßig kam er vor ihnen auf, stand aufrecht da und blickte einen nach dem anderen an, bis seine Augen auf Albin ruhten.

Diese Augen! Sie waren ungewöhnlich groß und klar, aber dabei von einer unbestimmbaren Farbe. In einem Moment schillerten sie blaugrün wie ein ruhiger See im Sonnenlicht, im nächsten waren sie dunkel, unergründlich und ganz tief drinnen von einem Feuer erfüllt. Albin konnte seinen Blick nicht abwenden und versuchte hinter das Geheimnis der eigenartigen Augen zu kommen. Ganz, tief tauchte er in sie ein, was nicht weiter schwer war. Er fühlte eine fremde Kraft, gleich unsichtbaren Händen, die ihn ergriffen und in das weite, unbekannte Land zogen, in das die Elbenaugen sich verwandelt hatten.

Helles Licht durchflutete dieses Land, obwohl keine Sonne am Himmel stand. Albin schritt über eine Wiese zu einem alten, gütig dreinblickenden Mann, der auf einem Steinblock saß und ihm ruhig entgegensah. Der Alte sagte kein einziges Wort, und doch begann Albin ihm von sich zu erzählen. Der Findling vertraute ihm und spürte das brennende Verlangen, sein ganzes Wissen mit ihm zu teilen.

Plötzlich durchzog ein Riss den Himmel und in

dem Riss kam eine andere Welt zum Vorschein. Albin sah rankenbewachsene Bäume und ein Augenpaar, das ihn nicht aus seinem Bann ließ. Und da erkannte Albin, dass er der Gefangene eines Traums war, eines fremden Traums. Die Macht der Elbenaugen hatte ihn seines eigenen Willens beraubt und brachte ihn dazu, mit der lautlosen Stimme seiner Gedanken über sich zu erzählen, als sei der Besitzer der verzauberten Augen ein alter Freund.

Albin wehrte sich dagegen und konzentrierte sich auf den stummen Alten. Dessen Umrisse wurden unscharf und lösten sich schließlich in einem diffusen Nebelwabern auf. Die Nebelschwaden verdichteten sich und nahmen erneut feste Gestalt an, diesmal die eines hübschen Mädchens, das schon eher eine junge, schöne Frau war. Gerswind saß auf dem Felsblock, lächelte Albin an und streckte ihm eine Hand entgegen, die er ohne zu zögern ergriff. Das Mädchen erhob sich und führte ihn über die Wiese, aber beider Füße berührten nicht den Boden. Albin und Gerswind schwebten durch die Luft, geradewegs auf den Riss im Himmel zu, durch den sie das Land der Gedanken verließen.

Er stand wieder in der seltsamen Elbenburg, in dem noch seltsameren Wald. Schmerzhaft wurde Albin bewusst, dass er Gerswind nicht hatte mitnehmen können. Sie war aus seinen Gedanken entstanden und in seinen Gedanken blieb sie zurück. Obwohl sie nicht wirklich gewesen war, empfand er ihr gegenüber tiefe Dankbarkeit. Nur durch den festen, unbeirrbaren Gedanken an Gerswind hatte er es geschafft, der unheimlichen Macht der Elbenaugen zu entkommen.

»Stark ist er, dieser Junge namens Albin, ungewöhnlich stark«, stellte der fremde Elb verwundert fest.

»Selten traf ich einen mit seinen Fähigkeiten. Und er hat wirklich sein ganzes Leben bei den Mönchen am Mondsee verbracht?«

»Ja, mein König«, antwortete Findig. »Jemand setzte ihn vor vielen Jahren aus, und die Mönche zogen ihn auf.«

»Mein König!« Natürlich, Albin hatte es bereits geahnt. Sein Gegenüber mit den verzauberten Augen war niemand anderer als Durin, der König der Braunelben. Der Gedanke daran, dass er das geistige Duell mit dem König gewonnen hatte, entfachte Stolz in Albin.

Durin hatte seine Gedanken vernommen und sein Kopf ruckte zu Albin herum. »Darauf kannst du auch stolz sein. Kaum einem aus unserem Volk wäre das gelungen, schon gar keinem, der zeit seines Lebens keine Gelegenheit hatte, sich in seinen elbischen Fähigkeiten zu üben. Wirklich sehr erstaunlich!«

Albin musste sich zusammenreißen. Schon wieder war es dem König gelungen, in seine Gedanken einzudringen. Ganz fest dachte er an Gerswind, vertiefte sich in ihr schönes Antlitz, mit dem er jeden Gedankengang zu überlagern versuchte.

»Die Menschin, hinter der du deine Gedanken verbirgst, ist wirklich hübsch«, stellte Durin mit einem knappen Lächeln fest. »Wer ist sie?«

»Ihr Name ist Gerswind«, erläuterte Findig. »Und sie hat viel, sehr viel mit dem Grund unseres Hierseins zu tun. Sie befindet sich in großer Gefahr, und nur du kannst sie retten, König Durin.«

»Vielleicht könnte ich das, aber warum sollte ich?«

»Weil davon das Fortbestehen unseres ganzen Volkes abhängen kann.«

Durin maß seinen Blick mit dem Findigs und sagte dann: »Das sind ernste Dinge, die wir in Ruhe erläutern wollen. Folgt mir!«

Sie gingen tiefer hinein in den Burgwald, wie Albin ihn getauft hatte. Ihr Ziel war eine Lichtung mit einem Teich, vor dem ein großes braunes Pelzknäuel lag. Als sie näher traten, entwirrte sich das Knäuel und richtete sich auf die Hinterbeine auf. Es war ein Bär, der sie alle weit überragte und der ihnen ein misstrauisches Brummen entgegenschickte. Ein einziger Hieb mit einer der krallenbewehrten Tatzen hätte das Opfer in Stücke reißen können.

König Durin stellte sich vor den Bären und sah zu ihm auf. Nicht lange und das Tier sank auf alle vier Pfoten und neigte unterwürfig den Kopf. Durin kraulte den Bären hinter den Ohren. Ein paar wohlige Laute ausstoßend, rollte sich Meister Petz wieder friedlich zusammen.

»Anfangs war er sehr wild«, sagte Durin. »Aber jetzt befolgt er jeden meiner Winke. Mit den Raubkatzen wird mir das auch noch gelingen. Die Tiere tun mir gut. Als Herrscher braucht man einen Ausgleich zu dem täglichen Einerlei, der meist nur darin besteht, sich Hofschranzentratsch anzuhören und nichtige Streitigkeiten zu schlichten.«

Er ließ sich auf einen umgestürzten Baumstamm nieder und lud die anderen ein, sich neben ihn zu setzen. Gordo berichtete, wie er Albin und Findig aufgegriffen hatte. Dann war Findig an der Reihe, von den jüngsten Geschehnissen am Mondsee zu erzählen. Schließlich befragte der König Albin zu Einzelpunkten wie dem Mord an Graf Chlodomer und dem Überfall auf der Fischerinsel. Zwei Diener schleppten einen großen Korb mit Äpfeln und Birnen herbei.

Durin forderte seine Gäste auf, sich zu bedienen, und biss selbst in eine gelb leuchtende Birne.

Herzhaft kauend fragte er: »Albin, bist du sicher, dass Rotelben für den Tod des Grafen und für die Verschleppung dieser Gerswind verantwortlich sind?«

»Beide Male sah ich sie, vernahm ich ihre Gedanken«, antwortete Albin, der einen süßen Apfel aß. »Aber erst durch Findig erfuhr ich, wie berüchtigt die Rotelben sind.«

»Von Findig, der zur rechten Zeit am rechten Ort war und doch zu spät kam, um den Tod des Grafen zu verhindern«, sagte der König mit einem bitteren Unterton.

»Also bitte, wie konnte ich das ahnen?«, empörte sich Findig. »Immerhin habe ich mich nach Gerswinds Verschleppung bei den Großwüchsigen am Rande des Elbenlands und bei den vereinzelt durchs Grenzland streifenden Nebelkindern umgehört. Ich glaube zu wissen, wo die Rotelben das Menschenkind gefangen halten.«

»Wo?«, fragte Durin.

»Die Rotelben benötigen jemanden, der ihnen und der verschleppten Menschin Unterschlupf gewährt, der seine schützende Hand über sie hält. Alles deutet darauf hin, dass König Amon dieser Jemand ist.«

»Ausgerechnet Amon!«, entfuhr es Durin mit einem tiefen Seufzer. »Mit den Schwarzelben ist schwer auszukommen. Die kleinste Verstimmung zwischen unseren Reichen und ein neuer Elbenkrieg droht.«

»Unternehmen wir nichts, droht uns vielleicht noch viel Schlimmeres«, sagte Findig. »Die Großwüchsigen werden ins Land der Nebelkinder eindringen, um Gerswind und Chlodomer zu rächen. Sie werden keinen Unterschied zwischen Rot-, Schwarz- und Braunelben machen. Wenn sie ein Heer gegen uns zusammenziehen, ist unser zahlenmäßig schwaches Volk zum Untergang verdammt. Das Tal der Braunelben liegt ihnen am nächsten und wir werden büßen müssen, was die Rotschöpfe, vielleicht mit Billigung Amons oder sogar in dessen Auftrag, verbrochen haben.«

»Eine kluge, nicht von der Hand zu weisende Überlegung«, befand Durin. »Hat jemand einen Vorschlag, wie das Problem zu lösen ist?«

»Ich«, meldete sich Gordo. »Ich werde mit meinen Männern die Menschin befreien, ehe Schwarz- und Rotelben überhaupt merken, was vor sich geht. Wenn wir die Grafentochter zu den Menschen zurückbringen, werden sie uns glauben, dass uns keine Schuld an der Mordtat der Rotelben trifft.«

»Auch falls der Streich gelingt, wird es König Amon kaum erfreuen, wenn ich ihm meine Soldaten schicke«, sagte Durin. »Ich vermeide einen Krieg mit den Menschen und breche dafür einen mit den Schwarzelben vom Zaun. Verzeih mir, Hauptmann, aber dein Vorschlag überzeugt mich nicht.«

Findig sah ihn zweifelnd an. »Gibt es einen besseren, mein König?«

»Vielleicht«, erwiderte Durin mit unbewegtem Gesicht. »Ich werde darüber nachdenken. Man soll nie eine wichtige Entscheidung treffen, ohne seinen Gedanken die Ruhe der Nacht gegönnt zu haben. Morgen sehen wir uns wieder.«

»Nun halt den Fuß schon rein!«, brummte Findig ungeduldig. »Bis jetzt hatte ich nicht den Eindruck, dass du ein Angsthase bist.«

Zweifelnd sah Albin abwechselnd auf seinen linken Fuß und dann auf das Loch im felsigen Boden, aus dem heiße Dämpfe aufstiegen. Die schweißtreibende Hitze, die sein Hemd am Leib kleben ließ, erinnerte ihn an die Nebelwand, die sie vor wenigen Stunden unter Gordos Führung durchquert hatten. Das heiße Erdwasser dort war tödlich, hatte Findig ihm gesagt. Und jetzt verlangte sein knorriger Gefährte, der ihn in diese Felshöhle am Rande der Elbenburg geführt hatte, dass Albin seinen Fuß in solch ein Loch steckte.

Findig verzog sein Gesicht zu einer beleidigten Grimasse. »Glaubst du wirklich, ich hätte dich den ganzen weiten Weg bis ins Elbenland mitgeschleppt, um dir jetzt den Fuß zu verbrühen? Das Wasser in dem Loch ist heiß, aber nicht so heiß. Wichtiger ist seine heilende Wirkung. Noch ein paar Kräuter dazu...« Er zeigte auf den Korb neben ihm. »... und du wirst morgen wieder rumspringen wie ein liebestoller Grashüpfer. Wenn ich meine Liebste aus den Händen der Rotelben befreien wollte, würde ich alles dafür tun, um gesunde Füße zu haben. Was auch immer wir unternehmen, einen Lahmen können wir dabei nicht gebrauchen.«

Das saß! Albin kam sich schäbig vor, dass er die eigene Furcht höher stellte als den Gedanken an Gerswind. Kurz entschlossen streifte er die Hose ab, setzte sich an das dampfende Loch und hielt den nackten Fuß bis zum Knie hinein.

Im ersten Augenblick schien ihm die Hitze so stark, dass er glaubte, sein Fleisch müsste auf der Stelle verbrühen. Tausend glühende Nadeln durchbohrten sein Bein. Er biss die Zähne zusammen und unterdrückte das fast übermächtige Verlangen, den Fuß wieder herauszuziehen. Er dachte nur an Gerswind, und der Schmerz wurde schwächer, wich einem wohligen, warmen Kribbeln, das sein Bein durchströmte.

Findig nahm den Korb und schüttete den Inhalt in das Heißwasserloch. Er griff nach einem mitgebrachten Ast und rührte kräftig in dem Loch um. Als die Kräuter sich auflösten, stieg ein beißender Geruch auf und hüllte Albin ein. Seine Augen tränten und er musste niesen, immer und immer wieder.

»Sind gut, die Kräuter, nicht?«, fragte Findig beim Umrühren. »Mit denen habe ich schon manchen Verkühlten geheilt.«

»Mein Fuß hat sich nicht verkühlt«, raunzte Albin, bevor er wegen der streng riechenden Dämpfe wieder heftig zu niesen begann.

»Was für den Kopf gut ist, hilft auch den Füßen.«

»Manchmal denke ich, mein Kopf ist schlimmer dran als mein Fuß.«

»Hüll dich in den Kräuterdampf, Albin, aber nicht in Rätsel.«

»Ich spreche von dieser seltsamen Burg, von König Durin, von dir und mir. Ich bin ein Elb, ein Kind des Nebels, und doch weiß ich fast nichts von diesem ... von unserem Volk. Woher kommen wir? Warum sind wir so wenige? Wieso gibt es Braunelben und Schwarzelben und Rotelben?«

»Vergiss nicht die Lichtelben«, sagte Findig.

»Eben das meine ich, alles ist so undurchschaubar. Und was ist mit diesem Elbenkrieg, von dem König Durin sprach?«

Findig maß ihn mit einem anerkennenden Blick und sagte: »Du bist nicht nur stark und gelehrig, du besitzt auch die Fähigkeit, die Dinge auf den Punkt zu bringen.«

»Jetzt hüllst du dich in Rätsel, Findig.«

»Ich will nur sagen, dass der Elbenkrieg mit deinen anderen Fragen in engem Zusammenhang steht. Mit diesem Krieg hängt zusammen, wo und wie das Volk der Nebelkinder heute lebt.«

»Erzähl mir davon«, bat Albin.

Findig legte den Ast beiseite und setzte sich auf einen der Steine, die, wie der ganze Felsboden, von dem unterirdischen Wasser erwärmt wurden. »Einst lebten die vier Stämme der Nebelkinder in einem weit entfernten, fruchtbaren Land, über das sie herrschten wie heute die Großwüchsigen über dieses Land und viele angrenzende. Das Alte Land war groß und musste es sein, denn zahlreich war das Elbenvolk. Die Herrscher der vier Stämme bildeten einen Großen Rat, in dem alle wichtigen Fragen besprochen wurden. Das vermied Missgunst und Streit zwischen den Stämmen. Einem der Herrscher aber war es insgeheim nicht genug, nur über einen einzigen Stamm zu befehlen. Erko war sein Name, und er war der König der Rotelben. Es war zu der Zeit, als die ersten Großwüchsigen in das Alte Land kamen. Erko wollte sie und die anderen Elbenstämme gegeneinander ausspielen. Er schloss ein Bündnis mit den Großwüchsigen und lockte die Elbenarmee, die den Feind aus ihrem Land vertreiben wollte, in einen Hinterhalt. Nach der Schwächung der Elben wollte Erko sich zu ihrem alleinigen Herrscher aufschwingen. Das Bündnis mit den Menschen sollte seine Macht auf Dauer festigen. Die Menschen aber waren noch treuloser als der Rotelbenkönig. Sie begingen Verrat an dem Verräter und metzelten nach dem Sieg über das Elbenheer fast den ganzen Rotelbenstamm mitsamt ihrem König nieder. Deshalb gibt es heute nur noch sehr wenige Rotelben, die ohne feste Heimat durchs Land ziehen, mal raubend und mordend, mal sich als Meuchler verdingend, immer nur geduldet, nie geliebt.« Findig erhob sich mit einem heftigen Kopfschütteln, wie um die dunkle Vergangenheit seines Volkes von sich abzustreifen. »Nimm den Fuß jetzt raus, sonst gibts heute Fleischbrühe zum Abendmahl.«

Albin hatte Findigs Geschichte so gebannt gelauscht, dass er seinen Fuß ganz vergessen hatte. Als er ihn jetzt aus dem Wasserloch zog, sah er, dass die Haut bis hoch zum Knie feuerrot war.

»Keine Sorge, die Rötung ist morgen verschwunden«, sagte Findig. »Und die Schwächung des Fußes auch, hoffentlich.«

»Hoffentlich?«, stieß Albin entrüstet hervor. »Du weißt also gar nicht, ob das hier hilft?«

»Bei Füßen habe ichs noch nicht versucht«, antwortete Findig mit einem entschuldigenden Lächeln. »Ich werde den deinen ein wenig massieren, das kann nicht schaden.« Er kauerte sich vor Albin auf den Felsboden, ergriff den vom heißen Bad aufgedunsenen Fuß und begann mit einer sanften und doch kraftvollen Massage.

Albin schloss die Augen und genoss die neue Kraft, die seinen Fuß mit jedem Handstrich Findigs durchströmte. Jeglicher Schmerz schien aus dem Fuß gewichen. »Was geschah mit den Nebelkindern, nachdem sie den Kampf gegen die Menschen verloren hatten?«

»Sie mussten das Alte Land verlassen. Es war ein langer, mehrere Generationen dauernder, verlustreicher Marsch, bis sie in diese abgelegenen Berge kamen, wo damals die Großwüchsigen so fern schienen wie ehedem im Alten Land. Das war ein Trugschluss, denn die Menschen sind zahlreich wie die Wassertropfen in den Bergseen. Schnell engten sie die Nebelkinder ein und jetzt leben wir hier in der ständigen Furcht, von ihnen hinweggeweht zu werden. Wir sind nur noch ein kleines Volk, zusätzlich geschwächt durch die Uneinigkeit der drei verbliebenen Stämme.«

Albin öffnete die Augen und sah den älteren Elb erstaunt an. »Wieso sind die Stämme sich uneins, wenn die Macht der Rotelben doch gebrochen ist?«

Findig seufzte. »Die Frage ist gut, was man daran erkennt, dass ich selbst sie mir schon oft gestellt habe. Die bösen Kräfte, die Erko damals zu seinem Verrat trieben, sind leider nicht auf die Rotelben beschränkt.«

»Von was für Kräften sprichst du, Findig?«

»Von Neid, Gier und Machtstreben. Sie sind dafür verantwortlich, dass einer über dem anderen stehen will, über ihn herrschen möchte, sich auf seine Kosten zu bereichern sucht. Noch nicht lange ist es her, da schien es, als würde das Elbenvolk zu neuer Stärke erblühen. Der Braunelbenkönig Alwis, der sich durch Weisheit und Redlichkeit auszeichnete, genoss im Großen Rat solche Anerkennung, dass sich auch Schwarz- und Lichtelben seinen Befehlen beugten. Unter seiner Herrschaft hätten die drei restlichen Stämme zu einem geeinten und dadurch stärkeren Volk zusammenwachsen können. Aber der Traum erstarb mit Alwis' unerwartetem Tod.«

»Wurde der König ermordet?«

Überrascht sah Findig den Jüngeren an. »Wie kommst du darauf?«

Albin fasste an seine Stirn. »In meinem Kopf war auf einmal ein erschreckendes Bild. Ich hörte Schreie von Männern und Frauen, und ich sah Blut, überall Blut.«

»Ich muss meine Gedanken stärker abschirmen, du bist wahrhaftig stark«, lobte Findig. »Und du hast Recht, Alwis starb eines gewaltsamen Todes. Eine Bande Meuchler drang in seine Burg, diese Burg, ein und tötete den König mitsamt seiner ganzen Familie: Frau, Kindern, Brüdern und Schwestern. Nichts mehr blieb übrig vom weisen Elbenkönig Alwis, nichts.«

Findigs Stimme wurde rau. Verstohlen wischte er sich über die linke Wange, auf der Albin eine Träne bemerkt zu haben glaubte. Aber vielleicht war es auch ein Schweißtropfen gewesen, was in Anbetracht der Hitze, die aus dem Heißwasserloch strömte, nicht verwunderlich gewesen wäre.

»Wer waren die Mörder?«, fragte Albin.

»Angeblich Schwarzelben. So berichteten es die Männer der Garde, die dem König zu spät zu Hilfe eilten. Ihr Hauptmann sagte, er selbst hätte die Schwarzelben gesehen. Um die Braunelben in einem möglichen Krieg gegen den Bruderstamm nicht führerlos dastehen zu lassen, schwang er sich zu ihrem neuen König auf. Seitdem herrscht Durin über die Braunelben.«

»Und? Kam es zum Krieg?«

»Er konnte mit viel Mühe verhindert werden. Doch seit damals besteht starkes Misstrauen zwischen Braun- und Schwarzelben. Um nicht zwischen die Fronten zu geraten, haben die Lichtelben sich ganz in ihren Bergwald zurückgezogen. Der Große Rat ist nie mehr zusammengetreten. Die Kontakte zwischen Braun- und Schwarzelben beschränken sich auf die notwendigen Geschäfte. Die Schwarzelben fördern das Erz, das die Schmiede unseres Stammes mit viel Geschick weiterverarbeiten.«

»Was sagte denn der Schwarzelbenkönig zu der ganzen Sache?«

»Amon? Er stritt natürlich ab, in den Überfall auf König Alwis verwickelt zu sein. Ihm war nichts nachzuweisen, doch sprach einiges gegen ihn. Nicht nur der Umstand, dass Durin und seine Männer in den fliehenden Meuchlern Schwarzelben erkannt haben wollten. Kurz zuvor war es im Großen Rat zu einer heftigen Auseinandersetzung gekommen. Amon, offenbar gekränkt durch den großen Einfluss, den Alwis auf alle Stämme ausübte, hatte ihm vorgeworfen, er wolle das erreichen, was dem Rotelbenkönig Erko einst versagt geblieben ist, und sich mit Macht zum Herrscher über alle Elben aufschwingen.«

»Das wirft ein düsteren Licht auf den König der Schwarzelben.«

»Ein sehr düsteres«, pflichtete Findig bei.

»Und sonst kam niemand für den Mord an König Alwis in Frage?«

»Niemand außer Amon wurde damals verdächtigt.«

»Du sagst das so, als würdest du es bezweifeln, Findig.«

Findig sah ihn ernst an, mit einem Blick, der durch Albin hindurchzugehen schien. »Was nutzen Zweifel, die nicht zu begründen sind? Was sollen Gedanken über Dinge, die längst geschehen und nicht mehr zu ändern sind? Die gute Zeit des Königs Alwis liegt viele Jahre zurück. Wir sollten uns besser mit der Zukunft befassen, und die hängt nicht unwesentlich mit dem Schicksal Gerswinds zusammen. Du willst sie doch retten, nicht? Also erheb dich und versuch, ob dein linker Fuß dich trägt!«

Albin zögerte beim Aufstehen. Aber nicht, weil er Angst vor der Standfestigkeit seines linken Beins gehabt hätte. Seine Gedanken kreisten um Findigs Erzählung und um den Erzähler selbst. Auch wenn

Findig von der Geschichte seines Volkes wie ein Unbeteiligter gesprochen hatte, drängte sich Albin der Eindruck auf, dass der ältere Elb viel tiefer in das alles verwickelt war, als es sich seinen Worten entnehmen ließ. Ein Geheimnis umgab Findig, und Albin hatte das unbestimmte, aber gleichwohl beunruhigende Gefühl, ein wichtiger Teil dieses Geheimnisses zu sein.

»Auf zwei Beinen hältst du dich wacker«, stellte Findig fest. »Aber wie sieht es aus, wenn es nur auf das linke ankommt?«

Er hob den Ast vom Boden auf und schlug gegen Albins rechten Unterschenkel. Mehr aus Überraschung denn vor Schmerz winkelte der Findling das rechte Bein an. Vollkommen ruhig und gerade stand er auf nur einem Bein.

»Schmerzen?«, fragte Findig.

»Nein, nicht die geringsten.«

Ein zufriedenes Lächeln trat auf Findigs Gesicht. »Manchmal staune selbst ich über mich.«

Noch viele Fragen, die das Volk der Nebelkinder betrafen, lagen Albin auf der Zunge. Er stellte sie, als er abends mit Findig und anderen Braunelben um ein großes Feuer saß, das in einem der zahlreichen Innenhöfe der Elbenburg brannte. Ein Wildschwein briet über den Flammen und jeder konnte sich von dem Fleisch abschneiden, was sein Hunger verlangte. Dazu gab es Früchte, Käse und ein dunkles, süß schmeckendes Brot. Und einen Birnenmost, dem Findig reichlich zusprach.

»Die seltsamen Kräfte, über die wir verfügen, auch ich, wieso haben die Menschen sie nicht?«, fragte der Findling.

Findig trank einen weiteren großen Schluck aus seinem mit Gravuren verzierten Zinnbecher. »Meinst du die Fähigkeit, in die Gedanken eines anderen einzutauchen, in ihnen zu lesen, fremde Bilder in ihnen zu erzeugen?«

Albin biss in sein Bratenstück und nickte.

»Ich glaube, einst verfügten auch die Großwüchsigen über diese Gaben«, sagte Findig. »So berichten es jedenfalls die alten Erzählungen. Nach und nach verloren die Menschen das, was die Natur ihnen mitgegeben hatte. Vielleicht waren sie nicht mehr darauf angewiesen, vielleicht auch waren sie so viele an der Zahl, dass die Fülle fremder Gedanken ihnen Schmerz bereitete. Uns Nebelkindern dagegen kamen unsere alten Kräfte bei unserem Kampf ums Überleben immer wieder zustatten. Wurden wir von den Großwüchsigen gejagt, konnten wir uns still verhalten und uns nur durch die Kraft unserer Gedanken verständigen. Wir konnten Trugbilder aufbauen, um die Feinde abzulenken. Und wir konnten in ihren Gedanken lesen, um ihre Pläne zu erforschen. Wir waren wenige und brauchten deshalb all unsere Kräfte.«

»Besitzen alle Elben diese Kräfte?«

»Ja, aber nicht bei allen sind sie so stark ausgeprägt wie bei König Durin, bei mir oder ...«

Als Findig stockte, fragte Albin: »Bei mir?«

»Ja, auch du hast die alten Fähigkeiten bewahrt.«

»Warum ich, wo ich doch unter Menschen aufgewachsen bin? Hätten meine Kräfte nicht verkümmern müssen?«

Nach kurzem Zögern erwiderte Findig: »Du willst alles genauer wissen, als ich es dir sagen kann.«

Albin fixierte sein Gegenüber und fragte im scharfen Ton: »Als du es sagen kannst oder als du es sagen willst? Ich habe schon lange den Eindruck, dass du mir etwas verschweigst, Findig.«

Findig wich seinem Blick aus und starrte in seinen zur Hälfte geleerten Becher. Mit leiser, schleppender Stimme sagte er: »Die Menschen, obwohl häufig nicht sehr weise, haben ein treffendes Sprichwort: Reden ist Silber, Schweigen ist Gold.«

Er setzte den Becher an die Lippen, warf den Kopf in den Nacken und leerte das Zinngefäß mit einem Zug. Most rann seine Mundwinkel hinunter und tropfte auf seinen Kittel. Mit einer fahrigen Bewegung stellte er den Becher ab und stieß ein lautes Rülpsen aus. Der süßlich-strenge Geruch des Mostes schlug Albin entgegen. Findig wischte mit einem Ärmel über seinen verklebten Mund. Seine Augen nahmen einen starren Ausdruck an und fielen kurz darauf zu. Er kippte zur Seite und begann, laut zu schnarchen.

»Darauf falle ich nicht rein, so schleichst du dich nicht davon!«, stieß Albin wütend hervor. Er beugte sich über Findig und rüttelte an dessen linker Schulter. »He, spiel nicht den Schlafenden! Ich weiß, dass du viel mehr verträgst als die paar Becher.«

Nach mehrmaligem Rütteln öffnete Findig die Augen zu einem kurzen Schlitz und murmelte: »Bin so müde, war ein anstrengender Tag. Lass mich schlafen!«

»Nichts da!«, sagte Albin laut und sprach geradewegs in ein Ohr des anderen. »Ich will endlich wissen, woran ich bin. Ich will Antworten haben!«

»Wollen wir das nicht alle? Warte bis morgen, dann wird Durin uns Antworten geben.« Findigs Stimme wurde mit jedem Wort leiser, und seine Augen fielen abermals zu. Den letzten Worten folgte übergangslos ein noch lauteres Schnarchen.

Verärgert kauerte sich Albin neben ihn. Die wohlige Wärme des nahen Feuers umhüllte ihn und bald wich sein Ärger dem sanften Hinübergleiten in den Schlaf. Es war wirklich ein anstrengender Tag gewesen, und Albins ausgelaugter Leib verlangte sein Recht.

»Los, auf mit dir! Wer schläft, verpasst das Leben.«

Die laute Stimme und starkes Rütteln weckten Albin. Benommen öffnete er seine schlafverklebten Augen und sah direkt vor sich Findigs wettergegerbtes Gesicht. Hinter Findigs Gestalt zeichnete sich die aufsteigende Sonne ab. Albin hatte lange geschlafen. Obwohl die Sonne schien, fror er. Das Feuer war längst erloschen. Er hätte sich einen überdachten Schlafplatz oder wenigstens eine Decke suchen sollen. Die Nachtkälte war in seine Glieder gefahren und hatte jeden einzelnen Knochen durchdrungen. Zitternd und mit klappernden Zähnen erhob er sich und stampfte mit den Füßen auf, um seinen Leib zu erwärmen.

»Schön, das gefällt mir«, rief Findig.

»Du freust dich darüber, dass mir kalt ist?«

»Nein, darüber, dass du auch mit dem linken Fuß so kräftig auftrittst. Sieht so aus, als habe das Heilbad geholfen.«

Albin besah sich den Fuß. Jegliche Schwellung und auch die durch das heiße Wasser verursachte Hautrötung war abgeklungen.

»Wie du damit den Boden bearbeitest, ist der Fuß bestimmt gesund«, meinte Findig. »Sehr gut, dann folge mir. Der König will uns sehen.«

»Sofort?«

»Wenn Könige etwas wollen, ist es immer sofort.«

»Du scheinst nicht viel von Königen zu halten.«

»Nicht von allen«, murmelte Findig. »Komm endlich, sonst erlebst du, wie ein ungeduldiger König aussieht.«

Er ließ Albin nicht mal die Zeit, sich in einem Wassertrog zu waschen. Durch verwinkelte Gänge, in denen Albin schnell die Übersicht verlor, ging es in einen mit Kissen und Decken ausstaffierten Raum, vor dessen Tür vier bewaffnete Wachen standen. Drinnen saß Durin allein auf einem Kissen und erfreute sich an einem Frühmahl aus ofenfrischem Brot, Obst und Käse. Zwischen dem Essen standen große Krüge mit Milch und Most. In seinem brokatbestickten, seidig glänzenden Kittel glich Durin mehr Albins Vorstellung von einem König als gestern in der ledernen Jagdkleidung.

»Setzt euch, esst und trinkt«, sagte Durin in leutseligem Tonfall.

Er war offenbar gut aufgelegt, und Albin schöpfte Hoffnung, dass der König seine Soldaten zu Gerswinds Befreiung ausschicken würde.

Durins Kopf ruckte herum, und er musterte Albin.

»Du denkst an Soldaten? Nein, das wäre viel zu gefährlich. Was das betrifft, ist meine Meinung dieselbe wie gestern: Es ist töricht, einen Krieg herauszufordern, nur um einen anderen zu vermeiden. Ich kann darin keinen Vorteil erblicken.«

Findig hatte Most in einen Silberbecher gegossen, den er zum Mund führte. Er hielt in der Bewegung inne und sagte: »Ich entnehme deinen Worten, mein König, dass du einen anderen Weg gefunden hast, um die Gefahr abzuwenden, die allen Nebelkindern durch Gerswinds Verschleppung droht.«

Der König lächelte ihn an. »Du bist ein aufmerksamer Beobachter, Findig. Wie ich schon sagte, die

Ruhe der Nacht ist oft hilfreich bei einer wichtigen Entscheidung. Die Nachtgeister sandten mir einen Traum, der mir den richtigen Weg wies. Ich sah, wie ein wagemutiger Trupp in König Amons finstere Höhlen eindrang und die Gefangene befreite. Aber die Retter trugen nicht die Uniformen meiner Soldaten und es waren nicht nur Elben. Auch Großwüchsige befanden sich unter ihnen und es waren allesamt verwegene Gestalten.«

Nach einem kleinen Schluck aus dem Mostbecher erwiderte Findig: »Das hört sich an, als hättest du von den Mischlern geträumt.«

Durin klatschte erfreut in die Hände. »Du hast es erfasst, mein Freund. Die Mischler sind unsere Rettung. Wenn sie die Menschin befreien, fällt kein dunkles Licht auf die Braunelben.«

Albin, der an Durins Plan zweifelte, ergriff das Wort: »Aber würden die Mischler sich die Schwarzelben zum Feind machen?«

Durin sah ihn an und erklärte: »Wir stellen die meisten Waren her, mit denen die Mischler im Menschenreich handeln. Wir sind für sie wichtiger als die Schwarzelben. Außerdem weiß Waldo, dass ich wegen seiner Betrügereien nicht gut auf ihn zu sprechen bin. Will er meine Gunst zurückgewinnen, so muss er euch bei der Rettung der Menschin helfen. Das ist mein Entschluss und zugleich meine Botschaft an Waldo.«

11

Waldos Zähne bohrten sich in das noch blutige Fleischstück und rissen einen großen Bissen heraus, den der Mischlerführer unter heftigem Schmatzen hinunterschlang. Blut und Fett liefen an seinem Kinn herab, ohne dass es ihn störte. Seine ganze Aufmerksamkeit gehörte dem üppigen Mischlermädchen, das zum Rhythmus von Flöten und Trommeln zwischen den Lagerfeuern tanzte. Waldos aufgerissene Augen hingen an den sich wiegenden Rundungen der Tänzerin, dem Essen schien er sich nur nebenbei und ganz mechanisch zu widmen.

Im zuckenden Schein der Flammen sah das Gesicht des Mischlerführers noch abstoßender aus als sonst, fast dämonisch. Albin betrachtete es mit Abscheu und fragte sich, ob Findig den richtigen Weg gewählt hatte, um den Mischlern gegenüberzutreten. Im Schutz der Nacht hatten Findig und Albin sich an den Wachen vorbei ins Lager geschlichen und Albin lag jetzt zwischen zwei Vorratshütten in Waldos unmittelbarer Nähe. Dessen starrer Blick löste sich plötzlich von der Tänzerin, als wie aus dem Nichts der Braunelb vor ihm auftauchte. Waldo wusste nicht, dass der unerwartete Besucher sich schon eine ganze Weile im Mischlerlager aufhielt und auf die günstigste Gelegenheit für seinen Auftritt gewartet hatte.

»Du?«, war alles, was Waldo in der ersten Überraschung hervorbrachte. Er verschluckte sich bei dem Ausruf und spuckte ein Fleischstück ins knisternde

Feuer. Die Musikanten hörten auf zu spielen, die Tänzerin stand starr und aller Augen richteten sich auf den Mischlerführer und den Braunelb.

Findig sah ihn lächelnd an und sagte ruhig: »Eine freudigere Begrüßung durfte ich wohl kaum erwarten. Ich habe dir in letzter Zeit einige Ungelegenheiten bereitet, Waldo, und bin gekommen, um mich bei dir zu entschuldigen.«

»Entschuldigen?«, wiederholte Waldo langsam, als habe er das Wort noch nie gehört. Ruckartig sprang er auf und sah für einen Augenblick so aus, als wollte er sich auf den ebenso unerwarteten wie dreisten Besucher stürzen. Er bezwang sich, und ein falsches Lächeln erschien auf seinen Zügen. »Verzeih, Findig, fast hätte ich mich vergessen. Du kommst als Gast an mein Feuer und wie ein Gast sollst du behandelt werden. Setz dich zu mir und wärm dich auf.«

Er ließ sich wieder auf das Bärenfell nieder, auf dem er geruht hatte, und bedeutete Findig mit einer Handbewegung, er solle sich neben ihn setzen. Der Elb kam der Aufforderung ohne Zögern nach.

»Setz dich ruhig näher ans Feuer, damit du die Nachtkälte loswirst, Findig.«

»Ich bin dicht genug dran.«

Noch immer lächelnd sagte Waldo: »Das glaube ich nicht. Niemand soll sagen, ich sei ein schlechter Gastgeber, der seine Gäste frieren lässt. Sonst kommen König Durins Reiter, um mich zur Rechenschaft zu ziehen, wie?«

Zwei großwüchsige Mischler hatten sich von hinten an Findig angeschlichen und fielen auf einen geheimen Wink ihres Anführers über den Besucher her. Sie packten ihn so, dass er nicht entfliehen konnte, und hielten sein Gesicht nah ans prasselnde Feuer.

»So, jetzt wird dir hübsch warm werden!«, stieß Waldo befriedigt hervor und das Lächeln verschwand von seinem Gesicht. »Wie dumm von dir, dich mitten unter uns zu wagen, Findig!«

»Du bist dumm, mich so zu behandeln«, sagte Findig und ächzte unter den harten Griffen der Mischler. »Ich bringe dir eine wichtige Nachricht.«

Waldo beugte sich im Sitzen vor und spie Findig ins Gesicht. »Einfältiger Elb, glaubst du, ich falle darauf noch einmal herein?«

»Es stimmt aber, ich komme geradewegs von König Durin.«

»Und wenn schon, der Braunelbenkönig ist weit. Hier gilt sein Wort nichts.« Waldo sah die beiden Männer an, die Findig überwältigt hatten. »Der Leckerbissen braucht zu lange, bis er schmort. In die Flammen mit ihm!«

Er hatte noch nicht ganz ausgesprochen, da schnellte Albin aus seinem Versteck und sprang zu Waldos Feuer. Mit einem letzten, weiten Satz fiel er den Mischler von der Seite an und riss ihn zu Boden. Albin drückte seine Dolchklinge gegen den Hals des anderen und rief: »Lasst Findig sofort frei, oder es gibt noch einen Leckerbissen: einen frisch geschlachteten Esel!«

Unsicher sahen die beiden Mischler ihren Anführer an, der ihnen ein Handzeichen gab, Albins Anweisung zu befolgen. Findig taumelte vom Lagerfeuer weg, sackte keuchend auf die Knie und wischte mit hastigen Armbewegungen über sein schweißbedecktes Gesicht.

»Du kannst mich jetzt loslassen, Elbensohn«, knurrte Waldo.

»Lieber nicht«, sagte Albin laut, sodass alle Umstehenden es hören konnten. »Ich will nicht, dass mir ein paar von deinen Leuten in den Rücken fallen.«

Findig hatte sich aufgerichtet. Noch immer perlte Schweiß auf seiner Stirn, und er zog die Luft in schnellen Zügen ein. Die Hitze, der er ausgesetzt gewesen war, musste im wahrsten Sinne des Wortes atemberaubend gewesen sein.

»Hör dir die Nachricht an, die König Durin durch mich schickt, Waldo. Und dann entscheide, ob du mit uns oder gegen uns kämpfen willst.«

»Mit euch?« Waldo ließ ein raues Lachen hören. »Da bin ich aber gespannt!«

In kurz gefasster Form berichtete Findig von den Ereignissen in der Abtei und überbrachte Durins Angebot, jeglichen Vorbehalt gegen Waldo und seine Mischler fallen zu lassen, falls sie halfen, Gerswind zu retten.

»Ah, dein König will wieder mit uns Handel treiben«, kicherte Waldo. »Wenn wir ihm so sehr fehlen, wird er sich über kurz oder lang ohnehin wieder mit uns zusammentun. Weshalb sollten wir uns mit den Schwarzelben überwerfen?«

»Deshalb«, sagte Findig und zog unter seinem Wams einen kleinen Lederbeutel hervor, den er Waldo zuwarf. »Mach ihn auf!«

Der Mischler griff nach dem Beutel und entknotete die dünne Schnur. Erstaunt betrachtete er den Inhalt des Säckchens. Edelsteine in den unterschiedlichsten Farben, Formen und Größen funkelten im Feuerschein.

»Ein kleiner Dank, den König Durin dir für deine Hilfe schickt«, sagte Findig. »Du bekommst noch so einen Beutel, wenn alles erledigt ist.«

Waldo stieß ein unzufriedenes Knurren aus, das zu

der Gier, die sich auf seinem Gesicht abzeichnete, in krassem Widerspruch stand. »Zwei Beutel voller bunter Steine sind ganz hübsch, aber nichts im Vergleich zu der Gefahr, der wir uns beim Eindringen in König Amons Reich aussetzen.«

Findig trat einen Schritt auf ihn zu und streckte fordernd die linke Hand aus. »Dann gib den Beutel wieder her! Du hast Recht, Waldo, es ist keine Aufgabe für Hasenfüße. Ich suche mir lieber Helfer, die einer Gefahr mutig entgegentreten.«

»Nicht so hastig, man wird doch noch überlegen dürfen«, erwiderte Waldo und drückte den Lederbeutel an seine Brust. »Also gut, wir helfen dir, damit König Durin sieht, wie wohlgesonnen wir den Braunelben sind. Wann sollen wir aufbrechen?«

Findig gab Albin ein Zeichen, den Dolch von Waldos Kehle zu nehmen, und antwortete: »Mit den ersten Sonnenstrahlen.«

Am dritten Tag ihres Weges gelangten sie ins Land der Schwarzelben, das noch tiefer versteckt in den Bergen lag als König Durins Reich. Es war ein langer Marsch gewesen, durch finstere Höhlengänge und zerklüftete Bergpässe. Waldo selbst führte den fünfzehnköpfigen Mischlertrupp an. Mehr Leute hätten zwar eine größere Schlagkraft bedeutet, wären aber auch eher aufgefallen. Unter den Mischlern befand sich der stämmige Ivo, der Albin und Findig fortwährend mit finsteren Blicken aus seinem einzigen Auge bedachte. Offenbar hatte er seine Niederlage im Zweikampf gegen Findig nicht vergessen.

Seit gestern hatte Albin geglaubt, eine dichte Decke dunkler Wolken läge schwer über dem Schwarzelbenreich. An diesem Nachmittag, als sie aus einem höhlenartigen Gang auf ein kleines Felsplateau traten, erkannte er seinen Irrtum. Jetzt sah er den wahren Grund für den düsteren Anblick, den der Himmel zwischen den hoch aufragenden Berggipfeln bot: Aus zahlreichen felsartigen Kegeln stiegen dunkle Rauchfahnen auf, die sich in der Luft zu jenem wolkenartigen Gespinst verbanden. Der ständige Rauchausstoß verhinderte, dass dieses Gewölk sich auflöste. »Wolken, die aus der Erde kommen!«, staunte Albin. »Diese Berge stecken voller Wunder.«

»Eher voller Schwarzelben«, krähte Findig, von Albins Unwissenheit erheitert. »Unter der Erde bauen sie das Erz ab, das sie in den Öfen schmelzen.«

Albin erkannte, dass die rauchenden Kegel keine natürlichen Felsen waren, sondern lehmverstrichene Anbauten an den Bergwänden. In dem dämmrigen, von keinem Sonnenstrahl erhellten Tal zu ihren Füßen eilten unzählige winzige Gestalten, Schwarzelben wohl, hin und her, um den nimmersatten Schmelzöfen neue Nahrung zu bringen. Löcher, die in den Bergwänden klafften, waren mehr als bloße Höhlen. Dort lagen die Einstiege ins unterirdische Schwarzelbenreich und in die Bergwerke. Voll beladene klobige, vierrädrige Karren wurden unter Mühen aus den Stollen gezogen und zu den Öfen gezerrt, um sie leer wieder zurückzuschieben.

Albin, Findig und die Mischler begannen den schwierigen Abstieg ins Tal, der über einen engen, oft unter ihren Füßen wegbröckelnden Bergpfad führte. Der Findling atmete erleichtert auf, als sie endlich heil unten ankamen. Von hier wirkte der Anblick des rauchgeschwängerten Himmels noch eindrucksvoller – und bedrückender. Die Luft war schwer und stickig. Albin und auch einige Mischler verspürten ein Kratzen in der Kehle, das sie zum Husten reizte.

Findig schien sich, wie überall, auch im Tal der Schwarzelben bestens auszukennen. Zielstrebig führte er seine Begleiter zwischen schroffen Felsen und dann zwischen Bäumen hindurch, die sich bald zu einem Wald verdichteten. Eine unnatürliche Hitze schlug ihnen entgegen, als brenne vor ihnen der Wald, doch war von einem Feuer nichts zu sehen. Bald wichen die Bäume zurück und eine Lichtung enthüllte des Rätsels Lösung: Die Hitze stammte aus drei Meilern, die rund um eine windschiefe Köhlerhütte standen. Hier entstand die Kohle für die Schmelzöfen. Bei der Vielzahl der Öfen musste es noch mehr Köhler im Tal der Schwarzelben geben.

Der hiesige Köhler stand weit nach vorn gebeugt auf einer Leiter an einem der Meiler und schien damit beschäftigt, den Windzug zu regeln. Eine schwierige Aufgabe, wie Albin von den Köhlern am Mondsee wusste. Bekam das Feuer im Meiler zu wenig Luft, erlosch es, und all die Mühe, die das Errichten des Meilers aus Pfählen, Holzscheiten und der luftdichten Abdeckung aus Erde, Gras, Moos und Laub gekostet hatte, war vergebens gewesen. Entfachte aber zu viel Luft die Flammen, ging der Meiler durch, wie die Köhler sagten, und aus dem Holz wurde statt der erhofften Kohle ein Haufen wertloser Asche.

»Sieh zu, dass du nicht kopfüber in die Glut fällst, Freund«, rief Findig dem Kohlenbrenner zu. »Ein Hitzkopf führt kein langes Leben.«

Ein Ruck ging durch den Köhler und die Leiter wackelte bedenklich. Nur die nackten Elbenfüße, deren lange Zehen sich fest um die Sprossen klammerten, verhinderten, dass der Schwarzelb das Gleichgewicht verlor. Mit krähender Stimme stieß er eine schnelle Folge undeutlicher Laute aus und kletterte nach unten, wo er sich mit in den Hüften gestemmten Händen zu den Ankömmlingen umdrehte.

»Was fällt euch ein, mich so zu erschrecken?«, schimpfte er lauthals. »Euretwegen wäre ich fast wirklich in die Glut gefallen! So was ist mir im ganzen Leben noch nicht passiert, jedenfalls nicht sehr oft.«

Eine breite Brandwunde, die sich über die ganze rechte Wange des Schwarzelben zog, belegte, dass die Einschränkung erforderlich war, wollte er bei der Wahrheit bleiben. Albin hatte die Narbe erst bei näherem Hinsehen bemerkt, weil eine schwarze Rußschicht Haut und Kittel des Köhlers bedeckten.

Findig setzte eine entschuldigende Miene auf. »Wir bitten um Verzeihung, Freund. Es lag nicht in unserer Absicht, dich zu erschrecken. Vielleicht hilft ein Gastgeschenk, deinen Zorn zu besänftigen.«

»Ein Geschenk?« Das Antlitz des Köhlers hellte sich auf, sofern man das von seinen geschwärzten Zügen sagen konnte. »Was ist es?«

Findig gab den Mischlern, von denen viele Säcke auf den Rücken gebunden hatten, einen Wink. Einer trat vor, stellte seinen Sack vor dem Köhler auf den Boden und öffnete ihn. Der Schwarzelb blickte auf verzierte Zinngefäße aller Größen und Formen und wühlte unschlüssig darin herum, bis er einen Becher auswählte, dessen langer Stiel auf einem breiten Sockel ruhte.

»Und den darf ich wirklich behalten?«

Findig nickte. »Wir haben noch genügend andere Tauschwaren dabei.«

Der Köhler drückte den Becher an seine Brust. »Ah,

jetzt erkenne ich euch. Ihr seid Mischler, nicht? Lange habe ich keinen von euch mehr gesehen. Seid willkommen im Haus des Köhlers Joder. Hier sollt ihr Unterschlupf und ein nahrhaftes Essen finden – falls ihr das bezahlen könnt.«

Mit einem offenherzigen Lächeln entgegnete Findig: »Wie ich schon sagte, wir haben viele Tauschwaren dabei. Wenn du uns für die Nacht beherbergst, soll es zu deinem Vorteil sein, Freund Joder.«

Wenig später saßen Albin und seine Gefährten auf verfilzten Fellen in der Köhlerhütte und bedienten sich aus den Schüsseln und Krügen, die der Schwarzelb in ihre Mitte gestellt hatte.

»Schmeckts?«, fragte Joder, als er sich zu ihnen setzte.

»Ja«, log Findig tapfer und alle anderen nickten.

Was der Köhler ihnen vorsetzte, wäre sogar dann eine Zumutung gewesen, hätte er keine Bezahlung verlangt. Das Brot war alt wie die Welt, knochentrocken und hart wie Felsgestein. Nur wenn man es in das abgestandene Wasser tauchte, das es statt Most oder Milch gab, konnte man es so weit erweichen, dass es sich essen ließ. Halb verfaulte Früchte und ein schimmeliges Stück Käse vervollständigten das wenig verlockende Mahl.

Unbeirrt leckte Findig über seine Lippen und sagte fröhlich: »Du verstehst es unnachahmlich, deine Gäste zu bewirten, Joder. Man merkt sofort, dass du reichlich Übung darin besitzt. Es kommen wohl oft Fremde an deiner Hütte vorbei.«

Der Köhler winkte ab. »Gar nicht mehr oft, früher waren es mehr. Ich sagte doch, dass ich lange keine Mischler mehr gesehen habe.«

»Dann hattest du länger keine Gäste?«

»Du hast es erraten.«

»Seltsam«, murmelte Findig und legte die Stirn in Falten. »Wirklich seltsam.«

»Wieso?«

»Wir hörten von einer Gruppe Rotelben, die kurz vor uns ins Tal gekommen sein sollen. Von dir hofften wir, mehr über sie zu erfahren.«

Das schwärzliche Gesicht des Köhlers nahm einen abweisenden, misstrauischen Ausdruck an. »Warum?«

»Es gibt nicht mehr viele Rotelben. Und die, die man hin und wieder trifft, kommen weit herum. Wir haben schon oft gute Tauschgeschäfte mit ihnen gemacht.«

»Ach so«, brummte Joder und entspannte sich wieder. »Schade auch, dass du nichts von den Rotelben gehört hast«, fuhr Findig fort. »Ein Hinweis auf sie wäre uns ein besonderes Geschenk wert gewesen.«

Joder beugte sich zu ihm vor. »Noch ein Geschenk, wirklich? An was hattet ihr da gedacht?«

Findig kroch in einen dunklen Winkel der Hütte, wo die Mischler ihr Gepäck abgeladen hatten, und wühlte in den Säcken herum. Als er zurückkehrte, hielt er einen Dolch samt Scheide in Händen. Beides war mit eingelegten Golddrähten verziert, was die Waffe zu einem sehr wertvollen Gegenstand machte. Die Augen des Köhlers klebten an dem Dolch wie eine Fliege im Netz der Spinne. Wäre Findig nach draußen gelaufen, um die Waffe in die Glut eines der Meiler zu werfen, wäre Joder vermutlich hinterhergesprungen.

»Ich glaube, jetzt erinnere ich mich an die Rotköpfe«, sagte der Schwarzelb, während er die kostbare Waffe anstarrte. »Ich hatte es vergessen, weil sie nicht bei mir gerastet haben. Sie zogen tiefer ins Tal hinein.«

»Aber du hast sie gesehen?«, wollte Findig wissen.

»Selbstverständlich, ich habe sie sogar kurz gesprochen.«

»Ich weiß nicht, ob es die sind, die wir suchen.« Findig legte einen übermäßig betonten Zweifel in seine Stimme. »Vielleicht bist du den falschen Rotelben begegnet.«

»Woher soll ich das wissen?« schnappte Joder ein wenig erbost.

»Wir hörten, die Rotelben, die einen großen Vorrat an Tauschwaren mit sich führen, sollen in Begleitung einer Menschin sein.«

»Ja, die war bei ihnen! Jetzt weißt du es ganz genau und kannst mir den Dolch geben, Mischler.«

Albin sah Gerswinds Gesicht vor sich, ein wenig undeutlich, aber doch so, dass er Graf Guntrams Tochter sofort erkannte. Kummer und Erschöpfung zeichneten ihre Züge. Es waren Joders Gedanken, die er sah. Joder war einer abgerissenen Gerswind begegnet, deren Hände mit Stricken gefesselt waren. Furcht und Wut packten den Findling angesichts Gerswinds schlimmer Lage. Aber zumindest wusste er jetzt, dass sie vor ein paar Tagen noch gelebt hatte. Er konnte nicht mehr als hoffen, dass ihre Situation sich nicht verschlechtert hatte.

»Du hast sie also gesehen, Joder«, stellte Findig fest und stieß einen befriedigten Seufzer aus. »Wohin genau wollten die Rotelben?«

Das Antlitz des Köhlers wirkte wieder verschlossen, und in abweisendem Tonfall schnarrte er: »Das haben sie mir nicht gesagt.«

Albin spürte, dass der Schwarzelb mehr wusste. Er konzentrierte sich auf die Gedanken des Köhlers und sah etwas Seltsames: Höhlen, deren Wände aus Eis statt aus Felsen bestanden. Inmitten des Eises aber brodelte ein heißer See, ein ins Riesenhafte vergrößertes Abbild jenes Heißwasserlochs, in das Albin seinen verstauchten Fuß gehalten hatte. Ein ungewöhnlicher Ort, falls es ihn überhaupt gab. Vielleicht war dies nur die Mauer, mit der Joder seine wahren Gedanken abschottete. Während Albin noch darüber grübelte, verschwanden die Bilder der Eishöhlen und des Sees.

Findig gab Joder den ersehnten Dolch und versicherte ihm, er sei den Mischlern eine große Hilfe gewesen.

Nach dem Essen, als der Köhler hinausgegangen war, um nach seinen Meilern zu sehen, sagte Findig mit gedämpfter Stimme: »Als ich unseren Gastgeber nach dem Aufenthaltsort der Rotelben fragte, drängte sich mir ein bestimmtes Bild auf. Hat noch jemand es gesehen?«

Nur Albin meldete sich und erzählte von den Höhlen und dem See.

»Die Eishöhlen und der Feuersee, ich habe mich also nicht getäuscht«, stellte Findig zufrieden fest. »Vermutlich haben die Rotelben Joder nach dem Weg gefragt.«

»Du kennst den Ort?«, fragte Albin.

»Ich kenne ihn. Ein schwer zugängliches Höhlensystem am Rande von König Amons Reich. Der ideale Platz, um eine Gefangene zu verstecken.«

Wie Recht er mit dieser Bemerkung hatte, stellten seine Begleiter am Abend des folgenden Tages fest, als Findig sie tiefer und tiefer in die scheinbar endlosen Höhlen führte. Als sie durch einen verborgenen Spalt ins Innere des Berges geklettert waren, war es draußen noch taghell gewesen – jedenfalls so hell, wie es im dämmrigen Schwarzelbental tagsüber war. Jetzt musste die Sonne längst untergegangen sein. In der Finsternis der Höhlen, die nur vom Licht der mitgebrachten Fackeln erhellt wurde, machte das keinen Unterschied. Hin und wieder erlosch eine der Fackeln und eine andere wurde als Ersatz angezündet. Das war die einzige Abwechslung auf ihrem schweigsamen Marsch durch das Höhlenreich.

Irgendwann legte Waldo eine Hand auf Findigs Schulter und sagte: »Das hier ist ein Ort für Tote, nicht für lebende Wesen. Hier kann man verhungern und verdursten, ohne dass es jemand mitbekommt. Und eine Höhle sieht aus wie die andere. Woher bist du so sicher, welchen Weg du nehmen musst?«

»Ich spüre es. Die Empfindungen und die Gedanken, die ich wahrnehme, werden immer deutlicher. Sie weisen mir die Richtung. Geht es dir nicht auch so, Albin?«

»Vorhin glaubte ich kurz, so etwas wie einen lautlosen Hilferuf zu vernehmen. Und ich dachte, Gerswind vor mir zu sehen. Aber es war nur wie ein flüchtiger Gedanke, und ich hätte keine Richtung anzugeben vermocht.«

»Wenn du dich nur auf diesen Gedanken konzentrierst und alles andere beiseite drängst, wirst du es können«, meinte Findig und setzte seinen Weg fort.

Jetzt wurde es mit jedem Schritt kälter und alle, die noch barfuß gingen, umwickelten ihre Füße mit Lappen, die sie in ihrem Gepäck hatten. Albin war froh, dass er Wollstrümpfe und feste Lederstiefel angezogen hatte, bevor er Durins Burg verließ. Trotzdem drang die Kälte aus dem Boden in seine Füße, kroch seine Beine hinauf und breitete sich in seinem ganzen Leib aus. Immer wieder hauchte er in die

Handflächen und ballte die Hände zu Fäusten, weil der beißende Frosthauch seine Finger zu lähmen drohte. Hinter sich hörte er lautes Klatschen und gleich darauf einen noch lauteren Fluch.

Ivo war gestürzt. Mühsam richtete er sich auf und rieb sein breites, schmerzendes Hinterteil. Fast wäre er noch einmal hingefallen.

»Neunmal verfluchte Glätte!«, knurrte er. »Wenn man nicht aufpasst, bricht man sich sämtliche Knochen.«

Die Mischler hielten ihre Fackeln tiefer und beleuchteten den Boden. Das Felsgestein war teilweise mit Eis überzogen. Vor ihnen nahmen die eisigen Flächen zu und bedeckten bald jeden Fußbreit. Auch an den Wänden und an der Decke glitzerte es kalt und weiß. Gefrorenes Wasser in den seltsamsten Ausformungen umgab die Mischler und die beiden Elben. Riesige Eiszapfen, manche größer als ein Ochse, hingen herab, sanft gerundet oder scharf gezackt, mal gerade und glatt, dann wieder in den unglaublichsten Verästelungen.

Vorsichtig, um nicht auszurutschen, suchten sie ihren Weg zwischen den Eisfelsen hindurch und mehrmals schreckten die Gefährten vor dämonischen Wesen zurück, die sich erst auf den zweiten Blick als aus Eis geformt entpuppten. Als sie schon glaubten, der Eiswelt niemals mehr zu entrinnen, wurde die Luft endlich wärmer. Das Eis trat zurück und gab den blanken Fels wieder frei. Elben und Mischler fassten sicheren Tritt und gingen schneller, um der Mordskälte zu entfliehen.

»Schweigt jetzt, und tretet leise auf!«, ermahnte Findig seine Begleiter im Flüsterton. »Wir müssen den Rotelben sehr nah sein. Ich spüre es, obwohl ich nicht viele Gedanken vernehme. Die Zahl unserer Gegner scheint geringer zu sein, als wir angenommen haben.«

Sie ließen die Eishöhlen hinter sich. Die angenehme Wärme, die ihnen von vorn entgegenströmte, stand in einem krassen Gegensatz zu dem frostigen Atem, der sie eben noch umweht hatte. Vergebens fragte sich Albin, wie es so große Wärme und so starke Kälte unmittelbar nebeneinander geben konnte. Nach seinem Dafürhalten hätte das Eis wegschmelzen müssen wie der Winterschnee im Licht der Frühlingssonne. Dass es nicht so war, musste mit der Luftströmung in dem weit verzweigten Höhlensystem zusammenhängen. Sie trennte heiße und kalte Luft, anders war es nicht zu erklären.

Bald waren die Wanderer, die eben noch vor Kälte gezittert hatten, nass geschwitzt. Als der Höhlengang sich zu einem weit gestreckten, hohen Felsendom erweiterte, stießen sie auf die Quelle der warmen Luft, die inzwischen zu einer unnatürlichen, feuchten Hitze geworden war. Ein brodelnder, kochender See bedeckte den größten Teil des Bodens und seine heißen Dämpfe erfüllten den Dom mit dichtem Nebel. Albin fühlte sich an die Nebelwand erinnert, die er und Findig auf dem Weg ins Braunelbenreich durchquert hatten.

»Wenn wir da hineinstürzen, werden wir gekocht wie Hühner in der Suppe«, entfuhr es Waldo.

»Wir müssen gut aufpassen, um nicht in den Feuersee zu fallen«, erwiderte Findig ungerührt. »Am Rande des See steigt der Felsboden an. Der Weg ist sehr glitschig, also seid vorsichtig!«

Wie berechtigt die Ermahnung war, stellte Albin fest, als er Findig über den schmalen Felsrand zwischen der Höhlenwand und dem Feuersee folgte. Das feuchte Gestein war kaum weniger rutschig als der überfrorene Boden in den Eishöhlen. Die dicken Dunstschwaden erschwerten es noch, eine halbwegs sichere Stelle für den nächsten Schritt zu entdecken. Zweimal geriet Albin ins Wanken und konnte nur unter größter Selbstbeherrschung das Gleichgewicht wahren. Ein drittes Mal schwankte er, als hinter ihm ein lang gezogener, durchdringender Schrei erscholl. Dem markerschütternden Laut, in dem Erschrecken und Todesangst zum Ausdruck kamen, folgte ein sattes Platschen. Gleich darauf ertönte ein weiterer Schrei.

Albin stützte sich an der Felswand ab und drehte den Kopf über die Schulter. Der Mischler, der hinter Waldo gegangen war, strampelte im Feuersee um sein Leben. Entweder konnte er nicht schwimmen oder der Schmerz, den das kochende Wasser ihm zufügte, ließ ihn jede zweckgerichtete Bewegung vergessen. Mühsam hielt er den Kopf über Wasser und schrie und schrie und schrie. Waldo gab einem anderen Mischler einen Wink. Der Elb nickte und stieß mit seinem Speer zu. Die gezackte Klinge fuhr dem Verunglückten in den Hals und seine Schreie erstarben. Seine Augen richteten sich mit einem überraschten Ausdruck auf Waldo, bevor er im heißen Wasser versank.

Als Waldo Albins vorwurfsvollen Blick bemerkte, sagte er: »Dem war nicht mehr zu helfen. Und sein Geschrei hätte die Rotelben alarmieren können.«

»Damit hat Waldo leider nur zu Recht«, meinte Findig. »Wenn sie uns nicht schon gehört haben. Rasch, weiter! Wenn sie uns hier abfangen, sind wir verloren. Hier ist ein denkbar schlechter Ort zum Kämpfen, aber ein guter zum schnellen Sterben.«

Die Kaltschnäuzigkeit, mit der Waldo und Findig

den Tod des Mischlers abtaten, erschreckte Albin, besonders bei dem Braunelb. Er fragte sich, ob Findig ebenso wenig Mitgefühl gezeigt hätte, wenn Albin in das kochende Nass gestürzt wäre.

Probier es besser nicht aus!

Als die Dämpfe nachließen, der begehbare Felsstreifen breiter wurde und der See endlich hinter ihnen lag, atmeten Elben und Mischler auf. Dabei hatten sie den wohl schwierigsten Teil ihrer Mission, Gerswinds Befreiung, noch vor sich.

»Es ist nicht mehr weit bis zu den Rotelben und ihrer Gefangenen«, sagte Findig leise und wandte sich an Waldo. »Albin und ich werden allein weitergehen. Ihr wartet hier, bis ihr unsere Hilferufe oder Kampfgeräusche hört.«

»Warum sollen wir hier warten?«, fragte Waldo voller Misstrauen.

»Weil ihr nicht so geübt darin seid, eure Gedanken abzublocken. Albin und ich beherrschen das besser, gut genug hoffentlich, um uns unbemerkt anzuschleichen.«

Waldo nickte. »Also gut, wir warten.«

Seine Leute schienen mit dieser Entscheidung sehr einverstanden. Sie setzten sich hin, wischten den Schweiß aus ihren Gesichtern und kramten in den Proviantbeuteln nach einer Stärkung.

Findig blickte seinen Schützling an. *Ab jetzt kein lautes Wort mehr, Albin! Halt dich hinter mir.*

Sie folgten einem mehrfach gewundenen Höhlengang mit mehreren Abzweigungen. Findig ließ sich nicht verwirren. Offenbar spürte er die fremden Gedanken viel deutlicher als Albin, sonst hätte er seinen Weg nicht gefunden, ohne auch nur einmal anzuhalten und zu überlegen. Noch immer war es sehr warm, wofür wohl der Feuersee verantwortlich war. Vielleicht gab es unter dem Felsgestein noch mehr heißes Wasser, das diesen Teil der Höhlen erwärmte.

In Deckung!, zuckte es durch Albins Kopf, und Findig verschwand mit einem schnellen Sprung hinter einem großen Felsblock.

Albin folgte ihm. Sie spähten über den Rand des Felsens in eine unerwartet wohnlich ausstaffierte Höhle. Steinlampen mit brennendem Fett, die im ganzen Raum verteilt auf Felsvorsprüngen standen, sorgten für ausreichendes Licht. Der Boden war mit Fellen bedeckt. Krüge und Schalen wiesen darauf hin, dass hier häufig Mahlzeiten abgehalten wurden. Zwei nur teilweise sichtbare Gestalten lagen auf den Fellen und schienen zu schlafen. Ein leises Schnarchen war zu hören. Ein rothaariger Elb hockte dem Mädchen gegenüber, dessentwegen Albin, Findig und die Mischler alle Mühen auf sich genommen hatten.

Beim Anblick Gerswinds schlug Albins Herz schneller. Am liebsten wäre er aufgesprungen, zu ihr gelaufen und hätte sie in die Arme geschlossen. Sie trug ein einfaches dunkles Kleid und ihr Haar fiel lang und ohne jeglichen Schmuck über ihre Schultern. Und doch war sie auch jetzt das schönste Mädchen, das Albin je erblickt hatte. Gerswind war so nah! Und es schien so einfach, sie zu befreien. Nur drei Wächter, von denen zwei auch noch schliefen.

Ja, das wundert mich auch, vernahm er Findigs Gedanken. *Beunruhigend, dass die Rotelben eine so wichtige Gefangene mit nur drei Bewachern zurücklassen.*

Weshalb beunruhigend?, wollte Albin wissen, der froh darüber war, dass nicht mehr Krieger auf Gerswind aufpassten.

Weil es bedeutet, dass die übrigen Rotelben mit etwas Wichtigem beschäftigt sind. Nach allem, was wir über sie wissen, dürfte das nichts Erfreuliches sein.

Albin hob die Hände zu einer gleichmütigen Geste. *Wir sollten die gute Gelegenheit ausnutzen!*

Findig schob sich hinter dem Felsen hervor. *Bin schon dabei. Bleib vorerst hier und halt dich für den Notfall bereit.*

Er schlich in gebückter Haltung an der Felswand entlang, bis er sich im Rücken des Rotelben befand, der Gerswind gegenübersaß. Die Gefangene und ihr Bewacher waren in ein Spiel vertieft, das zwischen ihnen stand. Lautlos glitt Findig auf den Wächter zu. Als Gerswind den Braunelb bemerkte, sah sie irritiert vom Spielbrett auf.

Das genügte, um den Rotelb zu warnen. Flink sprang er auf und wirbelte herum, eine seltsame Waffe in den Händen. Der armlange Stil war an einem Ende mit einer sichelförmigen Klinge und am anderen mit einer doppelten Axtklinge versehen. Der Rotelb sprang auf Findig zu und ließ seine Waffe mit solcher Schnelligkeit vor sich kreisen, dass Albins Augen den beiden Klingen kaum folgen konnten. Gleichzeitig stieß der Wächter schrille, fremdartig klingende Schreie aus und die beiden anderen Rotelben sprangen ebenfalls hoch. Wenige Augenblicke später war Findig von den drei Gegnern umzingelt.

Auch die beiden, die eben noch geschlafen hatten, hielten dem Eindringling drohend ihre Waffen entgegen. Der eine ein Schwert, dessen Klinge sich in der Mitte spaltete und in zwei getrennten Spitzen auslief. Der andere einen Speer mit drei gezackten Spitzen, ähnlich den Waffen der Mischler.

Findigs einzige Waffe, sein Dolch, nahm sich dagegen fast lächerlich aus. Der Braunelb ließ sich von der Übermacht nicht erschrecken. Er drehte sich um die eigene Achse und behielt so alle drei Gegner im Auge. Wurden die Rotelben dadurch eingeschüchtert? Plötzlich sprangen sie mit erschrockenen Gesichtern zurück und starrten ängstlich auf den Felsboden.

Die Felle dort verwandelten sich in lebendige Wesen. Bestien, wie Albin sie noch niemals erblickt hatte, erhoben sich und wandten sich gegen die Rotelben. Eine ganze Meute jener Kreaturen, die halb Bären, halb Raubkatzen waren, drängten die Nebelkinder zurück. Sie schnappten nach den Rotelben und entblößten dabei Furcht erregende Gebisse mit langen, scharfen Zähnen. Aus den geifernden Mäulern der Untiere wuchsen mächtige Hauer, noch viel größer als die von Wildscheinen.

Auch Gerswind war entsetzt zurückgewichen. In einer Mischung aus Unglauben und Furcht starrte sie auf die wolfsgroßen Ungeheuer. Fast wäre Albin zu ihr gelaufen, um sie gegen die unheimlichen Bestien zu verteidigen. Nur die Unmöglichkeit der ganzen Situation ließ ihn zögern.

Gerswind und die Rotelben konnten doch nicht die ganze Zeit auf diesen Wesen geruht haben! Auf einmal verschwammen die Konturen der Bestien, wurden ihre Leiber durchsichtig. Albin hatte erkannt, dass die Ungeheuer gar nicht existierten, dass sie ein Trugbild waren, geschaffen von Findig, um die Rotelben einzuschüchtern.

Der Rotelb, der zuvor mit der Gefangenen gespielt hatte, rief laut: »Elbentrug! Der Braunelb will uns reinlegen, als seien wir dumme Menschen. Durchschaut das Blendwerk, Brüder, die Raubtiere sind nur eine Täuschung!«

Jetzt schienen es auch die beiden anderen Rotelben zu bemerken. Findigs List hatte ihre Wirkung verloren und die drei Gegner rückten wieder gegen ihn vor.

Albin schnellte aus seinem Versteck und rannte auf den Rotelb mit dem Dreizack zu. Der sah den neuen Angreifer aus den Augenwinkeln und fuhr zu ihm herum. Albin warf seinen Dolch. Der Rotelb duckte sich und entging der Klinge. Doch das siegesgewisse Grinsen, das auf seine Züge trat, hielt nicht lange. Albins Dolchwurf war ein Ablenkungsmanöver gewesen. Während der Feind sich duckte, sprang Albin vor und griff nach dem Schaft des Dreizacks. Beidhändig umklammerte er ihn hinter der Klinge und entriss die Waffe ihrem Besitzer. Der benötigte einige Augenblicke, um sich von seiner Überraschung zu erholen. Als er zu dem Dolch an seiner Seite griff, war es zu spät. Die Klinge seiner eigenen Waffe fuhr tief in seine Brust. Blutend brach er zusammen und fiel vor Albins Füße.

Als er auf den Sterbenden niedersah, wurden Albins Knie weich. Verwirrung und Reue ergriffen von ihm Besitz. Noch nie hatte er einen Menschen getötet – oder ein Nebelkind. Vor kurzem wäre solch ein Handeln für ihn noch undenkbar gewesen. Die Mönche vom Mondsee hatten ihn zur unbedingten Achtung des Lebens erzogen, dazu, seinen Nächsten zu lieben wie sich selbst. Das alles war jetzt so weit entfernt. Sogar in die behütete Welt der Abtei war der gewaltsame Tod eingedrungen, als Graf Chlodomer auf jenem verhängnisvollen Fest zusammengebrochen war. Albin lebte nun in einer Welt der ständigen Gefahr, und wenn er nicht den Tod brachte, kam der Tod zu ihm. Das erkannte er, als der Rotelb mit dem

Schwert auf ihn zustürzte. Der dritte Rotelb war in einen heftigen Kampf mit Findig verwickelt.

Albin zog den Dreizack aus der Brust des Sterbenden und wehrte mit der blutigen Klinge das Schwert des Angreifers ab. Gerswind hatte sich von ihrem Schrecken erholt, nachdem Findig sein Trugbild so schnell hatte verschwinden lassen, wie es entstanden war. Sie nahm das schwere Spielbrett, ein marmornes Schachspiel, vom Boden auf und hieb es Albins Gegner von hinten über den Schädel, bevor er einen zweiten Angriff ausführen konnte. Der Elb ging taumelnd zu Boden und blieb dort reglos liegen. Gerswind hatte ihn ins Reich der Träume geschickt.

Albin lächelte sie dankbar an und wollte Findig zu Hilfe eilen. Aber der hatte seinen Gegner bereits überwunden. Findigs Dolch steckte bis zum Heft im Hals des Rotelben.

Gerswind blickte in die Runde und begann, am ganzen Leib zu zittern. Schon die Verschleppung durch die Rotelben musste sie arg mitgenommen haben. Hier in der Höhle hatte sie sich ein wenig gefangen, sonst hätte sie sich die Zeit nicht damit vertrieben, gegen einen ihrer Bewacher Schach zu spielen. Aber es war nur eine äußerliche Ruhe gewesen, die ihre innere Anspannung unberührt gelassen hatte. Das plötzliche Erscheinen Findigs und Albins, das in Blut und Tod geendet hatte, war zu viel für sie gewesen. Ihr Zittern wurde stärker und Albin fürchtete, sie würde in einen ähnlichen Veitstanz verfallen wie der unglückliche Graf Chlodomer.

Er sprang zu ihr und hielt sie fest, drückte sie an sich, streichelte über ihren Kopf und ihren Rücken, um sie zu beruhigen. Gleichzeitig genoss er ihre Nähe und war unendlich dankbar, dass Gerswind noch am

Leben war. In diesem langen Augenblick, als keine Schranken von Rasse oder Stand sie trennten, streifte ihn ein Hauch vollkommenen Glücks.

»Rührend, da wird selbst mir warm ums Herz.« Waldo stand mit seiner Meute im Eingang der großen Höhle und bedachte Albin und Gerswind mit einem spöttischen Blick.

Findig blickte den Mischlerführer wütend an. »Habt ihr auf euren Ohren gesessen? Es ging auf Leben und Tod, wir hätten eure Hilfe gut gebrauchen können!«

Waldo sah kühl auf die gefallenen Rotelben hinab. »Offensichtlich seid ihr auch ohne uns ganz gut zurechtgekommen. Sind alle drei tot?«

»Dieser hier wohl nicht«, sagte Albin und zeigte auf den Rotelb, den Gerswind niedergeschlagen hatte.

»Das wäre gut, ich würde mich gern eingehend mit einem der Rotelben unterhalten«, sagte Findig und beugte sich über den bewussten Elb. »Irrtum, der ist nicht lebendiger als die beiden anderen.«

Diese Mitteilung ließ Gerswind neuerlich erbeben. Sie hatte Albin helfen, aber sie hatte niemandem den Tod bringen wollen. Albin konnte nur zu gut nachempfinden, wie sie sich fühlte.

Tränen rannen über ihre Wangen, als sie ihn ansah und mit verzagter Stimme flehte: »Bring mich hier weg, Albin, bitte!«

»Das werde ich!«, versprach der Findling.

Waldo trat in die Höhle und beugte sich neugierig über das Schachspiel. Er hob zwei der Schachfiguren, die in den Farben Rot und Grün gehalten waren, in die Höhe. Im Licht der Steinlampen schimmerten ein roter König und ein grüner Läufer.

»Edelsteine«, murmelte der Mischler. »Ein Rubin

und ein Smaragd. Das wertvollste Spiel, das ich jemals gesehen habe.«

Erst jetzt achtete Albin auf die Figuren und rief: »Wie ist das möglich?«

»Was?«, fragte Findig.

»Ich kenne dieses Spiel, habe es schon mehrmals gesehen. Manegold hat es mitgebracht, als er in die Abtei kam. Es war sein ganzer Stolz.«

Findig wandte sich an Gerswind und fragte: »Woher stammt das Spiel?«

»Ich weiß es nicht. Ich dachte, es gehört diesen rothaarigen Nebelkindern.«

»Ein diebisches Pack, nicht?«, kicherte Waldo. Hastig bückte er sich, um die wertvollen Figuren, die verstreut auf dem Boden lagen, zusammenzuraffen. »Ich werde die Steinchen in Verwahrung nehmen.« Er winkte einen Mischler herbei, der die Figuren in einem ledernen Proviantbeutel verstaute.

Findig sah dem Treiben mit nachdenklichem Blick zu. Das Schachspiel schien ihn zu beschäftigen, aber das nahm Albin nur beiläufig wahr. Den größten Teil seiner Aufmerksamkeit widmete er Gerswind, die er noch immer in den Armen hielt. Er war überglücklich, endlich mit ihr vereint zu sein.

12

Die Tage hier oben in den Bergen waren anstrengend und die Nächte so kalt, dass nur die Erschöpfung die Wanderer einschlafen ließ. Sie entfachten kein wärmendes Lagerfeuer, um mögliche Verfolger nicht auf ihre Fährte zu locken. Zwar wussten sie nicht, ob sie von Rotelben oder gar von König Amons Schwarzelbenkriegern gejagt wurden, aber sie waren auch nicht darauf erpicht, es herauszufinden. Meist kletterten und marschierten sie schweigend, weil jeder überflüssige Atemzug ihre Erschöpfung noch steigerte. Obwohl Gerswinds Rettung gelungen war, hatte sich eine bedrückte Stimmung auf die ganze Gruppe gelegt. Oder war das nur Albins ganz persönlicher Eindruck, geboren aus seiner Enttäuschung?

Als er Gerswind in dem Höhlenversteck in die Arme schloss, hatte er sich ihr so nah gefühlt, war glücklich gewesen wie nie zuvor. Und als sie ihn bat, sie fortzubringen, hatte er geglaubt, sie erwidere seine Gefühle. Aber auf dem langen Marsch zurück zum Mondsee war nichts mehr davon zu spüren. Niemand sprach viel, doch Gerswind war am schweigsamsten von allen. Albin fragte sich, ob das an ihm lag, ob er etwas falsch gemacht hatte. Oder waren es die Auswirkungen der Verschleppung, die sich erst jetzt zeigten, als Gerswind der unmittelbaren Gefahr entronnen war?

Am letzten Abend, bevor sie die Abtei zu erreichen hofften, schlugen sie ihr Lager in den südwestlichen Ausläufern der Drachenwand auf. Ringsum erhoben sich dicht bewachsene Hügel, die ihren Lagerplatz wie ein Schutzwall umgaben. Eine weitere bitterkalte Nacht schien sie zu erwarten. Sobald die Sonne unterging, kühlte die Luft deutlich ab, und Gerswind begann, mit den Zähnen zu klappern. Albin ging zu Findig und Waldo und bat darum, ein Lagerfeuer zu entzünden.

»Wir sollen uns so kurz vor dem Ziel der Gefahr aussetzen, entdeckt zu werden?«, fragte Findig. »Hältst du das für klug, Albin?«

»Würden wir verfolgt, hätten wir es längst bemerkt. Dieses Tal ist ein sicherer Ort. Zudem könnten wir auf dem nächsten Hügel eine Wache aufstellen.«

Waldo bleckte belustigt die Zähne. »Frierst du so sehr, junger Braunelb?«

»Wir frieren wohl alle, aber am schlimmsten trifft es Gerswind. Sie ist die Anstrengung und das Übernachten im Freien nicht gewohnt.«

»Na und?«, fauchte der Mischler. »Wir sind nicht hier, um eine hochwohlgeborene Menschin zu verwöhnen. Morgen kann sie wieder in einem warmen Bett schlafen. Für heute soll sie sich zusammennehmen!«

»Sie könnte sich noch den Tod holen!«, sagte Albin in demselben barschen Tonfall, in dem Waldo gesprochen hatte. »Haben wir sie deshalb befreit? Graf Guntram wird es kaum erfreuen, wenn wir ihm seine Tochter halb erfroren zurückbringen.«

Waldo hob die Brauen an und begann, wie ein Huhn zu gackern. »Jetzt weiß ich, was dich antreibt. Du selbst sorgst dich am meisten um das Mädchen, wohl mehr als sein Vater. Na, von mir aus, macht ein Feuer an. Ich werde einen Wachtposten ausschicken.«

Albin und Findig suchten Feuerholz, das sie inmitten der Senke aufschichteten. Findig zog einen Feuerstein aus einem Beutel an seinem Gürtel und hielt ihn mit der linken Hand, den Handrücken nach unten, über dünne Zweige, die sie von den Bäumen geholt hatten, wo das Holz trockener war als das am Boden. Er zog seinen Dolch und schlug mehrmals mit der Eisenklinge über den Feuerstein. Funken spritzten nach allen Seiten und fielen auf die Zweige, die zu glimmen begannen. Albin, der vor den Zweigen hockte, blies vorsichtig auf das Glimmen, das sich bald zu einer starken Glut entwickelte. Kurz darauf knackte und prasselte es in dem brennenden Holzstoß und wohltuende Wärme breitete sich aus.

Es gab das gleiche Essen wie an den vergangenen Tagen: jene eigenartige Mischung aus getrocknetem Fleisch, Wurzeln und Beeren, die Albin zum ersten Mal bei Gordos Gämsenreitern kennen gelernt hatte. Das Gemisch war haltbar und nahrhaft und es ließ sich in Lederbeuteln leicht transportieren. An den eigenwilligen Geschmack hatte sich Albin inzwischen gewöhnt. Ihre Feldflaschen hatten sie am Nachmittag, als sie an einem Bach vorbeigekommen waren, aufgefüllt, sodass sie keinen Durst zu leiden hatten.

Albin ließ sich etwas abseits von den anderen auf den dicken Wurzeln einer alten Eiche nieder und starrte ins Feuer, während er an den morgigen Tag dachte. Er hatte sich vorgenommen, Gerswind ins Kloster zu begleiten. Er kannte jetzt das Elbenreich, und er wusste, dass die meisten Nebelkinder unschuldig an Clodomers Tod und an Gerswinds Verschleppung waren. Das wollte er Graf Guntram, Abt Manegold und, wenn es ging, auch Vogt Wenrich klarmachen. Und er wollte auch sich selbst von dem Verdacht befreien, in die Schandtaten verwickelt zu sein. Denn nur wenn er nicht länger unter falschem Verdacht stand, konnte er hoffen, Gerswind morgen nicht auf immer zu verlieren.

Ein leises, spöttisches Lachen kam über seine Lippen. Wie dumm er doch war, ein kompletter Narr! Für ihn bestand nicht die geringste Aussicht, länger mit Gerswind zusammen zu sein. Sie war die Tochter eines Edelmannes, eines der ersten Männer des Reiches, er aber war ein Kind des Nebels, in den Augen der meisten Menschen eine Spukgestalt, ein Dämon. Guntram würde seine Tochter eher einem Nordmann oder einem Sarazenen zur Frau geben als Albin. Und wenn das noch nicht reichte, machte ein Umstand ganz gewiss jede Hoffnung Albins auf eine gemeinsame Zukunft mit Gerswind zunichte: Sie selbst schien nicht das geringste Interesse an ihm zu haben. Das hatte er in den vergangenen Tagen erkannt, als sie sich um ihn so wenig scherte wie um einen Käfer, der vor ihren Füßen über den Weg kroch. Erstaunt sah er auf, als Gerswind zu ihm trat und fragte: »Warum lachst du, Albin? Bist du froh, bald wieder bei den Mönchen in der Abtei zu sein?«

Er schluckte und schüttelte den Kopf. »Es war ein dummes Lachen. Oder vielmehr das Lachen eines Narren über seine Dummheit.«

Sie strich eine Haarsträhne aus ihrem Gesicht und legte den Kopf schief. »Das verstehe ich nicht.«

»Das ist nicht schlimm. Ich glaube, ich verstehe es selber nicht.«

Albin sah ihr an, dass seine Worte sie verwirrten. Aber sie war klug genug, um zu erkennen, dass er nicht weiter darüber sprechen wollte. Stattdessen fragte sie, ob sie sich zu ihm setzen dürfe. Er konnte es ihr nicht verwehren, wollte es auch nicht. Er sehnte sich nach ihrer Nähe, obwohl sein Verstand ihm sagte, dass der Abschiedsschmerz dadurch nur noch größer werden würde.

Gerswind betrachtete ihn eine ganze Weile, bevor sie eine Hand auf seinen Arm legte und sagte: »Du musst mich für sehr undankbar halten. Du hast dein Leben für mich gewagt, und ich habe es dir noch gar nicht gedankt. Ich weiß, dass ich tief in deiner Schuld stehe. Aber dies alles ist so verwirrend. Ich brauchte Zeit, um darüber nachzudenken. Und dann kamen die fürchterlichen Träume.« Sie nahm die Hand von seinem Arm und schüttelte sich, als könnte sie die Erinnerung an die Träume, von denen sie gesprochen hatte, auf diese Art loswerden.

»Was sind das für Träume, die dich so erschrecken?«

»Eigentlich ist es immer derselbe Traum. Jede Nacht sucht er mich heim. Ich sehe meinen Vater. Er steht vor der Abtei und wartet auf mich. Ich strecke die Hände nach ihm aus und laufe auf ihn zu. Aber je schneller ich laufe, desto weiter entfernt er sich von mir. Er wird kleiner, immer kleiner und schließlich verschwindet er, ist einfach nicht mehr da.«

»Morgen wirst du deinen Vater sehen, und er wird dich in die Arme schließen.«

»Ich weiß nicht«, sagte sie leise und starrte ins Feuer. »Dieser Traum ängstigt mich. Jede Nacht wird er schlimmer. Je näher wir dem Mondsee kommen, desto schneller entfernt mein Vater sich von mir. Ich habe Angst, dass der Traum morgen zur Wahrheit wird.«

Sie schlang die Arme um ihren Leib. Trotz des wärmenden Feuers schien sie zu frieren, von innen heraus. Am liebsten hätte er sie in seine Arme genommen, um sie zu wärmen und zu trösten und auch um sich an ihrer Nähe zu berauschen. Vor einigen Tagen in der Höhle war er ihr so nah gewesen, wie er es kaum zu hoffen gewagt hatte. Er sehnte sich danach, wieder so eng bei ihr zu sein, wagte aber nicht, Gerswind zu berühren. Vielleicht war es die Nähe der Abtei und Graf Guntrams, die ihn davon abhielt. Weil es ihm bewusst machte, dass jeder Augenblick des Glücks gestohlen war, etwas, das ihm nicht zustand. Nur mit Worten konnte er ihr beistehen: »Iss etwas und versuch zu schlafen, Gerswind. Wir alle sind am Ende unserer Kräfte. Und die Dunkelheit verfinstert das Gemüt. Morgen, im Tageslicht, wirst du deine Ängste vergessen, und alles wird gut werden.«

Sie sah ihn an und lächelte tapfer. »Ja, du hast Recht, Albin, morgen wird sicher alles gut.«

Am nächsten Abend schien Gerswind zu ahnen, mehr noch zu spüren, dass sie sich etwas vorgemacht hatte. Auch Albin glaubte beim Anblick der rußigen Trümmer nicht länger, dass Gerswinds Traum bedeutungslos war.

Die Sonne stand tief, ihr rot leuchtender Ball berührte hinter ihm und seinen Gefährten schon die höchsten, schneeweißen Gipfel. Im blauen Wasser des Mondsees spiegelten sich ihre Strahlen in Form schillernder Streifen – wie zum Schmuck aufgehängter Goldflitter, der im leichten Wind tanzte. Am Ufer dagegen sorgten die länger und länger werdenden Schatten für einen düsteren Eindruck. Wie Dämonen, die sich erst bei Sonnenuntergang aus ihren unterirdischen Höhlen wagten, krochen sie unaufhaltsam auf die Abtei zu, um deren Mauern zu untergraben. Oder das, was von den Mauern noch übrig war.

Als Albin, Gerswind, Findig und die Mischler den bewaldeten Hügel westlich des Klosters erklommen hatten, hatte Albin verdutzt seine Augen gerieben. Er konnte nicht glauben, was er sah, hielt es für eine Sinnestäuschung, hervorgerufen durch das unwirkliche Licht der Abenddämmerung. Aber das Bild veränderte sich nicht. Auch die anderen sahen es. Die Mauer an der Westseite des Klosters war niedergebrannt, war nur noch ein Haufen verkohlter Trümmer. Und das, obwohl ein Großteil der Befestigung aus Stein erbaut war. Das Feuer musste die hölzernen Balken weggefressen und den Stein zersprengt haben.

»Vater!«, schrie Gerswind auf und wollte in wilder Hast den Hügel hinunterlaufen. Albin und Findig konnten sie im letzten Augenblick festhalten. Sie wehrte sich, strampelte, wollte nichts anderes als zu ihrem Vater. »Lasst mich los, ich muss zur Abtei!«

»Ich werde mit dir kommen«, sagte Albin in einem beruhigenden Tonfall. »Aber lass uns vorsichtig sein! Wir wissen nicht, was uns dort erwartet.«

»Schlimmes, fürchte ich«, knurrte Findig. »Wie ich bereits sagte, es wird nichts Gutes zu bedeuten haben, dass Gerswind nur von so wenigen Rotelben bewacht wurde.«

»Wir werden es herausfinden und euch Bericht erstatten«, versprach Albin.

Waldo trat vor und sah ihn durchdringend an. »Das will ich hoffen, sonst gehts deinem Freund Findig schlecht!«

Und schon stürzte sich der massige Ivo auf Findig und warf ihn mit der Wucht seines Aufpralls zu Boden.

Bevor der überraschte Braunelb sich wehren konnte, waren fünf oder sechs weitere Mischler über ihm, entwanden ihm den Dolch und fesselten seine Hände. Dem einäugigen Riesen bereitete es eine besondere Freude, sich an Findig zu rächen. Ivo presste seinen schweren Leib auf den unter ihm Liegenden, bis der vor Schmerz und Atemnot stöhnte und keuchte.

»Hört auf!«, schrie Albin. Er griff nach seinem Dolch und sprang vor, um Findig beizustehen. »Lasst ihn sofort frei!«

Waldo hatte ebenfalls einen Dolch gezogen, ein halbes Schwert schon, und hielt die gezackte Klinge dicht vor Gerswinds Gesicht. »Nicht so hastig, junger Elb. Ein Wort von mir und deine beiden Freunde sind tot. Und keinen Elbenzauber, ich würde es merken!«

»Warum hintergehst du uns?«, fragte Albin, dessen Blicke verwirrt zwischen Findig, Gerswind und Waldo hin und her huschten.

»Ich will nur verhindern, dass ihr mich hintergeht«, erwiderte der Mischler. »Findig ist unsere Geisel. Er bürgt mit seinem Leben dafür, dass du bis spätestens morgen um Mitternacht hierher zurückkehrst. Und dann wirst du uns zu dem Schatz führen, der im Kloster verborgen ist!«

»Das mit dem Schatz stimmt nicht!«, rief Albin. »Wir haben das damals nur erzählt, damit ihr uns gehen lasst.«

Waldo öffnete einen der Lederbeutel, die seine Männer abgelegt hatten. Die Strahlen der versinkenden Sonne, die durch das Geäst der zum Teil entlaubten Bäume fielen, ließen die Schachfiguren aus Rubin und Smaragd funkeln. Er löste einen kleineren Beutel von seinem Gürtel und öffnete auch ihn, enthüllte kleine Edelsteine in allen Formen und Farben.

»Es gibt keinen Schatz, nein? Und was ist damit? Wo das herkommt, da gibts auch noch mehr!«

»Ich sagte doch, das Schachspiel stammt von Abt Manegold«, sagte Albin. »Und die Edelsteine gab uns König Durin mit.«

»Ach ja, ich sollte einen zweiten Beutel erhalten, wenn wir Gerswind wohlbehalten zur Abtei gebracht haben. Nun, wo ist er?«

»Beim König«, ächzte Findig unter der Last des Einäugigen. »Sobald wir bei ihm sind, erhältst du deinen Lohn.«

»Warum nicht jetzt?«

Findig verdrehte die Augen, schien es kaum noch auszuhalten. »Ich habe den zweiten Beutel nicht mitgenommen, damit du einen Anreiz hast, uns vor Schaden zu bewahren.«

Waldo spuckte verächtlich vor Findig aus. »Das sind wilde Geschichten, die du mir erzählst. Glaubst du, ich bin dumm wie ein Mensch, bloß weil ich nicht nur Elben, sondern auch Menschen als Vorfahren habe? Ich weiß, dass ihr den Schatz für euch haben wollt. Durin selbst hat vielleicht ein Auge auf ihn geworfen. Und wehe euch, die Trümmer der Klostermauer bedeuten, dass wir zu spät kommen.« Er wandte sich wieder Albin zu. »Vergiss nicht, morgen um Mitternacht läuft die Frist ab! Dann darf Ivo mit Findig machen, was er will.«

Als der Riese das hörte, stieß er ein freudiges Grunzen aus.

Albins Gedanken kehrten immer wieder zu Findig zurück, während er Gerswind durch buschbewachsenes Land zur Abtei führte. Diesen Weg, der sie nicht in Berührung mit den Höfen der Landpächter und den Hütten der Handwerker brachte, hatte er absichtlich gewählt. Er wollte großes Aufsehen vermeiden und möglichst unbehelligt zum Kloster gelangen. Dort, das ahnte er mehr als deutlich, würden ihn und Gerswind noch genügend Aufregungen erwarten. Es wäre vernünftig gewesen, alle Kräfte und Gedanken auf die bevorstehende Begegnung zu richten, aber seine Furcht um Findig ließ das nicht zu. Obwohl Albin den Braunelb und seine Absichten nicht ganz durchschaute, war Findig ihm nach so vielen gemeinsam bestandenen Abenteuern ans Herz gewachsen. Und mehr als einmal hatte Findig ihm das Leben gerettet. Als nur noch ein freies Feld zwischen ihnen und der Abtei lag, war die Sonne vollends hinter den Berggipfeln versunken. Dämmerschatten beherrschten das ganze Land und verwandelten die Klostermauern in eine große Ansammlung verschwimmender, undeutlicher Formen. Albin hätte sich dem Kloster am liebsten allein und ganz vorsichtig genähert, um herauszufinden, was hier vorgefallen war. Aber die Ungeduld des Mädchens ließ das nicht zu. Gerswind war immer schneller gegangen, fast schon gelaufen. Und jetzt, wo Albin sich ins Gras kauerte und spähend zur Abtei hinübersah, zerrte sie an seinem Arm. Er konnte die Sorge gut nachempfinden, die sie um ihren Vater hatte und die vielleicht noch größer war als sein Bangen um Findigs Schicksal.

Also gab er nach und lief zusammen mit ihr auf das Kloster zu. Er hoffte, die Dämmerung würde sie vor neugierigen Blicken verbergen und ihnen ermöglichen, ohne großes Aufsehen auf das Gelände der Abtei zu gelangen. Er wollte versuchen, sich mit Graman in Verbindung zu setzen, um zu verhindern, dass Wenrichs Männer sich auf ihn stürzten wie ein ausgehungertes Wolfsrudel auf die lang ersehnte Beute.

Doch genau das geschah. Plötzlich rannten aus einem Seitentor direkt neben dem zerstörten Teil der Mauern sechs, sieben, acht Soldaten des Vogts hervor. Fackelschein blendete Albin und Gerswind, die Klingen von Schwertern und Speeren richtete sich gegen sie, kreisten sie ein.

»Das ist ja ein hübscher Fang, der Vogt wird erfreut sein.« Die Stimme gehörte dem Hauptmann Volko, der mit gezücktem Schwert in den Kreis der Soldaten trat.

Obwohl Albin und Gerswind protestierten, wurden sie voneinander getrennt. Ein Soldat stieß den Findling zu Boden und band dessen Hände auf den Rücken. Albin dachte daran, dass es Findig kurz zuvor ähnlich ergangen war. Auf ihrem Unternehmen schien ein Fluch zu liegen. Die Soldaten brachten Albin und Gerswind ins Kloster, wo ihr unerwartetes Erscheinen schnell einen Menschenauflauf hervorrief. Albin vermochte nicht zu sagen, wem mehr ungläubige Blicke galten, ihm oder Gerswind. Mit keinem von ihnen hatte man hier in der Abtei gerechnet. Besorgt registrierte er die Feindseligkeit, die ihm aus vielen Blicken und auch aus manch bösem Zuruf entgegenschlug. »Verräter« war noch die mildeste Bezeichnung, mit der ihn viele von denen bedachten, die mit ihm zusammen noch vor kurzem auf den Feldern gearbeitet hatten. Im Kloster musste etwas vorgefallen sein, das die Menschen in eine ungnädige Stimmung gegenüber dem Findling versetzt hatte. Plötzlich bereute er, dass er so leichtfertig zu dem Ort zurückgekehrt war, von dem er nur unter Lebensgefahr hatte fliehen können.

Er war etwas erleichtert, als die Soldaten ihn und Gerswind von der zornigen Menge wegführten und in ein kleines Steinhaus brachten, in dem es stark nach Feuer und Teig roch: die Hostienbäckerei. Obwohl hier zurzeit nicht gebacken wurde, ging eine unnatürliche Hitze von dem großen Ofen aus. Die Backstube hatte nur einen Zugang und davor bauten sich die Soldaten auf, während Volko davoneilte.

Bei seiner Rückkehr wurde er von Vogt Wenrich, Abt Manegold und Dekan Ursinus begleitet. Wenrich hatte sich einen Bart wachsen lassen und Albin ahnte den Grund: Der Vogt wollte die Brandnarbe verbergen, die der Findling ihm zugefügt hatte.

»Endlich kommt ihr«, rief Gerswind ihnen entgegen. »Sorgt dafür, dass Albin von seinen Fesseln befreit wird! Warum wird er wie ein Übeltäter behandelt? Ohne ihn wäre ich noch immer eine Gefangene in den Bergen.«

»Wirklich?«, entfuhr es Manegold und deutlicher noch als seine Stimme kündete sein misstrauisch auf Albin ruhender Blick von seinen Zweifeln.

»Falls die edle Gerswind dies glaubt, muss sie einer Täuschung unterliegen«, gab Wenrich zu bedenken und wies verächtlich auf Albin. »Das Nebelkind hat ihr etwas vorgemacht, sie vielleicht gar mit einem Elbenzauber belegt, der ihre Sinne trügt.«

»Albin – ein Nebelkind?« Gerswind sah erst den Findling fragend an, dann den Vogt. »Was meinst du damit?«

»Das hat er dir nicht gesagt?« Wenrich schien belustigt. Er winkte zwei Soldaten vor und rief: »Zeigt es ihr!«

Grob rissen die Männer Albin abermals zu Boden, um Stiefel und Strümpfe von seinen Füßen zu zerren.

Ungläubig starrte Gerswind auf die nackten, vierzehigen Elbenfüße.

Albin fühlte sich gedemütigt. Und er schalt sich dafür, dass er Gerswind nicht längst die Wahrheit über sich erzählt hatte. Doch waren sie kaum dazu gekommen, sich zu unterhalten. Einmal während des langen Marsches hatte Gerswind ihn gefragt, was er bei den Nebelkindern mache. Er hatte ihr geantwortet, er habe sich den Elben angeschlossen, um sie zu befreien, und sie hatte sich damit begnügt. Gestern am Lagerfeuer hatte er ihr die Wahrheit sagen wollen. Da hatte sie sich, bevor sie ihren Schlafplatz aufsuchte, nach der Brandnarbe auf seiner Wange erkundigt. Doch dann hatte er befürchtet, dass Gerswind in ihm nur noch eins jener seltsamen Wesen sehen würde, die sie verschleppt hatten. Deshalb war er der Antwort ausgewichen und hatte gesagt, er habe sich die Narbe auf dem Weg in die Berge zugezogen, was in gewisser Weise auch stimmte.

»Dass Gerswind nichts von der wahren Natur des Rabenfußes wusste, beweist, dass er ein falsches Spiel mit ihr getrieben hat!«, triumphierte der Vogt.

Gerswind hatte ihre Überraschung überwunden und sagte mit lauter Stimme: »Albin will mir nichts Böses. Er und seine Gefährten haben mich gerettet!«

»Seine Gefährten?«, wiederholte Wenrich höchst interessiert. »Wer sind sie? Und vor allen Dingen, wo sind sie?«

Albin warf Gerswind einen warnenden Blick zu.

Sie begriff und sagte: »Ich weiß nicht, wo sie sind. Irgendwo in den Bergen haben wir uns von ihnen getrennt.«

»Waren es Nebelkinder?«, fragte der Vogt.

»Ja«, antwortete Gerswind. »Und jetzt bringt mich bitte zu meinem Vater! Er wird sich nicht minder als ihr für das interessieren, was mir widerfahren ist.«

Manegold und Ursinus zeigten betretene Gesichter, während Wenrich mit unbewegter Miene sagte: »Folge mir, Gerswind, ich werde dich zu deinem Vater bringen.«

»Albin soll mitkommen«, verlangte sie. »Und löst endlich seine Fesseln!«

»Die Fesseln bleiben«, bestimmte der Vogt. »Aber er soll meinetwegen mit uns gehen.«

Begleitet und – was Albin betraf – auch bewacht von Wenrichs Soldaten traten sie nach draußen. Der Vogt schritt voran, geradewegs zum Kirchhof, wo er zielstrebig zwischen den Gräberreihen hindurchging, bis er zu dem Grab Graf Chlodomers kam, das von einem besonders großen Steinkreuz geschmückt wurde. Zwei frische Gräber, noch ohne Kreuz oder Grabstein, waren nebenan hinzugekommen.

Vor einem blieb Wenrich stehen und sagte mit kalter Stimme zu Gerswind: »Hier liegt dein Vater, den die Nebelkinder ermordet haben.«

Gerswind sah auf das Grab und starrte dann den Vogt an, als habe er sich einer fremden, unverständlichen Sprache bedient.

»Es geschah vor drei Nächten«, erklärte Wenrich.

»Die Abtei lag in friedlichem Schlaf, als plötzlich laute Feuerrufe durch die Nacht hallten. Die Westmauer stand in Flammen, die mit dämonischer Kraft wüteten. Kein Feuer, das ich kenne, kann einen aus Stein erbauten Wall derart schnell und vollständig auffressen. Der Brand muss Teufelswerk gewesen sein.« Bei dieser Bemerkung ruhte sein Blick finster auf

Albin, dann fuhr der Vogt fort: »Alles, jeder Mann und jede Frau, eilte zur Westmauer. Die war nicht mehr zu retten, aber das Übergreifen der Flammen auf die gesamte Abtei musste verhindert werden. Die Glocke schrie einen Hilferuf an die Menschen in den Höfen, in der Handwerkersiedlung und im Fischerdorf am See hinaus. Viele Stunden kämpften wir alle darum, die Abtei vor der vollständigen Vernichtung zu bewahren, und es gelang. Im Morgengrauen sanken viele erschöpft zu Boden und erst spät merkten wir, dass der Brand nur ein Ablenkungsmanöver gewesen war. Während sämtliche Wachen mit dem Löschen beschäftigt waren, schlichen die Nebelkinder heimlich ins Gästehaus und töteten Graf Guntram. Wir fanden ihn leblos neben seinem Bett, erdrosselt. Eine heimtückische Art des Tötens, wie sie den Nebelkindern zu eigen ist.«

»Auch Menschen können andere Menschen erdrosseln«, widersprach Albin.

Wenrich legte eine Hand auf Volkos Schulter. »Mein wackerer Hauptmann hier hat in der Brandnacht ein paar kleine Gestalten zum Gästehaus huschen sehen. Doch er glaubte an eine Sinnestäuschung, hervorgerufen durch die Hitze und den Rauch. Sonst hätten wir Graf Guntram vielleicht retten können. Außerdem hatten nur die Nebelkinder einen Grund, ihn zu töten. Entgegen seiner ursprünglichen Absicht hat Guntram mit seinen Männern die Abtei nicht verlassen. Die Suche nach seiner verschwundenen Tochter, von der er entgegen jeder Vernunft nicht ablassen wollte, hat das Elbenvolk in Bedrängnis gebracht.«

Gerswind schüttelte langsam den Kopf und murmelte: »Ich glaube nicht, dass er tot ist, ich glaube es nicht.«

Sie begann zu schwanken wie ein Baum, der kurz davor stand, unter der Gewalt eines Sturmwinds umzuknicken. Albin wollte sie stützen, doch mit gefesselten Händen war das nicht möglich. Eine große, bärtige Gestalt drängte sich durch die Soldaten nach vorn und hielt Gerswind fest. Es war der Nordmann Arne. Seine Bewegungen verrieten Kraft und Gewandtheit, er schien von seinen Verwundungen weitgehend genesen.

»Was der Vogt über deinen Vater gesagt hat, stimmt leider, Herrin«, sagte er. »Ich war dabei, als sein Leichnam an dieser Stelle bestattet wurde. Das war gestern, und danach hat Hauptmann Grimald mit seinen Soldaten und allen Mitgliedern unserer Gesandtschaft das Kloster verlassen, um dem König in Regensburg Bericht zu erstatten. Nur ich blieb hier, weil ich nicht glaubte, dass du tot bist.«

»Tot...«, flüsterte Gerswind und starrte auf das Grab ihres Vaters. Noch immer schien sie sich mit seinem Tod nicht abfinden zu können.

Albin zeigte auf das andere frische Grab. »Wer liegt hier begraben?«

Ursinus bedachte ihn mit einem mitfühlenden Blick. »Das zweite Mordopfer der Nebelkinder, in der Brandnacht auf dieselbe Weise getötet wie Graf Guntram.«

»Wer ist es?«, fragte Albin, den eine unheilvolle Ahnung beschlich.

Der Dekan zögerte, bevor er leise sagte: »Bruder Graman.«

Ein bedrückenderes Gefängnis hätte Wenrich sich für Albin kaum ausdenken können. Um ihn herum lagen Werkzeuge und Steinblöcke, aus denen der Steinmetz die Grabsteine und Kreuze für die Gräber auf dem Kirchhof anfertigte. Ein Kreuz war in groben Umrissen aus dem hellem Stein gehauen, das letzte Gedenken an Graf Guntram oder an Graman. Albin fühlte sich wie bei lebendigem Leib begraben. Vielleicht hätte er seine Fesseln mit Hilfe der Werkzeuge durchtrennen können, wäre er nur an sie herangekommen. Aber er war mit dem Rücken an einen schweren Steinblock gebunden, der es ihm unmöglich machte, sich von der Stelle zu bewegen. Er konnte sich noch nicht einmal hinlegen, um etwas auszuruhen. Manchmal dämmerte er im Sitzen vor sich hin, aber ein richtig tiefer Schlaf war es nicht. Dafür war Albin auch viel zu aufgeregt, zu besorgt. Länger als vierundzwanzig Stunden hockte er schon hier. Längst hatte die Glocke zur Komplet, dem Nachtgebet, gerufen. Bald musste die Frist verstrichen sein, die Waldo ihm gesetzt hatte, und Findigs Leben war verwirkt.

Während Albin vergeblich versuchte, durch reibende Bewegungen seiner Arme die dicken Fesseln an den Kanten des Steinblocks zu zerfasern, dachte er über den zweifachen Tod nach, der die Abtei heimgesucht hatte. Wenrich hatte Unrecht: Nicht bloß die Elben hatten Grund, Graf Guntram zu töten. Der Vogt selbst hatte den ostfränkischen Gesandten dafür gehasst, dass Guntram Wenrichs Hunde hatte töten lassen. Und er hatte auch Grund gehabt, Graman zu hassen. Der Mönch hatte in der Nacht vor Albins Flucht aus der Abtei verhindert, dass Wenrich seinen Hass auf den Findling mit weiteren Quälereien austobte.

Glockengeläut ließ Albin zusammenfahren. Die Zeit der Mette war gekommen und das bedeutete zugleich, dass Mitternacht drei Stunden zurücklag.

Er hatte Waldos Bedingung nicht erfüllt. Ein seltsamer Laut, einem Aufstöhnen ähnlich, verstörte Albin. War der Wachtposten draußen vor der Tür eingeschlafen und hatte einen schlechten Traum gehabt?

Die Tür wurde entriegelt und ein Stück aufgezogen. Kein Soldat trat ein, sondern der Nordmann. Er kniete sich neben Albin und begann dessen Fesseln aufzuschneiden.

»Endlich kann ich dir vergelten, was du für meinen Bruder getan hast«, flüsterte er. »Und für meine Herrin.«

»Was ich für Gerswind tat, geschah nicht dir zu Gefallen, sondern ...«

»Weil du sie liebst, ich weiß.«

»Das weißt du?«

»Wer weiß es nicht?«, brummte Arne, ohne seine Arbeit zu unterbrechen.

»Gerswind.«

»Sie ahnt es zumindest und empfindet für dich nicht weniger als du für sie.«

»Was sagst du? Willst du mich verhöhnen?«

»Du magst mich für einen rauen Kriegsmann halten, für einen ungeschlachten, geistlosen Riesen aus dem kalten Norden. Aber ich bin nicht so dumm, menschliche Gefühle nicht zu erkennen. Als Gerswind mich bat, dir zu helfen, lag in ihren Worten und in ihren Augen nicht nur die Sorge um den Retter. Da war mehr, und es ist gut so. Der Kummer um den Tod ihres Vaters würde sie sonst auffressen.«

Was der Nordmann über Gerswinds Gefühle für Albin sagte, überschwemmte ihn mit einer Woge des Glücks. Doch das hielt nicht lange an. Seine Situation ließ ihm keine Zeit zur Freude. Und eine bestimmte

Frage drängte sich in den Vordergrund: »Was denkst du, Arne, wer den Grafen und Graman getötet hat?«

»Alles deutet auf solche von deiner Art hin, auf Kinder des Nebels. Mehr weiß ich nicht.«

Endlich war Albin frei. Mit Arnes Hilfe stand er auf und streckte die eingeschlafenen Gliedmaßen. Sie traten nach draußen. Vor der Steinmetzhütte saß der Wachtposten zusammengesunken an der Wand.

»Ein Schlag auf den Hinterkopf und er fiel in tiefen Schlaf«, sagte der Nordmann. »Er war ohnehin fast eingenickt, hat mich nicht gesehen und nicht gehört.« Vor ihnen lag das nachtdunkle Gräberfeld des Friedhofs. Unwillkürlich blickte Albin zu der Stelle mit den beiden frisch ausgehobenen Gräbern. Gramans Verlust quälte, schmerzte ihn. Albin hätte alles, auch sein Leben, dafür gegeben, hätte er den Tod des Ziehvaters ungeschehen machen können. Als die Grabsteine in Bewegung gerieten, stockte ihm der Atem. Dann erkannte er, dass es nicht die Steine und Kreuze waren, sondern Gestalten, die über den Friedhof schlichen.

»Die Mischler!«, stieß er leise hervor, als er ihre Umrisse erkannte.

»Du kennst sie?«, fragte der Nordmann.

»Ja, leider.«

Albins Worte gingen in plötzlich aufbrausendem Lärm unter, in schnellen Schritten, lauten Schreien und metallischem Waffenklirren. Von allen Seiten liefen Soldaten auf den Kirchhof, Waffen und Fackeln in den Händen. Sie mussten auf der Lauer gelegen haben. Albin begriff, dass er ein Köder gewesen war. Als Gerswind Albins Gefährten erwähnt hatte, musste in Wenrich der Plan gereift sein, diese in eine Falle zu locken. Die Soldaten hatten sich in den Hinterhalt gelegt und darauf gewartet, dass Albins Begleiter ihn zu befreien versuchten.

Er und Arne wurden Zeugen eines verzweifelten, ungleichen, blutigen Kampfes. Die Mischler waren hervorragende Krieger, aber Wenrichs Männer hatten zwei Vorteile auf ihrer Seite: das Überraschungsmoment und ihre schiere Übermacht. Auf einen Mischler kamen fünf oder sechs Soldaten. Ein Mischler nach dem anderen fiel unter Schwertstreichen und Speerstößen, tränkte den Kirchhof mit warmem Blut. Vergeblich hielt Albin nach Findig Ausschau. Falls der Braunelb sich bei den Mischlern befand, war er in dem Gewimmel hauender, stechender und zusammenbrechender Gestalten nicht auszumachen.

»Weg hier, solange Wenrichs Männer noch mit diesen seltsamen Mischlern, wie du sie nennst, beschäftigt sind!«, drängte Arne. »Ein besseres Ablenkungsmanöver hätten wir uns nicht wünschen können.«

Nur widerwillig folgte Albin dem Nordmann. Mehrmals sah er über die Schulter zurück, ob er Findig nicht doch erspähen konnte. Dabei wusste er nicht einmal, ob er es sich wünschen sollte. Wenn Findig auf dem Kirchhof war, würden die Soldaten ihn unweigerlich niedermachen. Hatten die Mischler ihn aber nicht mitgebracht, dann war er vielleicht schon seit Stunden tot.

Arne führte ihn zur niedergebrannten Westmauer und stellte zufrieden fest: »Alle Wachen sind zum Kirchhof geeilt, um in den Kampf einzugreifen. Sieh zu, dass du so schnell wie möglich von der Abtei wegkommst.«

»Und du?«

»Ich bin nicht in Gefahr. Und selbst wenn, mein Platz ist bei meiner Herrin.«

»Auch ich ...«

»Ich weiß, dass du dein Leben für Gerswind geben würdest. Aber wenn dir etwas zustößt, verlässt sie der letzte Rest Lebensmut. Du musst dich retten, auch für sie!«

Die sich überstürzenden Ereignisse ließen Albin keinen klaren Gedanken fassen. Nur eins wusste er: Er konnte nicht hier stehen bleiben. Also bedankte er sich bei Arne, kletterte über die Mauertrümmer und lief in die Nacht hinaus, nach Westen. Sein Ziel war der Hügel, auf dem er die Mischler zurückgelassen hatte – und Findig.

»Suchst du mich?«

Als die Stimme in seinem Rücken erscholl, blieb Albins Herz für einen Augenblick stehen. Vorsichtig hatte er den bewaldeten Hügel erklommen, um mögliche Bewacher Findigs nicht zu warnen. Und jetzt stand der Braunelb plötzlich hinter ihn und schien putzmunter zu sein.

»Freut mich, dass es dich freut, dass ich noch lebe«, sagte Findig, der seine Gedanken gelesen hatte. »Als es auf Mitternacht zuging, hatte ich Zweifel, ob es einen neuen Tag für mich geben würde. Waldo hat ganz schön getobt, weil du nicht gekommen bist.«

Die Worte kränkten Albin, der alles versucht hatte, um sich rechtzeitig zu befreien.

»Ich wäre gekommen, wenn ich gekonnt hätte«, sagte er und berichtete von den Ereignissen in der Abtei. »Wie kommt es, dass du frei bist?«

»Bedank dich bei Waldo, der einen lebendigen Findig für nützlicher hielt als einen toten. Er brach mit seinen Leuten zur Abtei auf, um dich zu suchen – und den Schatz natürlich. Zu meiner Bewachung ließ er Ivo zurück. Waldo mag meinen Elbenkräften gewachsen sein, Freund Einauge aber ist es nicht. Daran hätte Waldo denken sollen. Ich ließ ein paar Ungeheuer aus der Nacht hervorkriechen und hetzte Ivo so lange hin und her, bis er vor einen Baum lief und sich selbst ins Reich der Träume schickte. Mit seinem Dolch durchschnitt ich meine Fesseln. Und dann kamst auch schon du.«

Er zeigte Albin den ohnmächtigen Ivo, den eine mächtige Schürfwunde an der Stirn verunzierte.

»Was machen wir mit ihm?«, fragte Albin.

»Gar nichts. Er kann uns nicht nützen und nicht schaden, wenn wir ihn hier einfach zurücklassen.«

»Zurücklassen? Was hast du vor?«

»Was wohl? Auf Kundschaft gehen. Wir müssen herausfinden, was in der Abtei vor sich geht!«

Der zweirädrige Karren rollte gemächlich durch eine schmale Senke, deren Ränder dicht mit hohen Moorbirken bewachsen waren. Unvermittelt blieb das hellbraune Zugpferd stehen, schaute angestrengt nach vorn, spitzte die Ohren und stieß ein schrilles Wiehern aus. Der füllige Mann, der gedankenversunken auf dem Bock gesessen hatte, hob den Kopf und sah das Tier aus schmalen Augen an, verwirrt und missgestimmt über den ungewollten Aufenthalt. Es war ein langer, harter Tag gewesen. Alle verfügbaren Männer aus dem Umland waren in der Abtei zusammengekommen, um den Trümmerschutt der Westmauer wegzuräumen. Morgen würden sie damit beginnen, das Zerstörte wieder aufzubauen. Bevor der Winter das Land in Eis und Frost erstarren ließ, sollte die Befestigung zumindest notdürftig wiederhergestellt sein. Denn der Winter trieb die hungrigen Wölfe aus den Wäldern zu den Ansiedlungen der Menschen.

Die Glieder des Mannes schmerzten und sein Magen krampfte sich vor Hunger zusammen. Er freute sich auf sein Heim und auf eine warme Suppe, in der vielleicht sogar ein paar kleine Fleischstücke schwammen. Für das offenbar grundlose Anhalten seines Pferdes hatte er wenig Verständnis und versuchte, das Tier erst mit ermunternden Zurufen, dann mit harschen Flüchen anzutreiben. Aber nach zwei, drei zögernden Schritten blieb der Hellbraune wieder stehen und wieherte schrill. Es klang wie ein Warnruf.

Es dämmerte bereits und hier in der Senke gab es mehr Schatten als Licht. Auch ein gottesfürchtiger Mann mied besser die Dunkelheit, besonders am Mondsee. Die jüngsten Ereignisse hatten gezeigt, dass in den zerklüfteten Bergen ringsum Wesen hausten, die wie aus dem Nichts auftauchten, um Tod und Vernichtung zu bringen, mochten es nun Nebelkinder sein oder die seltsamen Gestalten, die das Kloster in der vergangenen Nacht angegriffen hatten.

Mürrisch und ein wenig ängstlich zugleich stieg der Mann ab, ging nach vorn und fasste ins lederne Zaumzeug. »Was hast du nur?«, fragte er, dem Zugtier zugewandt, mit eindringlicher Stimme. »Kriegst wohl den Altersstarrsinn, wie? Soll ich dich nach Hause ziehen?«

»Übernimm dich nicht, Barthel«, sagte Findig, der zusammen mit Albin hinter einem Stachelbeerstrauch lag. »Dein Klepper ist noch frischer, als du meinst. Er hat uns immerhin bemerkt. Hätten wir dunkle Absichten gehegt, wärst du ohne ihn ahnungslos in die Falle getappt.«

Sie erhoben sich aus ihrem Versteck und traten zu dem Barschalk, der ihnen verwundert entgegensah. Erneut wirkte sein Blick, der hinauf zu den Anhöhen glitt, furchtsam.

»Keine Bange, niemand kann uns hier sehen«, beruhigte ihn Findig. »Gerade deshalb haben wir diesen Ort gewählt, um auf dich zu warten.«

Ein widerwilliges Zucken ging durch Barthels Gesicht. Das Zusammentreffen schien ihm unangenehm zu sein. Albin verstand ihn gut. Schon als Barthel ihn und Findig aus der Abtei geschmuggelt hatte, hatte er sein Leben für die beiden gewagt. Wenn jemand sah, dass er sich hier mit den Eiben unterhielt, von denen einer gestern noch ein Gefangener des Vogts gewesen war, konnte das für Barthel sehr unangenehme Folgen haben.

Findig legte den Kopf nach hinten und sah den Barschalk offen an. »Wir benötigen noch einmal deine Hilfe.«

»Was ... soll ich tun?«, fragte Barthel ohne jede Begeisterung.

»Nur ein paar Fragen beantworten. Was hat sich seit letzter Nacht im Kloster ereignet?«

»Oh, so einiges«, seufzte Barthel.

»Ein bisschen genauer hätten wirs schon gern«, meinte Findig. »Was geschah mit den Eindringlingen, denen Wenrichs Männer aufgelauert haben?«

»Von denen haben nur wenige überlebt.«

»Ist ihr Anführer darunter, ein gewisser Waldo? So ein hagerer Kerl, hat ein Gesicht wie dein Klepper und Zähne wie ein Wolf.«

»Ich habe die Gefangenen nicht gesehen. Aber ich habe gehört, dass Wenrich ihnen gehörig zugesetzt hat. Zumindest einer muss geredet und das Lager seiner Leute verraten haben. Noch vor dem Morgengrauen ist Volko mit einem Reitertrupp losgeprescht. Sie fanden aber nur einen Mann vor, einen Einäugigen, der wie der Teufel gekämpft hat.«

»Muskeln ersetzen bei Ivo das Gehirn«, brummte Findig.

Barthel war erstaunt. »Du kennst das Einauge?«

»Flüchtig. Was geschah mit ihm?«

»Was mit seinem Leib geschah, weiß ich nicht. Den Kopf brachte Volko in die Abtei. Ein paar Mönche beschimpften den Hauptmann für dieses unchristliche Verhalten, aber Wenrich nahm ihn in Schutz. Er sagte, die Mörder von Graf Guntram und Nonus Graman hätten nichts anderes verdient.«

»Wenrich hat in ihnen die Mörder erkannt?«, fragte Findig. »Wie das?«

»Na, sie hatten doch die wertvollen Schachfiguren bei sich, die Abt Manegold bei dem Überfall vor ein paar Nächten geraubt worden sind.«

»Hat der Abt das gesagt?«, wunderte sich Albin.

»Aber ja doch.«

Die beiden Nebelkinder wechselten bedeutungsvolle Blicke, und Albin sagte lautlos zu seinem Gefährten: *Da stimmt etwas nicht! Die Figuren müssen Manegold schon viel länger fehlen. Aber wieso lügt er? Was hat er davon, die Schuld den Mischlern in die Schuhe zu schieben?*

Findig bedachte ihn mit einem knappen, auf Barthel wie beiläufig wirkenden Lächeln. *Du stellst die richtigen Fragen, Albin. Sobald wir die passenden Antworten haben, sind wir der Aufklärung des ganzen Rätsels ein gutes Stück näher gekommen.*

Albin wandte sich an Barthel. »Wie geht es Gerswind? Sträubt sie sich noch immer, an den Tod ihres Vaters zu glauben?«

»Keine Ahnung. Aber eins ist mal sicher, sie sollte sich besser Gedanken um ihren eigenen Tod machen.«

»Was?«, keuchte Albin erschrocken. »Wieso?«

»Weil ihr heute der Prozess gemacht wurde. Sie und der Nordmann sollen am Tag der heiligen Cäcilia hingerichtet werden.«

»Hingerichtet?« Albin fühlte sich, als hätte man ihm den Boden unter den Füßen weggezogen. Endlich hatte er Gerswind in Sicherheit geglaubt, und nun das! Er packte Barthel an den Armen und schüttelte ihn. »Das kann nicht sein!«

»Such die Schuld nicht bei mir, sondern bei dem Nordmann, der dich aus der Steinmetzhütte befreit hat, Albin. Ein Knecht, vom Kampflärm auf dem Kirchhof aufgescheucht, hat gesehen, wie der Wikinger dich zur niedergebrannten Mauer gebracht hat. Graf Guntrams Tochter wollte ihn schützen und hat die Schuld auf sich genommen. Sie sagte, sie habe dem Nordmann befohlen, dich zu befreien. Das war Wasser auf Wenrichs Mühlen. Er hat Gerswind beschuldigt, sich mit euch ... ich meine, mit den Elben eingelassen zu haben. Er sagt, wenn sie sich so für ein Kind des Nebels einsetzt, habe sie gewiss widernatürlichen Umgang mit ihm gehabt. Sie wurde als Elbentrötsche verurteilt und der Nordmann als ihr Helfer.«

Eine Elbentrötsche! Eine, die mit den Nebelkindern, mit heidnischen Wesen der Finsternis, buhlte. Albin konnte kaum fassen, dass Wenrich damit durchgekommen war.

»Hat niemand Gerswind in Schutz genommen, auch nicht der Abt?«, fragte er verzweifelt.

»Ich war bei der Verhandlung nicht zugegen, musste beim Wegräumen der Brandtrümmer helfen. Aber da Gerswind verurteilt wurde, kann Manegolds Widerspruch nicht allzu heftig ausgefallen sein.«

»Dann müssen wir Gerswind befreien!«, brach es aus Albin hervor.

»Halt mich meinetwegen für feige, aber bei der Sache bin ich nicht dabei«, sagte Barthel mit unverhohlener Furcht. Er sah Albin an, als habe der vorgeschlagen, den Lauf der Sonne aufzuhalten. »Wenrich wartet doch nur darauf, dass du diesen Versuch unternimmst. Das Ganze ist nicht weniger eine Falle als deine eigene Gefangennahme.«

Findig nickte und heftete seinen Blick auf Albin. »Barthel ist ebenso vorsichtig wie klug. Er hat Recht, Wenrich will seinen entsprungenen Gefangenen zurückhaben.«

»Trotzdem muss ich es versuchen!«, sagte Albin. »Ich bin es gewesen, der Gerswind in diese Lage gebracht hat.«

»Mag sein, mag sein, reden wir später darüber. Aber unseren Freund Barthel wollen wir nicht in Gefahr bringen.« Findig wandte sich wieder dem Barschalk zu. »Setz deinen Weg fort und vergiss, dass du uns begegnet bist!«

»Nichts lieber als das.« Barthel stieß einen tiefen Seufzer der Erleichterung aus und stieg auf seinen Karren.

Als das Gefährt ruckelnd aus der Senke rollte, sagte Findig zu Albin: »Barthel ist ein gutherziger Kerl, aber es ist besser, ihn nicht in unsere Pläne einzuweihen.«

»Was für Pläne?«

»Um deine Gerswind zu retten. Wir zwei allein werden es nicht schaffen, Wenrichs Absichten zu durchkreuzen. Der Vogt wird zu gut auf einen solchen Handstreich vorbereitet sein. Bis zum Tag der heiligen Cäcilia bleibt uns Zeit genug, König Durin aufzusuchen. Diesmal darf er uns seine Hilfe zu Gerswinds Rettung nicht verwehren.«

13

Das Fest im Thronsaal der Elbenburg verwirrte die Sinne. Trotz des ernsten Anlasses, der ihn und Findig zurück in König Durins Reich geführt hatte, konnte Albin nicht anders, als sich immer wieder staunend umzusehen. Auch dieser nicht enden wollende Saal schien natürlich gewachsen, wie die Wände aus borkiger Rinde belegten. Eine Phalanx von Bäumen stand so dicht beisammen, dass der Eindruck geschlossener, wenn auch mit Unebenheiten und Einbuchtungen versehener Wände entstand. Weitere Bäume wuchsen mitten im Saal empor, was an den Burgwald erinnerte, in dem Albin dem Braunelbenkönig zum ersten Mal begegnet war. Die Stämme dieser Bäume waren, wie auch die Wände, mit unzähligen Edelsteinen gespickt. An den Ästen hängende Öllampen beleuchteten den Saal und die Edelsteine warfen das Licht mit bunt leuchtendem Schimmer zurück. Mit Kräutern angereicherte Öle in den Lampen tränkten die Luft mit einem schweren, berauschenden Duft. Die Blätter der Bäume waren mit Gold- und Silberfarbe bemalt und hoch oben in den Kronen saßen Musikanten, deren Flöten, Schellen, Rasseln und Trommeln den Raum mit einem getragenen Rhythmus erfüllten.

Noch langsamer als der Takt der Musikanten bewegte sich die Schlange der Nebelkinder vorwärts. Ihr Ziel war der Thron, an dem Würdenträger aller drei Elbenstämme Durin ihre Huldigung zum fünfzehnten Jahrestag seiner Thronbesteigung darbrachten. Höflinge und Soldaten, Abgesandte der Bauern und Handwerker, alle hatten ihre kostbarsten Gewänder angezogen und warteten darauf, König Durin ihre Gaben zu Füßen zu legen. Es waren so viele Nebelkinder, die gewundene Schlange so lang, dass Albin und Findig den Thron nicht einmal sehen konnten. Irgendwo hinter den mitten im Saal wachsenden Bäumen musste er stehen.

Die beiden Gefährten waren auf dem Albin bereits bekannten Weg glücklich ins Tal der Braunelben gelangt, doch kamen sie zu einer ungünstigen Zeit. Die Höflinge wollten sie nicht zu Durin vorlassen, weil der Herrscher ganz von den Vorbereitungen für die große Feier in Anspruch genommen war. Sich in die Schlange der Gratulanten einzureihen war zwar ein zeitraubender Weg, aber der einzig mögliche, um heute noch zu Durin zu gelangen.

Endlich kam der Thron in Sicht und der Anblick steigerte Albins Erstaunen noch. Durin saß inmitten der Krone einer alten Eiche, die so breit war, dass sie aus mehreren zusammengewachsenen Bäumen bestehen musste. Es war die Königseiche, wie ein Höfling hinter Albin den Baum nannte. Eine mehrfach gewundene Treppe aus ineinander verschlungenen Ästen führte zum Thron hinauf und auf der anderen Seite wieder hinunter. Der Herrschersitz selbst schien aus natürlich zusammengewachsenen Ästen zu bestehen, die mit vergoldeten Eichenblättern verziert waren. Auch Durins weites Gewand war mit solchen Goldblättern besetzt, was aussah, als wachse der Mantel und mit ihm auch sein Träger geradewegs aus der Krone der Königseiche.

Einer nach dem anderen stiegen die Gratulanten zum Thron empor. Durins Höflinge, die rund um ihren Herrscher standen, nahmen die Geschenke entgegen und verstauten sie irgendwo hinter dem golden glitzernden Sessel. Vor Albin und Findig stand eine Abordnung der Braunelbenschmiede, deren Gabe ein wertvolles Schwert war, am Griffstück vom Knauf bis zur Parierstange mit Türkisen besetzt. Mit erstaunten bis unmutigen Blicken nahmen Durins Höflinge zur Kenntnis, dass Albin und Findig kein Geschenk bei sich trugen. Mehr noch, in ihrer von den vielen Abenteuern und dem langen Marsch verschmutzten und zerrissenen Kleidung fielen sie inmitten all der edel gewandeten Nebelkinder auf wie zwei schmucklose Raben in einer Schar bunt gefiederter Eisvögel. Besonders jetzt, wo sie für alle sichtbar auf der Königseiche standen. Schon begannen die anderen Gratulanten über die beiden seltsamen Gestalten zu tuscheln.

Einer von Durins Höflingen, in ein langes blaues Gewand gehüllt, beugte sich vor und zischte: »Was sucht ihr hier? Habt ihr nicht mal ein Geschenk?«

Findig beachtete ihn gar nicht. Dem Herrscher zugewandt, verneigte er sich und sagte: »Wir entbieten unsere Glückwünsche dem König der Braunelben. Unsere Gabe kann man nicht mit Händen tragen, aber sie ist wertvoller als das funkelndste Schwert.«

Ein Lächeln verschob die zahllosen Falten in Durins Gesicht. »Mach es nicht so spannend, Findig. Was hast du mir mitzuteilen?«

»Einiges und es sind nicht die besten Nachrichten. Wir kommen geradewegs vom Mondsee zu dir.«

»Und? Habt ihr die Tochter des Grafen zurückgebracht?«

»Ja, mein König. Aber leider sieht es so aus, als hätte das die Schwierigkeiten nur vermehrt.«

Der blau gewandete Höfling mischte sich ein. »Verzeih, königlicher Herrscher, aber jetzt ist nicht die Zeit für lange Gespräche. Wir sollten König Amon und Königin Amura nicht warten lassen.«

»Jergo hat Recht, das Zeremoniell verlangt es«, sagte Durin ein wenig missmutig zu Findig. »Wir sprechen später miteinander, wenn ich das Vogelnest hier oben verlassen habe.«

Findig und Albin blieb nichts anderes übrig als von der Königseiche zu steigen und sich in die Versammlung der Gratulanten einzureihen, die auf das Ende der Prozession warteten, auf die Herrscher der Schwarz- und der Lichtelben. Ein Anschwellen der Musik kündigte die Hoheiten an.

Zuerst trat der Schwarzelbenkönig mit einer Schar von ungefähr dreißig Gefolgsleuten vor Durin. Amon schien jünger als Durin zu sein oder wurden seine Falten von der dunklen Schwarzelbenhaut verborgen? Als er langsamen Schrittes die Treppe zum Thron hinaufstieg, wirkte er in seinem schwarzen Gewand mit der rubinbesetzten Kappe wie ein riesenhafter Schwarzspecht. Durin erhob sich und umarmte ihn. Die Worte, die sie miteinander wechselten, waren unten nicht zu verstehen. Amons Höflinge übergaben Durins Dienern mehrere Kisten mit gewiss wertvollen Geschenken.

Als Königin Amura sich mit den Ihren näherte, stach der Unterschied zu den Schwarzelben sofort ins Auge. Hatten Amon und seine Gefolgsleute einen düsteren, schweren Eindruck gemacht, so ging von den Lichtelben etwas Helles, Leichtes aus. Ihre Kleider erinnerten an Blätterwerk, nicht golden wie Durins Mantel, sondern in natürlichem Grün. Bei jeder Bewegung ging ein Flimmern von den Gewändern aus, wie heiße Luft, die in der Sonne flirrt. Das rührte von den glitzernden Bändern her, mit denen die Kleider durchwirkt waren. Haut und Haar der Lichtelben waren hell, heller noch als bei den Braunelben, und doch wirkte die Haut nicht blass wie bei jenen Menschen – Geistlichen oder edlen Frauen –, die sich vornehmlich in geschlossenen Räumen aufhielten.

Zu Findig gewandt sagte Albin: »Ich weiß wenig über die Lichtelben. Du hast mir nur erzählt, dass sie sich nach König Alwis' Tod, nach dem gerade noch vermiedenen Krieg zwischen den Elbenstämmen, von den anderen Nebelkindern abgeschottet haben.«

»Der Stamm der Lichtelben ist der zahlenmäßig kleinste unter den drei Stämmen«, erwiderte Findig. »Auch das mag ein Grund für ihre Zurückhaltung sein. In einem Krieg werden die Schwachen allzu leicht zwischen den Starken zerrieben. Königin Amura beschränkt die Beziehungen zu den Braun- und Schwarzelben auf das unbedingt Notwendige. Von wenigen Anlässen wie diesem Fest abgesehen, leben die Lichtelben für sich, unerreichbar wie die Vögel am Himmel.«

»Am Himmel?«

»Sie haben ihre Siedlung, wie die Vögel ihre Nester, in den Kronen hoher Bäume gebaut. Und sie verstehen es hervorragend, sich in den Bäumen fortzubewegen. Nur selten betreten sie festen Boden.«

Amura bestieg die Treppe zur Königseiche. Ihr Kleid unterschied sich kaum von dem ihrer Höflinge. Doch als Einzige trug sie einen Kopfschmuck, einen Kranz aus Blättern in den Herbstfarben. Sie war sehr schlank und wirkte zerbrechlich, aber ihr Auftreten war das einer stolzen und starken Herrscherin. Auch diesmal umarmte Durin die Gratulantin und seine Diener nahmen die Geschenke entgegen.

Nachdem die Lichtelben von der Königseiche gestiegen waren, legte Durin seinen Goldblattmantel ab und mischte sich unter die Gästeschar. Vergeblich versuchten Albin und Findig, zu ihm vorzudringen. Der König war von einer dicken Elbentraube umlagert, alles buhlte um seine Gunst.

Diener, die Speisen und Getränke anboten, strömten in den Thronsaal. Findig vertrieb sich die Zeit mit ein paar Bechern Most und Albin, der in letzter Zeit wenig gegessen hatte, spürte seinen leeren Magen. Er nahm ein Stück geröstetes Brot und eine gebratene Entenkeule vom Tablett eines älteren Dieners. Als der Diener ihn ansah, schien der alte Braunelb zu erschrecken, als schaue er in das Antlitz eines Dämons. Ihre Blicke trafen sich nur kurz. Bevor Albin ihn danach fragen konnte, was ihn so verstörte, tauchte der Diener eilig in die Menge ein. Albin wollte sich bei Findig erkundigen, was den Alten so beunruhigt haben mochte, aber da stand plötzlich Jergo vor ihnen.

»König Durin wünscht euch zu sprechen, folgt mir!«, verkündete der Höfling im Befehlston und drehte sich um.

Zwei Wachen, die Jergo begleitet hatten, bahnten ihm, Findig und Albin einen Weg durch den Trubel. Sie gingen zu einer Vertiefung in einer der Baumwände. Beim Näherkommen erspähte Albin einen schmalen Durchgang, vor dem die beiden Soldaten Aufstellung nahmen. Jergo, Findig und Albin gingen durch den Spalt und einen kurzen Gang in einen kleinen Raum, wo Durin auf reich bestickten Kissen hockte. Er lud Findig und Albin ein, sich zu ihm zu setzen, und sagte zu dem Höfling, er könne sich entfernen. Jergo gehorchte nur widerwillig und warf den beiden abgerissenen Elben beim Weggehen skeptische Blicke zu.

»Jetzt haben wir Zeit zum Reden«, sagte der Herrscher. »Erzählt mir in allen Einzelheiten, was ihr erlebt habt!«

Das tat Findig und bat Durin anschließend, einen Trupp zu Gerswinds Befreiung aufzustellen.

Der König sah ihn verwirrt an. »Wozu? Dadurch riskieren wir einen Krieg mit den Menschen. Was haben wir davon, wenn wir diese Gerswind befreien? Wir sollten uns nicht in die Streitigkeiten der Großwüchsigen verwickeln lassen.«

»Aber wir sind längst darin verwickelt«, wandte Findig ein. »Mit dem Mord an Graf Chlodomer hat es begonnen. Es gibt viele Hinweise, dass etwas im Gange ist, ein Komplott, das auch uns Elben betrifft. Warum sonst sollten die Rotelben Graf Guntram und den Mönch Graman ermordet haben? Nur sie kommen in Frage, falls die Mörder tatsächlich Nebelkinder waren.«

»Das weiß ich nicht und ich will es auch nicht wissen«, entgegnete Durin mit harter, abweisender Stimme. »Wenn Amon den Rotelben Unterschlupf gewährt, soll er sich um sie kümmern. Diese Aufwiegler haben noch nie etwas Gutes bewirkt. Uns Braunelben geht ihr Treiben nichts an, und je weniger wir uns mit ihnen einlassen, desto besser für uns.«

Enttäuscht blickte Albin die beiden anderen an und sagte leise: »Ohne Hilfe wird es uns nicht gelingen, Gerswind zu retten.«

»Es wird euch nicht gelingen, weil ihr es nicht versuchen werdet«, sprach Durin. »Ich verbiete euch, noch einmal die Abtei aufzusuchen. Die Rotelben und die

Mischler haben schon für genug Unruhe unter den Menschen gesorgt. Wir müssen alles vermeiden, was ihren Zorn gegen uns Braunelben richtet.« Als Albin protestieren wollte, schnitt der König ihm das Wort mit einer herrischen Geste ab und fuhr fort: »Keine Widerrede, das ist meine unwiderrufliche Entscheidung in dieser Angelegenheit. Und wagt es nicht, gegen meinen Befehl zu verstoßen!«

Der süßliche Most legte sich wie ein dicker, schwerer Vorhang über alles, betäubte die Sinne und linderte den Schmerz der großen Enttäuschung. Nach der Unterredung mit Durin zurück im Thronsaal, hatte Albin nach einem Becher gegriffen, dann nach dem nächsten und nach noch einem. Nicht aus Durst, sondern aus Wut, Verbitterung und Verzweiflung. Er wollte nicht daran denken müssen, was mit Gerswind geschah, wenn er ihr keine Hilfe brachte.

Irgendwann verlor er Findig aus den Augen, als Albin sich von einer Gruppe schwungvoll tanzender Nebelkinder mitreißen ließ. Das Fest war in vollem Gange und wurde immer ausgelassener, je mehr alle den berauschenden Getränken zusprachen. Die Musikanten hatten jedwede Zurückhaltung abgelegt. Von den Bäumen erscholl eine laute, schnelle, mitreißende Melodie, in deren Rhythmus die Tänzer umherwirbelten.

Und Albin war mittendrin. Sein Kopf war schwer von zu viel Most und die Schwere dehnte sich auf seinen ganzen Leib aus. Nur mit Mühe konnte er seine bleiernen Beine dazu zwingen, den schnellen Tanzschritten der anderen zu folgen. Er geriet ins Stolpern und stürzte, sah über sich grinsende Elbengesichter und hörte spöttisches Gelächter. Die Spötter wandten sich wieder ihrem Tanzvergnügen zu, und Albin versuchte, sich zu erheben.

Eine schmale Hand ergriff die seine und half ihm beim Aufstehen. Er blickte in das Gesicht einer jungen Braunelbin, deren einfaches Gewand, von heller Färbung wie ihr schulterlanges Haar, sie als Dienerin auswies. Ihre großen, tief liegenden Augen sahen ihn mitleidig an. Der Anblick der Elbin rief eine unbestimmte Erinnerung in ihm wach, zu flüchtig, um sie festzuhalten.

»Du solltest dich ein wenig ausruhen«, sagte sie. »Komm, ich bringe dich an einen Ort, wo es ruhiger zugeht.«

Sie hielt noch immer seine Hand und zog ihn mit sich. Folgsam, halb betäubt von Most und Tanz, begleitete er sie.

Sie verließen den Saal und gingen über mehrere Höfe, auf denen die Dienerschaft ihren Teil der Feier genoss, nicht weniger beschwingt als die Nebelkinder im Thronsaal. Die Elbin führte ihn in eine von allem Trubel abgeschiedene Höhle, in deren Mitte ein kleiner Teich lag.

Konnte man es eine Höhle nennen? Das fragte sich Albin, als er die Wände betrachtete, die nicht aus Felsgestein, sondern aus Baumstämmen bestanden. Der Gedanke verflog rasch aus seinem schweren Kopf, dem es nicht gelingen wollte, sich länger auf eine Sache zu konzentrieren.

Albin ließ sich am Ufer des Teiches nieder und genoss es, als die Elbin eine Hand ins Wasser tauchte und seine Stirn benetzte. Zärtlich strich die Hand über sein Gesicht, und er schloss die Augen. So musste es sein, wenn eine Mutter ihr Kind liebkoste. Er fühlte sich müde und geborgen. An die Schulter der Elbin gelehnt, versank er in einen Dämmerzustand, immer tiefer, bis er sich in einem seltsamen Traum wieder fand.

Der Traum war erschreckend, verstörend. Albin sah einen Raum mit Wänden aus borkigen Baumstämmen. Irgendwoher wusste er, dass es ein Raum in dieser Burg war. Auf Kissen hatten sich Braunelben – Männer, Frauen und Kinder – niedergelassen. In ihrer Mitte trugen Diener Getränke und Speisen auf, und zu heiterer Flötenmusik speisten die offensichtlich hochgeborenen Elben. Die gelöste Atmosphäre legte nahe, dass sie sich gut kannten; sie wirkten wie eine große Familie. Plötzlich traten Soldaten in ledernen Wämsern und Hosen mit schnellem Schritt ein, angeführt von einem Hauptmann, dessen große Augen klar und entschlossen blickten. Einer der zum Mahl versammelten Braunelben winkte ihn heran und fragte ihn etwas. Statt zu antworten riss der Hauptmann sein Schwert aus der Scheide und stieß es seinem Gegenüber mitten ins Herz. Auch die anderen Soldaten griffen zu ihren Waffen und fielen über die Elben her. Alle wurden gnadenlos niedergemetzelt, selbst die Kleinsten unter den Kindern. Anschließend fielen die Diener, die das Massaker starr vor Entsetzen mit ansahen, den blutbesudelten Klingen zum Opfer. Nur einem Diener gelang es, sich in eine dunkle Ecke zu verkriechen und sich heimlich davonzustehlen, ein kleines Bündel sorgsam an seine Brust gedrückt.

Albin hatte Mühe, sich wieder in der Wirklichkeit einzufinden. Der Traum war so lebensnah gewesen, als habe er das Gemetzel selbst miterlebt. In seinen Ohren hallten noch die Schreie der Sterbenden, er sah vor sich die blutverschmierten Leiber, glaubte, den Geruch des Todes, süßlich und herb zugleich, einzuatmen. Verwirrt blickte er in das Gesicht der Braunelbin und murmelte: »Entschuldige, ich bin eingeschlafen. Ich habe ziemlich wirres Zeug geträumt.«

»Nicht der Schlaf sandte dir den Traum, ich war es«, erwiderte die Dienerin.

»Du?« Seine Verwirrung wuchs. »Aber . . . warum?«

»Damit du die Wahrheit erkennst und siehst, wie Durin vor mehr als fünfzehn Jahren die Macht im Braunelbenreich an sich gerissen hat.«

Durin! Er war der Hauptmann aus seinem Traum, derjenige, der das Blutbad begonnen hatte. Mit dieser Erkenntnis fügte sich alles zusammen. Albin dachte an das, was Findig ihm über den Tod des Braunelbenkönigs Alwis erzählt hatte. Jetzt wusste Albin, wie es sich wirklich zugetragen hatte. Er hatte es gerade eben geträumt – miterlebt, nacherlebt, was auch immer. Nicht die Schwarzelben hatten Alwis und seine Angehörigen getötet, sondern der Hauptmann seiner eigenen Königsgarde. Durin hatte mit seinem Schwert den Thron erobert und den Verdacht gegen König Amon geschürt, um von seiner eigenen Schuld abzulenken.

»Das alles mag so geschehen sein«, murmelte er, noch halb in Gedanken. »Aber weshalb hast du es mir gezeigt?«

»Um dich auf deine Aufgabe vorzubereiten.« Die Elbin lächelte, als wüsste sie, wie schwer das alles für ihn zu begreifen war. »Du musst wissen, was Durin angerichtet hat, damit du dich mit ganzer Kraft gegen ihn stellen kannst.«

Er lag noch immer mit dem Kopf an ihrer Schulter, die angenehm warm war. Widerwillig löste er sich von dem Mädchen und lehnte den Rücken gegen eine dicke Baumwurzel, die sich neben dem Teich aus dem

Erdboden krümmte. In seinem Kopf war ein schmerzhaftes Brummen, und er verfluchte den vergorenen Most.

»Sprich nicht in Rätseln zu mir«, bat er das Mädchen. »Warum soll ich mich gegen Durin stellen?«

»Um seine Nachfolge, dein rechtmäßiges Erbe, anzutreten, Prinz Albin. Du bist der Letzte aus König Alwis' Geschlecht, sein jüngster Sohn, der Einzige, der dem Anschlag entronnen ist.«

Vor sich sah er das Bild des Dieners, der sich verstohlen in einer dämmrigen Ecke verkroch. Das Bündel in seinen Händen war ein kleines Kind – Albin?

Hinter ihm sagte eine wohl bekannte Stimme: »Du kannst es glauben, Albin, es ist die Wahrheit.«

Albin wandte den Kopf um und sah zwei Braunelben, die aus dem Gang traten, den auch Albin und das Mädchen genommen hatten.

Der eine, der eben zu ihm gesprochen hatte, war Findig. Der andere war jener alte Diener, der Albin vorhin im Thronsaal so merkwürdig angesehen hatte. Jetzt wirkte er nicht länger erschrocken. Sein Blick hing in einer Mischung aus Verwunderung und Freude an Albin.

Der erkannte die eingefallenen Züge wieder, auch wenn sie in seinem Traum straffer gewesen waren, und sagte stockend: »Du bist der Diener, der das Kind gerettet hat, nicht wahr?«

»Ja, mein Prinz, ich beschützte dich vor den Mördern und schaffte dich in Sicherheit. Du warst erst wenige Wochen auf der Welt, warst so klein und hilflos, hattest noch nicht mal einen Namen erhalten.«

»Egin brachte dich damals zu mir«, fuhr Findig fort.

»Er und andere Getreue des getöteten Königs hatten beschlossen, den letzten Spross aus Alwis' Geschlecht vor dem Thronräuber zu retten. Sie betrauten mich, der ich in keiner unmittelbaren Verbindung zu Alwis stand und daher keinem Verdacht seitens Durins ausgesetzt war, mit dieser Aufgabe. Ich sollte über dich wachen und als Einziger wissen, wo du untergebracht bist. Erst als Mann solltest du ins Braunelbenreich zurückkehren und deinen Thron einfordern.«

Endlich begriff Albin, warum Findig so häufig die Abtei am Mondsee aufgesucht hatte. Und er verstand, weshalb Findig sich ihm gegenüber mal wie ein liebender Onkel und mal wie ein prüfender Lehrmeister aufgeführt hatte. Doch viele Fragen waren noch nicht geklärt und eine davon hieß: »Warum wusstest du als Einziger über mich Bescheid, Findig?«

»Weil Durin nach dem verschwundenen Kind suchen ließ. Hätte er es gefunden, hätte er es getötet. Er hat sogar einige von Alwis' Bediensteten gefoltert, um den Verbleib des kleinen Prinzen in Erfahrung zu bringen. Einige hätten vielleicht geredet, hätten sie die Wahrheit gekannt.«

»Und warum vertrauten Alwis' Anhänger den Prinzen ... mich gerade dir an?«

Egin übernahm die Antwort: »Schon damals war Findig ein Wanderer zwischen den Welten, mal in den Tälern der Nebelkinder, mal bei den Großwüchsigen anzutreffen. Er hatte den Ruf eines Abenteurers, aber ich kannte ihn ein wenig besser und wusste, dass er König Alwis für dessen Weisheit bewunderte. Ihm konnten wir dich bedenkenlos anvertrauen, Prinz.«

»Und selbst du warst nicht über meinen Verbleib eingeweiht, Egin?«

»Nein, Prinz, ich wollte es nicht, und es war gut so. Denn auch mich ließ Durin in seine Folterkammer bringen.« Egin schwieg für einen Moment und ein Schleier legte sich über seine Augen. Dunkle Erinnerungen an durchlittene Qualen suchten ihn heim. Dann fasste er sich wieder und fuhr fort: »Du kannst dir vorstellen, wie groß mein Erstaunen war, als ich dich im Thronsaal erblickte. Du hast die Augen deines Vaters geerbt, Alwis' Augen – und hoffentlich auch seine Kraft und seine Weisheit. Ich hatte Findig bereits gesehen und suchte ihn auf, um ihn nach dir zu fragen. Dann warst du plötzlich verschwunden, aber zum Glück hatten unsere Freunde gesehen, wie du diesem Mädchen gefolgt bist. Wer ist es?«

»Keine Ahnung«, erwiderte Albin. »Gehört sie nicht wie du zur Dienerschaft?«

Egin schüttelte entschieden den Kopf. »Ich habe einen guten Blick für Gesichter, du hast es selbst bemerkt, Prinz. Diese Elbin sehe ich heute zum ersten Mal.«

Die vermeintliche Dienerin war aufgestanden und versuchte, sich an Findig und Egin vorbei zum Ausgang der Höhle zu schleichen. Als Findig sie festhalten wollte, wich sie ihm mit einem schnellen Sprung aus. Dabei verlor sie das Gleichgewicht und stürzte rücklings in den Teich. Sie tauchte ganz unter. Als sie sich wieder erhob, hatte ihr Haar die helle Färbung verloren und leuchtete feuerrot.

»Schöne Grüße von den Rotelben«, knurrte Findig. »Sie haben es wahrhaftig gewagt, eine Spionin in Durins Burg einzuschmuggeln. Fragt sich nur, zu welchem Zweck.«

»Um Prinz Albin auf den Thron zu verhelfen«, antwortete die rothaarige Elbin, als sie aus dem Teich stieg. Mit einer energischen Geste strich sie das nasse Haar aus ihrem Gesicht. »Ich habe Albin gezeigt, wo er herkommt. Dein Zögern hat uns zu lange gedauert, Findig.«

»Wieso wusstet ihr von Albin? Und wie kannst du wissen, was bei Alwis' Ermordung vor sich ging? Du bist viel zu jung!«

»Ich weiß es von meinem Vater, dem es vor einiger Zeit einer aus Durins Garde berichtet hat, gegen ein gutes Entgelt, versteht sich. Mein Vater war es auch, der bei der Fischerinsel Albins unglaubliche Kraft spürte und sofort wusste, wen er vor sich hatte. Er schickte mich her, als du und Albin zu König Durin kamt.«

»Schön, und wer seid ihr, du und dein Vater?«

»Ich heiße Sundra. Mein Vater ist Rohon, König der Rotelben.«

»König der Rotelben?« Findig lachte laut. »Es gibt schon seit Generationen keinen Stamm der Rotelben und keinen Rotelbenkönig mehr. Erko war der Letzte, der diesen Titel führte.«

»Du magst viel wissen, Findig, aber längst nicht alles«, sagte Sundra trotzig. »Nicht nur Alwis hatte einen Nachkommen, auch Erko. Von ihm stammen mein Vater und ich ab. Mag sein, dass es keinen Rotelbenstamm mehr gibt. Aber es gibt uns noch, die Letzten der Rotelben. Und vielleicht schaffen wir es, dass es auch den Stamm eines fernen Tages wieder gibt. Dazu brauchen wir die Hilfe von Prinz Albin.«

»Und wie soll ich euch helfen?«, fragte Albin, angesichts der unerwarteten Enthüllungen zwar noch verwirrt, aber auch von Neugier durchdrungen.

Sundra erwiderte: »Willst du das meinen Vater nicht lieber selbst fragen?«

Die Ähnlichkeit zwischen Sundra und ihrem Vater war nicht zu leugnen. Dieselben tiefen, großen Augen. Zum ersten Mal hatte Albin diese Augen auf der alten Fischerinsel gesehen, als Rohon und seine Gefährten Gerswind verschleppt hatten. Jetzt sah er sie wieder, im Lager der Rotelben, das nicht weit von Durins Burg lag, gut versteckt zwischen schroffen Felsklippen. Albin und Findig hatten Sundra begleitet, um endlich herauszufinden, welche Absichten die Rotelben hegten. Egin war in der Burg zurückgeblieben. Findig hatte ihm aufgetragen, alle, die insgeheim noch treu zum Geschlecht des Königs Alwis standen, still und leise zusammenzurufen. Etwas Bedeutendes bahnte sich an.

Die Abenddämmerung hatte eingesetzt, als sie das Lager der Rotelben erreichten, und in den Felsen war es besonders finster. Ungefähr dreißig Nebelkinder, allesamt bewaffnete Krieger, hatten sich um ein Feuer versammelt, das sie bewusst klein hielten, um ihren Aufenthaltsort nicht zu verraten. Als die drei Wanderer sich näherten, sprangen die rothaarigen Elben auf und griffen nach den Waffen, aber Sundra sagte ihnen, dass keine Gefahr bestünde.

Für die Rotschöpfe nicht, aber vielleicht für uns!, vernahm Albin Findigs Warnung. *Sei auf alles gefasst und halte dich bereit, im Notfall schneller als eine Gämse über die Felsen zu springen!*

Rohon drehte sich zu Findig um und lächelte. »Ihr braucht keine Furcht zu haben. Ich sichere euch freies Geleit zu. Aber setzt euch doch zu uns, esst und trinkt mit uns. Ihr habt sicher viele Fragen an mich.«

»Worauf du zehn Fässer Most aussaufen kannst«, versicherte Findig, als er und Albin sich am Feuer niederließen. »Wie sollen wir dich nennen? Rotelb? Rohon? Oder König Rohon?«

»Rohon genügt. Es gibt mehr Rotelben, als ihr ahnt, aber noch sind wir nicht stark genug, dass ich mich mit Amon oder Amura gleichsetzen könnte.«

»Du hast Durin vergessen«, meinte Findig.

»Nicht vergessen, sondern mit Absicht nicht erwähnt. Wenn es nach mir geht, wird er nicht mehr lange König der Braunelben sein. Prinz Albin gehört auf den Thron!«

Albin sah dem Anführer der Rotelben tief in die Augen. »Was liegt dir daran, mich auf Durins Thron zu setzen?«

»Es ist dein rechtmäßiger Thron, nicht Durins«, sagte Rohon. »Aber es stimmt, ich will dir nicht uneigennützig zu deinem Recht verhelfen. Seit den Tagen, als die Nebelkinder aus dem Alten Land vertrieben wurden, sind die Rotelben schwach. Und die drei verbliebenen Elbenstämme unternehmen nichts, um uns zu stärken.«

»Wofür sie gute Gründe haben«, fiel ihm Findig in die Rede. »König Erkos Schandtaten sind noch nicht vergessen.«

Rohon seufzte. »Auch mich schmerzt, was mein Vorfahre dem Volk der Nebelkinder angetan hat. Aber auch was man nicht vergessen kann, sollte man eines Tages vergeben. Haben die Rotelben nicht genug gebüßt, über Generationen hinweg? Noch heute gelten wir als Verfemte, werden von keinem gemocht oder gar geachtet, werden allenfalls geduldet. Gebt uns eine Gelegenheit, um zu beweisen, dass unser Stamm dem ganzen Volk nutzen kann. Lasst uns wieder stark werden, ein gleichberechtigter Teil des Ganzen!«

»Eine hübsche Rede«, urteilte Findig. »Aber sie erklärt nicht, wozu ihr Albin benötigt.«

»Alle Nebelkinder benötigen ihn«, sagte Sundra, die sich trockene Kleider angezogen hatte und sich neben ihrem Vater ans Feuer setzte. Sie trug das Wams und die Hosen eines Kriegers, was ihre weibliche Anziehungskraft eher noch unterstrich. Sie wirkte stark und schön zugleich.

»Meine Tochter spricht wahr.« Rohon nickte ihr zu. »Solange die Elbenstämme gespalten sind, haben auch wir Rotelben nur Misstrauen zu erwarten. Erst wenn die Schande von König Alwis' Ermordung getilgt ist, können unsere Stämme wieder zusammenwachsen. Dann können wir Rotelben hoffentlich zeigen, dass nicht nur Schlechtes in uns steckt. Und wenn Albin mit derselben Weisheit regiert wie einst sein Vater, werden alle anderen Stämme unter seiner Führung uns die Gelegenheit geben, das zu beweisen.«

Albin nahm einen der mit Quellwasser gefüllten Zinnbecher und trank einen Schluck. Er brauchte Zeit zum Überlegen. Obwohl die benebelnde Wirkung des Mostes nachgelassen hatte, wirbelten die Gedanken in seinem Kopf durcheinander. Als elternloser Findling war er an diesem Tag zur Elbenburg gekommen und jetzt sprachen alle darüber, ihn zum Braunelbenkönig zu erheben. Und ausgerechnet die Rotelben, die ihm vor kurzem noch als unversöhnliche Feinde erschienen waren, wollten ihn unterstützen.

»Ich hätte gern noch einiges geklärt«, sagte er zu Rohon.

Der sah ihn offen an. »Frag alles, was du willst, Prinz Albin!«

»Weshalb hast du Graf Chlodomer getötet, Gerswind verschleppt und ihren Vater sowie Nonus Graman, der wie ein Vater zu mir war, ermordet?«

»Nicht alles, was du mir vorwirfst, habe ich verschuldet. Es stimmt, dass ich Chlodomer getötet und Gerswind in Sicherheit gebracht habe. Aber mit dem Tod ihres Vaters und des Mönches habe ich nichts zu tun. Der Verräter in der Abtei trägt die Schuld an dem nächtlichen Überfall. Uns Elben hat er als Sündenböcke missbraucht.«

»Der Verräter?«, fragte Albin nach.

»Wenrich, der Vogt. Er befürchtete wohl, Graf Guntram und der Mönch Graman könnten ihm auf die Schliche kommen. Also hat er sie bei dem vorgetäuschten Überfall beseitigt. Sundra war mit einem Trupp meiner Krieger in der Nähe und hat beobachtet, wie Wenrichs Männer Feuer an die Klostermauern gelegt haben.«

»Mag sogar sein«, gestand Albin ein. Er tastete zu der Narbe auf seiner Wange. Nur zu genau wusste er, wozu der Vogt fähig war. »Aber was ist mit Chlodomers Ermordung und mit Gerswinds Verschleppung?«

»Dafür trage ich die Verantwortung«, gestand Rohon ein. »Da Gerswind kaum freiwillig mit uns gekommen wäre, mussten wir sie gewaltsam holen. Aber es geschah nur zu ihrem Besten. Wenrich wollte sie in seine Gewalt bringen, um Druck auf Graf Guntram auszuüben. Wir sind ihm zuvorgekommen, um sie zu beschützen. Hättet ihr sie nicht zum Mondsee zurückgebracht, würde sie sich jetzt nicht in Lebensgefahr befinden.«

Was Rohon erzählte, klang in Albins Ohren glaubwürdig. Guntram hatte nicht gewusst, wo seine Tochter war. Vielleicht hatte Wenrich ihm durch eine gefälschte Botschaft bedeutet, die Nebelkinder verlangten seinen

Abzug im Austausch gegen Gerswind. Tatsächlich hatten die Rotelben der Verschleppten kein Haar gekrümmt. Und doch blieb der heimtückische Mord an dem westfränkischen Gesandten.

»Du fragst dich, weshalb ich Chlodomer getötet habe? Er hatte ein Bündnis mit Wenrich geschlossen. Sie wollten die Gesandten Italiens, Hochburgunds und Arelats töten. Es sollte aussehen wie ein Anschlag der Ostfranken. Chlodomer selbst sollte so tun, als sei er dem Tod nur durch ein Wunder entronnen. Das sollte alle Reiche gegen das durch die Kämpfe gegen die Mähren ohnehin geschwächte Ostfrankenreich aufwiegeln. Der westfränkische König Odo hätte sich an die Spitze einer Koalition gegen König Arnulf gesetzt und wäre dadurch zum mächtigsten Herrscher im Menschenreich aufgestiegen. Ich sah nur einen einzigen Ausweg, das zu verhindern: Graf Chlodomer musste sterben. Ich habe nicht damit gerechnet, dass man meinen Elbenstrahl entdecken würde.«

»Sehr heldenmütig von dir, Rohon«, sagte Findig und maß den Rotelben mit zweifelndem Blick. »Doch was liegt dir daran, einen Krieg zwischen den Ost- und den Westfranken zu verhindern? Und wie bist du überhaupt hinter das Komplott gekommen?«

»Letzteres zuerst: Als ich von der Konferenz am Mondsee erfuhr, ließ ich das Kloster und die Gesandten von Sundra und ein paar Kriegern beobachten und belauschen – zu Recht, wie sich herausstellte. So erfuhr ich übrigens auch von Gerswinds Ausflug auf die Fischerinsel. Und warum ich einen Krieg verhindern will? Zum Schutz der Nebelkinder natürlich. Was wäre denn geschehen, hätten Chlodomer und Wenrich ihren Plan verwirklicht? Als Erstes wäre vermutlich ein Kriegstrupp aus dem nahen Italien zum Mondsee vorgedrungen, um hier mit den vermeintlichen Meuchlern aufzuräumen. Glaubst du, Findig, wir Nebelkinder wären ungeschoren davongekommen? Bestimmt nicht, zu viele Menschen wissen von uns und der Vogt hasst uns geradezu. Er hätte die Gelegenheit benutzt, um unser ganzes Volk auszulöschen! Seit vielen Jahren durchstreife ich mit meinen wenigen Kriegern die Grenzen unseres Reiches, um die Elben vor Unheil zu bewahren. Und noch nie ist es mir so schwer gefallen wie bei dieser verwickelten Angelegenheit.«

»Wie edelmütig«, sagte Findig mit bitterem Spott.

»Nein, nicht edelmütig. Die Rotelben müssen beweisen, dass sie würdig sind, wieder unter die Elbenstämme aufgenommen zu werden. Deshalb wachen ich und die Meinen über unser Volk. Ich hoffe, es wird uns vergolten, wenn Prinz Albin auf dem Thron sitzt.«

»Was ist mit König Amon?«, wollte Findig wissen.

»Gerswind und ihre Bewacher sind in seinem Reich untergekommen. Ist er in eure Pläne eingeweiht?«

»Von Gerswind und dem ganzen Komplott weiß er nichts. Er gewährt uns zuweilen Unterschlupf, wenn wir Ruhe brauchen. Wir bezahlen gut dafür mit Waren, die wir von den anderen Stämmen oder aus dem Menschenreich mitbringen.« Rohon sah Albin forschend an. »Wirst du für uns sprechen, Prinz?«

Findig erhob sich und sagte laut. »Gewähre uns eine Unterredung unter vier Augen, Rohon! Danach wird Albin dir seine Entscheidung mitteilen.«

»Einverstanden.«

Findig und Albin zogen sich eine halbe Meile in die Klippen zurück, an einen gut zu überblickenden Ort, wo sich kein heimlicher Lauscher verstecken konnte.

»Wozu dieser Umstand?«, fragte Albin. »Wir hätten uns auch ohne Worte verständigen können?«

»Ein sicherer Weg, wenn man seine Überlegungen vor Menschen verbergen will. Aber Rohon ist stark, sehr stark. Es ist besser, hier leise zu sprechen als ohne Worte in seiner Nähe. Leider ist es mir nicht gelungen, in seine Gedanken einzudringen. Dir vielleicht?«

»Nein«, gestand Albin.

Ich bin mir ziemlich sicher, dass der Rotelb etwas vor uns verbirgt.«

»Aber auch wir bemühen uns unsere Gedanken geheim zu halten.«

»Das ist nicht dasselbe«, meinte Findig kopfschüttelnd.

»Was Rohon uns erzählt hat, ist zu schön, um wahr zu sein. Ich durchstreife seit Jahren das Grenzland zwischen Menschen- und Elbenreich und nie habe ich bemerkt, dass die Rotelben sich den Schutz aller Nebelkinder zur Aufgabe gemacht hätten.«

»Vielleicht haben sie sich nur zu gut im Verborgenen gehalten.«

»Ach ja? Und was ist mit den Schachfiguren Manegolds, die wir bei Gerswinds Bewachern gefunden haben? Wie die Edelsteinfiguren dorthin gelangt sind, hat Rohon uns nicht erklärt.«

Albin hatte gar nicht mehr an die Figuren gedacht, und sie interessierten ihn derzeit auch nicht. Seine Gedanken kreisten um Gerswind und darum, wie er ihr helfen konnte.

Und er sagte: »Es gibt nur einen Weg, um Gerswind rechtzeitig zu Hilfe zu kommen: Ich muss Durin vom Thron stoßen, und zwar umgehend.«

»Weißt du, was das bedeutet?«

»Ja, Freund Findig, große Gefahr für alle Elbenstämme und auch für mich persönlich.«

»In der Tat. Und wir brauchen Verbündete.«

Albin sah zu dem flackernden roten Schein des Lagerfeuers hinüber. »Da hinten sitzen welche.«

14

Am Tag nach dem großen Fest trafen sich König Durin, Königin Amura und König Amon zum gemeinsamen Mahl. Den Großen Rat gab es nicht mehr. Das Zusammentreffen der Herrscher anlässlich bedeutender Feierlichkeiten hatte nun die einstige regelmäßige Zusammenkunft der Könige und ihrer Berater ersetzt. Aber da jeder der drei Elbenstämme weitgehend für sich allein blieb, wurden kaum noch Dinge von weit reichender Bedeutung erörtert. Auch heute unterhielten sich die drei Mächtigsten unter den Nebelkindern hauptsächlich über Belangloses wie den gestrigen Verlauf des Festes und die leckeren Speisen, die von Durins Dienerschaft aufgetragen wurden. Das stellte Albin, der sich als Diener verkleidet hatte, mit Erbitterung fest. Und er beschloss, es zu ändern. Der Große Rat sollte seine alte Bedeutung zurückerlangen!

Egin hatte dafür gesorgt, dass Albin und Findig sich unter die Diener mischen konnten. Sundras gestrige Maskerade hatte sie auf die Idee gebracht. Die anderen Aufträger bestanden aus Verbündeten, aus Braunelben, die nach all den Jahren noch treu zum Königsgeschlecht standen. Albin war erstaunt über diese feste Bindung. König Alwis, sein Vater, musste wirklich eine außergewöhnliche Achtung genossen haben.

Königin Amura schien noch am ehesten gewillt, das Gespräch auf ernstere Dinge zu lenken. Sie sprach von den Vorfällen in der Abtei am Mondsee und erkundigte sich, ob die anderen Herrscher Näheres wüssten.

»Was kümmern uns die Zwistigkeiten der Menschen, solange sie unter sich bleiben«, antwortete Durin gut gelaunt. »Lasst sie sich gegenseitig verfolgen und umbringen, umso weniger Ärger bereiten sie uns!«

»Das stimmt nicht«, rief Albin laut und ließ das Tablett mit Fischpasteten fallen. »Wir leben zwar abseits der Menschen, aber nicht weit genug von ihnen entfernt, dass ihr Treiben uns gleichgültig sein dürfte.«

»Was faselt der Diener?«, entfuhr es Amon. Und Amura fragte: »Wer ist das?«

»Ich bin Albin, Sohn des Königs Alwis. Und ich fordere Durin, der seinen König verraten und ermordet hat, auf, die unrechtmäßig und gewaltsam errungene Königswürde niederzulegen!«

Durch die Reihen der Höflinge, die an dem Mahl teilnahmen, ging ein Raunen, das sich bald in lautes Geschrei verwandelte. Der Vorfall war ungeheuerlich, und zu unglaublich schien das, was Albin behauptete. Durin erholte sich schnell von seiner Überraschung. Er stand von seinem Lager auf und sagte laut: »Das ist ein Elb, der bei den Menschen im Kloster aufwuchs. Er ist in die Grafentochter vernarrt, die auf ihre Hinrichtung wartet. Gestern noch hat er mich um Hilfe für sie gebeten. Nachdem ich das ablehnte, um unser Volk nicht unnütz zu gefährden, hat er sich wohl diesen Auftritt ausgedacht, um Aufmerksamkeit zu erringen. – Wachen, schafft mir den Hochverräter aus den Augen!«

Sofort wollten sich die Wächter auf Albin stürzen.

Doch sie wichen vor der Feuerwand zurück, die

plötzlich rings um den Findling aufflackerte. Es war ein Feuer ohne echte Flammen und ohne Hitze.

Findig, der für dieses Trugbild verantwortlich war, trat neben Albin und sagte: »Mein Name ist Findig. Die meisten von euch kennen mich oder haben von mir gehört. Ich gebe euch mein Wort darauf, dass Albin die Wahrheit spricht. Ich selbst brachte ihn damals zu den Mönchen am Mondsee, um Alwis' jüngsten Sohn vor den Nachstellungen des Königsmörders Durin zu schützen.«

Durin bedachte Findig mit bösen Blicken und zischte: »Verräter, dafür werde ich dich bestrafen!«

»Wofür?«, fragte Findig scheinheilig. »Für das, was ich eben sagte? Oder für das, was ich damals tat?«

Durin wollte etwas erwidern, verbiss sich die Worte aber im letzten Augenblick. Er hatte erkannt, dass er sich beinahe bloßgestellt hätte. Er atmete tief durch und sagte dann: »Niemand hier im Saal wird den haltlosen Vorwürfen zweier dahergelaufener Strolche glauben.«

»Aber sie sagen die Wahrheit«, kam es da von Egin und er erzählte in knappen Worten seine Geschichte.

Albin sah den Höflingen an, dass sie an König Durins Worten zu zweifeln begannen. Da stürmte ein großer Trupp von Durins Garde, angeführt von Hauptmann Gordo, in den Raum. Vielleicht hatte ein Höfling sie alarmiert oder Durin selbst hatte sie mit Hilfe seiner Elbenkräfte gerufen. Durin befahl seinen Soldaten, die drei Verräter in Ketten zu legen.

»Nicht so schnell!«, rief Königin Amura und stellte sich schützend vor die drei. »Ich spüre eine starke Kraft von dem Jüngling namens Albin ausgehen. Er ist viel stärker, als ich es bei einem ›dahergelaufenen Strolch‹ vermutet hätte. Vielleicht ist er wirklich königlicher Abstammung. Und wenn nicht, scheint er es doch wert zu sein, dass wir ihn anhören.«

Während Gordo noch überlegte, ob er mit Gewalt gegen die Lichtelbenkönigin vorgehen sollte, liefen Rohon und seine Krieger aus dem versteckten Gang, in den Egin sie vor Anbruch der Morgendämmerung geführt hatte. Die verwinkelte Elbenburg mit ihren zahlreichen Saalfluchten, Innenhöfen und Durchgängen hatte es ermöglicht, unbemerkt an Durins Garde vorbeizukommen. Mit erhobenen Waffen bezogen die Rotelben Front vor Gordos Männern.

Sundra stand neben ihrem Vater, eine ähnliche Zweiklingenwaffe mit Sichel und Doppelaxt in den Händen, wie einer von Gerswinds Bewachern sie benutzt hatte. Entschlossen und konzentriert blickte Sundra die Gardisten an und schien bereit, jederzeit von ihrer Waffe Gebrauch zu machen. Diese kriegerische Haltung stand in einem seltsamen Kontrast zu den weiblichen Formen, die sich deutlich unter ihrer eng anliegenden Lederkleidung abzeichneten. Trotz der angespannten Lage war Albin für einen kurzen Augenblick von dem eigenartigen Reiz gefangen, den die Rotelbin mit ihrer herben Schönheit ausstrahlte. Obgleich sein Herz für Gerswind schlug, fragte er sich, ob eine Elbin wie Sundra nicht besser zu ihm, einem Kind des Nebels, passte.

»Die Rotelben!«, übertönte Durin den Lärm der allgemeinen Erregung, wobei er abwechselnd König Amon und Königin Amura anblickte. »Nun seht ihr, wer die Verräter sind. Wer mit den tückischen Rotelben im Bunde steht, kann nichts Gutes vorhaben. Warum schmuggeln Findig und dieser angebliche

Prinz namens Albin eine bewaffnete Bande in meine Burg ein, wenn sie nichts Böses im Schilde führen?«

»Die Rotelben sind hier, um uns vor dir zu schützen«, entgegnete Findig. »Wer wie du ein ganzes Königsgeschlecht meuchelt, ist auch dazu fähig, vor den Augen der Hoheiten Amura und Amon weitere Morde zu begehen.«

Amura legte die Hände auf Albins Gesicht, tastete über seine Wangen und seine Schläfen, wobei sie die Augen schloss. Eine seltsame Empfindung kam über Albin, ein warmes, angenehmes Kribbeln, das von seinem Kopf aus durch seinen ganzen Leib strömte. Es war, als verschmelze ein Teil von seinem Geist und seinen Gefühlen mit der Königin der Lichtelben. Um ihn herum verschwand alles, der Saal, die Höflinge und die Bewaffneten. Er saß mit der Königin im Geäst eines hohen Baums, über ihnen erstrahlte ein sonnendurchfluteter Himmel, und sie sprachen lange miteinander. Als das Trugbild verschwand, Amura sich von ihm löste und die Augen wieder aufschlug, wusste Albin, dass in Wahrheit nur eine kurze Zeitspanne vergangen war. Er fühlte sich ein wenig schwindlig, bemühte sich aber keine Schwäche zu zeigen.

»Seine Kraft, seine Fähigkeiten sind ungeheuer, die eines Prinzen – eines Königs!«, verkündete Amura. »Wenn Albin nicht von königlichem Geblüt ist, dann ist es niemand in diesem Saal!«

Durin warf ihr böse Blicke zu. »Vergiss nicht, dass du bei mir zu Gast bist, Amura! Hier gelten die Gesetze der Braunelben und niemand aus einem anderen Stamm bestimmt, wem die Königswürde gebührt.«

Amon trat vor. »Ich habe König Alwis gut gekannt. Wir waren häufig unterschiedlicher Meinung, aber ich habe ihn immer als einen wahren Elbenkönig geachtet. Auch mich beeindruckt dieser Junge, seine Haltung, seine Worte. Ob er der rechtmäßige König der Braunelben ist, vermag ich nicht zu sagen. Aber da Durin sich auf die Gesetze seines Stammes beruft, legt er selbst einen Weg nahe, um zu einer Entscheidung zu gelangen. Es gibt ein altes Gesetz bei allen Stämmen der Nebelkinder, die Königsprobe!«

Hatte Durin dem Schwarzelbenkönig bislang mit wachsendem Unmut zugehört, so hellte sich seine Miene schlagartig auf. Ein triumphierendes Glitzern trat in seine Augen, und er sagte: »Amon hat uns einen weisen Rat erteilt. Ich werde diesen Albin als das entlarven, was er ist, ein Thronräuber, wenn er den Mut hat, sich auf die Königsprobe einzulassen.«

In der Nacht hatten Findig, Rohon und Albin über alles gesprochen, was dieser Tag bringen mochte. Auch die Königsprobe hatten sie erwähnt: ein Zweikampf, ausgetragen mit allen Elbenkräften. Albin hatte zwar die Fähigkeiten seines Vaters geerbt, aber er hatte kaum Zeit gefunden, sich darin zu üben. Wie stark dagegen Durin war, hatte Albin bei ihrer ersten Begegnung erfahren. Doch ein Rückzieher hätte ihn um seine Glaubwürdigkeit gebracht. Außerdem würde er vielleicht nie wieder eine solche Gelegenheit erhalten, sich an dem Mörder seiner Familie zu rächen.

Deshalb sagte er mit fester Stimme: »Ich nehme die Herausforderung an!«

Es waren wohl die höchsten Bäume, die in der ganzen Elbenburg wuchsen. Uralte, hohe Eichen, die so dicht beieinander standen, dass ihre Äste zusammengewachsen waren und sich zu einem mal mehr und mal weniger dichten Flechtwerk verbunden hatten.

Von unten sahen sie aus wie Riesen, die sich hoch über den Köpfen der Elben die Hände reichten. Hier oben, inmitten des hölzernen Flechtwerks, wirkte es anders. Die Welt bestand nur noch aus den riesigen Eichen. Die ameisenhaft kleinen Gestalten unten am Boden – die drei Elbenherrscher mit ihren Höflingen, Rohon und Sundra mit den Rotelben, Gordo mit seinen Gardisten, Egin mit vielen weiteren Bediensteten – schienen für die luftige, hölzerne Welt der Eichenkronen bedeutungslos zu sein. In gewisser Hinsicht stimmte das. Die Masse der Nebelkinder da unten war zum Zusehen verurteilt, hier in den Bäumen fiel die Entscheidung. Nur wenn einer der beiden Kontrahenten versuchte, aus dem Baumgeflecht zu fliehen, durften die Gardisten eingreifen. In diesem Fall war es ihre Aufgabe, den Flüchtling zu töten.

Albin atmete tief durch und versuchte, trotz der inneren Anspannung ruhig zu bleiben. Er hockte auf einem breiten Astgeflecht und seine umherschweifenden Augen suchten die gegenüberliegenden Bäume ab. Irgendwo dort musste Durin sich verbergen. Sie waren an verschiedenen Bäumen hochgeklettert, was ihnen mit ihren nackten Elbenfüßen leicht gefallen war. Hilfen gab es nicht bei diesem Zweikampf, keine Werkzeuge und keine Waffen. Nur die Kraft und Geschicklichkeit der Rivalen um die Königswürde zählte – und das, was die Menschen in ihrer Unwissenheit als Elbenzauber bezeichneten.

Eine Gestalt kam hinter einem dicken Eichenstamm hervor und schritt ganz offen auf Albin zu. Dessen Herz schlug schneller und seine Hände wurden feucht. Durin trat ihm so freimütig entgegen, als gehe es nicht um Leben oder Tod, sondern nur um einen harmlosen Wettstreit. Mit sicheren Schritten bewegte der Braunelbenkönig sich über einen breiten Ast, der geradewegs zu Albins Baum führte. Die langen Zehen mit den krallenartigen Nägeln fanden sicheren Halt. Viel mehr als Albin war Durin es gewohnt, sich auf diese Art fortzubewegen. Trotzdem beschloss Albin, ihm entgegenzugehen. Er sah keinen Sinn darin, den Kampf hinauszuzögern. Auf jenem Ast, einer Brücke über der tödlichen Tiefe, sollte die Entscheidung fallen.

Als er entschlossen vortrat, ging unter ihm ein Raunen durch die Menge. Die gesammelten Gefühle der Elben trafen ihn wie eine sturmgepeitschte Welle, und er spürte in dem Gemisch aus Erregung, Neugier, Hass und Zustimmung auch plötzliches Erschauern. Vielleicht war es diese unerwartete Empfindung, die ihn warnte und ihn im letzten Augenblick zurückschrecken ließ. Vielleicht hatte aber auch etwas in ihm bemerkt, dass der Ast, den er gerade betreten wollte, vorher nicht da gewesen war. Er wich so hastig zurück, dass er fast das Gleichgewicht verlor. Gerade noch erwischte er einen belaubten Zweig, an dem er sich festhielt. Herbstbunte Blätter lösten sich und schwebten wie in einem kunstvollen Tanz langsam nach unten.

Der Ast, den er hatte betreten wollen, war verschwunden. Und mit ihm hatte Durin sich in Luft aufgelöst. Vielmehr das von Durin erschaffene Trugbild des Braunelbenkönigs. Der richtige Durin musste sich irgendwo versteckt halten, vielleicht ganz in seiner Nähe. Albin an seiner Stelle hätte die Täuschung benutzt, um sich unbemerkt an den Gegner anzuschleichen.

Bist ein kluger Junge, aber es soll dein letzter Geistesblitz gewesen sein!

Gleichzeitig mit diesem fremden Gedanken traf ihn ein heftiger Schlag gegen die linke Seite. Durin! Er hatte sich aus dem Astwerk über Albin gelöst und ihn wie eine Raubkatze angesprungen.

Durins Rechnung ging auf. Albin verlor den Halt und stürzte. Er streckte die Hand nach einem schräg herabhängenden Zweig aus. Vergebens. Er streifte den Zweig nur kurz, dann war Albin schon an ihm vorbei. Sein Sturz schien unaufhaltsam, kopfüber raste er dem Boden entgegen, wo ihn der Aufprall zerschmettern würde.

Was ihn rettete, war mehr Instinkt als überlegtes Handeln. Als er an einem mehrfach gewundenen Ast vorbeifiel, gelang es ihm irgendwie, die Beine um das Holz zu schlingen und ineinander zu verhaken. Ein schmerzhafter Ruck ging durch seine Muskeln, sein Oberkörper wurde herumgewirbelt und sein Kopf schlug gegen einen anderen Ast. Das löste einen jähen Schmerz aus, doch Albin ließ den rettenden Ast nicht los. Er rang den Schwindel nieder, der sich seiner bemächtigen wollte, und schwang sich rittlings auf den Ast. Als er endlich sicheren Halt fand, schloss er kurz die Augen und rang nach Atem. Es war ein unwirkliches Gefühl, noch am Leben zu sein.

Etwas traf ihn wie ein Pfeil, der in ihn eindrang. Es war ein Gedanke seines Gegners, der Enttäuschung und Zorn verriet. Durin hatte sich bereits als Sieger gesehen.

Albin riss die Augen auf und blickte nach oben, aber Durin war verschwunden, hielt sich abermals verborgen. Um nicht erneut überrascht zu werden, musste Albin seine Elbenkräfte einsetzen. Er versuchte herauszufinden, woher der fremde Gedanke kam. Wie ein Laut hatte auch ein Gedanke eine Richtung, hinterließ eine Spur, die zu seiner Quelle führte. Durins Gedanken waren gedämpft und undeutlich, aber sie schienen jetzt sehr nah zu sein. Als Albin die Richtung gefunden hatte, konnte er Durin dennoch nicht entdecken. Zweifelnd starrte er auf ein dichtes Geflecht unterschiedlich langer und dicker Äste, die in alle Richtungen wiesen.

Täuschte er sich oder bewegte sich einer der Äste langsam auf ihn zu? Albin konzentrierte sich auf diesen einen Ast. Das Blattwerk löste sich auf, dann die Rinde. Der Ast schrumpfte und mit ihm seine Zweige, die sich in Arme und Beine verwandelten.

Ein grinsender Durin kauerte vor dem Ast, auf dem Albin saß. »Wie ich schon einmal sagte, du bist sehr stark, Prinz Albin. Vielleicht stärker als ich, aber dir fehlt die Erfahrung. Du würdest Jahre brauchen, um sie zu erlangen, aber du hast nur noch wenige Augenblicke!«

»Du nennst mich Prinz? Dann ist es wahr, du bist der Mörder meiner Familie!«

»Du weißt es doch bereits. Fast bin ich froh, dass du mir damals entronnen bist. Sonst hätte es mich um ein anregendes Spiel gebracht. Ein Spiel, das jetzt vorbei ist!«

Durin wollte Albins Ast betreten, schreckte aber vor den Raubkatzen zurück, die ihm aus dem verzweigten Geäst entgegensprangen. Es waren Luchse, wie er sie in dem Burgwald gejagt hatte. Doch Durin hatte nicht gewusst, dass die Raubkatzen auch auf diesen Bäumen saßen.

»Natürlich nicht!«, kicherte er und traf keine weiteren Anstalten, sich vor den Luchsen in Sicherheit zu bringen. »Sie sind nur Täuschungen, aber wirklich gut gemacht, Al ...«

Verwirrt blickte er auf Albins Ast, aber sein Gegner war verschwunden. Albin hatte das Trugbild genutzt, um sich zu tarnen. Noch immer umschlichen die knurrenden, fauchenden Raubkatzen Durin, der ihnen keine Beachtung schenkte. Auch nicht, als eins der Tiere zum Sprung ansetzte. Erst als der Luchs ihn zu Boden streckte, begriff Durin das ganze Ausmaß von Albins Täuschung: Albin hatte es geschafft, sich das Aussehen eines Luchses zu geben.

Durin stürzte hintenüber, fiel und erwischte einen dünnen Zweig, an dem er sich mit einer Hand festhielt. Nur dieser Zweig, der mehr und mehr nachgab, bewahrte ihn noch vor dem Sturz in die Tiefe.

»Rette mich, Albin, zieh mich hoch!«, flehte er. »Dann werde ich dir die Wahrheit über den Tod deines Vaters erzählen. Ich selbst bin unschuldig daran.«

»Du bist ein guter Lügner, aber nicht gut genug, um dein Leben zu retten«, keuchte Albin, der von seinem Raubkatzensprung noch außer Atem war. »Ich kenne die Wahrheit über König Alwis' Tod, du selbst hast es eben zugegeben.«

Der Zweig knickte noch weiter um und ein panisches Flackern trat in Durins Augen. »Wenn du mich in die Tiefe stürzen lässt, bist auch du ein Mörder!«

»Nein, es ist ein gerechter Kampf gewesen. Ein Kampf, den du gewollt hast.«

Durin blickte ängstlich in die Tiefe und sagte mit fast versagender Stimme: »Ich ... werde sterben ...«

Albin dachte an das Blutbad, das Durin unter Alwis' Familie angerichtet hatte. Und er dachte an die Folterkammer, in die Durin Egin und so viele andere gebracht hatte.

Er sah Durin an und sagte kalt: »Das Böse kann man nur aufhalten, indem man es auslöscht.«

Mit einem leisen Knacken gab der Zweig nach und Durin schrie auf. Dann fiel er und fiel und fiel ...

Albin konnte gar nicht fassen, dass er gesiegt hatte. Sein Atem rasselte, sein Herz raste und in seinen Ohren hörte er noch den Schrei des längst auf dem Boden aufgeschlagenen Elben. Kaum nahm Albin wahr, wie er nach unten kletterte, wo die Nebelkinder sich um den Toten geschart hatten.

Wie aus weiter Ferne hörte er den vielfachen Jubel: »Es lebe unser König, es lebe König Albin!«

15

Als Gerswind das dumpfe, rhythmische Läuten der Glocke hörte, wusste sie, dass der Tag ihrer Hinrichtung gekommen war. Noch war es finster draußen, wo die Gestirne am Nachthimmel sich bald verabschieden würden. Ihr Licht reichte nicht aus, um Gerswinds kleine Zelle zu erhellen. Der blasse Schimmer, der durch das winzige, mit zwei Finger dicken Eisenstäben gesicherte Fenster fiel, schaffte es gerade, den kleinen Raum mit einem milchigen Schleier zu überziehen. Wenn Gerswind die Augen öffnete, konnte sie die Umrisse der Zelle mehr erahnen als sehen. Aber es gab auch nicht viel zu sehen. Die schmale Pritsche, auf der sie lag, ein kleiner Tisch mit einer tönernen Wasserschale und ein Kruzifix an der Wand bildeten die gesamte Einrichtung. Die Gefangene war schon so lange hier eingesperrt, dass sie jeden Winkel und jede Kante auch mit geschlossenen Augen vor sich sah.

Mit jedem Tag war ihre Hoffnung auf Rettung mehr geschwunden. Es hatte eine Zeit gegeben, als sie ganz fest damit gerechnet hatte, von Albin befreit zu werden. Albin, der sie sogar aus den Händen der Nebelkinder gerettet hatte. Albin, der selbst ein Kind des Nebels war und für den sie doch mehr empfand als für jeden Menschen – ihren Vater vielleicht ausgenommen, aber den gab es nicht mehr. Es war schmerzhaft für Gerswind gewesen, sich an den Verlust des Vaters zu gewöhnen. Als sie es endlich akzeptiert hatte, dass er tot war, hatte sie sich auch mit dem eigenen Tod abgefunden. Mit jedem weiteren Tag, den sie bei Wasser, Brei und Brot hier eingesperrt war, erschien ihr das Sterben weniger schreckhaft. Manchmal wünschte sie es sich sogar, konnte sie dann doch ihren Vater und ihre so früh verstorbene Mutter wiedersehen.

Die Glocke schlug nicht länger, die Mönche waren jetzt zum Morgenlob versammelt. Sobald sie ihren Gottesdienst beendet hatten, würde man Gerswind zur Hinrichtung abholen. So hatte es Vogt Wenrich am Tag ihrer Verurteilung verkündet. Gerswind legte die Handflächen gegeneinander und versuchte zu beten. Aber kein Wort kam über ihre Lippen. Was sollte sie dem Herrn im Himmel sagen, um was ihn bitten? Ihre Rettung zu erflehen erschien ihr unangemessen. Gewiss hatte sie oft gesündigt, mit Worten, Taten oder in Gedanken, wenn auch zumeist nicht absichtlich. So es dem Herrn gefiel, sie zu sich zu rufen, sollte es geschehen.

Ein metallisches Klacken riss sie aus ihren Überlegungen. Sie kannte das Geräusch: das schwere Drehen des Schlüssels im Türschloss. Zweimal am Tag ertönte es, morgens und abends, wenn ein Wächter ihr zu essen brachte. Überrascht riss sie die Augen auf und starrte auf das dunkle Viereck der schweren Eichenholztür, das sich kaum vom Rest der Wand abzeichnete. Sie hatte nicht damit gerechnet, vor ihrer Hinrichtung noch ein Frühmahl gereicht zu bekommen. Oder war es bereits so weit, kamen die Henkersknechte zu ihr, um sie zur Richtstatt zu führen?

Die Gelassenheit fiel von ihr ab, heiße und kalte Schauer suchten sie im schnellen Wechsel heim. Angesichts des nahen Endes erkannte sie, dass sie auf den Tod weit weniger gefasst war, als sie geglaubt hatte. Ihre schweißnassen Hände umklammerten das Holz der Pritsche, wie um das Leben festzuhalten. Sie schämte sich für ihre Angst und suchte vergebens nach dem Grund. Fürchtete sie das Unbekannte, das sie im Jenseits erwartete? Oder bangte sie um all das, was man ihr an diesem Morgen auf ewig rauben wollte, eine Zukunft, ein Leben mit Glück und Tränen? Sie dachte an Albin und bedauerte zutiefst, dass sie ihm nie gesagt hatte, wie sie für ihn empfand.

Knarrend schwang die Tür auf und eine schemenhafte Gestalt trat mit lautlosen Schritten ein. Der Gang hinter der Tür war ebenso finster wie die Zelle, weshalb Gerswind ihren Besucher nicht deutlicher sah. Es schien sich nur um eine Person zu handeln, Wächter oder Mönch, das vermochte sie nicht zu erkennen. Aber die Mönche mussten noch in der Kirche sein, um die Laudes abzuhalten. Einen heftigen Herzschlag lang hatte sie gehofft, Albin sei gekommen, um sie zu holen, aber die Gestalt in der Tür war zu groß.

Ein eigenartig strenger Geruch ging von dem Unbekannten aus, fast wie die Ausdünstung eines Tieres. Er zog die Tür hinter sich zu, ohne sie zu verschließen, und trat an die Pritsche. Augen, die auffällig weit auseinander standen, leuchteten im schwachen Dämmerlicht. Und endlich, als das Gesicht dicht über ihr schwebte, erkannte sie das pferdeähnliche Antlitz des Mischlers.

»Waldo?«

»Du erinnerst dich an mich, wie schmeichelhaft«, sagte er mit leiser Stimme, in der ein Anflug von Belustigung mitschwang. »Andererseits hast du allen Grund, ein dankbares Andenken an mich zu bewahren. Immerhin haben ich und meine Krieger dich vor den Rotelben gerettet.«

»Ihr kamt erst hinzu, als Albin und Findig den Kampf entschieden hatten«, erwiderte Gerswind, während ihr tausend Fragen durch den Kopf schossen: Wie kam Waldo hierher? Woher hatte er den Schlüssel zu ihrer Zelle? Was wollte er von ihr?

»Wir hätten uns besser gar nicht um dich scheren sollen.«

Waldos Stimme klang jetzt hart und kalt. Etwas Bedrohliches ging von dem Mischler aus. Hätte Gerswind nicht ohnehin an diesem Morgen sterben sollen, hätte sie um ihr Leben gefürchtet.

»Warum nicht?«, fragte sie.

»Deinetwegen kamen wir zur Abtei und deinetwegen wurde Albin von Wenrich gefangen. Bei dem Versuch, ihn zu befreien, starben alle meine Männer. Ich bin der Einzige, der Kampf und Folter überlebt hat. Und auch das nur, weil Wenrich mich braucht.«

»Er braucht dich, wozu?«

»Ich kenne mich gut im Reich der Nebelkinder aus. Aber lassen wir das, ich bin aus einem anderen Grund hier. Derselbe Grund, der mich veranlasst hat, in der Abtei zu bleiben. Du stehst doch gut mit Albin und dein Vater war ein einflussreicher Mann. Ja, du musst es wissen und du wirst es mir verraten!«

»Aber was?«

Waldo brachte sein Gesicht so nahe vor das ihre, dass sein schlechter Atem ihr Übelkeit verursachte. Jetzt sah sie auch seine widerlichen Raubtierzähne, die gefährlich funkelten.

»Wo ist der Schatz versteckt?«

»Der Schatz?«, wiederholte Gerswind, ohne zu begreifen.

»Tu nicht so scheinheilig!«, herrschte Waldo sie an. Er umklammerte ihren rechten Oberarm und drückte so fest zu, dass es schmerzte. »Du musst von dem Schatz wissen, den die Mönche hier verborgen haben. Verrat mir das Versteck, und ich lasse dich frei. Ich werde dafür sorgen, dass du fliehen kannst. Verstehst du denn nicht? Ich biete dir dein Leben!«

Jetzt begriff Gerswind und brach zu seiner Verwunderung in ein hysterisches Kichern aus. »Aber den Schatz gibts gar nicht. Albin und Findig haben die Geschichte erfunden. Das haben sie dir doch gesagt.«

»Das wollen sie mir weismachen und du auch. Ihr steckt alle unter einer Decke, um den Schatz für euch zu behalten. Aber ich weiß, dass es ihn gibt. Findig hat mir einen Beutel voller Edelsteine gegeben. Wo der herkommt, da muss noch mehr sein. Also rede!«

Waldo drückte ihren Arm jetzt so stark, dass sie vor Schmerz aufstöhnte. Das Geräusch ging im lauten Krachen der heftig aufgestoßenen Tür unter. Der Vogt betrat die Zelle, begleitet von Soldaten mit Waffen und Fackeln.

Er riss Waldo von der Pritsche zurück und fragte: »Was tust du hier? Wie bist du hereingekommen?«

Ein schiefes Lächeln des Mischlers sollte wohl entschuldigend wirken. »Verzeih, Herr! Ich war so kühn, die Schlüssel an mich zu nehmen, um die Elbentrötsche zum Reden zu bringen, bevor es zu spät ist.«

»Zum Reden, worüber?«

»Über die Nebelkinder. Sie kann uns bestimmt einiges erzählen, was uns nützlich ist bei unserem Kriegszug.«

»Was für ein Kriegszug?«, fragte Gerswind.

»Halt den Mund und bete lieber, deine letzte Stunde hat geschlagen«, sagte Wenrich zu ihr und wandte sich wieder dem Mischler zu. »Wir beide unterhalten uns noch.« Er gab seinen Männern einen Wink. »Bringt die Elbenbuhlerin zur Richtstatt, der Scheiterhaufen soll diesen kalten Morgen erwärmen!«

Die Soldaten nahmen Gerswind in die Mitte und führten sie auf den Hof, wo sie zum ersten Mal seit ihrer Verurteilung Arne wieder sah. Im Gegensatz zu ihr war der Nordmann gefesselt. Dicke Stricke wanden sich um seine Hände und Füße; die Fußfesseln ließen ihm gerade genug Spielraum für winzig kleine Schritte. An Flucht war nicht zu denken, zumal Wenrichs Männer ihre Speere stoßbereit in Händen hielten. Arnes Wangen wirkte trotz des Bartes eingefallen, seine Augen ruhten traurig auf Gerswind. Sein Kummer schien nicht durch seine bevorstehende Hinrichtung verursacht, sondern durch die Tatsache, dass er seiner Herrin nicht hatte helfen können.

Gerswind sah ihn an und lächelte. Sie wollte ihm Mut machen, ihm zeigen, dass sie ihm keine Schuld gab.

Das Morgenlob war verklungen und von der Kirche näherten sich in langer Prozession die Mönche von Mondsee. Gerswind schätzte ihre Zahl auf fünf oder sechs Dutzend. Sie hatten die Kapuzen ihrer dunklen Kutten übergestreift, wobei Gerswind nicht klar war, ob sie sich vor dem kalten Morgenwind oder vor dem Anblick der zum Tode verurteilten Sünder schützen wollten. Still und feierlich schritten die Mönche einher. Im unwirklichen, blassen Licht der beginnenden Dämmerung wirkten sie wie Schattenwesen aus dem Jenseits, die gekommen waren, um die Seelen der Todgeweihten zu holen.

Vor den Soldaten und ihren Gefangenen hielt die

Prozession an und einer der vorderen Mönche schob die Kapuze in den Nacken. Selbst im weichen Dämmerlicht wirkten Abt Manegolds Züge scharf. Ernst blickte er Gerswind an und fragte: »Bist zu bereit zu sterben?«

»Was bleibt mir übrig?«

Sie hielt seinem strengen Blick stand, sah keinen Grund, ihre Augen schamhaft vor dem Abt zu senken. Sicher war es ein Verstoß gegen die Gesetze des Königs und vielleicht auch gegen die Gebote des Herrn gewesen, Arne zu Albins Befreiung auszuschicken, aber sie würde es jederzeit wieder tun. Eine Elbentrötsche war sie nicht, aber wäre sie es gewesen, so hätte sie hierin keine Sünde entdecken können. Von Manegold erwartete sie nichts, keine Hilfe und kein Mitgefühl. Als er sich bei ihrem Prozess bedingungslos auf Wenrichs Seite geschlagen hatte, war ihr klargeworden, dass sie in dem Abt keinen Freund und keinen Fürsprecher hatte.

»Wir wollen das Werk der Gerechtigkeit vollbringen, bevor die Sonne aufgeht. Wenn das Licht auf die Welt fällt, die unser Herr erschuf, soll das Böse getilgt sein.«

Mit diesen Worten drehte Manegold sich um und ging auf das Haupttor der Abtei zu. Ihm folgten die Mönche, die ein Bußgebet anstimmten. Nach ihnen kamen die Soldaten mit den Verurteilten in ihrer Mitte. Knechte und Mägde strömten aus ihren Unterkünften oder aus den Stallungen und Wirtschaftshäusern, wo sie in aller Frühe schon ihrer Arbeit nachgegangen waren, um sich dem Aufmarsch anzuschließen. Ihr Ziel war die Richtstatt auf einem kleinen Hügel außerhalb des Klosters.

Noch lagen die Schatten der Nacht auf dem Mondseeland und nur langsam lösten sie sich auf. Von dem Gewässer wallte dicker Nebel herüber, als wollte er den Schatten bei ihrem Kampf gegen das Tageslicht helfen. Auf dem Weg zur Richtstatt wurde Gerswind bewusst, dass sie niemals mehr die Sonne sehen würde, und bei dieser Erkenntnis überfiel sie tiefe Trauer.

Am Hügel wurde die Prozession von einer Menschenmenge erwartet. Aus den Hütten der Fischer und Handwerker und aus den verstreuten Gehöften waren Männer, Frauen und sogar Kinder herbeigeeilt, um der zweifachen Hinrichtung beizuwohnen. Den Kindern mochte es zur Abschreckung dienen, den Frommen zur Erbauung, doch für so manche war es auch ein Schauspiel, das eine willkommene Ablenkung im tristen Einerlei ihrer täglichen Arbeit bot. Das Funkeln in den Augen verriet die Gier der Menschen nach Blut und Todesqualen.

Oben auf dem Hügel standen der Richtblock und der Scheiterhaufen. Beim Anblick des Letzteren wusste Gerswind auf einmal, um was sie hätte beten sollen: um einen schnellen, möglichst schmerzlosen Tod.

Als der Gesang der Mönche verstummt war, trat Wenrich vor, blickte langsam in die Runde und sagte mit lauter Stimme: »Heute, am Tag der heiligen Cäcilia, sind wir hier zusammengekommen, um zwei Urteile gegen das Leben zu vollstrecken. Zwei Sünder sollen die Gelegenheit erhalten, ihre Seelen im Fegefeuer zu läutern. Der eine ist ein Heide und wird vielleicht im Jenseits die Bekehrung erfahren, der er sich auf dieser Welt verweigert hat. Er verhalf dem zum Tode verurteilten Nebelkind Albin zur Flucht und soll deshalb die Strafe erleiden, die dem Entflohenen zugedacht war: Auf dem Richtblock soll der Nordmann Arne enthauptet werden. Gerswind, die Tochter des von den Nebelkindern ermordeten Grafen Guntram, hat sich auf unzüchtige Weise mit den Mördern ihres Vaters eingelassen. Sie hat ihre Seele und ihren Leib befleckt. Die Seele wird im Jenseits geläutert, der Leib aber soll schon hier den reinigenden Flammen übergeben werden. Gerswind soll auf brennendes Holz gebunden werden und im Feuer ihr Leben aushauchen. Die Strafen werden sogleich vollzogen.«

Soldaten packten Arne und zwangen ihn vor dem Richtblock auf die Knie. Sie drückten seinen Kopf seitlich gegen das blutfleckige Holz und banden sein Haupt mit zwei sich überkreuzenden Lederriemen fest.

Auch Gerswind wurde ergriffen und zum Scheiterhaufen geschleppt. Sie wehrte sich nicht. Es wäre zwecklos gewesen und hätte nur das Vergnügen derjenigen gesteigert, die sich an dem blutigen Spektakel ergötzen wollten. Man band die Verurteilte an einen Pfahl, der aus dem aufgeschichteten Holz herausragte. Wenrich selbst ließ sich die Fackel reichen, um das tödliche Feuer zu entzünden. Hauptmann Volko hatte mit beiden Händen das schwere Schwert ergriffen, mit dem Arnes Hinrichtung vollstreckt werden sollte.

Gebannt starrte die Menge auf die beiden Todgeweihten, um sich keinen Augenblick der Vollstreckung entgehen zu lassen. Niemand achtete auf den Nebel, der dicker und dicker wurde und den Hügel heraufkroch wie ein lebendiges Wesen, das jede Handbreit Land mit seiner gelbgrauen Wabermasse bedecken wollte. Schon versanken viele bis zu den Knien in dem undurchsichtigen Brodem, der viel stärker war als der übliche Morgennebel.

Die Mönche streiften ihre Kapuzen ab, als Wenrich zum Scheiterhaufen schritt. Gerswind glaubte in seinem bärtigen Antlitz Vorfreude auf das Kommende zu erkennen. Ihr Blick huschte über die anderen Gesichter. Manegold sah unbeteiligt aus, als weilten seine Gedanken woanders. Waldo wirkte fast ein wenig betrübt, wobei seine Sorge wohl nicht den beiden Verurteilten galt, sondern dem vermeintlichen Schatz, dem er einmal mehr vergeblich nachgespürt hatte. Mitleidig wirkte dagegen der Dekan Ursinus, der die Augen senkte, als Gerswinds Blick den seinen kreuzte.

Wenrich stand jetzt dicht vor Gerswind und sie spürte die Hitze der zuckenden Fackelflamme. Um wie viel größer, stärker, schmerzhafter musste da erst die Hitze des Feuers sein, das sie gleich verschlingen würde! Doch in dem Schrecken lag auch ein Trost: Je größer die Hitze, desto schneller würde ihr Leiden vorüber sein.

Der Vogt wollte sich bücken, um das Holz zu entzünden. Doch er stieß einen Schreckensschrei aus und sprang zurück, wobei er stolperte und hinfiel. Die Fackel entglitt seiner Hand.

Mit vor Entsetzen geweiteten Augen starrte Wenrich auf den Scheiterhaufen, aus dem hohe Flammen loderten, obwohl er ihn nicht mit der Fackel berührt hatte. Mittendrin in dem höllischen Feuer stand Gerswind, gänzlich unversehrt. Sie schien keinen Schmerz zu spüren und die Flammen konnten ihr offensichtlich nichts anhaben. Dafür leckten sie nach dem Vogt und allen anderen. Feurige Zungen schossen aus dem Scheiterhaufen hervor. Hatte der Herr im Himmel beschlossen, an diesem nebelverhangenen Morgen alle Sünder am Mondsee zu vertilgen?

Schreiend spritzten die Menschen auseinander und rannten davon, um der hungrigen Lohe, die sich über den ganzen Hügel wälzte, zu entkommen. Soldaten warfen ihre Waffen weg, um schneller laufen zu können. Bauern, Handwerker, Fischer, Knechte und Mägde stießen einander zur Seite oder rannten sich gegenseitig über den Haufen. Auch viele der Mönche rafften ihre Kutten und flohen vor dem, was sie als Ausgeburt des Bösen ansahen. Nur wenige Klosterbrüder, die sich um Manegold und Ursinus scharten, blieben standhaft und stellten fest, dass den wild züngelnden Flammen die Hitze und die verzehrende Kraft des Feuers fehlte.

Von einem Augenblick auf den nächsten verschwand die Flammenhölle, als hätte sie nie existiert. Aus dem Nebel, der die Hügelkuppe erreicht hatte, schälten sich die kleinwüchsigen Gestalten der Nebelkinder, ungefähr zwei Dutzend an der Zahl. Es waren von Rohon und Sundra angeführte Rotelben und zwei Braunelben: Albin und Findig. Der junge König lief zum Scheiterhaufen, der ältere Braunelb zum Richtblock, und sie schnitten die Gefesselten los.

Gerswind sank in Albins Arme und er hielt sie fest. Beide waren glücklich, endlich vereint zu sein, und sie verstanden sich auch ohne Worte. Ihre Augen sagten alles. Vielleicht hätten sie für Stunden so dagestanden, dicht aneinander geschmiegt, wäre es an einem anderen Ort gewesen, zu einer anderen Gelegenheit.

Doch hinter ihnen ertönten Manegolds Schreie. Er rief seine Brüder und die Soldaten zurück, schrie ihnen nach, das Höllenfeuer sei nur eine Täuschung gewesen, ein Zauber der Nebelkinder. Findig sprang zu ihm hin und streckte ihn mit einem Fausthieb unters Kinn zu Boden. Findigs scharfer Dolch, der drohend vor dem Abt schwebte, hinderte diesen am Aufstehen.

»Du ganz allein entscheidest jetzt darüber, ob du leben oder sterben wirst«, sagte Findig. »Erzähl uns die Wahrheit über dein dunkles Spiel und du bleibst am Leben!«

»Was für ein Spiel?«

»Das Komplott, das du geschmiedet hast. Streite es nicht ab, ich selbst habe die Beweise gesehen. Ich meine die Schachfiguren, die dir angeblich bei dem Überfall geraubt wurden, dem Graman und Graf Guntram zum Opfer fielen. Die Figuren befanden sich schon viel früher bei den Rotelben. Wie kommt das? Und warum hast du gelogen, als du die Figuren bei den Mischlern entdecktest?«

Manegold atmete tief durch und erwiderte mit fester Stimme: »Ich habe nicht gelogen! Was du da erzählst, Elb, ist für mich unerklärlich.«

Während er sprach, verlagerte er sein Gewicht zur Seite. Mit einer schnellen Bewegung wirbelte er herum und griff nach dem Speer, den ein Soldat auf der Flucht fallen gelassen hatte.

»Stirb, Satansbrut!«, schrie Manegold und wollte die eiserne Spitze in Findigs Brust rammen. Aber der Elb sprang zurück und der Stoß ging ins Leere.

Sundra, die ihre Zweiklingenwaffe trug, rannte herbei und spaltete dem Abt mit einem schnellen Hieb der doppelten Axtklinge den Schädel. Ursinus und die übrigen Mönche stöhnten auf. Der letzte Mut verließ sie und auch sie flohen den Hügel hinab.

Findig starrte die Rotelbin voller Zorn an. »Warum hast du das getan?«

»Um dir das Leben zu retten.«

»Ich wäre auch ohne Hilfe mit dem Kirchenmann fertig geworden. Er war das Kämpfen nicht gewohnt.«

Sundra wischte die blutige Axtklinge an Manegolds Kutte ab und sagte gleichmütig: »Mein Eindruck war ein anderer.«

Rohon, der ein Schwert mit gezackter Klinge trug, trat hinzu und bedachte Findig mit einem finsteren Blick. »Warum machst du meiner Tochter Vorwürfe? Vielleicht wärst du allein mit dem Abt fertig geworden, vielleicht hätte er dich aber auch in ernsthafte Gefahr gebracht. Du solltest Sundra für ihr Einschreiten dankbar sein.«

»Dankbar wofür? Etwa dafür, dass sie den Menschen getötet hat, der das Komplott hätte aufdecken können, in dessen Gespinst sich alle hier, Großwüchsige und Nebelkinder, verfangen haben? Ich frage mich, ob nicht genau das ihre Absicht gewesen ist. Hätte Manegold geredet, dann hätte er ausgeplaudert, wen er mit den kostbaren Schachfiguren für welche Dienste bezahlt hat!«

Der Anführer der Rotelben stampfte wütend mit einem Fuß auf. »Von welchen Figuren faselst du dauernd, Findig?«

Der Braunelb erzählte von Manegolds kostbaren Schachfiguren. »Und jetzt gib schon zu, dass du die Figuren kennst, Rohon. Deine Krieger, die Gerswind bewachten, hatten sie bei sich. Lass uns die Sache hier und jetzt entscheiden. Ich ahne schon lange, dass du in jeder Hinsicht ein würdiger Nachfahre des Verräters Erko bist. Erzähl uns, in welche Machenschaften du und Manegold verstrickt gewesen seid, und trage die Sache im Kampf Elb gegen Elb mit mir aus!«

Rohon schüttelte langsam den Kopf. »Ich begreife

nicht, was du da erzählst, Braunelb. Meine Tochter wählte die Krieger aus, die Graf Guntrams Tochter ins Elbenreich brachten. Sundra führte den Trupp an und stieß mit den meisten der Krieger erst kurz vor dem Abend wieder zu mir, als wir dir und Albin begegneten. Ich habe die Höhle, in der Gerswind bewacht wurde, niemals betreten. Und ich weiß nichts von einem Schachspiel.«

»War das so, Gerswind?«, fragte Findig.

Gerswind, die noch immer Albin umarmt hielt, nickte. »Nach dem Überfall auf die Fischerinsel trennten sich die rothaarigen Nebelkinder. Die Elbin führte die Krieger an, die mich in die Berge brachten. Doch nur drei Wächter blieben bei mir. Die Elbin verließ mit den Übrigen die Höhlen, kurz nachdem wir das Versteck erreicht hatten.«

Findigs Antlitz war der Spiegel seiner schnell wechselnden Gefühle: von Unglauben zu Überraschung und dann zu erschreckender Erkenntnis. Er starrte Sundra ähnlich verstört an, wie zuvor die Menschen auf das scheinbar alles verschlingende Feuer geblickt hatten.

»Jetzt erst begreife ich es«, sagte er leise. »Verzeih, Rohon, sie hat auch dich hintergangen. All deine Hoffnungen, die Rotelben wieder in den Rang eines ehrenhaften, gleichberechtigten Elbenstammes zu erheben, waren ihr nur ein willkommener Anlass für ihre eigenen Pläne, welche auch immer sie sein mögen.«

Auch Rohon verstand jetzt. Stockend, um Fassung ringend, sagte er: »Sundras Kundschafter überbrachten die Botschaft von der westfränkischen Verschwörung. Daraufhin entschied ich, dass Graf Chlodomer sterben muss. Und jetzt ahne ich auch, wer die Abtei überfallen, wer den Mönch und Graf Guntram getötet hat. Meine eigenen Krieger – Verräter!«

Er sah in die Gesichter seiner Gefolgsleute und einige von ihnen schlugen beschämt die Augen nieder. Ein Beben ging durch Rohon und sein Kopf flog zu seiner Tochter herum.

»Erklär es mir!«, schrie er, vor Zorn außer sich. »Was ist mit diesen Schachfiguren? Was hat Abt Manegold damit bezahlt?«

»Du ahnst es doch bereits, Vater«, erwiderte Sundra vollkommen ruhig. »Sie waren der Lohn für Chlodomers Ermordung.«

»Also gibt es keine Verschwörung gegen die Ostfranken?«

»Doch, aber sie geht nicht von den Westfranken aus. König Rudolf von Hochburgund will die Gelegenheit nutzen, das mächtige Westfrankenreich gegen Rudolfs alten Feind, den Ostfrankenkönig, aufzubringen. Dessen Reich soll zwischen den Heeren Odos und Swatopluks zerrieben werden. Rudolf will sich auf die Seite von König Arnulfs Feinden schlagen und sich den südlichen Teil von Arnulfs Ländereien sichern.«

»Menschliche Ränkespiele«, sagte Rohon abfällig und spie aus. »Warum hast du dich eingemischt, Sundra?«

»Für uns. Für die Erben König Erkos und für den Stamm der Rotelben. Manegold, der von Rudolf bezahlt wurde, hat mir versprochen, dass Hochburgunds Krieger den Rotelben die Macht im Reich der Nebelkinder erkämpfen werden.«

»Was ist mit Wenrich?«, fragte Findig.

»Der Vogt weiß nichts von Manegolds Machenschaften«, antwortete Sundra. »Er lässt sich nur von seinem Hass leiten.«

»Und mein Vater?«, rief Gerswind, wobei sie die Rotelbin mit einer Mischung aus Abscheu und Unverständnis anblickte. »Warum hast du ihn und den Mönch Graman getötet?«

»Manegold wollte es so. Die beiden schnüffelten zu viel herum. Der ganze schöne Plan drohte dadurch aufzufliegen.«

Rohon trat dicht vor Sundra und betrachtete seine Töchter wie ein fremdes Wesen. »Du wolltest also den Stamm der Rotelben zu neuer – oder alter – Macht führen, ja? Und wer sollte auf dem Thron sitzen, du oder ich?«

»Wir beide. Und es ist immer noch möglich. Alles, was hier gesagt wurde, kann unter uns Rotelben bleiben.«

Als Albin diese Worte hörte, ließ er Gerswind los und zog sein Schwert mit dem goldverzierten Griff, das Königsschwert der Braunelben. Sundra hatte soeben das Todesurteil für Gerswind, Findig, Arne und ihn verkündet. Findig hielt seinen Dolch noch in der Hand. Aus den Augenwinkeln sah Albin, dass Arne sich bückte und das schwere Richtschwert vom Boden aufhob, das der geflohene Volko zurückgelassen hatte.

»All unsere Mühen vergebens, zerstört durch deine Machtgelüste«, sagte der enttäuschte Rohon zu seiner Tochter. »Wir standen kurz davor, die Ehre der Rotelben wiederherzustellen. Du hast dieses Ziel in weite Ferne gerückt.«

»Nicht unbedingt«, rief Findig. »Ich glaube dir, dass du unschuldig bist, Rohon. Und Albin glaubt dir auch. Wenn die Rotelben jetzt bedingungslos zur Sache der Nebelkinder stehen, wird Sundras Schande vergeben sein.«

»Lächerlich!«, schnaubte Sundra. »Die Rotelben werden sich niemals unterordnen. Unsere Bestimmung ist es, zu herrschen. Erhebt die Waffen, Krieger!« Niemand folgte dem Aufruf. Zögernd sahen die Rotelben ihren Anführer an.

Der sagte nach einem langen Blick in die Runde: »Einige von euch haben Sundras Schandtaten unterstützt. Vielleicht hat sie euch etwas vorgemacht, ich weiß es nicht. Aber ich will jedem verzeihen, der sich jetzt von ihr lossagt.«

Sundra hielt ihre Zweiklingenwaffe mit beiden Händen hoch über den Kopf und rief: »Befolgt meinen Befehl, erhebt die Waffen! Wir werden die Rotelben wieder stark machen!«

Aber nur einer erhob die Waffe: Rohon. Er stieß die Schwertklinge tief in Sundras Brust. Die Rotelbin brach vor ihm zusammen.

Aus aufgerissenen Augen starrte sie ihren Vater an und röchelte: »Warum hast du ...« Ihre Stimme erstarb, aber Sundra nahm alle Kraft zusammen. »Ich ... deine Tochter ...«

»Nein, ich habe keine Tochter mehr«, sagte Rohon mit harter Stimme. »Ich habe meine Tochter in dem Augenblick verloren, als sie beschloss, den Weg der Schande zu beschreiten.«

Kraftlos fiel Sundras Kopf zur Seite, das Leben hatte sie verlassen.

Ein Stich ging durch Albins Brust. Er hatte Sundra gemocht, ohne aber zu wissen, dass sie alle Nebelkinder verraten hatte. Und doch machte sich das Gefühl eines Verlustes in ihm breit. Sie war klug und stark gewesen, hätte viel für ihr Volk leisten können. Er empfand Bedauern, dass sie auf diese Weise enden musste.

Gelärme am Fuß des Hügels erregte seine Aufmerksamkeit. Wenrich und Volko hatten einen Teil der geflohenen Soldaten um sich geschart. Dreißig oder vierzig Männer setzten zum Angriff auf die Nebelkinder an. Bei ihnen war Waldo, der sich einen Speer gegriffen hatte. War der Mischler noch immer auf der Jagd nach Albin und nach dem Schatz, den es nicht gab?

»Weg hier, bevor es ein Gemetzel gibt!«, befahl Albin.

»Die Rotelben fürchten sich nicht«, sagte Rohon. »Im Kampf gegen die Männer des Vogts können wir zeigen, dass Ehre in uns steckt. Und euch sichert es die Zeit, die ihr zur Flucht benötigt.«

Albin schüttelte den Kopf. »Ich kann keine Ehre darin entdecken, sich gegenseitig abzuschlachten. Und für die Deckung unserer Flucht ist gesorgt. Folgt mir!«

Er nahm Gerswind an der Hand und lief den Hügel auf der den Soldaten abgewandten Seite hinab, gefolgt von Arne, Findig, Rohon und den Rotelben. Albin konzentrierte seine Gedanken auf den Nebel und er spürte, dass auch Findig seine Kräfte darauf richtete. Das Gewölk breitete sich aus und wurde dichter, aber es reichte noch nicht aus, um die Flüchtenden zu verbergen. Die Verfolger kamen ihnen gefährlich nahe. Wo blieb nur Gordo?

Kaum hatte Albin an den Hauptmann gedacht, der nach Durins Tod den Treueschwur auf den neuen König der Braunelben geleistet hatte, da brachen die Gämsenreiter aus dem Nebeldunst hervor: dreißig, vierzig, fünfzig an der Zahl, angeführt von Gordo. Sie hatten im Verborgenen gewartet, um die Flucht von Albins Trupp abzusichern. Jetzt schirmten sie die Flüchtenden vor Wenrichs Männern ab.

Gordo schrie einen heiseren Befehl und seine Krieger zogen die Schleudern aus ihren Gürteln. Mit flinken Bewegungen legten sie die scharfkantigen Steine ein, die sie in Lederbeuteln mit sich führten, und schwangen die Schleudern. Ein Hagel von fünfzig Steinen ging auf Wenrichs Soldaten nieder und viele der Männer brachen verwundet zusammen.

Ein weiterer Befehl Gordos erscholl. Die Hälfte seiner Reiter wendete ihre Tiere, um Albin und seine Begleiter aufzunehmen. Dann sprangen die Gämsen davon, hinein in den Nebel, der sie bald vor den Augen der Feinde verbarg. Den unberittenen Soldaten des Vogts war es unmöglich, die Verfolgung fortzusetzen. Entmutigt, wie sie es nach dem Steinhagel waren, versuchten sie es nicht einmal.

Nur Wenrich lief einige Schritte in die Nebelsuppe hinein und sein Schrei verfolgte die Elben: »Ich werde euch kriegen, ihr Teufelsgeburten, euch alle!«

16

Wenrichs Schrei war alles andere als eine leere Drohung, das zeigte sich schon wenige Tage später. Kaum war der neue König der Braunelben mit seinen Begleitern in seinem Reich angelangt, da trafen auch schon einige der von ihm am Mondsee zurückgelassenen Kundschafter ein: schnelle Gämsenreiter, deren Aufgabe es war, ihm über alles zu berichten, was in der Abtei vor sich ging. Und was sie zu berichten hatten, zeigte, dass seine Vorsicht höchst angebracht war.

Ein gewaltiges Heer von mehreren tausend ostfränkischen Kriegern, Berittene und Fußsoldaten, war in mehreren Marschkolonnen am Mondsee eingetroffen und hatte sein Lager rund um die Abtei aufgeschlagen. Einer der Kundschafter hatte von Barthel erfahren, dass König Arnulf die Truppen auf Wenrichs Anforderung hin gesandt hatte. Mehr noch, sie waren dem Vogt unterstellt, der dem König berichtet hatte, eine Armee von Elben bereite sich darauf vor, das Mondseeland zu verwüsten. Der zweimalige Überfall auf die Abtei, erst durch Sundras Rotelben, dann durch die Mischler, hatte ihm einen guten Vorwand geliefert. Und jetzt gebot Wenrich über eine ganze Streitmacht, um seine mit der Vernunft nicht fassbaren Rachegelüste an den Nebelkindern auszutoben.

Kurz darauf trafen weitere Kundschafter ein und hatten Schlimmes zu berichten. Einige umherziehende Elbentrupps, die Handelskontakte untereinander oder mit den Großwüchsigen gesucht hatten, waren von Spähtrupps des Vogts bis auf den letzten Mann, die letzte Frau und das letzte Kind getötet worden. Die Soldaten vom Mondsee hatten auch das Lager der Mischler aufgespürt und dem Erdboden gleichgemacht. Gleichzeitig hielt Wenrich in der Abtei strenges Gericht über alle, die des Umgangs mit den Nebelkindern verdächtigt wurden. Wer einen Elbenfreund verriet, wurde mit einer Prämie belohnt und auf die Verratenen wartete der Richtblock. Barthel verlor unter dem Richtschwert sein Haupt und ebenso der bucklige Hadwig aus dem Fuschldorf.

»Immer mehr und immer größere Kriegstrupps rücken in die Berge vor. Es ist offensichtlich, dass Wenrich sein Heer zum großen Ansturm auf das Reich der Nebelkinder versammelt. Wir müssen sofort einen gemeinsamen Beschluss fassen, wie wir ihm entgegentreten wollen.«

Das sagte Albin zum Großen Rat, der auf seinen Ruf hin zum ersten Mal seit vielen Jahren wieder zusammengetreten war. In einem Saal der Braunelbenburg trafen sich die Elbenherrscher mitsamt ihren Ratgebern. An Albins Seite saßen Findig, Egin, Rohon, Arne und Gerswind.

Amon erhob die Stimme: »Bevor wir uns mit der fernen Gefahr befassen, sollten wir über das Naheliegende reden. Hier tagt der Große Rat der drei Elbenstämme und da haben weder Rotelben noch Menschen etwas zu suchen!«

»Die Berater der Könige haben hier sehr wohl etwas zu suchen«, wehrte Albin ab. »Und ich dachte bislang, ein König könne sich seine Berater nach freiem Willen wählen. Aber ich will gern erklären, weshalb ich mich für Rohon, Arne und Gerswind entschied. Gerswind kennt sich im Reich der Ostfranken aus wie sonst niemand hier. Sie hat zeitweilig am Hofe König Arnulfs gelebt. Arne hat mir einen Vorschlag unterbreitet, den ich für sehr hilfreich erachte. Rohon schließlich hat sich meinem Befehl unterstellt und ich schätze den Ratschlag eines so erfahrenen Kriegers. Außerdem hoffe ich, dass er dem Großen Rat irgendwann wieder als König des Rotelbenstammes angehören wird – falls es dann noch einen Großen Rat und ein Volk der Nebelkinder gibt.«

Amura sah besorgt auf. »Für so ernst hältst du die Lage, Albin?«

»Ich bin der Einzige unter den hier versammelten Herrschern, der Wenrich kennt.« Albin zeigte auf die Narbe, die seine Wange verunzierte. »Ich habe seinen Hass am eigenen Leib erfahren. Ich weiß, dass er nicht ruhen wird, bis er unser Volk ausgelöscht hat.«

»Nur um einen Hass zu befriedigen, an dem wir Elben keine Schuld haben?«, meinte die Königin der Lichtelben ungläubig.

»Hass fragt nicht nach Schuld«, erklärte Findig. »Mag sein, dass Wenrich noch von anderen Gedanken getrieben wird. Wenn er das Mondseeland vor einem angeblichen Angriff der Nebelkinder beschützt, steigt er in König Arnulfs Achtung. Vielleicht will der Vogt Graf Guntrams Stelle einnehmen. Für uns ist nur wichtig, dass er Arnulfs Truppen missbrauchen will, um unser Volk auszulöschen.«

Der Schwarzelbenkönig ergriff wieder das Wort: »Das Tal der Braunelben liegt dem Reich der Menschen am nächsten. Vielleicht gibt Wenrich sich damit zufrieden, dieses Tal zu verheeren. Warum sollen

Licht- und Schwarzelben einen Krieg beginnen, der sie nichts angeht?«

»Die Braunelben würden ihren Bruderstämmen helfen, auch wenn sie selbst nicht betroffen wären«, sagte Albin. »Natürlich sind die Licht- und die Schwarzelben zu nichts verpflichtet. Aber glaubt ihr wirklich, dass die Menschen, einmal ins Reich der Nebelkinder eingedrungen, einhalten werden, bevor sie jeden Stamm unterworfen haben? Die Gier nach Macht und möglicher Beute wird die Soldaten antreiben, so wie Wenrich von seinem Hass getrieben wird.«

»Ich sehe das nicht so.« Amon erhob sich. »Ich werde den Großen Rat verlassen. Als ich herkam, ging ich nicht davon aus, dass Albin meine Krieger für seine Zwecke einspannen will.«

In diesem Augenblick stürzte ein Gardist der Braunelben herein und überbrachte Albin eine Meldung.

»Herein mit ihm!«, sagte Albin und der Gardist verließ den Saal.

»Mit wem?«, fragte Amon.

»Mit einem deiner Krieger«, antwortete Albin. »Er kommt mit einer wichtigen Nachricht.«

Der Schwarzelb, der zusammen mit dem Gardisten eintrat, sah mitgenommen aus. Seine Kleidung war zerrissen und blutbefleckt, seine Haut mit kleinen Schnittwunden bedeckt. Er ging vor Amon in die Knie und stammelte: »Verzeih, mein König, aber ich konnte es nicht verhindern. Es ging so schnell und sie kamen von allen Seiten. Ich zog mein Schwert, aber die Übermacht streckte mich nieder. Als ich wieder zu mir kam, waren alle tot – außer mir ...«

»Wer ist tot?«, fragte Amon ungeduldig.

»Darion, dein ältester Sohn«, sagte der Schwarzelb und schluckte einen Kloß hinunter. »Wir waren auf der Jagd. Ich gehörte zu Darions Begleitung. Aber plötzlich kamen Großwüchsige aus dem Gebüsch, bestimmt hundert an der Zahl. Sie stießen und hieben auf uns ein, ohne Unterlass. Einige flehten um Gnade, aber auch sie wurden niedergemacht. Und Darion ...«

»Was?«, schrie Amon. »Was ist mit ihm?«

»Als ich erwachte, lag er neben mir, von etlichen Wunden gezeichnet. Er muss bis zum letzten Atemzug gekämpft haben. Aber jetzt ... atmet er nicht mehr ...«

Findig gab dem Gardisten einen Wink und der Braunelb führte den verstörten Schwarzelb hinaus. Merkwürdig, dass der Schwarzelbenkrieger gerade zu diesem Zeitpunkt erschien, dachte Albin.

So merkwürdig nun auch wieder nicht, vernahm er Findig in seinem Kopf. *Er kam schon am Morgen hier an, aber ich hielt es für besser, ihn seine Meldung zum richtigen Zeitpunkt vorbringen zu lassen.*

Amon sagte mit zitternder Stimme: »Du hast Recht gehabt, Albin. Du bist jung, nicht älter als Darion und erst seit kurzem König, aber du scheinst am besten zu wissen, was zu tun ist. Ich unterstelle mich und meine Krieger deinem Befehl.«

»Ich ebenso«, fügte Amura hinzu. »Was schlägst du vor, Albin?«

Albin sammelte seine Gedanken. Er wusste, dass sein Vorschlag in Amons und Amuras Ohren verrückt klingen könnte. Aber er hatte alles wieder und wieder durchdacht und keine andere Lösung gefunden.

»Wir können unser Reich nicht verteidigen«, sagte

er voller Überzeugung. »Die Krieger aller Stämme sind vereint nicht so stark wie Wenrichs Streitmacht. Und ein Kampf hier in unserem Reich würde unsere Frauen und Kinder gefährden.«

»Vielleicht könnte es doch gelingen, den Feind zu schlagen«, wandte Amon ein.

»Selbst dann wären wir nicht sicher. Die Menschen sind so zahlreich wie im Sommer das Laub auf den Bäumen. Sie würden mit neuen Truppen zurückkommen. Wir könnten vielleicht noch einmal zum Kampf antreten, aber wir würden ausbluten. Es wäre ein Kampf ohne die Aussicht auf einen wahren Sieg. Nein, wir müssen diese Berge verlassen. Unser Volk ist schon weit gewandert und jetzt muss es erneut auf Wanderschaft gehen.«

»Aber wohin?«, fragte Amura.

Albin gab Arne einen Wink und der Nordmann erhob sich. »Meine Leute befahren die Meere bis hin zu weit entfernten Küsten. Erst kürzlich haben einige unserer Schiffe ein fernes, fruchtbares Land entdeckt, das unbesiedelt ist. Ich werde dafür sorgen, dass ihr auf Schiffen der Nordmänner eine neue Heimat findet. Ihr müsst es schaffen, euch bis zur Küste im Nordwesten durchzuschlagen.«

Amon zog die Stirn in Falten. »Warum willst du uns helfen?«

»Albin hat mich und meine Herrin Gerswind vor dem Tod errettet, und er hat früher das Gleiche für meinen Bruder zu tun versucht. Ich stehe tief in seiner Schuld und bin froh, wenn ich die Schuld auf diese Weise begleichen kann.«

»Bis zur nordwestlichen Küste ist es ein langer, beschwerlicher Weg«, meinte Amura sorgenvoll. »Wir müssen nicht nur den Großwüchsigen ausweichen, auch der bald mit aller Macht hereinbrechende Winter wird uns zu schaffen machen. Die Luft riecht schon nach klirrender Kälte.«

Albin nickte. »Ich sage nicht, dass alle von uns es überleben werden. Aber es ist der einzige Weg, ein freies Volk der Nebelkinder zu erhalten.«

Ein Hauptmann, der zu Amons Ratgebern zählte, meinte: »Wenn die Großwüchsigen unsere Jagdtrupps überfallen, müssen sie schon sehr nahe sein. Sie werden uns nicht kampflos ziehen lassen.«

»Das sollen sie auch nicht.« Albin klang grimmig, fast so, als freue er sich auf den Kampf. »Während sich der Großteil unseres Volkes nach Nordwesten durchschlägt, werde ich mit den besten Kriegern eine falsche Fährte legen. Wir locken Wenrichs Heer nach Süden und werden es so lange hinhalten, bis die übrigen Nebelkinder außer Gefahr sind.«

»Ein Kampf, das gefällt mir!«, sagte der Hauptmann der Schwarzelben.

»Mir auch!«, rief Amon. »Ich werde mit dir fechten, Albin.«

Amura sprach: »Den Lichtelben ist der Frieden lieber. Aber ich sehe ein, dass uns kein anderer Ausweg bleibt. Auch meine hervorragendsten Krieger werden dich begleiten, Albin. Wo willst du Wenrich zur Schlacht stellen?«

»Ich habe mir über diese Berge so viel wie nur möglich berichten lassen«, erwiderte Albin. »Nach meiner Ansicht gibt es im Süden einen Ort, der wie kein anderer geeignet ist, Wenrich aufzuhalten: das Steinerne Meer.«

Das Steinerne Meer war eine weit ausgedehnte, verkarstete Hochebene mit unzähligen Karrenfeldern und Höhlen – der ideale Ort für einen Hinterhalt. Das ging Albin durch den Kopf, als er auf einer Anhöhe stand und im blassroten Licht der Morgendämmerung auf die Walstatt niedersah. Die Höhlen und die vielen schroffen Kalksteinfelsen, die sich in allen nur vorstellbaren Ausformungen zeigten, boten ausreichend Raum, um seine kleine Streitmacht von fünfhundert Kriegern zu verstecken. Viel weniger Männer, als die zahlreichen Zelte vermuten ließen, die sie auf der Hochebene aufgeschlagen hatten. Feuer brannten zwischen den Zelten und angebundene Ziegen ließen ihr abgehacktes Gemecker hören. Alles erweckte den Eindruck eines großen Lagers.

Doch das Volk der Nebelkinder, das sich angeblich hierher geflüchtet hatte, war längst unterwegs zur Küste im Nordwesten. Albin hoffte, dass es allen gut ging. Vor zehn Tagen hatte er sich von ihnen verabschiedet, auch von Gerswind.

Sie hatten sich unter vier Augen getroffen, nachdem der Große Rat getagt hatte. Albin hatte ihr Geleitschutz bis in die Nähe von Regensburg angeboten. Dort würden die Freunde ihres Vaters und König Arnulf sie vor Wenrichs Hass schützen.

Empört hatte sie ihn angestarrt und laut geschimpft: »Werde jetzt nur nicht hochnäsig, Albin, nur weil du schneller König geworden bist, als ein Bauer sein Feld bestellt. Ich habe dich noch gekannt, als du anderen das Essen aufgetragen hast. Also sag mir nicht, was ich zu tun oder zu lassen habe. Meine Entscheidung habe ich längst selbst getroffen!«

»Und wie lautet die?«, hatte Albin zaghaft gefragt.

»Ich bleibe bei euch. Meine Heimat ist dort, wo das

Volk meines Gemahls ist. Oder ist es Elbenkönigen verboten, eine Menschin zum Weib zu nehmen?«

Es war wohl die schnellste Königshochzeit gewesen, die man jemals im Reich der Nebelkinder gefeiert hatte. Und die letzte. Schon am nächsten Morgen hatten die Vorbereitungen zum Abmarsch begonnen. Beim Abschied hatte Albin Gerswind versprochen, dass sie sich wiedersehen würden. Und Gerswind hatte tapfer genickt.

Jetzt, als er die schroffen Felsen betrachtete, die im erstarkenden Licht allmählich an Konturen gewannen, fragte er sich, ob er den Mund zu voll genommen hatte. Während der letzten Tage hatten kleinere Elbentrupps, von Albin ausgesandt, immer wieder gegen Wenrichs Heer gekämpft. An die hundert Nebelkinder hatten dabei ihr Leben verloren. Immerhin war es tatsächlich gelungen, Wenrich in die falsche Richtung zu locken. Und heute würde der Vogt, wenn Albins Rechnung aufging, mit seiner gesamten Streitmacht in das Steinerne Meer einfallen.

Findig und Rohon traten zu ihm und der Braunelb sagte: »Die siehst so zweifelnd drein, mein König. Sorgst du dich um den Sieg?«

Albin wandte sich zu ihnen um. »Findig, ich habe dir schon hundertmal gesagt, du sollst mich nicht König nennen. Für dich bin und bleibe ich einfach Albin! Und wenn ich an das denke, was heute hier geschehen wird, wünsche ich mir, ich wäre der Knecht Albin geblieben.«

Rohon schüttelte verständnislos den Kopf. »Die Nebelkinder hätten sich keinen besseren Heerführer wünschen können. Angesichts dessen, was du in den letzten Tagen erreicht hast, sind unsere Verluste gering. Und wenn die Götter mit uns sind, werden wir heute den Sieg davontragen und unserem Volk einen entscheidenden Vorsprung sichern.«

»Ob wir siegen oder verlieren, viele werden sterben«, seufzte Albin. »Ist es nicht gleich, ob hier Elben oder Menschen ihr Leben aushauchen?«

»Das ist es nicht!«, erwiderte Rohon mit Nachdruck. »Wenrich ist der Angreifer, er bringt Hass und Zerstörung in unser Land. Wenn der Tod heute Ernte halten muss, dann besser unter seinen Männern!«

»Bald werden wir wissen, wem die Götter gewogen sind«, meinte Findig. »Ich spüre die Gedanken vieler Menschen, die sich auf den Kampf vorbereiten.«

Die ostfränkischen Soldaten kamen, noch bevor die Sonne ganz aufging. Von allen Seiten preschten Reiter auf die Ebene. Sie rissen brennende Äste aus den Feuern und steckten die behelfsmäßigen Zelte in Brand. Fußsoldaten folgten ihnen, um jeden niederzustechen, der aus den Zelten floh.

Doch niemand lief in ihre eisernen Klingen und allmählich dämmerte ihnen, dass sie in eine Falle getappt waren.

Aber da hatte Albin schon eine Fackel ins Tal geschleudert: der Befehl zum Angriff. Aus den nahen Höhlen stürmten unter Amons Führung an die dreihundert Schwarz- und Lichtelben, warfen Speere, schossen Pfeile ab und schleuderten Steine in die dichten Reihen der Menschen. Fünf Salven nur, so war es verabredet. Bevor Wenrich die Seinen zur Gegenwehr sammeln konnte, tauchten die Nebelkinder schon wieder in die Dämmerschatten der Bergwelt ein.

Einer Bergwelt, die zu unglaublichem Leben erwachte. Die Felsen lösten sich von dem Boden, auf dem sie geruht hatten, und traten den Menschen als riesenhafte steinerne Kämpfer entgegen. Die Erde erzitterte unter den Schritten der Felsgiganten und die mächtigen Steinfäuste hoben sich, um die Soldaten zu zerschmettern. Das war zu viel für die von dem Überfall noch verwirrten Männer. Viele stoben in Panik davon, ohne auf Wenrichs wütende Schreie zu hören, dies alles sei nur Elbenspuk, Zauber der Nebelkinder. Der Vogt hatte Recht. Albin und alle anderen konzentrierten ihre Kräfte darauf, in den Köpfen der Menschen das Trugbild aufrechtzuerhalten.

Wenrich trieb sein Pferd an und ritt gegen einen der Felsen, nein, er ritt in ihn hinein – hindurch. Als die Soldaten das sahen, begriffen sie. Und die, die nicht geflohen waren, begannen unter Wenrichs Führung gegen die Felshöhlen vorzurücken.

Als sie nur noch wenige Schritte entfernt waren, gab Albin den lautlosen Befehl: *Die Lawine – jetzt!*

Auf den Hügeln über der Ebene standen zahlreiche Latschen, außer Moosen und Flechten der einzige nennenswerte Pflanzenwuchs im Steinernen Meer. Die Bäume, die oft so verkümmert waren, dass sie eher Sträuchern glichen, hielten das lose Geröll an den Hängen zurück. Den ganzen letzten Tag und die Nacht hindurch hatten die Nebelkinder daran gearbeitet, die Latschenwurzeln zu lockern. Als Albin den Befehl gab, hängten sich die Krieger vom Stamm der Braunelben an die Seile, die sie an den Bäumen festgebunden hatten. Eine Latsche nach der anderen flog aus dem losen Erdreich. Das Geröll donnerte in die Tiefe und begrub Wenrichs Streitmacht unter sich. Männer und Pferde schrien wild durcheinander, doch das Grollen der niederrollenden Steinmassen übertönte alles andere.

Albins Augen ruhten auf Wenrich, der sein Pferd

herumriss und es verzweifelt antrieb, um dem Felsrutsch zu entkommen. Dicht bei ihm ritten Volko und Waldo. Das Tier des Hauptmanns knickte ein und der Reiter verschwand in einer Staubwolke. Fast sah es so aus, als würde der Vogt durchkommen, aber die ins Tal rollenden Steine holten ihn ein und begruben ihn unter sich. Auch Waldo war nicht mehr zu sehen.

Als das ohrenbetäubende Getöse endlich verklungen war und der aufgescheuchte Qualm sich gelegt hatte, bot sich Albin ein grässlicher Anblick. Aus den Steinen ragten die Köpfe von Pferden, die Arme und Beine von Männern, Waffen, Helme und Schilde. Sein Befehl hatte Wenrichs Männern tausendfachen Tod gebracht, aber es hatte keinen anderen Weg gegeben.

Er sah Findig und Rohon an und fragte leise: »Ist es vorbei?«

»Sieht ganz so aus«, sagte Rohon. »Die Götter waren mit uns.«

Vorsichtig stiegen sie hinab, immer darauf bedacht, nicht aus Unachtsamkeit eine weitere Lawine auszulösen. Unten vereinigten sich die Nebelkinder von den Hängen mit denen aus den Höhlen. Vereinzelt zeigte sich bei Wenrichs Streitmacht noch Leben, das unter den Steinmassen zu ersticken drohte.

»Helft ihnen heraus und sorgt für sie, so gut es geht«, befahl Albin. »Sie sollen zum Mondsee zurückkehren und dort erzählen, durch welche Ränke all dies gekommen ist. Vielleicht wird König Arnulf dann erkennen, wer seine wahren Feinde sind. Für uns ist die Schlacht vorüber und das Töten auch.«

»Nicht ganz«, erscholl es hinter ihm. Ein von Staub und Schürfwunden bedeckter Waldo erhob sich aus dem Geröll. »Die Menschen habt ihr erledigt, selbst

Wenrich. Ich habe gesehen, wie Felsbrocken ihn und diesen Volko zertrümmerten. Geschieht ihnen recht, sie haben mich behandelt wie einen Sklaven. Aber wir Mischler sind zäher!«

»Jetzt wird mir klar, wie es Wenrich gelang, so rasch ins Reich der Nebelkinder einzudringen«, sagte Albin. »Er hatte einen Führer, der sich gut auskannte.«

»Wohl wahr«, bestätigte der Mischler. »Und wieder hast du meine Pläne durchkreuzt, Albin! Wenrich hatte versprochen, mich an der Beute zu beteiligen, die er im Elbenreich machen wollte.«

Albin dachte an das zerstörte Mischlerlager und fragte: »Und dafür hast du deine eigenen Leute geopfert?«

»Ich musste es tun, Wenrich verlangte es als Beweis meiner Treue.« Waldo hustete und spuckte Blut aus. »Alles umsonst? Nein, du und Findig, ihr seid mir etwas schuldig!«

»Etwa den Schatz, den es nicht gibt?«, fragte Findig.

»Es gibt ihn, ich weiß es! Ich fordere den jungen Braunelbenkönig zum Zweikampf. Wenn ich siege, führt er oder, sollte er tot sein, Findig mich zum Schatz. Siegt aber Albin, nun, dann ist die Sache ohnehin erledigt.«

»So ein Unsinn!«, schimpfte Findig. »Warum sollte sich Albin darauf einlassen?«

Albin selbst gab die Antwort: »Um die Sache endlich zu beenden. Waldo wird niemals Ruhe geben.« Er sah den Mischler an. »Ein Kampf mit bloßen Händen, einverstanden?«

»Gut, aber ohne Elbenzauber!«

»Ohne Elbenzauber«, versprach Albin und legte, wie auch Waldo, seine Waffen ab.

Sie umkreisten sich, von den gespannten Blicken der Nebelkinder verfolgt. Waldos Atem rasselte, er hörte sich an wie ein Tier. Und war er das nicht, ein Tier? Wie ein Tier der Beute, so jagte er dem eingebildeten Schatz nach und ordnete diesem Streben alles andere unter. Albin nahm sich vor, niemals so zu werden wie der Mischler – vorausgesetzt, er überlebte den Kampf. Waldo sprang vor. Albin hatte damit gerechnet und wollte ausweichen. Aber er glitt auf dem Geröll aus und schlug hin. Bevor er sich erheben konnte, warf sich Waldo auf ihn, packte Albins Kopf und schlug ihn gegen den Stein. Albin wurde schwarz vor Augen. Er kämpfte gegen die Ohnmacht an. Durch einen Schleier sah er undeutlich die Fratze des Mischlers vor sich. Waldo bleckte die spitzen Zähne und drückte den Kopf gegen Albins Hals. Kein Zweifel, er wollte Albins Kehle durchbeißen.

Albin schaffte es nicht, den schwereren Gegner abzuschütteln. Verzweifelt überlegte er, was er gegen Waldo unternehmen sollte. Er dachte an Gerswind und das Versprechen, das er ihr gegeben hatte.

Plötzlich war die Last von ihm genommen. Der Mischler sackte neben ihm zusammen, ein Dolch in seinem Rücken. Rohon, dem der Dolch gehörte, starrte den Mischler verächtlich an.

»Aber ... ich hatte Waldo mein Wort gegeben!«, protestierte Albin, als er sich schwankend erhob.

»Ich nicht«, sagte der Rotelb. »Glaubst du, ich habe all die Mühen auf mich genommen, damit der beste und klügste König, den das Elbenvolk seit Alwis hatte, von solch einem da getötet wird?«

Findig trat herbei. »Rohon hat Recht. Du bist klug, aber du musst noch viel lernen, Albin. Auch, dass ein König zuallererst an sein Volk zu denken hat. Die

Nebelkinder brauchen den König Albin. Und deshalb darfst du dein Leben nicht sinnlos aufs Spiel setzen!«

Zweifelnd sah Albin auf Waldo hinab. »Fast tut er mir Leid. Es muss schlimm sein, etwas zu suchen, das man nie finden kann.«

»Ich dachte, ich sei für die klugen Sprüche zuständig«, sagte Findig. »Jetzt aber los! Wir sollten zusehen, dass wir die anderen einholen. Ich glaube, ein gewisser König hat noch nicht viel von seiner Hochzeitsnacht gehabt.«

Gegen Mittag waren alle Überlebenden aus dem Geröll befreit. Auch einige Nebelkinder waren von der Lawine mitgerissen worden. Aber die Zahl der toten Elben war gering im Vergleich zu dem, was der heute errungene Sieg für das Volk der Nebelkinder bedeutete. Daher gab Albin den Befehl zum Aufbruch frohen Herzens.

Er ging der Kolonne mit weit ausholenden Schritten voran, denn jeder Schritt brachte ihn Gerswind näher. Noch immer kam es ihm wie ein Traum vor, dass sie seine Gemahlin war. Er wollte sie umarmen, sie ganz nah bei sich spüren. Vielleicht war es Schicksal gewesen, dass sie zueinander gefunden hatten. Vielleicht sollten sie den Beweis erbringen, dass Menschen und Elben, Angehörige unterschiedlicher Völker und Rassen, in Liebe und durch die Liebe vereint, in Eintracht miteinander leben konnten.

Und so verließen die Nebelkinder das Land am Mondsee, wie sie schon viele andere Länder verlassen hatten auf der Suche nach einem Ort, wo sie in Frieden leben konnten. Von ihnen blieben nur die Geschichten von Elben und Zwergen, von verborgenen Schätzen und geheimem Zauber. Dass es sie wirklich einmal gegeben hat, wurde vergessen, wie auch die Untaten Manegolds und Wenrichs in Vergessenheit gerieten. Um die Schande von der Abtei zu nehmen, wurden die Namen der beiden in späteren Jahren aus den Annalen des Klosters getilgt. Mit dem Verräter Manegold starb auch sein Verrat: Die Hoffnung König Rudolfs von Hochburgund auf einen Krieg zwischen den Ost- und den Westfranken erfüllte sich nicht. Die Mächtigen tilgten die Spuren ihrer düsteren Machenschaften so gewissenhaft, dass man fast glauben könnte, die Abenteuer Albins und Findigs hätten niemals stattgefunden. Doch an kalten Abenden, wenn der Nebel besonders dicht aus dem Mondsee hervorkriecht, weiß der eine oder andere noch heute von den Nebelkindern zu erzählen und von ihrer abenteuerlichen Suche nach einer neuen Heimat.

Worterklärungen

Barschalk: ursprünglich ein Freier, der auf klostereigenem Land lebt, rechtlich zunehmend einem Leibeigenen gleichgestellt

Cäcilia: Heilige, der am 22. November gedacht wird

Cellarius: für die Beschaffung und Zubereitung der Speisen zuständiger Mönch

Domintus: »Herr« – Anrede für den Abt

Dormitorium: Schlafsaal

Fuß: Längenmaß, ungefähr 30 Zentimeter

Gereon: Heiliger, dem am 10. Oktober gedacht wird

Hospitarius: Mönch, dem die Sorge für die Gäste obliegt

Infirmarius: Mönch, dem die Sorge für die Kranken obliegt

Komplet: Nachtgebet, das vor dem Schlafengehen gesprochen wird

Laudes: Morgengottesdienst, der bei Anbruch der Dämmerung endet

Loki: nordischer Gott, stets zu üblen Streichen und Bosheiten aufgelegt

Medicus: Arzt

Meile: alte germanische Meile, nach Zeit und Ort verschieden, zwischen 750 und 900 Meter lang

Mette:	Nachtgottesdienst, der ungefähr zwei bis drei Stunden nach Mitternacht gehalten wird
Nonus:	»ehrwürdiger Vater« – Anrede für einen älteren Mönch
Novize:	»Neuling« – junger Mönch in der Probezeit
Odin:	nordischer Göttervater
Refektorium:	Speisesaal
Silberpfennig:	seit Karl dem Großen gebräuchliche Münze
Terz:	Gebet zur dritten Stunde des Tages, gegen 9.00 Uhr
Veitstanz:	Krankheit, die zu ruckartigen Muskelzuckungen und Sprachstörungen führt
Vesper:	Abendgottesdienst, der bei Einbruch der Abenddämmerung gehalten wird

›Nach dem HERRN DER RINGE war die Welt der Fantasy nicht mehr dieselbe‹, hieß es auf dem Klappentext zum Vorgängerband dieser Anthologie: DIE ERBEN DES RINGS herausgegeben von Martin H. Greenberg (Bastei Lübbe Band 13 803). In jenem Band verbeugten sich anglo-amerikanische Autoren vor dem großen Erzähler. Doch nicht nur im englischsprachigen Raum hat Tolkien seine Spuren hinterlassen, auch eine junge Generation von deutschen Schriftstellern wird auf die ein oder andere Art von ihm beeinflusst. In dieser Anthologie sind neue Geschichten gesammelt, die Tolkien zu Ehren geschrieben wurden, oft mit einem Augenzwinkern, aber stets voller Respekt. Autoren sind u.a.: Helmut W. Pesch, Wolfgang Hohlbein und Kerstin Gier

ISBN 3-404-20421-2

BASTEI LÜBBE

Abgeschieden von der übrigen Welt, umschlossen von Meer und Bergen, liegt Elderland, die Heimat des friedfertigen Ffolks. Das Ffolk ist stolz auf seine Geschichte und hortet im großen Museum zu Aldswick viele seltsame und kuriose Dinge aus der Vergangenheit. Doch als die düsteren Schatten dieser Vergangenheit sich auf das Land legen und eine Gefahr heraufzieht, die alle schon längst gebannt geglaubt, treten Geheimnisse zutage, von denen niemand etwas ahnte. Nun muß sich das Ffolk bewähren. Das Schicksal des ganzen Imperiums lastet auf einer kleinen Gruppe treuer Freunde, die zu einer abenteuerlichen Reise aufbrechen, welche sie an die Grenzen der Welt führen wird, zum Anfang und zum Ende der Zeit …

ISBN 3-404-20333-X

BASTEI LÜBBE